POLARIS

AF204110

Joakim Zander

Ein ehrliches Leben

Roman

Aus dem Schwedischen von Ulla Ackermann und
Thomas Altefrohne

ROWOHLT POLARIS

Die schwedische Originalausgabe erschien 2022 unter dem Titel «Ett ärligt liv» bei Wahlström & Widstrand, Stockholm.

Die Zeile «Wir haben Seile und Dolche» auf den S. 50, 53, 180, 236, 240 und 413 stammt aus dem Gedicht «Schatten und Mittagshitze» in «Geht auf Zehenspitzen, denn die Heimat liegt im Sterben!» von Muhammad al-Maghut; Verlag Schiler & Mücke, Übersetzung Stephan Milich.
Die Verse auf S. 156–157 und 250 sind dem Gedicht «Berauschet Euch» von Charles Baudelaire entnommen, zitiert nach dem Projekt Gutenberg: https://www.projekt-gutenberg.org/baudelai/gedipros/chap015.html.
Die Textpassage auf S. 230 von John Stuart Mill stammt aus «Über die Freiheit»; Verlag Reclam, Übersetzung Bruno Lemke.

Deutsche Erstausgabe
Veröffentlicht im Rowohlt Taschenbuch Verlag, Hamburg, August 2024
Copyright © 2024 by Rowohlt Verlag GmbH, Hamburg
«Ett ärligt liv» Copyright © 2022 by Joakim Zander
Redaktion Anja Lademacher
Die Nutzung unserer Werke für Text- und Data-Mining im Sinne von § 44b UrhG behalten wir uns explizit vor.
Covergestaltung Hauptmann & Kompanie Werbeagentur, Zürich, nach dem Original von Wahlström & Widstrand
Coverabbildung Design Elina Grandin
Satz Heldane Text bei Dörlemann Satz, Lemförde
Druck und Bindung GGP Media GmbH, Pößneck
ISBN 978-3-499-01216-7

Je suis avec les bandits!

L'Anarchie, Dezember 1911

Wir sagen immer die Wahrheit. Wir sitzen hier,
weil wir die Verlogenheit nicht mehr ertragen.

Ulrike Meinhof

Prolog

«Ich erinnere mich nur an wenige Momente in meiner Jugend, in denen ich mich nicht gelangweilt habe», sage ich. «Mit diesem Satz beginnt mein Buch, weil es genau so war.»

Der *SPIEGEL*-Journalist nickt und blickt in den Saal des Hamburger Kulturzentrums Kampnagel, der fast bis auf den letzten Platz gefüllt ist. Sechs Abende in Folge habe ich auf dem Podium gesessen, bei verschiedenen Literaturfestivals, überall in Deutschland. Heute Abend ist der Rahmen größer als sonst. Mein deutscher Verlag hat mich mit zwei anderen, sehr viel bekannteren schwedischen Schriftstellern auf die Bühne gesetzt. Die Veranstaltung steht unter dem Motto «Nordic Noir», und ich gehöre jetzt zum schwedischen Krimiwunder, oder sagen wir, diese Einordnung hat meinem Debütroman ihre magische Wirkkraft verliehen und ihn, mit mir im Gepäck, hierhergebracht.

«Sie meinen also, dass die Ereignisse in Ihrem Buch aus Langeweile resultieren?», fragt der Journalist auf Englisch. «Ein interessanter Gedanke. Das wäre eine ziemlich gewalttätige Reaktion, meinen Sie nicht?»

«Nicht die Ereignisse an sich», erkläre ich, «aber die Art und Weise, wie der Protagonist in sie hineingezogen wird.»

Der Journalist wendet sich an das Publikum und wechselt

ins Deutsche. In der letzten Woche habe ich mein eingerostetes Schuldeutsch aufpoliert und verstehe das meiste.

«Der Roman beruht auf wahren Begebenheiten, die sich vor einigen Jahren in Schweden ereignet haben», erläutert er. «Eine spektakuläre Verbrechensserie, die großes mediales Aufsehen erregt hat. Es wurde viel über den Zusammenhang der Taten und einen möglichen politischen Hintergrund spekuliert. Und natürlich über die Frage, wer dahintersteckte.»

Irgendwo wird eine Tür geöffnet. Ich drehe meinen Kopf in Richtung des Geräusches, und als ich die Augen zukneife, sehe ich gegen das grelle Scheinwerferlicht, wie jemand in den Saal schlüpft. Einen Moment lang meine ich, die Person zu erkennen, doch als ich genauer hinschaue, ist sie verschwunden. Der *SPIEGEL*-Journalist stellt seine nächste Frage.

«Die Frage nach der Täterschaft beantworten Sie ja in gewisser Weise», sagt er. «Aber Sie beziehen keine Stellung zu den Ereignissen. Alles wird aus der Sicht des Erzählers geschildert, und der ist vor allem ein Beobachter. Oder ist er mehr als das? Könnte man daher sogar sagen, dass Ihr Buch in gewisser Hinsicht unmoralisch ist?»

«Unmoralisch?», wiederhole ich.

Ich habe ein leichtes Rauschen in den Ohren. Gegen das Scheinwerferlicht blinzele ich in den Saal. Vor mir sitzen über fünfhundert Menschen. Ich muss mich getäuscht haben.

«Halten Sie das Buch für unmoralisch? Der Gedanke ist mir nie gekommen.»

«Sie verurteilen die Taten Ihrer Protagonisten nicht ausdrücklich. Fast könnte man meinen, das Gegenteil wäre der Fall? Man bekommt den Eindruck, dass Sie die Taten bis zu einem gewissen Grad sogar rechtfertigen?»

Ich schweige viel zu lange. Ich habe so oft davon geträumt, genau diese Fragen beantworten zu dürfen, doch nun habe ich keine Ahnung, wie ich mich ausdrücken soll. Mein Blick schweift suchend durch die Reihen.

«Ich bin mir nicht sicher, ob die Frage nach der Moral in diesem Zusammenhang sonderlich interessant ist», erwidere ich schließlich. «War es Camus, der sagte, der einzige Zweck von Moral bestehe in der Rechtfertigung von Mord? Oder habe ich das auf Instagram gelesen?»

Der Journalist übersetzt meine Antwort, und das Publikum lacht verhalten.

«Ich bin ausschließlich an der Wahrheit interessiert», sage ich. «Und die Wahrheit ist, dass manche Menschen viel und andere wenig besitzen. Ist es falsch, wenn der, der wenig hat, diesen Zustand ändern will? Ist es unmoralisch, sich mit ungerechten Spielregeln nicht abfinden zu wollen?»

«Vielleicht wenn man Gewalt einsetzt, um seine Ziele zu erreichen?»

«Das hängt davon ab, wie man Gewalt definiert, oder nicht?»

Ich beuge mich vor und trinke einen Schluck lauwarmes Wasser aus dem Glas auf dem Tisch neben mir. Wie gewöhnlich bin ich unsicher, wie viel ich erzählen und bis zu welchem Grad ich das Buch für sich selbst sprechen lassen soll. Vor dem Erscheinungstermin, als mir all diese Fragen noch nicht gestellt worden waren, hatte ich geglaubt, das Buch könnte unmöglich missverstanden werden. Wenn ich mir Sorgen machte, dann darüber, dass es überdeutlich war.

«Ein Mensch, der durch seine Herkunft oder Klassenzugehörigkeit geschützt wird, empfindet die Gesellschaft nicht als gewalttätig», sage ich. «Aus einer privilegierten Stellung heraus ist man sich seiner Teilhabe an Gewalt nicht bewusst.»

Ich hole tief Luft und beuge mich zu dem Journalisten vor. Vielleicht sollte ich gelassener reagieren, aber ich will, dass er es versteht.

«Gewalt ist eine notwendige Voraussetzung für die Aufrechterhaltung der grundlegenden Ungerechtigkeit, dass manche Menschen reich und andere als Habenichtse geboren werden. In meinem Roman werden die Verhältnisse auf den Kopf gestellt. Die Gewalt richtet sich gegen die, die normalerweise nicht von ihr betroffen sind.»

Das sind Charles' Worte, denke ich bei mir. Er wäre stolz, mich jetzt zu hören.

«Nicht nur», erwidert der Journalist.

Meine Brust krampft sich zusammen, als ich das altbekannte Gefühl vertreibe, ehe es mich vereinnahmen kann. Ich wende den Blick nicht ab.

«Nein», pflichte ich bei. «Nicht nur. Über diesen Widerspruch habe ich viel nachgedacht.»

«Und trotzdem beziehen Sie nicht eindeutig Stellung? Trotzdem verurteilen Sie die damaligen Ereignisse nicht?»

Einen kurzen Moment lang sehen wir uns an.

«Es steht mir nicht zu, ein Urteil zu fällen», sage ich. «Sie sind derjenige, der von Moral und Schuld spricht. Ich schildere nur, was ich gesehen habe, so ehrlich, wie ich kann.»

«Also sind Sie Anarchist?»

Der *SPIEGEL*-Journalist runzelt die Stirn.

«Ich bin Schriftsteller», entgegne ich. «Alle Schriftsteller sind Anarchisten.»

Ich trinke noch einen Schluck Wasser und lasse meinen Blick abermals durch den Saal schweifen.

«Manches, was ich in meinem Roman aufgreife, war echt und schön», fahre ich fort. «Anderes schrecklich. Ich weiß nicht, ob es sonderlich subversiv ist, Geschehnisse so zu schildern, wie sie sich ereignet haben, ohne zu beschönigen oder zu moralisieren. Ich will die Wahrheit erzählen. Die Wahrheit ist das Einzige, was mich interessiert.»

Als ich meinen Blick erneut ins Publikum richte, sehe ich sie. Sie sitzt auf einer Treppenstufe ziemlich nah an der Bühne. Ich erkenne ihren Lockenkopf, meine, ihre Sommersprossen zu sehen. Sie trägt sogar dieselben Boots wie damals.

«Sie sagen, das Einzige, was Sie interessiert, sei die Wahrheit?», hakt der Journalist nach.

Lächelnd lehnt er sich auf seinem Stuhl zurück. Vielleicht hält er mich für jung und naiv, für prätentiös. Vielleicht hat er recht. Ich höre ihn kaum.

«Wahrheit ist ein großes Wort», fährt er fort. «Es muss eine ziemliche Bürde darstellen, ihr Interpret zu sein?»

«Nicht wirklich», erwidere ich. «So gut wie gar nicht. Man muss sie einfach nur erzählen.»

«Aber existieren nicht unterschiedliche Auffassungen von Wahrheit? Ist Wahrheit nicht von Mensch zu Mensch verschieden?»

Ich sehe ins Publikum und schaue sie geradewegs an. Das Scheinwerferlicht blendet mich. Trotzdem bin ich mir sicher. Sie ist es.

«Vielleicht wenn man die Wahrheit mit dem vermengt, was man sich als Wahrheit *wünscht*, so wie wir es gerade tun. Viele Menschen wollen, dass die Wahrheit einen moralischen Gehalt besitzt. Das ist ein sentimentaler Gedanke. Die Wahrheit ist nichts anderes als Wahrheit. Manchmal ist sie gewalttätig. Manchmal ist Erfundenes wahrer als das, was sich wirklich zugetragen hat. Manchmal ist Erfundenes bloß eine Lüge. Manchmal ist eine Lüge der einzige Weg, die Wahrheit zu sagen. Wenn wir über Wahrheit sprechen, verzetteln wir uns in Details. Details sind irrelevant. Die Ethik der Wahrheit geht über schlichte Ehrlichkeit hinaus.»

Der Journalist übersetzt meine Antwort fürs Publikum und wendet sich dann wieder an mich.

«Das führt uns zu der Frage, die man sich beim Lesen Ihres Buches stellt», fährt er fort. «Der Roman basiert auf wahren Ereignissen. Und wie wir gehört haben, liegt Ihnen die Wahrheit am Herzen. Also ...»

Der Journalist räuspert sich und macht die vor dem Interview-Finale übliche Kunstpause. Ich meine zu sehen, wie sie mir von der Treppe aus zulächelt.

«Wie viel von dem, was Sie in Ihrem Buch schildern, haben Sie selbst erlebt? Wie viel von dem, was Sie erzählen, ist die absolute Wahrheit?»

Erster Teil

Erster Teil

I

Ich erinnere mich nur an wenige Momente in meiner Jugend, in denen ich mich nicht gelangweilt habe. Ich beklage mich nicht, daran war niemand schuld außer ich selbst, denn ich bin ganz normal aufgewachsen, in einer ganz normalen schwedischen Kleinstadt in Östergötland. Meine Kindheit fand in einem Siebzigerjahre-Einfamilienhaus aus braunem Klinker statt und in einer Grundschule aus rotem Klinker, die ein paar Jahre nachdem ich aufs Gymnasium gewechselt war abgerissen wurde und aus deren Trümmern sich, wie ein Phönix aus der Asche, ein von Neonröhren erleuchteter Supermarkt aus Fertigbauteilen erhob.

Abgesehen von Langeweile gibt es wenig, woran ich mich aus meiner Grundschulzeit erinnere: der Geruch von Radiergummi und feuchten Schuhen. Augen, die ich nur mit Gewalt offen halten konnte. Wursteintopf. Und dass ich grundsätzlich als Dritter ins Team gewählt wurde, wenn wir in der Mittagspause auf dem Rasen hinter der Schulcafeteria die Fußballmannschaften einteilten.

An eine Sache jedoch erinnere ich mich bis ins Detail: In meinem dritten Grundschuljahr stand eines Morgens der Kiesplatz vor den Schaukeln nach einem nächtlichen Wolkenbruch unter Wasser. Das Laub war schon von den Bäumen gefallen. Gelb und nass wirbelte es auf und blieb an unseren Schuhen und unserer

Kleidung haften. Angesichts dieser abrupten Veränderung unserer unmittelbaren Lebenswelt gerieten wir alle außer Rand und Band. Als es zur ersten Pause läutete, stürmten wir hinaus, mit Gummistiefeln oder ohne, und befanden uns sofort im Krieg. Klasse 3a gegen Klasse 3b. Vielleicht hatten sich die Unterschiede zwischen uns mittlerweile verfestigt. Vielleicht lag es aber auch bloß daran, dass wir neun Jahre alt waren. Eine Zehn-Minuten-Pause lang drehte sich unser komplettes Leben darum, mit den Füßen so große Wassermassen wie möglich in Richtung unserer Gegner zu spritzen und sie zum Rückzug zu zwingen.

Ich erinnere mich nicht mehr hundertprozentig, wie es anfing, aber wie auf ein Signal hin stürmten die beiden kleinen Armeen von den entgegengesetzten Enden des Schulhofs aufeinander los. Auf dem überschwemmten Platz schwappte das Wasser über unsere Stiefelschäfte. Als die eisige Kälte durch unsere Socken drang, schnappten wir nach Luft und zögerten vielleicht eine Zehntelsekunde, aber nicht länger. Für die meisten war das unerwartete Chaos ein Spaß, ein Streich, der ein bisschen zu weit ging, ein Jux.

Ich war ein pflegeleichter Schüler. Fleißig. Die Schule fiel mir leicht. Ich hing meinen Tagträumen nach und löste Matheaufgaben und Lückentests trotzdem schneller und mit weniger Fehlern als die meisten meiner Klassenkameraden. Ein klein wenig stach ich heraus, mehr aber nicht. Doch in diesem Moment, in dieser Zehn-Minuten-Pause auf dem überschwemmten Schulhof, traten die endlosen Stunden im Klassenzimmer in den Hintergrund, und etwas anderes ergriff von mir Besitz. Etwas Größeres, Wilderes und Zornigeres. Als wären mein Lerneifer und das unauffällige Betragen, das ich im Unterricht an den Tag legte, nur eine Tarnung, eine Maske. Etwas, hinter dem ich mich verstecken konnte, weil ich mich nicht traute zu zeigen, dass ich in Wahrheit ein Monster war.

In den ersten Minuten war ich ein Held, ein Herkules an vorderster Front. Es kümmerte mich nicht, dass ich nass wurde, nichts konnte mich aufhalten, niemand mich zum Rückzug bewegen. Mit Füßen und Händen spritzte ich Wasserkaskaden auf und schlug Vega und Omar und den Rest der Parallelklasse in die Flucht.

«Vernichtet sie!», schrie ich meinen Klassenkameraden zu. «Wir machen keine Gefangenen!»

Meine Kraft wuchs, bis ich stärker war als Theo und Emil, die ADHS-Störenfriede aus unserer Klasse. Ich war haarscharf davor, die Kontrolle zu verlieren, unvernünftig und unbesonnen zu handeln. Fast fühlte ich mich frei.

Doch plötzlich traf mich eine Handvoll Kies an der Wange. Ich blieb stehen und schrie vor Schmerz auf. Als ich mich umdrehte, entdeckte ich Anton aus der Parallelklasse, sah sein rotblondes Haar und sein dämliches Grinsen.

Anton wurde jeden Morgen in einem frisch gewaschenen schwarzen BMW zur Schule gebracht. Die Einladungen zu seinen Geburtstagsfeiern waren heiß begehrt und wurden mit der gleichen Noblesse und Exklusivität vergeben wie Adelstitel.

«Nimm das, du Schwuli!», rief er mir mit seiner Piepsstimme zu.

Und in dem Moment verlor ich wirklich die Kontrolle. Ich weiß nicht, wie ich diesen perfekten runden Stein zu fassen bekam oder wie mir dieser perfekte Wurf gelang. Ich weiß nur, dass der Stein aus meiner Hand flog, dass er Anton am Hinterkopf traf und Anton, nur von seinen Händen und Armen geschützt, mit dem Gesicht voran in das schlammige Wasser fiel. Ich brüllte auf, in göttlichem Stolz und göttlicher Rache.

All die Ungerechtigkeit, die uns dieser dämliche Anton tagtäglich vor Augen führte: Nun hatte ich ihm seine rechtmäßige Strafe erteilt. Mit erhobenen Armen stürmte ich brüllend auf ihn zu. Der Anblick der Parallelklässler, die angesichts meiner unverhältnismäßigen Gewalt erschrocken zurückwichen, einen Moment wie erstarrt innehielten und schließlich geschlossen davonrannten, erfüllte mich mit Euphorie.

«Ihnen nach!», schrie ich meinen Klassenkameraden zu, ohne mich umzudrehen. «Sie fliehen!»

Ich warf mich auf den inzwischen heulend am Boden knienden Anton und versetzte ihm einen so heftigen Stoß, dass er mit einem Aufschrei zurück ins Wasser fiel.

«Siehst du, was passiert?», schrie ich. «Siehst du, was passiert, wenn du dich mit mir anlegst?»

Ich hob die Faust, um ihm geradewegs ins Gesicht zu schlagen, so wie ich noch nie jemanden geschlagen hatte. Doch irgendetwas stimmte nicht. Das Geräusch von platschendem Wasser und das laute Geschrei in meinem Rücken waren verstummt. Der Bann war gebrochen, ohne dass ich es bemerkt hatte.

«Kommt schon!», schrie ich über die Schulter. «Sie fliehen! Vernichtet sie!»

Ich stand auf und drehte mich um. Die anderen hatten sich unter das kleine Vordach vor dem Eingang zurückgezogen. Nur ich und Anton waren noch im Wasser, meine Füße und Beine waren bis auf die Haut durchnässt, meine Wangen brannten. Nur ich und der heulende, schniefende Anton zu meinen Füßen.

«Schluss jetzt!»

Lena, unsere Klassenlehrerin seit der ersten Klasse, kam aus dem Gebäude, ihr ungeschminktes Gesicht mit den dunklen Augen war müde und aufgebracht zugleich. Sie machte ein paar lange Schritte an mir vorbei, beugte sich zu Anton hinunter, legte ihm einen Arm um die Schulter und half ihm auf.

«Was ist denn in dich gefahren?», fauchte sie mich an. «Hast du den Verstand verloren? Ich erkenne dich ja gar nicht mehr wieder.»

Langsam trottete ich zum Eingang, auf das kaum unterdrückte Gekicher meiner Klassenkameraden zu. Eisige Scham, bei etwas derart Kindischem und Brutalem, bei etwas derart Entblößendem und Unverhohlenem ertappt worden zu sein, erfasste mich, doch all das verblasste im Licht der herben Enttäuschung, von denen verlassen worden zu sein, für die ich geglaubt hatte zu kämpfen.

Meine Kindheit hatte mir keine nennenswerten Widrigkeiten entgegengebracht. Aber ab der Mittelstufe fing ich an, sie herbeizusehnen, mit der Naivität eines Menschen, der nie etwas verloren hat. Meine Tagträume waren voller Bilder von Terroranschlägen und der Vorstellung, mein Vater oder meine Mutter würden sterben, womöglich durch Selbstmord, sodass sie mich auf diese Weise in abgrundtiefe Trauer stürzten. Aber ich malte mir nicht aus, wie mich diese Trauer traumatisieren, sondern wie sie mich vielmehr interessant machen würde. Doch die herbeigewünschten Schicksalsschläge blieben aus. Die Tage verstrichen. Der Herbst wurde zum Winter, der Winter zum Frühling und der Frühling zum Sommer, während ich auf der Stelle trat und auf Augenblicke wartete, die nicht kamen.

Dreimal in der Woche ging ich zum Fußballtraining, am Wochenende fanden die Spiele statt, und ich war ein ganz passabler Spieler, besser als der Durchschnitt. Das verlieh mir einen gewissen Status, den ich in die Freiheit ummünzte, mich den Kleinstadt-Gepflogenheiten nicht vollständig unterzuordnen. Ich strengte mich in der Schule an und lief in einem grünen Militärparka herum, den ich in Norrköping in einem Secondhandladen aufgestöbert hatte, und ich begann, alte Bands zu hören. The Clash, Wu-Tang Clan, Refused.

Als ich aufs Gymnasium kam, hängte ich meine Fußballschuhe pflichtschuldig an den Nagel und las stattdessen Bücher. Im ersten Jahr hatten wir in Schwedisch einige Wochen lang einen Vertretungslehrer. Er hieß Matts, und in gewisser Weise entsprach er, mit seinem Jeanshemd, seinem Man Bun und seiner schwarzen Hornbrille, einem wandelnden Klischee. Aber ich war am Ende meiner Weisheit angelangt, und was das Intellektuelle anging, nahm ich, was ich kriegen konnte. Matts redete von Hesse und von Kerouac, und was bitte, ist ein Klischee, wenn nicht das? Doch ich langweilte mich zu Tode, verschlang *Steppenwolf* und *Unterwegs* und bat um Nachschub.

Alle Bücher, die uns bis dahin in der Schule vorgesetzt worden waren, hatten von Wäldern und Armut gehandelt, von Småland und Värmland, von Fröding, Zwergen und vom Volksheim und ödeten mich zutiefst an. In den Büchern, die Matts uns empfahl, traf ich auf die Gefühle, von denen ich träumte. Ich las mich in der Stadtbücherei durch die «Rote Bibliothek», während sich draußen vor dem Fenster auf der E22 die Autos stauten. Ich blieb im 20. Jahrhundert hängen, bei Hemingway und Joyce und Träumen vom Exil. Ich schlief mit Proust ein und wachte mit William Gibson auf.

Trotzdem fühlte ich mich nicht einsam. Oder doch, das tat ich. Ich vermisste jemanden, mit dem ich reden konnte. Aber ich war kein Ausgestoßener. Meine Einsamkeit war selbst gewählt. In meiner Klasse gab es einen Punker, der ein Jahr älter war als ich, und eine Gruppe Skater, mit denen ich ab und zu auf Partys ging und dort mit ihnen abhing, auf dem weißen Ledersofa von irgendjemandes Mutter in Skönberga oder in Dockgärdet. Ich sah ihnen dabei zu, wie sie sich auf frisch geputzten Glastischen Joints bauten und schwedischen Hip-Hop hörten. Doch nichts davon bedeutete etwas. Es war belanglos und unzureichend, nichts, wofür ich wirklich etwas empfand.

Der Mensch ist das, wozu er sich macht, hat Jean-Paul Sartre geschrieben. Ich versuchte, mich durchs Schreiben selbst zu erfinden. Doch was ich zuwege brachte, waren nichts als kindische Karikaturen dessen, was ich ausdrücken wollte. Dilettantische Annäherungen an etwas, von dem ich ahnte, dass ich es zutiefst empfand, es aber nicht in Worte zu kleiden vermochte, ohne dass es bei peinlichen Offensichtlichkeiten und Sentimentalitäten blieb. Aber vor allem hatte ich nichts zu erzählen. Ich hatte nichts erlebt. Der Mensch ist das, wozu er sich macht. Abends zockte ich FIFA und versuchte, mich in Mädchen aus meinem Jahrgang zu verknallen, die ich in den sozialen Medien heimlich stalkte. Beides ohne nennenswerten Erfolg.

Mein Leben erstreckte sich vor mir wie die Fortsetzung des Lebens meiner Eltern. Eine Anstellung bei der Gemeinde oder in einem Firmenbüro, ein Haus, ein Auto, ein Karton mit Weihnachtsdekoration in der Garage. Kinder und Hobbys der Kinder und gemeinsame Familienfreitagabende. Es fühlte sich an wie Geborgenheit, aber auch endlos und unbeschreiblich bedeutungslos. Schlug dieser Gedanke in mir Wurzeln, setzte ich mich mit vor Angst hämmerndem Herzen im Bett auf. Nein, ich würde mich nicht zu einem Nichts degradieren.

Die Bücher waren schuld, dachte ich bei mir. Sie hatten mich zu dem Glauben verleitet, auch ich hätte etwas Wichtiges zu erzählen, könnte über Jahre hinweg unter großen Entbehrungen am Rand des Bankrotts leben, während ich an etwas schrieb, das etwas über die Welt aussagte. Etwas. Das etwas aussagte. Über die Welt. Das zusammenfasste, wo ich mich befand. Alles, was ich dazu an Handwerkszeug besaß, war Ehrgeiz.

Der Gedanke, dass ich meine Teenagerjahre mit FIFA und Snapchat und Büchern vergeudete, versetzte mich in Panik. Ich sah Klassenkameraden, die Erfahrungen sammelten, die blaumachten, klauten und Partys feierten. Ich war eifersüchtig auf ihren Mut. Gleichzeitig zweifelte ich ihr Tun an. War das alles, was sie wollten? Die Mathestunde schwänzen, um stattdessen in Norrköping in der Domino-Galerie ein T-Shirt mitgehen zu lassen? Sich zu bekiffen oder bei einem Kumpel zu Hause selbst gebrannten Fusel trinken? Das war so unbedeutend. Das setzte die Welt nicht in Brand. Das würde sie nicht über Söderköping hinausbringen. Ich wollte so unendlich viel mehr. Und diese Einsicht lähmte mich.

In meinem letzten Jahr am Gymnasium kreisten meine Gedanken zunehmend um Geld. Geld war in meiner Familie nie im Überfluss vorhanden gewesen, erst recht nicht, seit meinem Vater im Herbst gekündigt worden war und er seinen stupiden Bürojob im Gewerbegebiet von Norrköping verloren hatte. Durch seine Arbeitslosigkeit wurde Geld zu einem ständigen Thema. Wir waren vorher nicht arm gewesen, hatten auch nicht jede Öre zweimal umdrehen müssen. Wir hatten genügend Kleidung, immer Essen auf dem Tisch, und freitagabends bestellten wir Pizza. Die Familie meines Vaters besaß ein Sommerhäuschen auf Norra Finnö, wo wir so gut wie alle Sommer meiner Kindheit verbrachten. Als meine Schwester und ich klein waren, flogen wir auch ein paarmal nach Kreta. Unser Auto war nur vier Jahre alt. Doch das Gehalt, das mein Vater mit seinem eintönigen Job in der Lüftungsfirma verdiente, hatte das Gehalt meiner Mutter, die halbtags als Vorschullehrerin arbeitete, nur so gerade eben ausgeglichen. Als mein Vater aufgrund von Auftragsmangel erst in Kurzarbeit gehen musste und wenig später die Kündigung erhielt, fiel sein Verdienst komplett weg. Geldnot war stets die kaum sichtbare Schäre am Rand der Fahrrinne gewesen, in der sich unser Familienleben bewegte. Solange wir den Kurs hielten, stellte sie keine Gefahr dar, doch wir wussten genau: Die kleinste Abweichung konnte in eine Katastrophe münden.

Die Arbeitslosigkeit meines Vaters war eine solche Abweichung. Der Schaden, den die Kollision mit der Schäre anrichtete, war nicht so groß, dass wir untergingen, doch es gelang uns auch nicht, das Leck zu stopfen. Es war, als würde Monat für Monat mehr Lebensenergie aus meinen Eltern gesogen. Es war traurig und sinnlos. Ich beschloss, dass ich niemals so leben, niemals den Launen des Schicksals so ohnmächtig ausgeliefert sein würde. Und vor allem musste ich, so schnell wie irgend möglich, weg aus Söderköping.

Ende Oktober kam ich mit Lydia zusammen. Sie hatte in der Schule einen künstlerischen Schwerpunkt gewählt und spielte Gitarre. Obwohl von Natur aus schüchtern und zurückhaltend, schleppte sie mich bei der alljährlichen Halloween-Party der Abschlussklasse ab. Sie hatte sich als das kleine Mädchen aus der Addams Family verkleidet. Wednesday, so hieß sie doch? Ich ging als Zombie Pussy Riot und trug eine neongelbe Sturmhaube, die ich mir vorigen Herbst auf einer Klassenfahrt nach Stockholm gekauft hatte, als man noch auf Klassenfahrten fuhr. Um wie ein Untoter auszusehen, hatte ich meine Augen mit einem Kohlestift umrandet. Es war jämmerlich. Irgendwann hörte ich auf zu zählen, wie oft ich erklären musste, wen ich eigentlich darstellen wollte, und als Antwort bloß einen leeren Blick und ein zögerndes «Okay ...» erhielt. Außerdem war es unter der Wollhaube irre heiß. Zum Schluss hatte ich die Nase voll und rollte sie zu einer Mütze auf. Wir hatten beide getrunken, Lydia mehr als ich, und als sie in dem bescheuerten Partykeller in einem der Mietshäuser am Ringvägen auf mich zukam, lallte sie:

«Du bist genauso schüchtern wie ich. Wir sollten miteinander gehen.»

Und dann waren wir zwei Monate zusammen, bis sie dahinterkam, dass ich gar nicht schüchtern und mystisch war, sondern einfach nur zu Tode gelangweilt, einzig und allein auf Bücher und Geld fokussiert und darauf, so schnell wie möglich aus Söderköping wegzukommen.

«Du bist nie wirklich anwesend», sagte sie in der Woche vor Weihnachten. «Jedes Mal, wenn ich dich etwas frage, antwortest du ‹Was?› oder ‹Ich weiß nicht›. Du hältst dich ständig für besser als alle anderen.»

Aber ich hielt mich nicht für besser. Im Gegenteil. Ich wünschte mir, ich würde genauso empfinden wie Lydia und die anderen. Ich wünschte mir, im Hier und Jetzt sein zu können und dass meine Gedanken nicht unentwegt anderswo wären.

«Ich kann mich ändern», erwiderte ich. «Ich will nicht arrogant rüberkommen. Ich will dich nicht kränken oder ärgern.»

Seufzend küsste sie mich, und als wir in ihrem Emo-Zimmer mit den lila-schwarzen Wänden in ihrem frisch bezogenen Bett zu einem alten Song von The Cure miteinander schliefen und ich in ihr kam, wusste ich, dass es das letzte Mal war. Und dieses Wissen löste eine derart abgrundtiefe Trauer in mir aus, dass ich hinterher mein Gesicht an ihrem Hals verbarg und heulte. Die Verzweiflung war wie ein Messer, das meine Gleichgültigkeit durchschnitt, und ich wollte jedes Fitzelchen Gefühl aus diesem Zustand herauspressen.

Am Ende schob Lydia mich weg.

«Sogar wenn du weinst, bist du woanders», sagte sie.

An diesem Weihnachten saugte ich meiner Trauer über die Trennung von Lydia das Mark aus und versuchte, sie so lange wie möglich zu spüren. Ich schrieb Lydia Gedichte und ellenlange Briefe, die ich an ihre Schul-E-Mail schickte, ohne auch nur eine einzige Antwort zu bekommen. Ich verschanzte mich unter meinem Kopfhörer und ließ The Cure in Dauerschleife laufen, obwohl die Songs mir gar nichts bedeuteten. Am Ende war es meine kleine Schwester, der es zwischen den Jahren schließlich zu bunt wurde.

«Es reicht», sagte Emma. «Wie lange willst du noch in dieser selbst auferlegten Quarantäne hocken?»

Ich blickte von meinem ungemachten Bett auf und nahm den Kopfhörer ab. *In Between Days* strömte ins Zimmer. Meine Schwester lehnte mit einer Tasse Tee in der Hand im Türrahmen. Sie ging in die Neunte, sah aber älter aus, mit ihrem Make-up und den zu einem Bun hochgebundenen blonden Haaren. Emma hatte keine Probleme damit, im Hier und Jetzt zu sein. Sie hatte Freunde, die wie ein Heuschreckenschwarm mehrmals in der Woche in unser Wohnzimmer einfielen. Sie spielte Handball, und am Seitenrand gab es einen Typen, von dem ich wusste, dass er in die Elfte ging.

«Du magst diese alte Emo-Mucke doch noch nicht mal.»

Sie sah mich unverwandt an.

«Ich glaube auch nicht, dass du Lydia wirklich gemocht hast.»

«Du hast keine Ahnung, wovon du redest», erwiderte ich. «Hau ab und mach die Tür hinter dir zu.»

Achselzuckend trank sie einen Schluck Tee, machte aber keine Anstalten, mich in Frieden zu lassen.

«Du bist lächerlich», sagte sie. «Weißt du das?»

Wortlos stand ich auf, schubste sie aus dem Zimmer und zog die Tür mit einem Knall zu. Als ich mich umdrehte, sah ich das Chaos in meinem Zimmer, die heruntergelassenen Jalousien, die auf dem Fußboden verstreute Kleidung und die Teller mit Essensresten auf dem Nachttisch. Emma hatte recht. Ich war lächerlich.

Aber warum habe ich beschlossen, Jura zu studieren? Und warum in Lund? Warum direkt nach dem Abitur?

Ich hätte ein Jahr Pause machen sollen. Nach London oder

Berlin gehen sollen. Ich hätte in einem Café jobben und im Berghain Ecstasy oder Amphetamin einwerfen können. Jung und abgebrannt in einer heruntergekommenen Bude mit ein paar italienischen Austauschstudenten als Mitbewohnern. Ich hätte einen Dreier haben und in den Nächten meinen ersten Roman schreiben können. Der Gedanke war verlockend, fast schwindelerregend. Ich hätte einen Sommerjob als Telefonverkäufer annehmen und weiter zu Hause wohnen bleiben können, um ein bisschen Geld auf die hohe Kante zu legen, um mich dann mit Kleidung, Pass und Rucksack ins nächstbeste Flugzeug von Stockholm nach Berlin zu setzen.

Davon hatte ich abends oft geträumt, und manchmal hatte ich nicht einschlafen können; so stark waren die Emotionen, die erwartungsvolle Spannung, die diese Möglichkeit in mir hervorrief. Doch wenn ich am nächsten Morgen aufwachte, war der Gedanke verschwunden, abgelöst von der Befürchtung, Antrieb und Richtung zu verlieren, wenn ich meinen Weg nicht in gerader Linie fortsetzte, wenn ich nicht einer Geraden folgte, auf einen vagen Traum von Glück zu, den ich mir zusammenfantasiert hatte.

Meine Zensuren waren gut genug für ein Jurastudium in Lund. Tatsächlich waren sie gut genug für jedes Studium. Ich interessierte mich für das Gemeinwesen, und Lernen fiel mir leicht. Jura erschien mir als der sichere Weg, als eine Ausbildung, die mich vor der Langeweile und der Willkür von Schicksalsschlägen schützen würde.

Meine Eltern verstanden nicht, warum ich nicht in Linköping studieren konnte.

«Wird Jura dort nicht angeboten?», fragte meine Mutter.

Sie jätete im Beet vor der Hecke zur Straße das Unkraut, ich lag auf einer Decke im Gras, las *Old School* von Tobias Wolff und träumte davon, dass Lund so sein würde wie das Internat im Roman, voller Gotik, weitläufiger Rasenflächen und komplizierter Freundschaften. Es war Mitte April und einer der ersten warmen Frühlingstage.

«Nur Wirtschaftsrecht», murmelte ich. «Das ist nicht dasselbe.»

«Ich verstehe nicht, warum du es dir immer so schwer machst», sagte meine Mutter und stand auf. «Du könntest weiter zu Hause wohnen und müsstest kein Studiendarlehen beantragen. Wirtschaftsrecht klingt doch gut?»

Sie wandte sich um und sah mich an, in einer Hand einen Eimer mit Unkraut, in der anderen eine Blumenkelle. Mit zusammengekniffenen Augen blinzelte ich zu ihr hoch. Sie war in Östra Husby aufgewachsen, einem kleinen Dorf in Vikbolandet, und nach ein paar Jahren in Norrköping waren mein Vater und sie in das Haus gezogen, in dem ich aufgewachsen bin. Mein Vater war ein Kind des Schärengartens. Für meine Eltern war bereits Linköping ein großer Schritt. Das siebentausend Einwohner zählende Söderköping war genau das, was sie bewältigten.

«Wirtschaftsrecht ist eine Ausbildung für Juristen zweiter Klasse», wandte ich ein. «Man kriegt nicht mal ein Staatsexamen. Mit Wirtschaftsrecht kann man weder Rechtsanwalt noch Richter werden, und man macht auch kein Rechtsreferendariat.»

«Willst du neuerdings Richter werden?» Meine Mutter schüttelte den Kopf.

«Du weißt, dass es klüger ist, sich realistische Ziele zu setzen?», fuhr sie fort. «Man sollte keine überzogenen Erwartungen haben.»

Realistische Ziele.

Man darf nicht vermessen sein.

Ihr hattet doch eine schöne Kindheit?

Warum bist du so versessen darauf, von hier wegzugehen?

Du wirst sehen, das Leben ist nicht so einfach, wie du es dir vorstellst.

Oder passiv-aggressiv und noch unumwundener, wenn sie schlecht gelaunt war.

Ein Glück, dass du so viel besser bist als alle anderen.

Ich habe natürlich unrecht, wie immer, denn du weißt ja alles besser.

Glaubst du, du bist der Einzige, der im Leben etwas erreichen will?

«Du sagst doch immer, dass du Geld verdienen willst», fuhr sie jetzt fort. «Tun Wirtschaftsjuristen das nicht?»

Die Sonne schien durch die Äste des kahlen Apfelbaums, ihre Strahlen waren noch blass und verschlafen. Ich seufzte.

«Sicher», erwiderte ich und schlug das Buch zu.

In Wahrheit hatte ich keinen blassen Schimmer, was Wirtschaftsjuristen taten, außer dass es mir sterbenslangweilig vorkam.

«Aber ich habe meine Bewerbungsunterlagen schon abgeschickt, und die Frist ist abgelaufen.»

Ich stand auf und faltete die Decke zusammen.

«Mit dem Zug sind es nur vier Stunden bis Norrköping. Und CSN zahlt mir ein Studiendarlehen. Ihr müsst euch also keine Sorgen machen.»

«Aber wo willst du wohnen?», rief meine Mutter mir nach, als ich über den Rasen in Richtung Terrasse ging, die mein Vater selbst gebaut hatte.

«Das wird sich schon finden», erwiderte ich über die Schulter hinweg.

Und am Ende löste sich die Wohnungsfrage in Lund tatsächlich; eine Woche vor Semesterbeginn. Es war mein Vater, der sie, wider Erwarten, löste. Oder vielleicht war es auch gar nicht so überraschend. In diesem Sommer hockte er hauptsächlich auf der Terrasse in der Hollywoodschaukel und scrollte auf seinem Handy herum. Eines Nachmittags stolperte er über einen Facebook-Post. Einer seiner ehemaligen Kollegen hatte eine Schwester, deren Sohn jetzt eigentlich sein drittes Jura-Semester beginnen sollte, aber offenbar im letzten Augenblick beschlossen hatte, eine Pause einzulegen und stattdessen in Frankreich Französisch zu lernen, ohne seine WG-Mitbewohner von seiner Planänderung informiert zu haben. Der Kollege bat nun seine Facebook-Community um Hilfe, jemanden zu finden, der das WG-Zimmer für das anstehende Semester übernahm und die Miete bezahlte. Mein Vater hatte sofort zurückgeschrieben – ohne mich zu fragen.

«Die Wohnung soll sehr zentral liegen», meinte er. «Das klingt doch toll? Eine WG, mit zwei anderen Jungs?»

Einen Moment lang schien er fast eifersüchtig, als ginge ihm auf, wie ein solches Studentenleben sein könnte, was er verpasst hatte. Mit Homies zusammenzuwohnen, Bier zu zischen und X-Box zu zocken. Hätte er das gerne gemacht?

Ich musste die Augen schließen, weil er mir mit einem Mal unendlich leidtat. Und das Gefühl, seinen Vater wegen seiner versäumten Jugend zu bemitleiden, empfand ich als schrecklich erniedrigend.

«Klingt fantastisch», sagte ich. «Danke, dass du das organisiert hast.»

Viertausendfünfhundert Kronen Monatsmiete. Danach blieben mir von meinem Studiendarlehen noch fast sechstausend Kronen zum Leben. Außerdem hatte ich noch zehntausend Kronen auf dem Konto, angespart von meinem jämmerlichen Sommerjob als Telefonverkäufer von Handyverträgen. Die Vergütung war zur Hälfte leistungsabhängig erfolgt, und angesichts der Tatsache, dass bei neunundneunzig Prozent der computergenerierten Telefonnummern aufgelegt worden war, sobald ich mich vorgestellt hatte, war es unfassbar, dass ich überhaupt etwas verdient hatte. Es kam mir vor wie ein Vermögen. Die Angst, die der Blick meines Vaters in mir geweckt hatte, legte sich und wich einem Gefühl, das ich noch nie empfunden hatte. Vielleicht war es Euphorie.

Ich band meine Certina-Uhr um, die ich zum Abitur bekommen hatte, und packte meine Bücher.

«Aber hock nicht nur in der Bude und lies, du Nerd», sagte Emma.

Doch ich hörte sie kaum, befand mich schon auf halber Strecke in ein anderes Leben.

2

Mein großer Koffer holperte über das Kopfsteinpflaster der Niels Bjelkegatan. Er war bestimmt zehn Jahre alt und stammte aus irgendeinem Supermarkt, angeschafft für einen unserer Kreta-Urlaube. Ich schämte mich, dass ich mich für den Koffer schämte, doch er machte allzu deutlich, dass ich zum unteren Rand der ländlichen Mittelschicht gehörte, einer Welt aus Discountern, Circle-K-Tankstellen und matschigen Schneeflocken im Schein gelber Straßenlaternen, an denen man auf der Autobahn vorüberfuhr. Ich wollte nicht auf diese Weise abgestempelt werden, ich wollte der sein können, der ich sein wollte. Ich wollte mein Leben beginnen, und der Koffer war wie ein Seil, das mich in eine verschlafene Vergangenheit zurückzog.

Ich blieb vor der hohen Eingangstür des gepflegten roten Backsteinhauses stehen, das sich bis zur Karl XI gatan und dem belaubten Park dahinter erstreckte. Der August war bisher extrem heiß gewesen, und der heutige Tag bildete keine Ausnahme. Es waren vermutlich über fünfundzwanzig Grad, und ich war froh über das weiße T-Shirt, das ich unter meinem aufgeknöpften hellblauen Hemd trug, damit die Schweißflecken nicht zu deutlich zu sehen waren.

Ich hatte mir gestern den ganzen Tag den Kopf darüber zerbrochen, was ich anziehen sollte, felsenfest davon überzeugt, dass meine erste Begegnung mit Ludvig und Victor, mit denen ich das halbe Jahr, in dem ihr Mitbewohner in Frankreich war, zusammenwohnen sollte, meine gesamte Studienzeit in Lund und damit den Rest meines Lebens bestimmen würde. Ich wollte smart wirken, lebenserfahren, lässig und stylish. Zum Schluss hatte ich mich für weiße Chinos, ein weißes T-Shirt und das hellblaue Button-down-Hemd von Ralph Lauren entschieden, das meine Mutter mir nach langem Drängeln beim Ausverkauf im Johnells in Norrköping gekauft hatte. Es war zeitlos und ähnelte den Hemden, die John Coltrane auf seinen Sechzigerjahre-Fotos trug. Ich stand inzwischen voll auf Blue Note und Jazz, auch wenn ich befürchtete, dass es vollkommen offensichtlich war, dass mich die Botschaft mehr interessierte als die Musik selbst. Wie auch immer, das Hemd passte jedenfalls zu dem, der ich sein wollte, und gleichzeitig war es nicht zu auffallend. Ich atmete tief durch und öffnete die massive Tür.

Die Wohnung lag unter dem Dach, und ich brauchte bestimmt fünf Minuten, um meinen Koffer in den engen Aufzug zu bugsieren und das Türgitter hinter mir zu schließen. Die Knöpfe waren dick und schwergängig, als ich die Vier drückte und der Aufzug sich schaukelnd und surrend auf eine Art in Bewegung setzte, die ich nur aus alten Filmen kannte. Es gefiel mir, es fühlte sich städtisch an.

Nachdem ich auf die kleine Messingklingel gedrückt hatte, dauerte es eine ganze Weile, bis die Wohnungstür geöffnet wurde. Mein Herz hämmerte wie wild, und ich schwitzte stärker als draußen auf der Straße. Im Facebook-Chat, den ich vorige Woche mit Ludvig geführt hatte, überprüfte ich noch einmal den Nachnamen und glich ihn mit dem Namensschild an der Tür ab. Obwohl ich keinen Moment daran zweifelte, dass ich richtig war – Rehnskiöld war kein Name, den man vergaß.

Ich klopfe einmal, sagte ich zu mir selbst. *Wenn in zehn Sekunden niemand aufmacht, fahre ich wieder nach Hause.*

Ein absurder Gedanke, aber solche Deals schloss ich ständig mit mir selbst:

Wenn der Bus nicht in zwei Minuten kommt, lasse ich Norrköping heute sausen.

Wenn ich dieses Buch nicht ausgelesen habe, bevor ich ins Bett gehe, darf ich eine Woche lang nicht FIFA zocken.

Wenn ich in Mathe keine Eins schreibe, laufe ich einen Marathon.

Bloß war der Einsatz heute höher. Ich glaube, wenn Ludvig die Tür auf mein Klopfen hin nicht fast sofort geöffnet hätte, ich wäre wirklich auf der Stelle umgekehrt und weggegangen. Doch er öffnete augenblicklich, als hätte er hinter der Tür gestanden und auf mich gewartet.

«Sorry, die Klingel ist kaputt. Wir müssen sie reparieren lassen.»

Er streckte eine trockene, kräftige Hand aus. Ich schüttelte sie linkisch und hoffte inständig, dass meine Hand nicht feucht war.

«Du bist Ludvig, oder?», fragte ich.

Er war groß, vielleicht sogar größer als ich, und ich maß immerhin eins siebenundachtzig, an einem guten Tag eins achtundachtzig. Sein halb langes, blondes Haar trug er zu einer luftigen Stockholmer-Yuppie-Frisur zurückgekämmt, die so voll mit teuren, unsichtbaren Pflegeprodukten war, das sie ganz natürlich aussah. Er hatte hohe Wangenknochen, einen athletischen Körper und wache Augen, die mich mit einer Mischung aus Neugier und Gleichgültigkeit musterten und mir mehr noch als der Koffer das Gefühl gaben, ein Hinterwäldler zu sein.

«Yes, das bin ich», sagte er. «Hübsches Hemd.»

Er nickte mir zu, und einen Moment lang hielt ich es für einen ironischen Kommentar. Dann ging mir auf, dass er das gleiche Hemd trug. Allerdings zugeknöpft und mit hochgerollten Ärmeln, den Saum nachlässig in blaue Shorts gestopft. Ich sah also nicht aus wie John Coltrane. Ich sah aus wie ein Jurastudent.

«Wir müssen einen Plan machen, wer von uns sein Hemd wann tragen darf», meinte er und ging in einem überraschend dunklen Flur voran. «Komm, ich zeig dir dein Zimmer.»

Ich folgte ihm in ein Wohnzimmer mit Dachschrägen. Zwischen zwei Dachgauben zur Straße hin thronte auf einer weißen IKEA-TV-Bank ein gigantischer Fernseher. Auf dem Bildschirm lief eine Folge von Maria Contis schwedischer Reality-Show. Seit einigen Jahren schien sie twenty-four-seven auf sämtlichen Kanälen gesendet zu werden. Maria Conti zählte zu den größten schwedischen Stars aus der jungen Oberschicht, ein ausgewogener Mix aus vererbtem Jetset und aktuellen Werbedeals. Gerade stand sie in weißer Sportkleidung in der neuen Küche, die sie in ihrem Haus in West Hollywood hatte einbauen lassen. Im Hintergrund erahnte man ihren Freund, einen anonymen und etwas älteren amerikanischen IT-Milliardär. Sie war unrealistisch durchtrainiert, unrealistisch erfolgreich und unrealistisch perfekt. Vor ein paar Monaten hatte sie sich an einem kalifornischen Sandstrand mit ihrem IT-Milliardär verlobt, eine moderne Version einer Hippie-Zeremonie am äußersten Rand der ökonomischen Stratosphäre. Medienberichten zufolge hatte der Ring zwei Millionen Dollar gekostet; die dazugehörige Kette und die Ohrringe noch einmal so viel.

«Verflucht fox, die Conti», sagte Ludvig. «Mega bangable. Du weißt, dass sie steinreich ist? Also ihr Vater. Irre assets. Vollkommen irre.»

Mit der Zeit sollte ich es lernen. Alle heißen Bräute waren *fox* und *bangable*. Und alle Vermögenswerte *assets*.

Auf dem Bildschirm setzte sich Maria Conti eine Sonnenbrille auf und stieg von sanftem L. A.-Licht beschienen in einen schwarzen SUV. Sie wirkte verstimmt.

«Eine alte Folge.»

Ludvig schaltete den Fernseher aus.

«Ihr Typ ist gerade dabei, einen globalen Zeitungs-Streamingdienst aufzubauen. Sie sind den Herbst über in Schweden. Wohnen im Hotel. Maria ist genau so, wie sie in der Show rüberkommt. Eine Zicke, aber ziemlich cool. Und wie gesagt, irre fox und mega bangable.»

«Du kennst sie?»

Ludvig zuckte die Achseln.

«Ihre Schwester war mit Victor auf dem Enskilda-Gymnasium in einer Klasse. Ich hab sie manchmal auf Partys gesehen, mehr nicht.»

Der Gedanke raubte mir den Atem. Maria Conti war die begehrteste Frau Schwedens, und meine Mitbewohner bewegten sich in denselben Kreisen wie sie. Ich war von mir selbst enttäuscht, weil es mich so sehr beeindruckte.

Vor dem Fernseher standen eine graue, leicht fleckige Eckcouch und ein großer Couchtisch mit einem Shaker darauf, der, wie ich annahm, Ludvigs Proteindrink enthielt.

«Das Wohnzimmer.» Ludvig machte mit dem rechten Arm eine ausholende Bewegung. «Wenn das Semester losgeht, sind Victor und ich kaum hier. Mach es dir einfach bequem. Netflix und HBO sind in der Miete mit drin.»

Er deutete auf den Fernseher.

«Da steht die PlayStation. Fühl dich wie zu Hause. All basics included.»

Er ging an mir vorbei in einen Raum am Ende des Wohnzimmers, der sich als Küche entpuppte, groß genug für einen Esstisch mit sechs Stühlen, und einer weiteren Dachgaube mit Aussicht auf einen begrünten Innenhof. Ludvig öffnete den Kühlschrank.

«Du hast das Fach in der Mitte», sagte er. «Es stehen noch ein paar von Tottes Sachen drin. Wirf sie einfach weg.»

Bevor er die Tür wieder zumachte, erhaschte ich einen Blick auf ein Glas Himbeer-Heidelbeer-Marmelade und ein Glas Erdnussbutter. Totte musste der nach Frankreich getürmte Mitbewohner sein.

«Komm», sagte Ludvig. «Dein Zimmer ist hier hinten.»

Er ging zurück ins Wohnzimmer, und ich folgte ihm.

«Wem gehört die Wohnung?», fragte ich. «Oder ist sie gemietet?»

«Sie ist Familienbesitz», erwiderte er.

Die Art, wie er «Familienbesitz» sagte, klang so natürlich, als redete er von einem Staat oder einer ganzen Kultur.

«Wir haben sie gekauft, als meine ältere Schwester hier studiert hat, dann haben wir sie eine Zeit lang vermietet, bis ich mit dem Studium angefangen habe. Victor ist aus Stockholm, aber unsere Familien kennen sich schon ewig. Als kleine Jungs waren wir zusammen in Falsterbo im Segellager. Totte haben wir im ersten Semester hier in Lund kennengelernt. Wir sind die drei Musketiere. Oder waren es, bis der Mistkerl beschlossen hat, eine Pause einzulegen und in Aix-en-Provence Französisch zu lernen.»

«Du kommst hierher, aus Schonen?», erkundigte ich mich.

Ludvig nickte.

«Aus Malmö.»

«Deine Eltern sind auch Juristen?»

Ich wollte nicht zu interessiert wirken, aber auch nicht zu desinteressiert. Eigentlich wollte ich alles über Ludvig wissen. Ich hatte keine Ahnung von Jura, oder was für Leute Jura studierten. Vielleicht würde ich der Einzige sein, der aus einer Familie kam, die keine lange Reihe von Juristen hervorgebracht hatte. Ich befand mich auf unsicherem Gebiet und wollte wenigstens wissen, womit ich es zu tun hatte, um mich anpassen zu können.

«Mein Vater hat in Lund Jura studiert», erzählte Ludvig. «Aber er hat nie als Jurist gearbeitet.»

«Was macht er stattdessen?»

«Er verwaltet einen Fonds. Investments. In Osteuropa. Asien. Grüne Energie und Nachhaltigkeit.»

Ludvig grinste und malte mit den Fingern Anführungszeichen in die Luft.

«Diese Schiene.»

«Verstehe», sagte ich.

Doch in Wahrheit verstand ich rein gar nichts und hoffte, Ludvig würde nicht fragen, was meine Eltern beruflich machten.

Ludvig öffnete eine Tür am anderen Ende des Wohnzimmers. Ich beugte mich vor und blickte hinein.

«Dein Zimmer», sagte er.

Das Zimmer war winzig, kaum groß genug für das Bett, den kleinen Schreibtisch und die Kommode, die unter der Schräge passgenau eingebaut zu sein schien. Ein winziges Dachfenster ließ einen Streifen Sonnenlicht herein, der auf die Matratze fiel.

«Könnte sein, dass Totte seinen Kram in der Kommode gelassen hat», meinte Ludvig. «Pack das Zeug einfach in einen Karton, damit du Platz für deine Sachen hast.»

«Kein Problem», erwiderte ich und nickte eifrig, um nicht wie jemand zu wirken, der Probleme machte.

«Ja, das wäre wohl alles.» Ludvig drückte mir einen Schlüsselbund in die Hand. «Du willst bestimmt auspacken. Ich muss zu einer Fachschaftssitzung. Aber wir sehen uns später. Okay?»

Im Zimmer war es stickig. Als Ludvig gegangen war, stieg ich aufs Bett, um zu prüfen, ob das Dachfenster sich öffnen ließ.

«Ach, eine Sache noch.»

Ludvig stand wieder in der Tür.

«Du musst zwei Monatsmieten als Kaution hinterlegen. Ich glaube, das habe ich noch nicht gesagt.»

Er beugte sich ins Zimmer und legte ein Blatt Papier aufs Bett.

«Das ist der Mietvertrag.» Er zwinkerte mir zu. «Schließlich sind wir Juristen, nicht wahr?»

Er klopfte zweimal mit der Faust an den Türrahmen und verschwand wieder im Wohnzimmer. Ich blieb auf dem Bett stehen und hörte, wie seine Schritte sich über das Parkett entfernten und kurz darauf die Wohnungstür hinter ihm ins Schloss fiel. Ich bückte mich nach unten und las den Vertrag, den er aufs Bett gelegt hatte.

Es war meine erste Begegnung mit einem trockenen juristischen Text, kaum dass ich aus dem Zug gestiegen war.

Der Mieter verpflichtet sich zur Leistung einer Kautionszahlung.

Mietzins.

Ich überflog die Sätze bloß, sah nur, dass die Kaution zwei Monatsmieten betrug, insgesamt neuntausend Kronen, und dass ich eine weitere Monatsmiete als Vorauszahlung leisten sollte. Mir wurde schwindelig, und ich sank aufs Bett.

Ludvig erwartete, dass ich ihm dreizehntausendfünfhundert Kronen überwies. Das war unmöglich. Auf dem Rücken liegend starrte ich geradewegs in den blauen Himmel über dem Dachfenster. Keine einzige Wolke war zu sehen, nichts. Ich brauchte mehrere Minuten, um zu begreifen, dass ich schon abgebrannt war, bevor das Semester überhaupt angefangen hatte.

Ich zog mein Handy aus der Hosentasche und loggte mich ins Onlinebanking ein. Ich hatte den ganzen Sommer über sparsam gelebt. Trotzdem belief sich mein Kontostand, sprich die Vergütung des Sommerjobs plus ein paar kleinere Beträge, die ich zum Abitur bekommen hatte, sowie ein paar Tausender, die meine Eltern zum Umzug beigesteuert hatten, auf knapp fünfzehntausend Kronen. Nach Abzug von Ludvigs Forderung blieben mir noch genau eintausenddreihundert Kronen. Und mein Studiendarlehen kam erst in ein paar Wochen.

Natürlich hätte meine instinktive Reaktion sein müssen, meine Eltern anzurufen. Beschämt, was sonst, doch die meisten Jugendlichen wären vermutlich nicht einmal das. Die meisten Eltern besaßen wahrscheinlich ein finanzielles Polster für Fälle wie diese, einen Puffer, um unvorhergesehene Ausgaben abzudecken. Manche kalkulierten solche Ausgaben vielleicht sogar von vornherein mit ein. Aber meine Eltern besaßen kein finanzielles Polster.

Bis vor ein paar Minuten hatte ich geglaubt, reich zu sein. Ich hatte noch nie so viel Geld auf dem Konto gehabt. Jetzt war mir nur noch hundeelend zumute. Wahrscheinlich brauchte Ludvig das Geld gar nicht. Vermutlich machte er sich noch nicht einmal Gedanken darüber, dass ich die Miete schuldig bleiben könnte, oder wofür diese Kautionszahlung auch immer gedacht sein sollte. Für ihn war es eine reine Formalität, eine symbolische Summe, etwas, was man einfach machte, ein Nichts. Für mich ging es dabei um alles. Aber nie im Leben würde ich mit jemandem darüber reden.

Ein paar rasche Klicks, und die gesamte Summe war auf Ludvigs Konto. Ich würde mich eben von Knäckebrot ernähren müssen. Es durfte bloß niemand merken.

* * *

Die ersten Tage vergingen damit, dass ich mich für die Einführungskurse einschrieb und einer der hiesigen Studentenverbindungen, der Östgöta Nation, beitrat. Dann versuchte ich, mir einen Plan zurechtzulegen, um bis zur Überweisung des Studiendarlehens genug Geld für Essen zur Verfügung zu haben. Ich bewarb mich für einen Job in der Spülküche der Östgöta Nation, und schon am Sonntag stand ich sechs Stunden lang in der winzigen Küche und räumte – zusammen mit einem chinesischen Studenten, der nicht genau zu wissen schien, wo er sich befand oder wie er hier gelandet war – eine Gastro-Spülmaschine ein und aus. Dafür bekam ich ein paar Hundert Kronen und vor Schichtbeginn ein Gratis-Essen. Kurz bevor geschlossen wurde, gab es eine Runde Fassbier und einen Snack zum Selbstkostenpreis. Schließlich war der eigentliche Sinn und Zweck, in einer Studentenverbindung zu jobben, genau das: Anschluss zu finden und Teil der Gemeinschaft zu werden. Aber ich brauchte Bares und konnte es mir nicht leisten, den winzigen Betrag, den ich verdiente, zu verpulvern, um Kontakte zu knüpfen.

Das Einzige, was ich mir seit meiner Ankunft in Lund gekauft hatte, war eine gebrauchte Gesetzessammlung für sechshundert Kronen. Sie war immerhin ein Beweis dafür, dass ich hier war, dass ich wirklich und wahrhaftig Jura studierte. Einen ganzen Nachmittag lag ich auf dem Bett, sah das Buch einfach nur an und strich mit der Hand über den blauen Leineneinband.

«Du kannst die komplette Seminarliteratur von mir oder Victor kaufen», meinte Ludvig. «Zum Freundschaftspreis.»

Doch dieser Freundschaftspreis überstieg die fünfhundert Kronen, die noch auf meinem Konto waren, um mehrere Tausend.

«Ich glaube, ich kaufe mir die Bücher neu», erwiderte ich.

«Klar», pflichtete Ludvig mir bei. «Gebrauchte Bücher sind unfresh.»

Mitte der ersten Septemberwoche war mein Kontostand auf null gesunken, und am Freitag hatte ich mich seit drei Tagen ausschließlich von Haferbrei ernährt. Ich hatte sogar die Marmelade und die Erdnussbutter aufgegessen, die dieser Tote zurückgelassen hatte. Um mich herum fanden die anderen Studierenden ihre Gruppen und trafen sich in der Unibibliothek oder in einer Studentenverbindung, um gemeinsam zu lernen. An ihren Scherzen und ihren Insiderjokes merkte ich, dass sich die Bande zwischen ihnen festigten. Meine notorische Abgebranntheit färbte auf mein soziales Leben ab, und nachts schob ich Panik, diese Farbe könnte von Dauer sein. Bald würde mein Studiendarlehen überwiesen, und dann hätte ich genug Geld, um auszugehen und einen Kaffee oder ein Bier zu trinken. Aber ich hatte Angst, dass es dann zu spät sein könnte. War man nicht von Anfang an dabei, war der Zug abgefahren. Würde ich fast fünf Jahre Einsamkeit überleben? Oder zumindest ein Weirdo-Dasein, wie auf dem Gymnasium?

Als ich am Freitag in jener ersten Septemberwoche aufwachte, hatte ich mich bereits ins Onlinebanking eingeloggt, bevor ich die Augen richtig aufbekam – so wie ich es in Erwartung des Studiendarlehens seit Semesterbeginn jeden Morgen getan hatte. In meinem schlaftrunkenen Zustand glaubte ich zu träumen. Die Zahlen auf dem Display verschwammen ineinander, und ich blinzelte mehrmals, um klar zu sehen. Mein Kontostand belief sich auf annähernd fünfzehntausend Kronen. Das Geld war da, und ich hatte fast fünftausend Kronen mehr ausbezahlt bekommen, als ich erwartet hatte. Ich setzte mich im Bett auf und rieb mir die Augen. Auf der CSN-Website las ich, dass die Beträge für den halben August und den gesamten September aufgrund des Semesterbeginns zum 15. August auf einmal überwiesen worden waren. Unendliche Erleichterung durchflutete mich, und ich ließ mich zurück aufs Bett sinken.

Zum ersten Mal ging ich in das Café, um das ich von Tag eins an einen großen Bogen gemacht hatte, und gönnte mir zum Frühstück einen Cappuccino und ein Croissant. Das Love Coffee am Clemenstorget besaß ein modernes, kosmopolitisches Flair, es war nicht so muffig und in einen Dunst aus abgestandenem Biermief gehüllt wie die Lokale der Studentenverbindungen. Ich trank meinen Cappuccino aus und bestellte einen zweiten. Die Welt draußen vor dem Fenster hatte wieder Farben. Eine Zukunft erschien möglich. Ich würde mir die nötige Seminarliteratur kaufen und Freunde finden. Ich würde mich satt essen. Das war die Macht des Geldes und der Grund, warum ich Jura studierte und später einen hoch bezahlten Spitzenjob ergattern würde. Ich würde nie wieder jede Öre zweimal umdrehen und niemals wieder Haferbrei essen.

An der Theke unterhielten sich einige Studenten mit der Barista. Sie war in meinem Alter, hatte ein Nasenpiercing und trug ihr blondes Haar zu einem Bun hochgebunden. Seit ich in Lund war, hatte ich das Aussehen anderer Menschen kaum wahrgenommen, mein Gehirn war viel zu sehr auf das Geld fokussiert gewesen. Dass mir auffiel, wie heiß sie war, erschien mir wie eine Befreiung.

«Fährst du auch nach Malmö», erkundigte sie sich, als ich bezahlte.

Ich schob meine EC-Karte in das Lesegerät: unendliche Erleichterung, die Zahlung wurde akzeptiert.

«Malmö?», erwiderte ich. «Warum?»

Lächelnd hielt sie mir die Quittung hin. Ich schüttelte den Kopf.

«Die Demo?», sagte sie. «Der Neonazi-Aufmarsch? Alle scheinen dahin zu wollen.»

Mit dem Zug waren es bis Malmö nur zehn Minuten, aber in den vergangenen Wochen hätte es genauso gut auf einem anderen Planeten liegen können. Vage erinnerte ich mich daran, gelesen zu haben, dass die Neonazis die Erlaubnis erhalten hatten, in Linhamn, am Stadtrand von Malmö, zu demonstrieren. Ich errötete leicht und sah sie an.

«Ich dachte, das wäre morgen», sagte ich. «Ich war in den letzten Tagen so beschäftigt, dass ich das ganz vergessen habe.»

«Die offizielle Demo ist auch morgen», erwiderte sie. «Aber sie wollten ursprünglich mitten in der Stadt demonstrieren, was nicht genehmigt wurde, und jetzt gehen alle davon aus, dass sie da heute unangemeldet aufmarschieren.»

Ich zögerte, wusste nicht recht, was ich sagen sollte.

«Du solltest hinfahren», meinte sie, «wenn du nichts anderes vorhast. Es heißt, um drei Uhr geht's los. Und es wird ganz schön chaotisch werden.»

Sie sah mich mit ihren blauen Augen an, und eine Mikrosekunde gab ich mich der Fantasie hin, ich wäre einer von diesen Typen, die so etwas sagten wie: ‹Wann ist deine Schicht zu Ende? Ich warte auf dich›, oder sie nach ihrem Snapchat-Profil oder ihrer Telefonnummer fragten. Wollte sie vielleicht, dass ich sie danach fragte? Doch ich nickte bloß und schob meine EC-Karte zurück ins Portemonnaie.

«Ernsthaft», sagte sie. «Es sind dunkle Zeiten. Jeder kann etwas dagegen tun.»

Das war natürlich ein bisschen übertrieben, aber ich war anfällig vor Glück, weil das Geld da war, und ich konnte keinen Tag länger in meinem winzigen Mansardenzimmer hocken.

«Du hast recht», sagte ich. «Ich fahre hin.»

3

Es herrschte kein Chaos, als ich in Malmö am Bahnhof aus dem Zug stieg. Wobei ich nicht behaupten konnte, schon einmal auf einer größeren Demonstration gewesen zu sein. In Norrköping bedeutete eine Demo gegen Rechts, dass ein paar Ökos mit selbst gebastelten Plakaten auf dem Tyska torget standen, und ich war im Lauf der Jahre nur einmal rein zufällig an ihnen vorbeigelaufen. Was diese Demo anging, hegte ich komplett andere Erwartungen. Es war kurz vor halb vier, als ich aus dem Bahnhofsgebäude kam. Und auf der Brücke über den Kanal meinte ich von der Innenstadt her das dumpfe Dröhnen von Trommeln zu hören. Als ich die Straße überquerte, fiel ein Schatten auf den Asphalt. Ich hob den Kopf und entdeckte einen Polizeihubschrauber, der besorgniserregend tief über den Hausdächern schwebte. Die Geräusche der Rotoren wurden immer lauter. Passanten blieben stehen und deuteten nach oben. In einer Seitengasse parkten zwei Polizeibusse. Schutzschilde wurden ausgeladen. Ich spürte, wie mein Puls schneller schlug. Es würde definitiv etwas geschehen.

Auf dem Stortorget stand eine kleine Gruppe Demonstranten mit Dreadlocks und roten Transparenten, die vielleicht fünfzig Köpfe zählte. Im ersten Moment stimmte ihr Anblick mich euphorisch. Sie wirkten authentisch, ehrlich, als kämen sie aus einer größeren Welt, voller Hasch und Diskussionen über die Fallstricke der Globalisierung, vielleicht aus Kopenhagen oder Berlin. Im Näherkommen schien es mir jedoch, dass sie, mit ihren weiten, kurzen Hosen, ihren postironischen Frisuren und ihrer diffusen Gender-Zugehörigkeit, eher aussahen wie gealterte Versionen der Ökos in Norrköping. Ihre Transparente und Trommeln waren eher nostalgisch als aufsehenerregend, eher geeignet für eine dröge Kundgebung am Ersten Mai als für den Widerstand, den ich zu erleben hoffte. Der Polizeihubschrauber kreiste am Himmel. Als ich mich umwandte, rückte eine Gruppe Polizisten in voller Kampfmontur heran, undeutliche und verwechselbare Gesichter unter weißen Helmen und hinter Plexiglasvisieren. Schwarze Gestalten umhüllt von Gore-Tex und Kevlar. Vielleicht waren es die Polizisten, die ich eben beim Ausladen ihrer Fahrzeuge gesehen hatte. Ich ließ sie passieren und sah ihnen nach.

Ich hatte meine finanzielle Depression überlebt. Doch in all ihrer Banalität hatte sie die tiefe Kluft offenbart, die geradewegs durch die Wohnung verlief, in der ich lebte. Eine Kluft, die eine Mikroversion derselben unsichtbaren Ungerechtigkeit darstellte, auf der die Welt aufgebaut war. Niemand konnte sich gegen die vereinte Macht von Geld, Herkunft und Klasse wehren. Absolut niemand. Ich war selbst überrascht, wie begierig ich auf einmal darauf war, zu erleben, wie die Welt aussah, wenn sie in Brand gesetzt wurde.

Der Lilla torg grenzte unmittelbar an den Stortorget. Aber die Atmosphäre dort war eine vollkommen andere. Keine Trommeln schlagenden, Fahnen schwenkenden Ökos. Stattdessen hatten sich in der Mitte des Platzes mehrere Hundert schwarz gekleidete Demonstranten eingefunden, viele mit Sturmhauben. Sie wirkten wie Fossile, wie Relikte aus einer Zeit, in der noch Seuchen und Todesgefahr geherrscht hatten. Die Demonstranten in der ersten Reihe trugen schwarze Motorradhelme über ihren Sturmhauben. Manche waren mit Knüppeln und Steinschleudern bewaffnet. An Rucksäcken baumelten Gasmasken. Demonstranten wie diese sah man normalerweise in den Nachrichten bei den Aufmärschen von Globalisierungsgegnern in den Hauptstädten der Welt. Gemeinsam bildeten sie eine kampfbereite Straßenarmee. Die Polizisten, die die Demonstranten jetzt einkreisten, waren deutlich in der Unterzahl. Wenn die Menge wollte, konnte sie den Platz spielend leicht verlassen.

«Deutsche und Dänen», sagte ein Maklertyp im Anzug, der neben mir stand, zu seinem Kollegen und deutete auf den maskierten Pulk.

«Verfluchter Abschaum, keinen Deut besser als die Nazis.»

«Psychopathen», erwiderte sein Kollege. «Das wird Krawall geben. Warum sind nicht mehr Polizisten hier?»

Mein Puls schnellte in die Höhe. Deswegen war ich gekommen, auch wenn es mir nicht bewusst gewesen war oder ich es mir nicht hatte eingestehen wollen. Und es verblüffte mich, wie sehr ich dem Krawall entgegenfieberte, wie vollkommen angstfrei und bereit für das Chaos ich mich fühlte.

Die Demonstranten skandierten etwas, das im Rotorenlärm des Hubschraubers über uns unterging. Ich bekam nicht mit, wie es anfing. Vielleicht wurde einer der Polizisten provoziert, vielleicht kam aus der gesichtslosen Masse eine Flasche oder ein Projektil geflogen. Aber mit einem Mal hoben die Polizisten ihre Schilde und gingen mit Schlagstöcken auf die Demonstranten los. Ein Wogen ging durch die schwarze Masse, als sie sich in einer kollektiven Bewegung dem Brandherd zuwandte. Brennende Flaschen flogen über behelmte Köpfe. Schlagstöcke pfiffen durch die Luft. Durch den Hubschrauberlärm hindurch meinte ich, herannahendes Sirenengeheul zu hören. Die Makler neben mir wichen zum Stortorget zurück. Beide filmten den Krawall mit ihren Handys.

Ich hätte wohl besser auch den Rückzug angetreten und gefilmt, aber ich hatte keine Angst, im Gegenteil. Meine Augen waren weit aufgerissen, meine Schläfen pochten, und ich empfand eine sonderbare Ruhe. Ich dachte nicht einen Moment lang an Rückzug. Ich wollte keine einzige Sekunde verpassen.

Zunächst schienen die Polizisten die Lage unter Kontrolle zu bekommen. Die ersten Scharmützel verebbten, das Wogen der schwarzen Masse schwächte sich zu einem Kräuseln ab, erneut trat eine angespannte Ruhe ein. Doch dann kam wie aus dem Nichts ein neues Projektil geflogen und traf einen der Polizisten am Helm. Blaue Flammen schlugen aus dem Wurfgeschoss und züngelten am Hosenbein des Mannes, ehe sie am Boden erloschen. Im ersten Moment wich der Polizist zurück. Doch als die Flammen erloschen, reagierte er impulsiv. Er trat einen Schritt vor und hieb mit seinem Schlagstock auf die vor ihm stehenden Demonstranten ein. Es war eindeutig, dass niemand von ihnen die Flasche geworfen hatte und seine Reaktion vollkommen willkürlich war. Vielleicht war er der Ansicht, dass es keine Rolle spielte, dass die ganze Masse vom gleichen Schlag war. Vielleicht hatte er einfach eine Stinkwut oder war in Panik. Einer seiner Kollegen versuchte, ihn zu beruhigen. Doch es war zu spät. Als Antwort auf seine Überreaktion explodierte der ganze Platz.

Die Masse der Demonstranten rückte geschlossen in die Ecke vor, in die die Polizisten sich zurückgezogen hatten und versuchten, mit ihren Schilden eine Art Mauer zu bilden. Kurz entschlossen kletterte ich über die Außenbestuhlung eines Cafés und war nur noch ein Dutzend Meter vom Epizentrum des Krawalls entfernt. Brennende Flaschen und Steine flogen durch die Luft. Der Hubschrauber dröhnte am Himmel. Die Polizisten sammelten sich vor einer der schmucken Fassaden aus dem 17. Jahrhundert, die den Platz säumten. Das Schaufenster eines Ladens für Wolle und Bastelbedarf bildete eine bizarre Kulisse. Garn und Kiefernholz gegen Kevlar und Plexiglas. Als zwei Polizisten etwas hochhoben, das aussah wie graue Schrotflinten, blieb ich abrupt stehen und duckte mich.

«Nein!», schrie ich. «Nicht schießen.»

Meine Stimme ging im Lärm unter. Die Polizisten richteten die Läufe leicht nach oben, aber aus den Mündungen kamen keine Bleikugeln, sondern Geschosse, die rauchenden Metallzylindern ähnelten. Sekunden später trieften meine Augen und meine Nase, und ich bekam keine Luft mehr. Tränengas. Durch einen nassen Schleier hindurch sah ich, wie ein Teil der Masse sich zurückzog und andere sich Lappen und Tücher vor die Gesichter pressten. Manche hatten Gasmasken aufgesetzt. Meine Luftröhre schwoll an, und je tiefer ich Luft holte, umso mehr Gift atmete ich ein. Ich musste hier weg, ich hatte das Gefühl zu ersticken. Ich taumelte am Plattenladen Folk & Rock um die Ecke und stolperte die Straße entlang, vorbei an einem Fitnessstudio und einem Espresso House. Aus der anderen Richtung, vom Lilla torg, rückten weitere Polizisten an. Sie schrien mir etwas zu, das ich in dem Lärm von marschierenden Schritten und Schlachtrufen nicht verstand. Der Tumult hinter mir schwoll an. Fensterscheiben wurden eingeschlagen. Wie hatte die Lage so schnell eskalieren können? Es war höchstens zehn Minuten her, als ich an den Ökos vorbeigelaufen war, und eine Minute, seit der erste Demonstrant die Flasche geworfen hatte. Die Innenstadt hatte sich in ein Kriegsgebiet verwandelt. Keuchend rang ich nach Luft.

Ich hatte keine Ahnung, wohin ich lief. Ohne zu überlegen, bog ich nach rechts in eine größere Straße ein, weg von dem Tränengas, auch wenn es mir hier längst nicht mehr schaden konnte. Es war mir unmöglich, einen klaren Gedanken zu fassen. Verschwommen sah ich, dass die Straße vor mir mit Absperrgittern abgeriegelt war und eine geschlossene Formation Polizisten mit dem Rücken zu mir stand. Auf der anderen Seite der Absperrgitter hatten sich, wie ich durch meinen Tränenschleier undeutlich erkennen konnte, Neonazis eingefunden, mit weißen Hemden, in die sie ihre schwarzen Krawatten gesteckt hatten. Über ihnen wehten grüne Flaggen mit schwarzen Symbolen. Möglicherweise Runen. Es waren nur wenige, kaum mehr als fünfzig. Die Polizisten versuchten wahrscheinlich, sie am Weiterziehen zu hindern, damit sie von den Gegendemonstranten auf dem Lilla torg nicht totgeprügelt wurden. Ein Polizist blickte in meine Richtung und gestikulierte mit der Hand, um mir zu bedeuten, dass ich mich von der Kreuzung, auf der ich stand, wegbewegen und weiter die vor mir liegende Straße hinuntergehen sollte. Ich konnte ihn durch die Tränen hindurch kaum erkennen.

«Du kannst da nicht bleiben», rief er. «Die Straße ist abgeriegelt.»

Ich blickte über die Schulter zurück zum Lilla torg, wo die Gegendemonstranten zurückweichende Polizisten vor sich her trieben, auf mich und die Neonazis zu.

«Du musst da weg!», schrie der Polizist. «Sofort!»

Hinter ihm drängten die Nazis weiter voran, gegen die Schilde und Absperrgitter der Polizei, rechts von mir wurden andere Polizisten von Gegendemonstranten zurückgedrängt. Ich hatte keine andere Wahl, als die Straße zu nehmen, die nach links führte.

Ich lief an einer Schokoladen-Confiserie und einem Herrenfriseur vorbei, Mittelschichtsymbole, die für Sicherheit standen, sie kamen mir unter dem Eindruck stampfender Stiefelschritte, Kampfparolen, berstender Fensterscheiben und dem Lärm dröhnender Hubschrauberrotoren über meinem Kopf unendlich absurd vor. Meine Augen und meine Kehle brannten.

Die Straße, die ich entlangstolperte, war ausgestorben, doch die Schlachtrufe und der Lärm der heranrückenden Masse hinter mir kamen immer näher. Das Polizeiaufgebot war zu gering, sie hatten die Gegendemonstranten nicht aufhalten können. Mein Herz hämmerte wie wild, aber nicht vor Angst, sondern aufgeputscht von Adrenalin und Erregung. Der Krawall würde nur von kurzer Dauer sein, so viel war mir klar. Mehr Polizisten würden anrücken und die Lage wieder unter Kontrolle bringen. Noch vor dem Abend würden alle Spuren dieses wenige Minuten währenden Ausnahmezustandes getilgt sein. Ich wollte nirgendwo anders sein als genau hier, im Zentrum des Geschehens.

Ich blieb stehen und fuhr mit dem Hemdsärmel über meine brennenden, tränenden Augen. Als ich die Augen wieder öffnete, entdeckte ich auf der anderen Straßenseite eine schwarz gekleidete Gestalt mit einer Spraydose in der Hand. Aus einer Seitengasse kamen ein paar andere, gleichfalls schwarz gekleidete Gestalten, Sturmhauben vor den Gesichtern, schwarze Jeans, schwarze Bomberjacken, schwarze Boots, und liefen die Straße hinauf, von uns weg.

«Lass es sein!», schrien sie. «Vergiss es, wir haben keine Zeit!»

Doch die Person mit der Spraydose – ich konnte nicht erkennen, ob es ein Mann oder eine Frau war – hörte nicht auf sie. Sie hob den Arm und stellte sich auf die Zehenspitzen.

Ein paar Straßen entfernt waren Geräusche von berstendem Glas, dröhnenden Schritten und skandierenden Stimmen zu hören, die immer näher kamen.

Die schwarz gekleidete Gestalt sprayte in deutlichen Buchstaben etwas an die gelbe Mauer des Hauses:

WIR HABEN SEILE UND DOLCHE

Sie schien noch etwas hinzufügen zu wollen und suchte nach einem geeigneten Platz.

Das Getöse kam immer näher. Aus dem Augenwinkel sah ich, wie aus einer der Seitengassen ein Polizist heranpreschte. Seine Augen unter dem weißen Helm waren dunkel vor Zorn. Er hob seinen Schlagstock, die schwarz gekleidete Gestalt wandte ihm und mir den Rücken zu.

Dann ging alles ganz schnell, ich dachte nicht darüber nach.

«Pass auf!», schrie ich. «Vorsicht!»

Warum ich das tat? Warum ich mich auf die Seite des maskierten Aktivisten schlug? Vielleicht, weil der Polizist so offensichtlich überlegen zu sein schien und seine gewalttätige Reaktion so unverhältnismäßig war.

Die schwarz gekleidete Gestalt warf einen Blick über die Schulter und entdeckte den Polizisten, der mitten in der Bewegung innehielt und sich mir zuwandte. Sein Zögern genügte. Die schwarz gekleidete Gestalt wich von der Hauswand zurück und verschwand in einer der Seitengassen. Vielleicht sah der Polizist ein, dass er den Missetäter nicht einholen würde. Er zögerte erneut, dann wandte er sich wieder mir zu, aus seinen harten Augen sprach berechtigte Wut.

Meine Augen tränten und brannten höllisch. Ich blinzelte panisch. Für einen Moment schien die Zeit stillzustehen. Bevor ich begriff, was geschah, spürte ich einen stechenden Schmerz im linken Handgelenk. Ich schrie auf und fiel, den verletzten Arm vorm Gesicht, auf die Knie, eher verblüfft als erschrocken. Als ich aufblickte, stand der Polizist in seiner dunkelblauen, fast schwarzen Uniform vor mir. Er hielt seinen Schlagstock in der Hand.

«Hinlegen! Auf den Boden!», schrie er und trat mit erhobenem Schlagstock einen Schritt auf mich zu.

Zögernd hielt ich ihm meine Handflächen entgegen, um zu zeigen, dass von mir keine Gefahr ausging. Mein Handgelenk schmerzte, es fühlte sich an, als wäre es gebrochen. Er musste mich mit seinem Schlagstock getroffen haben.

«Ich habe nichts getan», sagte ich. «Ich bin hier nur zufällig vorbeigekommen.»

Der zweite Schlag traf meine Schulter und war so hart, dass ich vornüberfiel und mich auf dem Kopfsteinpflaster zusammenkrümmte.

«Die Hände auf den Rücken!», brüllte der Polizist.

Der Schock schlug wie eine Welle über mir zusammen. Was zum Teufel? Passierte das hier wirklich?

Mein Handgelenk schmerzte höllisch, meine Augen trieften. Hinter mir näherte sich die Menschenmasse vom Lilla torg.

«Ich habe nichts getan», wiederholte ich.

Der Polizist presste meinen Kopf auf das Pflaster, und ich spürte, wie meine Wange über die Pflastersteine schürfte. Als er mein verletztes Handgelenk nach hinten bog, schrie ich vor Schmerz auf.

«Das tut weh, verflucht! Was soll das?», keuchte ich in die Pflastersteine.

Dann erklangen unmittelbar neben mir Schritte, und das Gewicht auf mir ließ nach. Ich rollte mich auf die Seite. Der Polizist lag auf dem Rücken neben mir. Das Stampfen und der Lärm der Masse kamen näher, und plötzlich waren sie überall, rings um mich herum, als hätte sich eine Woge aus Menschen in die Straße ergossen. Polizisten und Demonstranten. Schreie und Befehle. Schläge und Flaschen. Der Helikopter über unseren Köpfen.

Jemand zog an meinem Ärmel, und ich richtete mich auf. Die Zeit war außer Kraft gesetzt, Slow Motion und Highspeed zugleich. Ich erahnte eine schwarze Jeans, eine schwarze Bomberjacke, schwarze Boots mit drei seitlichen Adidas-Streifen. Ich wurde auf die Füße gezerrt. Als ich den Blick hob, flackerte die Botschaft feuerrot über die Hausfassade auf der anderen Straßenseite.

Das war das Letzte, was auf meiner Netzhaut haften blieb, bevor eine neue Wolke aus Tränengas durch die Luft wallte. Neben mir versuchte der Polizist noch immer leicht verwirrt, auf die Beine zu kommen. Doch ich stand, und die Person, die mich gerettet hatte, fasste mich am Arm und zog mich von ihm fort, eine Seitengasse hinunter und weiter über eine ausgestorbene Straße.

Als die beiden Demonstrantengruppen aufeinandertrafen, die Polizisten zwischen sich, schwoll der Lärm weiter an, doch je weiter wir uns vom Ort des Geschehens entfernten, umso mehr verebbte er. Die schwarz gekleidete Gestalt führte mich in einen Innenhof, blieb stehen, sah mich an und deutete auf eine Hauswand.

«Setz dich da hin.»

Ihre Stimme war nicht tief und hart, wie ich es erwartet hatte, sondern hell und melodisch. Durch die Sturmhaube konnte ich nur ihre Augen erkennen. Sie waren von einem tiefen Grün, fluoreszierend, wie eine Algenblüte.

Zögernd blickte ich mich um. Die schwarz gekleidete Gestalt machte einen Schritt auf mich zu und drückte mich behutsam mit dem Rücken an die gelb verputzte Mauer und hinunter auf die Pflastersteine.

«Wir haben nicht viel Zeit», sagte sie. «Tu, was ich sage.»

Ich spürte, dass sie ein weiches Tuch auf meine Augen legte.

«Das hilft gegen das Tränengas. Gib mir deine Hand.»

Es stimmte. Ich spürte, wie das Tuch das Brennen linderte und meine Augen aufhörten zu tränen. Die Frau ergriff meine Hand, und ich fühlte das kühle Gore-Tex-Material ihres Handschuhs auf meiner Haut. Als ich das Tuch über meinen Augen ein klein wenig anhob, sah ich, dass sie mit der anderen Hand in einem großen schwarzen Rucksack kramte und eine Rolle Verbandsmull herausnahm, die auf ihrem schwarzen Handschuh blendend weiß aussah.

«Der Bulle hat dir mit seinem Schlagstock das Handgelenk verstaucht», sagte sie und legte mir einen festen Verband an. «Vielleicht ist es sogar gebrochen. Du solltest es röntgen lassen.»

«Wer bist du?», fragte ich.

Sie antwortete nicht, rollte nur weiter behutsam die Mullbinde um mein Handgelenk.

«Warum hilfst du mir?»

Sie schaute mich an.

«Weil du aussahst, als könntest du Hilfe gebrauchen», antwortete sie. «Und außerdem hast du mir auch geholfen.»

Ich saß da wie gelähmt und ließ sie mein Handgelenk verbinden, noch immer von Adrenalin berauscht. Das dumpfe Dröhnen des Hubschraubers, lautes Stimmengewirr, das Geräusch von Schlägen und von schnellen Schritten, jetzt weit entfernt. Es war, als befänden wir uns in einer anderen Welt, und ich war mir nicht sicher, ob das hier wirklich passierte.

«Bist du mit einer Gruppe hier?», erkundigte sie sich und ließ meine Hand los. Sie sah mich an. Ihre Augen leuchteten so intensiv, dass ich über ihre Schulter schauen musste, um nicht komplett den Boden unter den Füßen zu verlieren. Ein Sonnenstrahl fiel auf das Blechdach und die schäbige Fassade auf der anderen Seite des Innenhofs.

«Gibt es jemanden, den du benachrichtigen musst?», fuhr sie fort. «Jemanden, der sich fragt, wo du bist?»

«Ich bin allein», sagte ich.

Es klang ehrlicher, als ich es beabsichtigte, größer, so als steckte mehr dahinter als die Demo allein. In der Ferne erklangen Sirenen, erst eine einzelne, dann mehrere, in einem Wechsel aus Gleichklang und Dissonanz, eine Kakophonie, bis sie allesamt verstummten. Sie nickte und strich mir über die Wange. Dabei rutschte der Ärmel ihrer Jacke ein Stück nach oben, und ich erhaschte einen Blick auf ein Tattoo. Ein Frauenkopf im Profil, nicht mehr als eine schwarze Linie. Es wirkte uralt und modern zugleich und erinnerte mich an Nofretete, die ägyptische Königin.

«Wohnst du in Malmö?», wollte sie wissen.

«In Lund. Ich studiere Jura. Oder habe gerade angefangen. Erstes Semester. Ich hatte gar nicht vor herzukommen. Ich war einfach nur neugierig.»

Die grünen Augen musterten mich so aufmerksam, dass ich ihren Blick eine Sekunde lang erwidern musste.

«Und hast auf ein bisschen Krawall gehofft», erwiderte sie. «Auf eine kleine Flucht.»

In gespieltem Desinteresse zuckte ich die Achseln.

«Keine Ahnung. Ich war einfach neugierig.»

Sie nahm wieder meine Hand, wickelte das letzte Stück Mullbinde um mein Handgelenk und befestigte den Verband mit einem Heftpflaster. Dann sah sie mich wieder an.

«Lüg nicht», sagte sie. «Du musst dich nicht schämen.»

Ich spürte, dass ich rot wurde.

«Sorry», murmelte ich. «Vielleicht hast du recht.»

«Und entschuldige dich nicht.»

Sie steckte die Packung mit den Heftpflastern zurück in ihren Rucksack und spähte aus dem Augenwinkel zum Hofausgang in Richtung Straße, als wartete sie auf etwas. Mein Blick fiel auf die rote Spraydose.

«Warum hast du diesen Spruch an die Hauswand gesprüht?», fragte ich. «Das mit den Seilen und Dolchen.»

Sie sah mich einen Moment lang schweigend an.

«Weil das alles ist, was wir haben», erwiderte sie schließlich. «Vielleicht genügt es.»

Ich schüttelte den Kopf. Verstand kein Wort von dem, was sie sagte.

«Wie heißt du?», fragte sie.

Ich sagte ihr meinen Namen. Sie stand auf, spähte abermals hinaus auf die Straße und zog den Reißverschluss ihres Rucksacks zu. Sie wirkte ungeduldig, als wartete sie auf jemanden, der längst hätte da sein müssen.

«Ich passe nicht hierher», murmelte ich leise. «Ich hatte geglaubt, ich würde nach Lund passen, aber so ist es nicht.»

Das war die Wahrheit, so empfand ich es, doch es war ein sonderbarer Moment, um es anzusprechen. Vielleicht stand ich leicht unter Schock. Und sie interessierte sich für mich. Es war lange her, dass das jemand getan hatte.

Sie drehte sich zu mir um.

«Ich wohne mit zwei reichen Typen aus Stockholm zusammen, die Tennis spielen, segeln und ein Leben führen, an das ich niemals auch nur ansatzweise heranreichen werde. Ich studiere ein Fach, das komplett anders ist, als ich es mir vorgestellt habe.»

Kopfschüttelnd blickte ich in ihre grünen Augen.

«Entschuldige, ich quatsche zu viel.»

Sie ging vor mir in die Hocke und wollte etwas sagen, vielleicht etwas Tröstendes oder Aufmunterndes, doch in dem Moment rief eine Stimme vom Hofeingang:

«Max! Was zum Teufel ist los?»

Wir wandten uns beide zu der Stimme um. Die Gestalt, die dort im Durchgang zur Straße stand, trug ebenfalls eine Bomberjacke und die gleiche schwarze Ausrüstung, Sturmhaube, Rucksack und Handschuhe. Leute wie sie kannte ich aus den Nachrichten und von YouTube-Videos, an der Spitze von Demonstrationszügen, in der ersten Reihe, professionelle Aktivisten, anonym, autonom.

«Mach schon, verflucht! Wir müssen weg. Jetzt!»

Max, denn das war wohl ihr Name, beugte sich zu mir hinunter und warf einen letzten prüfenden Blick auf mein Handgelenk.

Das Pochen hatte etwas nachgelassen, war umhüllt von einer kleinen, sanften Wolke.

«Wer seid ihr?», wollte ich wissen. «Antifaschistische Aktion? Schwarzer Block?»

«Ernsthaft!», schrie ihr Kumpel. «Was zum Teufel machst du?» Max sah mich an.

«Wir sind niemand», sagte sie. «Wir sind nichts.»

Dann trat sie einen Schritt zurück. Sie schien noch etwas hinzufügen zu wollen, doch dann wandte sie sich um und lief zu ihrem Freund.

Der Hubschrauber dröhnte über uns und ertränkte das erneut einsetzende Sirenengeheul. Das Blaulicht flackerte über die Fassaden.

Ich weiß nicht, wie lange ich in dem Innenhof sitzen blieb. Jedenfalls so lange, bis das Dröhnen des Hubschraubers und das Sirenengeheul verstummt waren. Auch das Blaulicht flackerte nicht mehr über die Hauswände. Die Demonstranten, die festgenommen werden sollten, waren inzwischen vermutlich festgenommen, diejenigen, die abtransportiert werden sollten, waren abtransportiert. Auf die Innenstadt von Malmö senkte sich wieder Ruhe herab. Ich stand auf, bürstete mir den Dreck von der Jeans und begutachtete den Verband. Hätte ich nicht die Schmerzen in meinem Handgelenk gespürt, hätte all das, was sich seit meiner Ankunft in Malmö ereignet hatte, genauso gut ein Traum oder pure Fantasie sein können. Ein Polizist hatte mich grundlos geschlagen und festgenommen, und ich war befreit worden. Ich schüttelte den Kopf. Es war vollkommen irreal.

Ein ganzes Leben in Langeweile und Stagnation, und dann ein verschwindend kurzer Adrenalinstoß und Aktivität. Ich wusste nicht recht, wie ich damit umgehen sollte. Musste ich mir Sorgen machen, dass die Polizei nach mir fahndete? Immerhin war ich geflohen. Sollte ich mich stellen? Nein, das war ein naiver Gedanke. Die Polizei hatte sicher anderes zu tun?

Langsam ging ich denselben Weg zurück, den ich mit der schwarz gekleideten Demonstrantin gekommen war. Die Straßen lagen voller Scherben und kaputter Flaschen. Vor einer Hauswand entdeckte ich eine leere Tränengasgranate. Die Absperrgitter standen noch da, doch die Demonstranten waren verschwunden. Das Juweliergeschäft war mit gelbem Polizeiband abgesperrt, und vor dem Eingang parkten zwei Streifenwagen. Mein Herz machte einen Satz. Das Risiko war verschwindend gering, aber was, wenn sie doch nach mir suchten? Ich drehte mich um und lief davon, in Richtung Zug.

Als ich in Lund aus dem Bahnhof trat, badete die Stadt in sanftem Spätsommerlicht, so schön und melancholisch, dass es fast Unheil verkündend erschien. Ich überquerte den Clemenstorget und lief zur Wohnung von Ludvig und Victor. Von irgendeinem Balkon klang das Stimmengewirr von Studierenden herüber, die sich zum Vorglühen trafen. Eine Studentin in kurzen Shorts und mit frisch gewaschenen blonden Haaren radelte an mir vorbei, eine Bag-in-Box Rosé auf der Lenkstange ihres verrosteten Fahrrads. Ihre dünne, helle Tunika schmiegte sich im Luftzug an ihren Körper, und ich wünschte mir sehnlichst, auch ich wäre auf dem Weg irgendwohin.

Mein Handgelenk pochte immer noch, und ich wollte nicht nach Hause in mein winziges Kabuff, wo ich nur geduldet war. Ich sehnte mich nach jemandem, dem ich mein Erlebnis erzählen konnte. Es war Freitag, und das eisige Gefühl, vollkommen stillzustehen, erfasste mich, wie es mich als Jugendlicher schon so oft erfasst hatte. Meine Euphorie über das Studiendarlehen war verebbt, von all dem verdrängt, was ich heute Nachmittag erlebt hatte. Das war etwas Größeres. Ich hatte mich mitten im

Geschehen befunden. Mitten in einer Rebellion, mitten im Feuer. Und ich hatte daran teilgenommen, nicht nur tatenlos am Rand gestanden. Doch nun war es vorbei, und ich war leer und zurück in meinem erbärmlichen, normalen Leben. Ich hatte zwar Geld für Essen und die Seminarliteratur, doch es war zu spät gekommen, um Leute kennenzulernen. Dieser Zug war abgefahren, und ich war allein an der Bahnsteigkante zurückgeblieben. Mein Leben war verschwendet. Ich war allein und vollkommen richtungslos.

* * *

Als ich die Wohnungstür aufschloss, schlug mir ein Geruch nach Bier und Byredo-Parfüm entgegen. Vor der Tür standen mehrere Paar brauner Crockett & Jones-Lederschuhe, die ich mit meinen Sneakers vorsichtig zur Seite schob. Fuck, die beiden hatten Kumpels da.

«Nadal gegen Djokovic!», grölte jemand, es klang nach Victors heller Stimme. «Zwei echte Champs!»

Ludvig, Victor und drei andere Typen in Jeans und weißen oder hellblauen Hemden hockten auf der Couch und zockten ATP World Tour.

«Ein Satz reicht», meinte Victor. «Euch beim Spielen zuzugucken, macht nicht wirklich fun.»

«Ihr seid alles andere als echte Champs», ergänzte einer der anderen Typen.

Ich stand im Flur und bereute, überhaupt hereingekommen zu sein. Ich hätte auf dem Absatz kehrtmachen und mich aus der Wohnung fernhalten sollen, bis sie zu Ende vorgeglüht hatten und weitergezogen waren, zu einer Veranstaltung des Fachschaftsrats oder in irgendeine Studentenverbindung. Jetzt war es zu spät, Ludvig hatte mich bereits entdeckt.

«Da ist er!», rief er. «Der King!»

Die anderen wandten die Köpfe und starrten mich an. Ludvig winkte mir ungeduldig zu.

«Komm rein, verdammt», sagte er. «Was stehst du da rum?»

«Ich wollte nur was trinken», erwiderte ich und ging in die Küche.

Aus dem Fernseher hörte man, wie jemand ein Ass schlug, und von der Couch ertönte eine Mischung aus Jubel und höhnischem Gelächter. In der Küche wurde das Leitungswasser nie richtig kalt, also ließ ich es eine Weile laufen, so konnte ich Zeit gewinnen. Als ich mich mit dem vollen Glas in der Hand umdrehte, stand Victor in der Tür.

«Irgendwelche Pläne für heute Abend?», erkundigte er sich. «Das Studiendarlehen ist gekommen, in der Stadt wird der Teufel los sein.»

Ich zuckte die Achseln.

«Bin mit ein paar Kommilitonen verabredet», log ich. «Mal sehen, wo wir landen.»

Victor nickte und deutete mit dem Peroni, das er in der Hand hielt, auf mein bandagiertes Handgelenk. Seine dunkelblauen Manschettenknöpfe mit eingraviertem Familienwappen blitzten in der durch das Fenster hereinfallenden Sonne auf.

«Was hast du gemacht?»

Ich hielt meine Hand hoch, als sei ich selbst überrascht, den Verband zu sehen. Mein Handgelenk tat nach wie vor höllisch weh, ich hoffte inständig, dass es nicht gebrochen war.

«Bin gestolpert», sagte ich. «In der Drehtür von Gleerups, wollte da ein paar Bücher fürs Seminar kaufen.»

Es klang genau wie die Lüge, die es war, und ich errötete. Aber Victor hörte mir kaum zu und trank von seinem Bier.

«Du hast noch keine Bücher?», fragte er. «Kauf sie von mir. Ich mach dir einen Freundschaftspreis.»

«Okay.» Ich nickte und war froh, nicht weiter über mein Handgelenk reden zu müssen. «Das ist vielleicht das Beste.»

«Mega! Was für eine Rückhand!»

«Mad champ!»

Auf der Couch im Wohnzimmer brandete Jubel auf. Nadal schien das Wimbledon-Finale in einem Satz gewonnen zu haben. Victor deutete mit dem Daumen über seine Schulter.

«Überweis mir einfach eins sieben. Die Bücher stehen im Regal unter der PlayStation. Das ist die Hälfte vom Neupreis. Ach, was soll's. Gib mir eins fünf. Du kriegst Rabatt. Du bist schließlich unser Bruder!»

Ich wusste, wo die Bücher standen. Ordentlich aufgereiht neben den anderen alten Lehrmaterialien der Kurse, die Ludvig und Victor schon absolviert hatten. Es waren die einzigen Bücher in der Wohnung; abgesehen von einem Ratgeber, den ich in der Kommode in meinem Zimmer unter ein paar T-Shirts gefunden hatte, als ich Tottes Sachen weggeräumt hatte. Der Titel lautete *Stil und Etikette für Gentlemen,* und er enthielt nützliche Tipps zu allen möglichen Dingen, von Krawattenknoten über Uhren bis hin zu teuren Autos, verschiedenen Arten von Hemden, Tischmanieren und Cocktailrezepten. Ich war ganz offensichtlich nicht der Einzige, der Hilfe brauchte, um hier reinzupassen.

«Nett von dir», sagte ich. «Ich mach's sofort.»

Ich schenkte mir noch ein Glas Wasser ein, leerte es in einem Zug, spülte es aus und stellte es auf das Abtropfgitter. Als ich ins Wohnzimmer ging, klickte Victor sich mit einer Hand durch eine Reihe von ATP-Centercourts und tastete mit der anderen in einer Schale mit Chipskrümeln herum.

«Mist», stöhnte er. «Schon wieder leer. Wer von euch futtert das Zeug wie ein ausgehungerter Hund?»

Er hielt die leere Schüssel hoch und sah die anderen an. Niemand reagierte.

«Ich kann sie auffüllen», bot ich an. «Als Dank für den Freundschaftspreis bei den Büchern.»

Ich grinste schief und nahm Victor die Schale aus der Hand.

«Super», sagte er. «Verflucht nice, Bruder. Der Schrank über dem Herd.»

«Bring auch fünf Bier mit!», rief er mir nach. «Diese faulen Säcke hier werden sie wohl kaum selber holen.»

Mit der Schüssel in der Hand konnte ich nur zwei Flaschen festhalten. Also ging ich zweimal.

«Du bist ein echter Champ, Bruder», sagte Ludvig, ohne sich umzudrehen, als ich die letzten drei Bier auf den Couchtisch stellte.

Mein Handgelenk pochte noch immer, als ich in meinem winzigen Kabuff verschwand und das Geld für die Bücher überwies.

4

Eine Woche verging. Eine zweite. Die Gesetzessammlung war ein ziemlicher Brocken, und ich war froh, dass es von der Wohnung zum Juridicum und zum Pufendorfsaal, wo unsere Vorlesungen, Seminare und dilettantisch inszenierten Moot Courts stattfanden, nicht weit war. Nach ein paar Tagen klangen die Schmerzen in meinem Handgelenk ab, und ich entfernte den Verband, heilfroh, dass es allem Anschein nach nicht gebrochen zu sein schien. Doch gleichzeitig verspürte ich eine seltsame Wehmut; mit dem Verband verschwand der einzige Faden, der zurück zu diesem seltsamen Nachmittag führte, zurück ins Chaos, das ich nur kurz am Rande gestreift hatte.

In einem Seminar behandelten wir die Kompetenzverteilung zwischen Parlament und Regierung, Staat und Kommunen, und es war schwer zu verstehen, dass etwas, das im Grunde nicht wirklich kompliziert war, so nahezu unverständlich erläutert werden konnte wie in dem weiß-orangen Strömberg-Band *Rechtsetzungsbefugnis*. Die Fußnoten erstreckten sich über ganze Seiten, voller Verweise mit Abkürzungen, deren Entschlüsselungen mir Mühe bereiteten. Andererseits machte es mir auch Spaß. Jura war eine Geheimsprache, gespickt mit Begriffen, die nur Eingeweihte verstanden.

«Stell dir einfach vor, du würdest die Regeln von unendlich

vielen Gesellschaftsspielen lernen», sagte Fredde zu mir, als wir nach einer Vorlesung durch die hohe Pforte des Juridicums auf das Kopfsteinpflaster hinaustraten.

Fredde war ein paar Tage nach Semesterbeginn als Nachrücker zu uns gestoßen. Er war leicht übergewichtig, ständig kurzatmig, kam aus irgendeinem kleinen Kaff in der Nähe von Oskarshamn und sprach Dialekt. Er hatte aus naheliegenden Gründen auch keine Freunde, und dass er sich mir anschloss, war sowohl eine Erleichterung als auch ein untrügliches Zeichen, dass alles den Bach runtergegangen war. Niemand erkennt einen Loser schneller als ein anderer Loser. Aber es war schön, jemanden zum Reden zu haben, auch wenn Freddes Pragmatismus, was das Jurastudium anging, einen herben Kontrast zu meinem romantisch-verklärten Traum darstellte, wie es sein sollte.

«Seite um Seite mit Spielregeln», fuhr er fort. «Ein riesiger Berg an Regeln für komplizierte Spiele. Nur dass du sie alle auswendig lernen musst, jedes Detail, in jedem Spiel. Du musst jeden denkbaren Zug, jede mögliche Situation voraussehen können. Aber die Spiele selbst darfst du nicht spielen. Jedenfalls nicht, bevor du das Examen in der Tasche hast. Und dann darfst du auch nur eins der Spiele spielen, vielleicht zwei, wenn's hochkommt. Alle anderen Regeln hast du völlig umsonst gelernt. Darauf läuft das Jurastudium unterm Strich hinaus.»

Fredde schmatzte laut mit den Lippen, was er, wie ich mit der Zeit lernen sollte, immer tat, wenn er mit etwas, was er gesagt hatte, zufrieden war.

«Klasse Peptalk», erwiderte ich. «Jetzt erschließt sich mir endlich der Sinn des Ganzen.»

In den vergangenen Wochen hatte ich Fredde fast nach jeder Vorlesung und jedem Seminar mit in eine Studentenverbindung gelockt, um Kaffee zu trinken und die Nachmittage mit Diskussionen darüber totzuschlagen, wie unnötig kompliziert das Studium war und was für leicht beeinflussbare Schafe unsere Kommilitonen waren. Am Ende war es immer Fredde, der die Geduld verlor und nach seinem Rucksack griff, um noch ein, zwei Stunden in der Bibliothek zu büffeln. Meistens ging ich mit.

An diesem Dienstagnachmittag erstickte Fredde meine Versuche, in einen angeregten Plausch einzusteigen, jedoch im Keim, indem er mich kurzerhand quer über die Straße ins Juridicum-Café lotste. Ich hatte Schiss. Der erste Klausurtermin rückte näher, und wir hatten die Themen für unsere erste Hausarbeit bekommen. Ich sollte etwas über die normative Wirkung der Verfassung schreiben. Das klang hochtrabend, und es war genau das, was mir am Jurastudium am besten gefiel, dass diese salbungsvollen Begriffe und verworrenen, altmodischen Formulierungen wahre Magie beinhalteten. Je nachdem, auf welches archaische Ordnungsprinzip man sie anwendete, entfalteten sie ihre Wirkung nicht nur auf dem Papier, sondern auch in der wirklichen Welt: Verbindlichkeiten, Verpflichtungen und Verurteilungen. Gemeinsam bildeten all diese Prinzipien die Rechtswissenschaften, die wirkten wie die Zaubersprüche in *Harry Potter*.

Fredde pfiff auf die Metaphysik, denn an diesem Nachmittag beschäftigte ihn vielmehr unsere beiderseitige Verwunderung angesichts des Verhaltens unserer Kommilitonen. Nach Erhalt ihres Hausarbeitsthemas waren die Ehrgeizigsten schnurstracks in die Unibibliothek gestürmt, um sich die richtige Sekundärliteratur, die richtigen Rechtsfälle und die richtigen Gerichtsentscheide zu sichern. Es ging das Gerücht, dass manche Studierende Bücher klauten, oder sie zumindest versteckten, damit die anderen in ihren Hausarbeiten die wichtigsten Quellen nicht zitieren konnten.

«Sie würden sich von einer Klippe stürzen, wenn du ihnen weismachst, dass unten ein Präzedenzfall des Obersten Gerichtshofs liegt», meinte Fredde und schmatzte mit den Lippen. «Sie würden sich gegenseitig die Augen auskratzen, um ihn zuerst lesen zu können.»

Das war nicht aus der Luft gegriffen. Unsere Mitstudierenden waren auf eine Art motiviert und beflügelt, die in mir eine intuitive Antipathie weckte. Auf dem Gymnasium, als niemand es mit mir hatte aufnehmen wollen, hatte ich meinen ganzen Ehrgeiz darauf ausgerichtet, Klassenbester zu sein. Gute Noten zu schreiben, hatte in Söderköping als subversiv gegolten. Das hatte mir zum einen Kraft und zum anderen eine Art Ziel und Identität gegeben. Wollte aber jeder Klassenbester sein, entpuppte sich auch dieses Bestreben in seiner eitlen Lächerlichkeit. Und wofür das alles? Neun Semester lang stur die Regeln pauken, um sie dann ein Leben lang ins Werk zu setzen: ein Umzug nach Stockholm, ein Rechtsreferendariat, eine Anstellung in einer Anwaltskanzlei, eine Sechzigstundenwoche. Ein Haus kaufen. Eine Familie gründen. Einen Marathon laufen. Sterben. Jura gab mir keine Zauberformel zur Vermeidung der Sinnlosigkeit des Lebens an die Hand. Im Gegenteil.

Fredde schlürfte seinen Kaffee und blätterte dabei in einem Buch über EU-Recht. Nach Kompetenzverteilung und Rechtsetzungsbefugnissen erschien uns dieses Thema wie eine frische Brise aus der weiten Welt.

«Das war ein Witz, das ist dir klar, oder?», sagte er, ohne aufzublicken. «Jura ist das, was ich immer machen wollte. Ich liebe diesen ganzen Mist.»

«Ich auch», murmelte ich, obwohl es für mich viel weniger zutraf als für Fredde.

Auch wenn er Witze darüber riss, hatte er eine natürliche Begabung für Gesetzestexte. Er verstand ihre Argumentation, ohne nachschlagen zu müssen, als hätte er ein Kabel im Rückenmark implementiert, das ihn mit angeborenem Gerechtigkeitssinn und endloser Rationalität versorgte. Obendrein besaß er Sitzfleisch und konnte ewig über seinen Büchern hocken. Das schien die allerwichtigste Eigenschaft eines angehenden Juristen zu sein. Büffeln zu können, der Inhalt war dabei nicht von Belang. Spielregeln. Man musste sie sich bloß eintrichtern. Ich nippte an meinem Kaffee.

«Was willst du mit deinem Examen anfangen?», fragte ich. «Was ist dein Traum? Wenn du frei wählen könntest. Was willst du machen?»

Auch diesmal blickte Fredde nicht auf. Er fuhr mit dem Zeigefinger am Inhaltsverzeichnis der *Grundlagen des Europarechts* entlang und murmelte dabei leise vor sich hin.

«Fredde?»

Er hob den Kopf und sah mich aus seinen kleinen, dunklen Augen an.

«Hä?»

«Was willst du später machen? Wenn du alle Spielregeln gelernt hast?»

Er trank einen Schluck Kaffee und zuckte die Achseln.

«Steuerrecht», sagte er. «Oder Gesellschaftsrecht. Irgendwas in der Richtung. Irgendwas, was verteufelt vertrackt ist. Wer diesen Kram beherrscht, kann sein Honorar selbst bestimmen.»

«Smart», entgegnete ich. «Aber klingt das nicht furchtbar langweilig?»

Fredde musterte mich.

«Eigentlich ist es mir vollkommen egal, was ich später mal mache. Hauptsache, es ist kompliziert, und ich krieg einen Haufen Kohle dafür.»

Er verstummte und trank wieder von seinem Kaffee.

«Eigentlich will ich nur viel arbeiten», sagte er und beugte sich wieder über sein Buch.

«Das war das Bescheuertste, was du jemals gesagt hast», erwiderte ich und trank meinen Kaffee aus. «Ich gehe jetzt und stürze mich von einer Klippe.»

Ich stand auf und schulterte meinen Rucksack.

«Bis morgen in der Vorlesung», sagte Fredde, ohne den Blick von seinem Buch abzuwenden. «Don't be late, honey.»

Draußen war die Luft schwer. Schwüles Kopfschmerzwetter. Sogar das Licht war gebündelt und satt, so gelb und stark, dass man kaum hindurchblicken konnte. Ich ließ meinen Blick über die Straße schweifen. Irgendetwas zog meine Aufmerksamkeit auf sich. Ich blieb auf der Treppe des Juridicums stehen und versuchte herauszufinden, was es war. Mit zusammengekniffenen Augen suchte ich die Straße ab. Typen in Jeans und Polohemd, lederne Umhängetaschen über den Schultern, lehnten an Fahrrädern. Studentinnen in Sommerkleidern, obwohl es schon Ende September war. Das ganz alltägliche Szenario.

Erst als ich meinen Blick auf die gegenüberliegende Straßenseite richtete, spürte ich ein Flattern in der Magengegend. Vor einem Kabelverteilerschrank kniete eine Person mit leuchtend grünen Augen und kramte in einem großen, schwarzen Rucksack. Als ich auf die Treppe trat, sah sie auf, und unsere Blicke begegneten sich. Sie schien zusammenzuzucken, doch dann lächelte sie und hob die Hand zu einem erstaunten Gruß. Ich stand einfach nur da, völlig perplex, Max so plötzlich wiederzusehen.

So sah sie also ohne Sturmhaube aus? Ich hatte sie mir tougher vorgestellt. Einen kurzen Lockenschopf, ein rundes, sommersprossiges Gesicht und volle Lippen hatte ich nicht vor mir gesehen. Ihre Haut war von einem hellen Braun, ihre ethnische Herkunft konnte ich nicht einordnen. Vielleicht stammte sie aus dem Nahen Osten, vielleicht aus Nordafrika oder Frankreich. Vor allem aber schien sie aus einer Zukunft zu kommen, in der Herkunft keine Rolle mehr spielte.

Sie trug eine verwaschene, schwarze Jeans, ein locker sitzendes, schwarzes T-Shirt und ihre schwarzen Adidas-Boots. Sie wirkte eher wie ein Rockstar und nicht wie eine Studentin. Ein Rockstar auf Urlaub von einer leicht dystopischen und dekadenten, alternativen Wirklichkeit.

Schließlich hob auch ich grüßend den Arm und ging zögernd die Treppe hinunter und auf sie zu. Max warf ihren Rucksack über die Schulter und kam mir entgegen. Sie lächelte jetzt breiter. Ihre Zähne waren ebenmäßig, mit einer kleinen Lücke zwischen den Vorderzähnen. Mit ihren Sommersprossen und ihrem kurzen, widerspenstigen Lockenkopf sah sie einfach nur heiß aus, schräg und ein bisschen durchgeknallt. Mein Mund wurde trocken, und ich merkte, wie mir die Röte in die Wangen stieg. Ich war so ein Armleuchter, in meinem hellblauen Hemd und mit meinem lächerlichen Uni-Rucksack. Das war alles, was ich im ersten Moment denken konnte. Dass ich aussah wie ein wohlerzogenes Kind. Ungevögelt. Brav. Weiß. Langweilig. Sie sagte meinen Namen.

«Du erkennst mich wieder?», fragte sie.

Sie klang überrascht, deutete auf ihr Gesicht und senkte die Stimme.

«Obwohl du neulich kaum etwas von mir gesehen hast?»

Ich nickte. Diese Augen. Ich würde sie überall wiedererkennen.

«Was machst du hier?», fragte sie.

«Ich studiere. Jura. Ich hatte eine Vorlesung über Europarecht. Also darüber, wie die EU aufgebaut ist. Europarat und Europaparlament und ...»

Ich verstummte. Warum redete ich so einen Stuss? Was machte ich hier eigentlich?

«Ach, unwichtig», sagte ich rasch.

Lachend legte sie mir die Hand auf den Arm. Ohne dass ich es richtig mitbekam, zog sie mich mit, und wir gingen zusammen die Straße hinunter.

«Erzähl», forderte sie mich auf. «Europaparlament, und was machst du sonst noch?»

Jetzt lachte ich auch. Mein Mund war noch immer trocken.

«Die Frage ist wohl eher, was du hier machst», erwiderte ich. «In Lund.»

Max antwortete nicht. Es war, als hätte sie mich nicht gehört oder als wäre die Frage vollkommen irrelevant.

Mit einem Mal begann es ganz in der Nähe zu donnern. Das Licht veränderte sich, und dunkle Wolken türmten sich über den Hausdächern auf. Die ersten Tropfen waren groß und schwer und fielen so plötzlich, dass ich im ersten Moment nicht begriff, dass es Regen war. Max lief schneller und zog mich am Arm hinter sich her.

«Komm!», rief sie. «Komm mit, bevor wir bis auf die Haut nass werden!»

Ich folgte ihr, die Straße hinunter, vorbei an Galerien und Antiquariaten, die mich in den vergangenen Wochen angelockt hatten. Doch in meinem abgebrannten Zustand hatte ich mich mit einem Blick in die Schaufenster begnügen müssen. Auf der Klostergatan bog Max nach rechts in Richtung Bantorget ab. Der Regen wurde stärker, und mein Hemd wurde nass. Ich nahm meinen Rucksack von der Schulter und hielt ihn mir über den Kopf. Über uns grollte der Donner.

«Beeil dich! Mach schon!», rief Max.

Ohne langsamer zu werden, warf sie einen Blick über die Schulter und vergewisserte sich, dass ich noch hinter ihr war. Es schien ihr nichts auszumachen, nass zu werden, sie machte keine Anstalten, sich vor dem Regen zu schützen.

«Wir warten das Gewitter im Grand ab.»

Ich hatte noch nie einen Fuß ins Grand Hotel gesetzt, war

aber viele Male an dem imposanten Gebäude vorbeigegangen, das an einem kleinen Park lag und einen ganzen Block einnahm. Doch nie wäre ich auf die Idee gekommen, dass ich einen Grund, geschweige denn die Berechtigung haben könnte, die mit einem roten Läufer ausgelegten Treppenstufen hinauf- und durch die Eingangstür zu gehen. Jetzt folgte ich Max, ohne zu zögern, durch die massiven Türen hinein in eine Lobby mit hohen Decken, gedimmter Beleuchtung, dicken Teppichen, Kristall-kronleuchtern und einer Treppe, die breit genug war, dass die Studierenden hier ihr Spex aufführen konnten. Es kam mir vor, als würden wir unbefugt eindringen. Zumindest ich. Max dagegen wirkte vollkommen unbefangen, als sie sich mit einer Hand durch ihren nassen Lockenschopf fuhr und mich anlächelte.

«Sehen wir mal nach, wo die Bar ist», sagte sie.

Kurz darauf versank ich in einem bequemen Lehnsessel und fragte mich, wie lange es wohl dauern würde, bis mich hier jemand rausjagte. Wie immer war es die Peinlichkeit der Situation, vor der mir graute. Der erniedrigende Augenblick der Ertapptheit. Die Blicke und die Scham.

Doch ein in die Jahre gekommener Kellner nickte mir nur freundlich zu, während er im Restaurantbereich die Kerzen auf den Tischen anzündete.

«Was für ein Wetter», sagte er, «und so unerwartet.»

Das Restaurant war fast leer. Nur ein paar Geschäftsleute tranken nach dem Arbeitsessen noch einen Kaffee, und an einem zweiten Tisch unterhielt sich eine Gruppe Amerikaner. Aber sie alle saßen mehrere Tische entfernt. Der Kellner musste also mich gemeint haben.

«Ja, wirklich», erwiderte ich und setzte mich aufrechter hin. «Aber so ein Gewitter tut auch gut. Es war einfach furchtbar drückend.»

Suchend schaute ich mich nach Max um. Doch sie steuerte schon mit zwei Gläsern Champagner in den Händen auf mich zu.

«Du trinkst doch Champagner, hoffe ich», sagte sie und stellte die Gläser auf dem Tisch ab. «Falls nicht, können wir leider nicht zusammen abhängen.»

Sie griff nach ihrem Glas und bedeutete mir, ihrem Beispiel zu folgen.

«Champagner?», fragte ich. «Haben wir was zu feiern?»

«Champagner trinkt man am besten, wenn es nichts zu feiern gibt», erwiderte Max. «Das macht einen x-beliebigen Nachmittag zu etwas Besonderem.»

Sie prostete mir zu und trank einen kräftigen Schluck. Zögernd nippte ich an meinem Glas. Im ersten Moment schmeckte der Champagner frisch und leicht, und mein Mund zog sich zusammen. Dann entfaltete sich der Geschmack und wurde fülliger, wie ein Garten im Herbst. Es schmeckte nach Äpfeln und Freiheit. Doch ganz hinten am Gaumen spürte ich einen leichten Hauch Vergänglichkeit. Einen süßlichen, kaum wahrnehmbaren Geschmack von Tod.

«Wenn ich ehrlich sein soll, trinke ich nicht so oft Champagner», gestand ich.

Das war keine Untertreibung. Ich erinnerte mich an eine Flasche Freixenet zu Silvester und an einen Sommer vor einigen Jahren, als alle Welt Aperol trank, sogar meine Eltern, beim Grillen an den Wochenenden. Aber Champagner hatte es bei uns nie gegeben. Was, wenn Max mich bat zu bezahlen? Ich hatte zwar noch Geld, aber für dieses Niveau würden meine Finanzen nicht lange reichen.

«Man sollte ausschließlich Champagner trinken», erwiderte Max. «Mir ist schleierhaft, wie man darauf verzichten kann.»

«Weil es sauteuer ist?»

Ich musterte sie verstohlen. Ich wollte nicht starren. Wie alt war sie eigentlich? Älter als ich, aber nicht viel, höchstens ein, zwei Jahre, vielleicht dreiundzwanzig, älter jedenfalls nicht.

«Dieser Ort erinnert mich ans Sickler's», sagte ich und blickte mich um.

«Woran?»

Max sah mich an und schüttelte leicht den Kopf. Ich bereute sofort, davon angefangen zu haben.

«Sorry», wiegelte ich ab. «Nichts.»

Sie beugte sich vor.

«Nein, erzähl! Ich will es wissen.»

Ich seufzte und spürte, wie mir abermals die Röte ins Gesicht stieg. Hatte ich eine literarische Anspielung fallen lassen, um sie zu beeindrucken? Ich war so ein Nerd.

«*Franny und Zooey*», murmelte ich. «Ein Roman von Salinger. Oder eher zwei Erzählungen. Vergiss es.»

Ich lief puterrot an und trank einen großen Schluck Champagner.

«Und was ist dieses Sickler's?», wollte Max wissen.

Ich traute mich kaum, sie anzusehen. Es war offensichtlich, dass sie sich über mich lustig machte, als Retourkutsche für meinen Auftritt als mansplainender Neandertaler. Aber ich hatte keine andere Wahl, ich musste weiterreden:

«Das Buch spielt in den Fünfzigerjahren, in einer Collegestadt an der US-amerikanischen Ostküste. Dieser Typ, Lane, wartet am Bahnhof auf seine Freundin Franny. Lane ist ein echter Widerling, und Franny todunglücklich. Um sie zu beeindrucken, führt er sie in ein teures Schickimicki-Restaurant aus, wo intellektuelle Studenten Martinis schlürfen und Schnecken essen.»

«Wo intellektuelle Studenten Martinis schlürfen und Schnecken essen», wiederholte Max. «Das gefällt mir.»

Ich zuckte die Achseln.

«Salinger hatte seine Momente.»

«Und da sah es aus wie hier?», fragte Max.

Ich schaute mich noch einmal um, vor allem, um nicht sie ansehen zu müssen.

«Ich schätze, ich war noch nicht an vielen Orten, wo man Martinis trinken kann», meinte ich.

«Oder Schnecken essen?»

«Das auch.»

Sie blickte mich mit einem amüsierten Funkeln in den Augen an.

«Was denkst du über *Aufrichtige Erzählungen eines russischen Pilgers*?», fragte sie. «Scheint ein bisschen dröge zu sein, aber man versteht schon, was Franny daran fasziniert?»

Ich sah sie an und erahnte ein kleines Lächeln in ihrem Mundwinkel.

«Machst du Witze?»

«Es liegt nicht nur daran, dass das Buch ihrem Bruder gehört hat», fuhr Max fort. «Das Beten scheint für sie eine Art Flucht oder Therapie zu sein. Oder was denkst du?»

«Okay.» Ich hob die Hände. «Ich hab's kapiert. Du kennst *Franny und Zooey*.»

Max grinste breit und deutete mit ihrem Champagnerglas auf mich.

«Du bist süß, wenn du rot wirst.»

«Warum hast du mich auflaufen lassen?», murmelte ich. «Warum hast du so getan, als wüsstest du nicht, was das Sickler's ist?»

Max zuckte die Achseln.

«Ich wusste nicht mehr, dass das Restaurant so heißt. Und eigentlich erinnere ich mich kaum noch an die Handlung. Nur dass Franny dieses Buch liest, *Aufrichtige Erzählungen eines russischen Pilgers*. Und es war lustig, wie du dich gewunden hast.»

Sie lachte, leerte ihr Glas in einem Zug und stand auf. Draußen vor dem Fenster hatte der Regen aufgehört, und die Wolkendecke brach auf. Der Donner grollte in weiter Ferne.

«Trink aus.» Max deutete auf mein Glas. «Wir unternehmen was.»

Ich griff nach meinem Glas, zögerte aber, ehe ich trank. Ich hatte mich blamiert, wie sich Kerle seit Urzeiten blamierten. Warum hatte ich diesen Stuss von mir gegeben? Dann dachte ich an meine erste Hausarbeit, die mir wie eine unüberwindbare Mauer erschien, und den sich dahinter auftürmenden heranrückenden Klausurtermin.

«Ich muss lernen», sagte ich.

Mit «Lernen» meinte ich, meinen Rucksack hinter der Tür meines winzigen Zimmers abzustellen und den Rest des Nachmittags auf dem Bett zu verdösen, während ich Ludvig und Victor im Wohnzimmer, auf der anderen Seite der Wand, über Frauen, dingliches Recht und Praktikumsstellen in Anwaltskanzleien quatschen hörte.

«Nein», erwiderte Max. «Musst du nicht.»

Sie sah mich an, gelassen und amüsiert, als wüsste sie, wie schwach ich war, lechzend, nach was auch immer. Oder sie war mein ewiges Gefasel über Bücher leid.

«Vergiss es», sagte ich.

Ich kippte mein Glas auf einmal herunter und spürte die Kohlensäure in meinem Mund prickeln. Ein Glas Champagner am Nachmittag kam mir dekadent und ausschweifend vor, und eine plötzliche Euphorie, eine Mischung aus Alkohol und Erwartung, füllte meinen Kopf.

«Wir fahren nach Kopenhagen», sagte Max.

Kopenhagen? Ich hatte noch keinen einzigen Gedanken daran verschwendet, dorthin zu fahren, obwohl es mit dem Zug nur etwa eine Stunde entfernt war. Ich stellte mein Glas auf den Tisch.

«Okay», stimmte ich zu. «Fahren wir nach Kopenhagen.»

«Yes!» Max boxte mir gegen die Schulter. «Ich liebe deine Spontanität. Einfach drauflos.»

War ich so? Max nahm ihr Handy aus dem Rucksack.

«Ich muss nur rasch meine Pläne canceln», sagte sie.

Sie schrieb eine Nachricht, dann sah sie mich an.

«Also dann, auf geht's!»

* * *

Die Zugfahrt dauerte nur fünfundvierzig Minuten, doch es kam mir länger vor, und manchmal wieder sehr viel kürzer, dann war es, als ob wir durch ein Wurmloch reisten. Ehe ich es mich versah, überquerten wir die Öresundbrücke. Der Tritt in den Fettnapf, in den Max mich im Grand Hotel gelockt hatte, war vergessen, und wir redeten wieder über Bücher. Ich war neugierig, was sie gelesen hatte, welche Art von Literatur ihr gefiel, doch die meisten Fragen stellte Max. Sie ließ mich erzählen und hörte aufmerksam zu. Ich hatte nie mit jemandem über die Dinge gesprochen, die einen so großen Teil meiner Gedanken und Gefühle in Anspruch nahmen. Obwohl es mir schwerfiel, zügelte ich meinen Redefluss. Ich wollte nicht den ganzen Platz für mich beanspruchen. Max sollte mich nicht für einen Typen halten, der pausenlos laberte.

«Du klingst wie ein Schriftsteller», sagte sie ruhig und sah mich an. «Nicht wie ein Jurist.»

Ich hätte mich über ihre Worte freuen sollen. Und das tat ich auch. Aber sie waren so bedeutsam und gingen mit so vielen Ängsten einher, dass es mir den Boden unter den Füßen wegzog.

«Ich weiß nicht», erwiderte ich. «Ich wollte vielleicht Schriftsteller werden, als ich jünger war. Aber ich kann nicht schreiben.»

Hinter Max zogen die Brückenpfeiler am Zugfenster vorüber, die dunklen Gewitterwolken lichteten sich über dem Wasser. Es war die Wahrheit. Ich konnte wirklich nicht schreiben.

«Aber du träumst», sagte Max. «Während du Jura studierst und ein braver Junge bist.»

Sie wollte mich aufziehen. Aber es klang nicht gehässig, eher wie eine Feststellung. Max fuhr sich mit der Hand durch die Haare, und mein Blick fiel auf das Tattoo, das ich am Tag der Demonstration flüchtig gesehen hatte. Ich deutete darauf.

«Ist das Nofretete?»

Max hielt mir ihren Unterarm hin. Die dünne Linie war auf ihrer olivfarbenen Haut deutlich zu erkennen.

«Warum sie?»

Einen Augenblick lang schien Max zu zögern, als wöge sie ab, ob sie meine Frage übergehen oder beantworten sollte.

«Weil sie die schönste Frau ist, die jemals gelebt hat», erwiderte sie schließlich. «Weil Schönheit wie Gerechtigkeit ist und die Ewigkeit überdauert.»

Sie sah mich an. Ein entschlossener und zugleich trotziger Zug um ihren Mund nahm ihren Worten den prätentiösen Charakter. Der Ernst in ihren Augen jagte mir einen Schauer über den Rücken. Ich wandte den Blick ab und spürte, wie mein Herz hämmerte. Sie war intensiv.

«Hast du ihre Büste mal gesehen?», fragte Max.

Ich schüttelte den Kopf. Vage erinnerte ich mich an ein paar Abbildungen in irgendeinem Geschichtsbuch auf dem Gymnasium.

«Sie steht im Neuen Museum in Berlin. Ich und meine ältere Schwester Dinah waren einmal da, als ich ungefähr vierzehn war. Am selben Abend haben wir uns die Tattoos stechen lassen. Bei einem Tätowierer in Neukölln.»

«Als du vierzehn warst? Deine Schwester und du wart allein in Berlin, als du vierzehn warst?»

«Wir haben meinen Vater begleitet. Er war geschäftlich in Berlin.»

«Was hat er zu den Tattoos gesagt?»

Max zuckte die Achseln.

«Ehrlich gesagt glaube ich, er hat sie gar nicht bemerkt.»

Sie sah mich an.

«Er war nicht sonderlich präsent, um es mal so auszudrücken.»

Ich wollte fragen, was ihre Eltern beruflich machten, um sie in die Matrix aus Vermögen, Klasse und Privilegiertheit einordnen zu können, auf der die Gesellschaft zu basieren schien und deren Konturen ich zu ahnen begonnen hatte, seit ich nach Lund gekommen war. Mich beschlich zunehmend der Verdacht, dass dieses System von vornherein abgekartet gewesen war. Dass ich in meiner grenzenlosen Naivität nur geglaubt hatte, man könnte sich durch Fleiß und harte Arbeit an seinen Gesetzmäßigkeiten vorbeimogeln. Vielleicht hätte ich auf meine Mutter hören sollen. Sie hatte mir klarzumachen versucht, dass in allen Gesellschaften bestimmte Gesetzmäßigkeiten herrschten: *Wenn du in einem Einfamilienhaus am Rand der E22 aufwächst, dann reicht es schon, Wirtschaftsrecht in Linköping zu studieren, um die unsichtbare Blase zu sprengen, die vorgibt, was du dir vom Leben erhoffen darfst. Ein Jurastudium in Lund wird dich nur enttäuschen.*

Sie hatte mich schützen wollen.

«Mein Vater ist Franzose», erzählte Max. «Er hat getrunken und alle naselang den Job gewechselt. Als wir klein waren, sind wir oft umgezogen. Bis meine Mutter genug hatte und mit Dinah und mir zurück nach Schweden gegangen ist.»

«Du sprichst also Französisch?»

Die Matrix drehte sich in meinem Kopf.

«Bien sûr.» Max schürzte die Lippen, ein Abbild französischer Arroganz. «Nach der Scheidung meiner Eltern haben wir meinen Vater nur noch jedes Jahr für ein paar Wochen im Sommer gesehen. Er ist Unternehmer oder irgendwas in der Art. Seinem Lebensstil nach zu urteilen, allerdings kein besonders erfolgreicher. Meine Mutter ist Krankenschwester. Sie hat uns alleine großgezogen, und wir sind in einem Vorort aufgewachsen. Aber einmal im Jahr haben wir die Asphaltwüste des sozialen Wohnungsbaus für ein paar Wochen verlassen und sind zu meinem Vater in das kleine Häuschen seiner Familie in der Bretagne gefahren.»

Das klang romantisch, wie in *Call Me by Your Name*. Max musste die Assoziation in meinen Augen gelesen haben. Lachend legte sie mir eine Hand auf den Oberschenkel.

«Das klingt vielleicht cool», sagte sie. «Aber es war vor allem langweilig. Reichtümer gab es da auch nicht. Es war nur ein kleines, schäbiges Häuschen mitten im Nirgendwo. Keine Stadt in der Nähe. Nur unser Vater, der ‹arbeitete›.»

Max malte mit den Fingern Anführungszeichen in die Luft.

«Die meiste Zeit hat er Pastis getrunken, bis er draußen auf dem Rasen eingeschlafen ist. Großmutter hat ständig mit uns geschimpft. Ich glaube, meine Mutter hat ihn gezwungen, uns im Sommer zu nehmen, damit sie eine Auszeit bekam. Aber zumindest haben wir in Frankreich Surfen gelernt.»

«Surfen?», hakte ich nach. «Auf einem Surfboard?»

Ich muss verwirrt geklungen haben. Max lachte wieder.

«Ja», bestätigte sie. «Auf einem Board. Meine Schwester und ich surfen noch immer.»

«In Schweden kann man surfen?»

Vage erinnerte ich mich daran, davon gelesen zu haben.

«Man muss auf das richtige Wetter warten und geeignete Stellen kennen. Sonst funktioniert es nicht. Aber wenn man die richtigen Spots kennt, macht es irre Spaß. Sogar hier bei uns.»

Max blickte aus dem Fenster auf den Öresund, dann wandte sie sich mir wieder zu.

«Ich nehm dich bei Gelegenheit mal mit», sagte sie. «Zeige dir, worum es dabei geht. Es wird dir gefallen.»

Lächelnd strich sie mir kurz über die Hand.

«Wenn alles vorbei ist, fahren wir weg und surfen zusammen.»

Max verstummte, als hätte sie zu viel gesagt oder als wäre unsere Unterhaltung in eine Richtung gedriftet, die sie nicht beabsichtigt hatte.

«Wenn *was* vorbei ist?»

Max antwortete nicht. Einen Moment lang blickte sie stumm aus dem Fenster, dann sah sie mich wieder an.

«Wir haben lange genug über mich geredet», sagte sie. «Und wie ist das bei dir? Woran glaubst du?»

Sie musterte mich mit diesem durchdringenden Blick, in dem zu gleichen Teilen Neugier und offene Provokation lagen. Ihr gefielen die großen Fragen, dachte ich. Vielleicht gefiel es ihr auszuloten, ob ihr Gegenüber zurückruderte oder konterte. Vielleicht langweilte es sie zu sehr, über bedeutungslose Dinge zu reden.

«Muss man an etwas glauben?», entgegnete ich.

«Vielleicht nicht, aber man muss den Willen haben, an etwas zu glauben.»

Ich lehnte mich in den Sitz zurück. Mein Leben lang hatte ich diese Art Unterhaltung führen wollen, mit jemandem, der klug war, als Kind in Frankreich Surfen gelernt hatte und sich bedeutungsvolle Tattoos stechen ließ. Doch jetzt hatte ich keine Ahnung, was ich sagen sollte.

«Ich will daran glauben, dass es etwas Größeres gibt», erwiderte ich schließlich. «Etwas, das etwas wert ist. Vor allem will ich das Richtige tun. Aber ich habe keine Ahnung, was das ist. Und bis ich es finde, glaube ich daran, genug Geld zu haben, um tun zu können, was man will.»

Max lächelte. Der harte Zug um ihren Mund war verschwunden. Sie war nur Sommersprossen, Zahnlücke, rundes Gesicht, widerspenstiger Lockenschopf, grüne Augen.

«Dann glauben wir an dieselbe Dinge», sagte sie. «Ich wusste es.»

Ich sah sie an.

«Was hast du in Malmö gemacht?», wollte ich wissen. «Dein Kumpel und du, ihr habt professionell gewirkt. Wie von der Antifa oder so was?»

Max schüttelte den Kopf, als wollte sie mich aufziehen.

«Wir sind bloß Misfits, die sich durchs Leben schlagen», erwiderte sie.

«Komm schon», beharrte ich. «Ihr seid doch nicht nur zufällig da gewesen? Schwarz gekleidet und mit Sturmhauben? Ihr wart aus einem bestimmten Grund da. Du hattest Verbandsmull dabei. Du hast diesen Spruch an die Hauswand gesprüht und einen Polizisten zu Boden gestoßen.»

Der Zug wurde langsamer. Wir fuhren in den Hauptbahnhof ein. Max zwinkerte mir zu, dann stand sie auf und lief den Gang hinunter.

Ich stieg hinter ihr aus dem Zug, verwirrt und verführt von ihrer Intensität und ihrem Charme. Sie lotste uns zu den Rolltreppen, durch die Wartehalle und hinaus auf die Straße. Der Lärm der Achterbahnen und der Fahrgeschäfte des Tivoli drang zu uns herüber. Zu unserer Linken erhob sich das SAS-Hotel in seiner schlichten Architektur der Nachkriegsmoderne. Max wandte sich zu mir um.

«Wir brauchen mehr Champagner!», rief sie. «Komm mit.»

5

Der Himmel war blau und wolkenlos, das Straßenpflaster noch nass vom Regen, als Max mich die Strøget hinunter und über einen kleinen Platz zum Kaufhaus Illum führte. Ehe ich wusste, was geschah, saßen wir im fünften oder sechsten Stock auf einer kleinen Außenterrasse mit Aussicht auf die Einkaufsstraße und die Dächer der Stadt. Das Unerwartete und Grenzenlose der Situation machte mich euphorisch, lebendig. Max bestellte an der Bar zwei Gläser Champagner und danach noch einmal zwei. Um uns herum saßen wohlhabende Kopenhagener Ladys mit Wein und Gebäck, junge Mütter und asiatische Touristen.

«Ich kann zahlen», sagte ich.

Doch Max kniff in gespielter Entrüstung die Augen zusammen und schüttelte den Kopf. Ich lehnte mich an die Fensterscheibe, während die Sonne zwischen zwei Backsteinfassaden auf der gegenüberliegenden Straßenseite unmerklich nach unten wanderte und die Terrasse in ein sanftes, honiggelbes Spätsommerlicht tauchte. Ich wollte diesen Ort nie wieder verlassen, wollte dieses Gefühl der federleichten Trunkenheit nach drei Gläsern Champagner, diese neue, leicht schräge Freundin nie wieder missen.

Max' Stimme schlug mich in den Bann. Ich wollte jedes ihrer Worte in mich aufnehmen, kein einziges Detail, keine einzige

Wendung in ihren Ausführungen verpassen. Sie sprach in einem wogenden Auf und Ab. Manchmal wie aus einem Guss, sanft und konzentriert, wenn es sich um Dinge drehte, über die sie anscheinend schon viel nachgedacht und oft diskutiert hatte. Alles wirkte überlegt und lange erprobt. Dann wieder sprach sie in einem wütenden Stakkato, aufgebracht und wie aus dem Augenblick heraus geboren. Max stieß die Sätze hervor wie Gedankenexperimente, als schösse sie sich auf ein Ziel ein, von dem sie nicht genau wusste, wo es sich befand und wie sie dorthin gelangte. Gerade erzählte sie, dass sie Kunstgeschichte studierte.

«Ich dachte, ich würde es lieben», sagte sie. «Aber in Wahrheit hasse ich es. Warst du schon mal in Rotterdam?»

Lachend schüttelte ich den Kopf.

«Rede ich zu viel?»

«Du redest nicht genug.»

«Rotterdam war krass», fuhr sie fort. «Nur Häfen und Postmodernismus. Da greifen keine Erzählungen oder Narrative, alles ist einfach das, wonach es aussieht. Nur Oberfläche und Funktion. Es ist ein Traum.»

«Und warum hasst du Kunstgeschichte?»

«Weil die alten Meister, Vermeer und Rembrandt, niemanden berühren. Das ist nur schöne Historie. Nur Licht und Technik. Es bedeutet nichts. Ich würde den ganzen Mist am liebsten verbrennen und die Museen abfackeln. Wer behauptet, alte Dinge zu lieben, liebt bloß Schönheit und Tradition. Das ist nostalgisch und sentimental. Fantasielose Ansichten fauler Menschen. Es ist nichts wert.»

«Aber Nofretete liebst du?», fragte ich.

Max zuckte die Achseln.

«Es gibt Ausnahmen.»

«Ich habe keine Ahnung von Kunst. Soll man auch alle alten Bücher verbrennen?»

Spitzbübisch grinste ich sie an. Ich konnte nicht einschätzen, ob Max wirklich meinte, was sie sagte, oder ob sie mich auf die Probe stellen und meine Reaktion austesten wollte.

«Wenn sie dich nicht berühren, verbrenn den Mist.»

Erneut verfiel sie ins Stakkato, und ihre Stimme wurde lauter, als sie sich darüber ereiferte, dass es um die meisten Großstädte, Rotterdam ausgenommen, nicht besser bestellt sei. Dass es das Beste wäre, sie allesamt abzureißen und aus den Ruinen etwas Neues, Freiheitliches zu errichten. Dass alte Städte uns nur gefangen hielten. Sie redete sich dermaßen in Rage, dass ihr unter den Sommersprossen eine leichte Röte in die Wangen stieg und sie so heftig mit ihrem Glas gestikulierte, dass der Champagner überschwappte.

«Stockholm ist die schlimmste Stadt von allen. Die Innenstadt ist eine Festung, die nur dazu dient, dass Stockholm in dem Zustand verharrt, in dem es sich schon vor hundert Jahren befunden hat. Und die Barbaren und die Diener sperrt man in den Vororten ein. Um Isolation zu erzeugen, benötigt man keine Mauern. Geld genügt. Die U-Bahn lässt sie herein, damit sie die Zimmerfluchten in den Palästen der faulen, unnützen Oberschicht putzen. Wer braucht Stacheldraht, wenn Klasse, Rasse und stummer Konsens vorherrschen?»

Ich nickte, ihre Wut amüsierte mich. Doch je länger Max redete, umso mehr wurde mir klar, dass sie wirklich meinte, was sie sagte. Es war keine Pose. Nicht nur. Wir bestellten mehr Champagner, und mein Mund wurde trocken.

«Deswegen hast du diesen Spruch an die Hauswand gesprüht?», fragte ich. «Das mit den Seilen und den Dolchen?»

Max' intensive grüne Augen blickten mich über den Rand ihres Glases hinweg an.

«Ich habe den Spruch an die Hauswand gesprüht, weil die Menschen aufgerüttelt werden müssen.»

Hier, hoch über den Dächern von Kopenhagen, klang es nicht besonders bedrohlich, eher niedlich oder charmant. Max stand auf und blickte auf die Straße.

«Niemand schert sich darum. Nicht wirklich. Alles ist bloß ein Schauspiel, alles folgt einem Drehbuch. Alle spielen ihre Rollen. Bei der Demo neulich war es genauso. Nur eingeübte Muster und eine fade Choreografie. Aber das mit dem Spruch war sinnlos.»

Max trank ihr Glas aus und verzog theatralisch das Gesicht.

«Graffiti-Parolen allein sind armselig. Die Drohung muss echt sein, wenn man etwas erreichen will.»

«Was meinst du?»

Max schien mich nicht zu hören. Sie setzte sich wieder hin und lehnte sich mit geschlossenen Augen zurück. Das Licht der Nachmittagssonne ließ sie erglühen. Dass wir vor einer Stunde noch durch ein Gewitter gelaufen waren, schien kaum noch vorstellbar.

«Und was ist mit mir?», fuhr ich fort. «Warum hast du mir geholfen?»

«Du hast mir zuerst geholfen. Du hast mich gewarnt.»

Sie blinzelte mich an.

«Viel interessanter ist doch die Frage, warum du das getan hast», sagte sie.

Ich drehte mein Glas in der Hand.

«Einer meiner Kommilitonen sagt, das Jurastudium bestehe bloß aus Spielregeln, die man auswendig lernen muss, ohne die Spiele jemals spielen zu können», erwiderte ich. «Ich wohne mit zwei Typen aus reichen Familien zusammen.»

Ich verstummte und dachte nach. Was wollte ich eigentlich damit sagen?

«Alle sind die ganze Zeit so verflucht konformistisch», fuhr ich fort. «Alle laufen einfach mit und passen sich an. Ich am allermeisten. Vielleicht muss es so sein, aber ...»

Ich verstummte erneut und trank einen kräftigen Schluck Champagner.

«Ich wollte die Spielregeln für einen kurzen Moment durchbrechen», sagte ich. «Ich wollte wissen, wie es sich anfühlt.»

Max nickte und sah mich an.

«Und wie hat es sich angefühlt?»

Ich erwiderte ihren Blick.

«Genau wie ich es mir vorgestellt habe. Ich hatte das Gefühl, frei zu sein.»

Wir sahen uns eine Weile an.

«Warum hast du mir geholfen?», fragte ich noch einmal. «Warum bist du nicht einfach weggelaufen?»

Ein Lächeln breitete sich auf Max' Gesicht aus.

«Weil dein Anblick so unerwartet war, Baby! Du in deinem niedlichen Hemd.»

Sie beute sich zu mir herüber und zog leicht an meinem Hemdkragen. Es gefiel mir, ihre Finger nur einen Zentimeter von meiner Haut entfernt zu spüren. Ihr Gesicht war so dicht an meinem, dass ich ihren Duft einatmen konnte, einen Geruch nach warmem Asphalt, Streichhölzern und Magnolie, eine Großstadt im Sommer, ein Gewitter, eine Rebellion.

«Du hast da nicht hingepasst», fuhr Max fort. «Du sahst so brav aus. Und allein.»

Ich nippte an meinem Champagner und dachte an die Absperrung und die Streifenwagen vor dem Juweliergeschäft. In den Wochen danach hatte ich das alles verdrängt. Es war wie ein Traum, der hier, auf der Dachterrasse in Kopenhagen, in einem anderen Traum Wirklichkeit wurde.

«Hast du mitbekommen, dass der Juwelier neben dem Haus, das du besprüht hast, während der Demo ausgeraubt wurde?», fragte ich. «Ziemlich dreist, das Chaos der Krawalle auszunutzen.»

«Kannst du den Dieben einen Vorwurf machen?»

Sie stand wieder auf, trat an das Terrassengeländer und blickte nach unten. Ich stellte mich neben sie. Die Straße unter uns wimmelte von Menschen mit Taschen und Einkaufstüten in den Händen.

«Ist es falsch, wenn jemand, der hungert, ein Brot stiehlt?»

Ich lachte.

«Das ist wohl nicht ganz dasselbe wie ein Einbruch in ein Juweliergeschäft?»

«Nicht?»

Max sah mich gelassen an, bis mein Herz einen Satz machte und ich den Blick abwenden musste.

«Das war keine Antwort auf meine Frage», sagte ich.

Max schaute wieder auf das Gewimmel unten auf der Straße und nippte an ihrem Champagner.

«Es war vielleicht nicht die Antwort, die du haben wolltest», erwiderte sie. «Aber es war eine Antwort.»

Sie lächelte mich an und wollte ihr Glas austrinken, merkte aber, dass es schon leer war. Enttäuscht stellte sie es ab und sah mich an.

«Ich will mir etwas ansehen», sagte sie. «Komm!»

Ich fühlte mich leicht und ein wenig beschwipst, als ich Max im Zickzackkurs ins Erdgeschoss des Kaufhauses folgte, vorbei an Handtaschen und Make-up in die exklusive Uhrenabteilung von Illum.

«Im Ernst?», sagte ich. «Du willst dir Uhren ansehen?»

«Warte es ab», erwiderte sie.

Wir gingen an Vitrinen mit Tissot-, Rolex- und IWC-Uhren vorbei, Marken, die Ludvig und Victor hin und wieder erwähnten, die ich aber nur aus der Werbung und von Produktplatzierungen kannte. Es war wie im Grand Hotel. In ihrer schwarzen Kluft und mit ihrer unbestimmbaren Klassen- und ethnischen Zugehörigkeit hätte Max inmitten dieses konventionellen, dezenten Luxus eigentlich vollkommen deplatziert wirken müssen. Doch gerade diese Ambivalenz schien sie im Gegenteil zu befreien, sie aus allen herkömmlichen Zusammenhängen herauszuheben.

Sie blieb vor einem auf Hochglanz polierten Ladentisch stehen, unter dessen Glasoberfläche sich auf grünem Samt funkelnde Uhren aneinanderreihten. Es dauerte keine fünf Sekunden, bis ein Hornbrille tragender Verkäufer mittleren Alters auf Max aufmerksam wurde. Als er merkte, dass sie Schwedin war, switchte er in eine Art Allround-Skandinavisch. Er wirkte dienstbeflissen, nahezu anbiedernd. Vielleicht hielt er Max' Look für einen Ausdruck derart großer Betuchtheit, dass sie es nicht nötig hatte, die Spielregeln der Konformität zu befolgen.

«Kann ich Ihnen helfen?», erkundigte er sich.

«Wir schauen nur», erwiderte Max.

Sie beugte sich über den Ladentisch und deutete auf eine Uhr.

«Nomos», sagte sie. «Eine schöne Marke, nicht wahr?»

Dunkelblaue und weiße Ziffernblätter funkelten mich mit ihrem exklusiven Glanz an, als ich Max' Beispiel folgte und die Uhren genau betrachtete.

«Sehr schön», pflichtete der Verkäufer ihr bei. «Und eine ausgesprochen hohe Qualität für den Preis.»

Max richtete sich auf und ließ ihren Blick an den Wänden entlang und zur Decke schweifen. Mit einem Lächeln wandte sie sich an den Verkäufer.

«Ja, das ist mir bekannt. Aber Sie führen auch Modelle von A. Lange & Söhne, nicht wahr?»

Der Verkäufer räusperte sich. Ein konzentrierter Ausdruck trat in seine Augen.

«Da begeben wir uns dann aber in eine höhere Preisklasse», erwiderte er.

«Selbstverständlich», sagte Max gelassen.

«Diese Modelle haben wir nicht hier vorn in der Auslage, aber ich kann sie für Sie holen? Haben Sie ein bestimmtes Modell im Sinn?»

Doch Max schüttelte den Kopf.

«Heute nicht», antwortete sie. «Vielleicht ein andermal.»

Ein wenig später saßen wir unweit des Hauptbahnhofs in einem Straßencafé. Die Geräusche des nahen Tivoli, das Gejohle der Besucher und der Lärm der Fahrgeschäfte drangen zu uns herüber. Es war noch immer warm, die Tische voll besetzt, Dänen, die sich auf ein Feierabendbier trafen, und Touristen. Alle um uns herum tranken Bier. Aber Max hatte uns Drinks bestellt, die so süß waren und so stark nach Mandel schmeckten, dass ich beim Trinken die Augen zukniff.

«Nur ein Glas, dann muss ich zurück nach Lund», hatte sie gesagt.

Das leichte Gefühl von Trunkenheit kehrte zurück.

«Schmeckt dir der Drink?», fragte sie und deutete mit dem Kopf auf mein Glas.

«Ich weiß nicht. Es schmeckt wie in Alkohol aufgelöste Amarettini.»

«Bingo!» Max hob die Hände. «Genau das ist es. Amaretto und Whisky. Jeder Tag hat seinen Drink. Heute ist ein Tag für Godfather.»

Ich nippte an meinem Glas und sah sie an.

«Was sollte das eben?», fragte ich. «Im Illum. Mit den Uhren?»

Max zuckte die Achseln.

«Window shopping», erwiderte sie. «Manche Frauen mögen Schuhe. Ich mag Uhren.»

«Du hast aber ziemlich plötzlich das Interesse verloren.»

«Ich habe gesehen, was ich sehen wollte. Kein Grund, es unnötig in die Länge zu ziehen.»

Sie zündete sich eine blaue Camel an und hielt mir die Schachtel hin. Ich schüttelte den Kopf. Es machte mir nichts aus, wenn sie es mir nicht wie ein normaler Mensch erklären wollte, zwingen konnte ich sie nicht.

«Erzähl mir von den beiden reichen Typen, mit denen du zusammenwohnst», sagte Max stattdessen. «Wie kommt es, dass ein Landei aus Söderköping an derselben feinen Adresse wohnt wie zwei Millionärssöhnchen aus Stockholm?»

Also erzählte ich ihr, wie ich bei Ludvig und Victor gelandet war, und von ihren teuren Markenschuhen, Hemden und Parfüms, ihrem Mad-Champ- und Assets-Gefasel. Max lachte.

«Rehnskiöld», wiederholte sie. «Daddy jobbt mit Fonds, während der Sohnemann durchs Jurastudium cruist und zwischen den Fachschaftsratssitzungen zu Hause mit einem Bier auf der Couch vor der PlayStation hockt.»

Max blies Rauch aus und lachte wieder.

«So verflucht typisch, dass sie ein hirnloses Tennisspiel zocken.»

«Das ist das Einzige, was sie machen.»

Es machte mir Spaß, Victor und Ludvig vor Max wie zwei Karikaturen aussehen zu lassen. Ich war froh, dass sie lachte und verstand, was ich meinte. Aber ich sagte ihr nicht, dass die beiden eigentlich ganz in Ordnung waren. Keine fiesen Arschlöcher, nur normale Jungs, die hart für ihr Studium lernten. Sie konnten genauso wenig für ihre Herkunft wie ich für meine. Und ich erzählte ihr auch nicht, dass ich insgeheim davon träumte, ein Leben wie Ludvig und Victor zu führen.

«Ich muss die zwei kennenlernen», sagte Max. «Ich liebe solche Typen.»

Sie drückte ihre Zigarette aus, leerte ihr Glas und stand auf. Ich war enttäuscht, dass wir zurückfahren würden, dass dieser wunderbare Nachmittag zu Ende ging.

«Ich hab um acht eine Veranstaltung in Lund. Da muss ich hin», sagte sie. «Sorry.»

Max machte ein zerknirschtes Gesicht, als hätte sie mir etwas versprochen, was sie nun nicht einhielt.

«Klar», erwiderte ich. «Kein Thema. Ich muss auch nach Hause.»

Ich trank mein Glas aus und stand ebenfalls auf.

«Nächstes Mal gehen wir surfen», sagte Max. «Vergiss deine Badehose nicht.»

* * *

Als wir in Lund ankamen, dämmerte es. Mein Mund schmeckte süß nach Champagner und Mandel, und die Füße taten mir weh. Max stieg als Erste aus dem Zug und wandte sich zu mir um.

«Ich wusste, dass du es wert bist», sagte sie. «Was ein Glück, dass dieser Bulle dich hopsgenommen hat und ich dich retten musste.»

«Was bin ich wert?»

«Was machst du Samstagabend?»

Instinktiv zog ich mein Handy aus der Hosentasche und sah in meinen Kalender. Nicht weil ich annahm, ich hätte irgendwelche Pläne. Die hatte ich nicht. Nie. Aber ich wollte wenigstens den Anschein erwecken, kein kompletter Loser zu sein. Ein paar Sekunden lang scrollte und zoomte ich in der Ansicht herum.

«Nichts», sagte ich schließlich.

«Dann gehörst du ganz mir», entschied Max. «Abendessen und noch etwas anderes.»

«Was?»

Max beugte sich vor und küsste mich auf beide Wangen.

«Es wird dir die Augen öffnen», erwiderte sie. «Und dein Leben wird einen Sinn bekommen.»

6

Nach der letzten Vorlesung am Mittwochnachmittag schloss ich in der Niels Bjelkegatan erschöpft die Wohnungstür auf. Wie immer blieb ich horchend im Flur stehen, in der Hoffnung, dass mich Stille empfing und ich ungesehen in mein Zimmer schleichen konnte. Doch meine Hoffnung wurde im Keim erstickt. Laute Filmmusik dröhnte aus dem Fernseher, und aus dem Wohnzimmer fiel Licht in den Flur. Ich zog meine Schuhe aus, atmete tief durch, schwang meinen Rucksack über die Schulter und steuerte hinter der Couch entlang auf mein Zimmer zu.

«Da ist er», hörte ich Victors träge Stimme vom einen Ende der Couch. «The champ.»

«Mad champ», echote Ludvig vom anderen Couchende. Er fläzte sich mit einer Schüssel Ramen-Nudeln im Arm in den Kissen. Auf dem Fernsehbildschirm vor ihnen erleuchteten Mündungsfeuer angespannte Gesichter auf einem schlammigen Acker. Das Wohnzimmer hallte von ohrenbetäubenden Explosionen im Heimkino-Soundsystem wider.

«Hey», grüßte ich. «Was guckt ihr?»

«Band of Brothers», sagte Victor. «Ziemlich brutal, Kriegsgemetzel.»

Ich erwog, mich eine Weile zu ihnen auf die Couch zu setzen. Bande zu knüpfen. Witze zu reißen und die Weichen zu stellen, um Teil des Teams zu werden. Aber ich hatte nichts zu erzählen. Also verschwand ich in meinem Zimmer, ließ den Rucksack zu Boden fallen und warf mich aufs Bett. Nach einem weiteren Vorlesungsmarathon senkte sich die Müdigkeit wie ein Vorhang auf mich herab. Als ich eben die Augen zumachen wollte, hörte ich Victors wohlbekanntes Getrommel an meinem Türrahmen. Ich kam nicht einmal dazu, etwas zu sagen, da hatte er bereits den Kopf ins Zimmer gesteckt.

«Eine Sache nur», sagte er. «Wenn du Zeit hast?»

Der TV-Lärm war verstummt. Die Folge schien zu Ende zu sein.

«Klar.» Ich setzte mich auf. «Was gibt's?»

«Wir und die Boys veranstalten am Wochenende ein Dinner hier bei uns. Nur ein paar Kommilitonen und alte Kumpel. Circa sieben Leute. Wäre cool, wenn du auch dabei wärst.»

Ich freute mich. Ludvig und Victor hatten mich noch nie zu irgendwas eingeladen.

«Sicher», sagte ich. «Wann?»

Eigentlich hatte ich keine große Lust auf ein Dinner mit Victors und Ludvigs Boys, aber es schmeichelte mir, dass sie mich dabeihaben wollten.

«Freitag, und anschließend ziehen wir noch um die Häuser.»

«Klar», sagte ich. «Ich glaube, ich hab nichts weiter geplant.»

«Abgemacht. Das Essen steigt um sieben.»

Victor wandte sich in der Tür noch einmal um.

«Könntest du ein bisschen früher hier sein? Wir lassen das Menü vom Grand Hotel catern, und es wäre nice, wenn du hier wärst und es annehmen könntest. Und vielleicht könntest du auch beim Anrichten helfen? Du bist schließlich einer von uns, Bruder. Einer für alle.»

Victor streckte eine Hand aus, und ich beugte mich vor und schlug ein.

«Klar», sagte ich wieder. «Kein Problem. Das wird cool.»

«Und noch was», fuhr Victor fort. «Am letzten Freitag im Oktober steigt hier eine Halloween-Party. Verkleidung ist Pflicht. Sexy Nurses. Heiße Teufel mit kleinen Hörnern und Schwänzen. Du verstehst?»

Victor legte seine Zeigefinger wie zwei Hörner an die Stirn.

«Nicht wirklich.»

Es spielte keine Rolle, er hörte nicht zu.

«Wäre super, wenn du da auch kommen könntest? Es wird hoch hergehen, aber wir wollen nicht, dass die Wohnung zumüllt. Der Abend geht auf mich, wenn du uns hilfst, Gläser einzusammeln, Bowle und Bier hinzustellen, ab und zu eine Spülmaschine durchlaufen zu lassen und die Wohnung zusammen mit uns auf Vordermann hältst.»

«Klar.» Ich nickte. «Ich bin dabei.»

Vielleicht würde es cool werden. Victor klopfte gegen den Türrahmen und drehte sich um. Dann überlegte er es sich noch einmal anders und streckte wieder den Kopf ins Zimmer.

«Freitag beim Dinner gilt Fresh Style», sagte er. «Alles klar? Sakko, weißes Hemd. Keine Alltagsklamotten.»

«Alles klar, Victor», erwiderte ich.

Ich sah meinen Abituranzug aus dem Ausverkauf vor mir, der in dem schmalen Schrank draußen im Flur hing, und mir rutschte das Herz in die Hose.

* * *

«Neue Uhr?», fragte Fredde, als ich mich am Freitag im Vorlesungssaal neben ihn setzte.

Er war nicht der aufmerksame Typ. Ich hatte die Certina schon öfter in der Uni getragen, um mich an sie zu gewöhnen und zu entscheiden, was sie eigentlich aussagte. Seit meinem Ausflug nach Kopenhagen und den Uhren im Illum trug ich sie täglich. Fredde zog mein Handgelenk zu sich heran und nahm die Uhr in Augenschein. Das war typisch für ihn. Er hatte keinen Respekt vor der Privatsphäre anderer Menschen. Er konnte, ohne mich zu fragen, meinen Stift nehmen oder mit seinen kurzen, dicken Fingern eine Seite aus meinem Schreibblock herausreißen. Das brachte mich jedes Mal zur Weißglut. Doch diesmal gefiel es mir, dass er die Uhr bemerkte.

«Nein», erwiderte ich. «Ich hatte sie nur noch nicht oft um.»

«Ein Abiturgeschenk?»

Ich nickte. Fredde seufzte.

«Ich hab ein paar Orrefors-Gläser und eine Pastamaschine bekommen», sagte er. «Was zum Teufel soll ich damit?»

«Du isst doch gerne Pasta», erwiderte ich.

«Ich hab ein Zimmer im Wohnheim. Mit Gemeinschaftsküche. Wenn ich die Gläser oder die Maschine da benutze, würden die Barbaren sie bei irgendeiner ihrer hirnlosen Wohnheimpartys im Handumdrehen zerdeppern.»

Fredde schüttelte den Kopf und machte ein dermaßen betrübtes Gesicht, dass ich lachen musste. Er hasste das Wohnheim. Im Grunde war unklar, was er, abgesehen von Jura, eigentlich mochte.

Die Vorlesung war zäh. Mir wurde nicht klar, wie sich die Europäische Menschenrechtskonvention zum EU-Recht und dem schwedischen Grundgesetz verhielt. Drei verschiedene Rechtssysteme waren zu viel auf einmal. Ich kapierte noch nicht einmal richtig, wofür die Begriffe für sich genommen standen. Meine Konzentration driftete permanent ab. Meine Gedanken wanderten zurück zum Dienstag, zu Max' sommersprossigem Gesicht in der Sonne über den Dächern von Kopenhagen und ihrem Versprechen, dass ich sie morgen wiedersehen würde. Was hatte sie gesagt? Wollte sie mich zum Abendessen einladen?

Aber ich musste auch an das Dinner denken, das heute Abend

bei uns in der Wohnung stattfand. Es machte mich nervös, auch wenn ich mein Bestes gab, das vor mir selbst zu leugnen. Worüber sollte ich mit den Boys reden? Über Skiferien in Verbier? Über Praktikumsplätze in Stockholmer Anwaltskanzleien? Über Fonds?

Schließlich endete die Vorlesung. Ich stand auf und strömte mit dem Rest der Erstsemester aus dem Pufendorfsaal auf die Straße vor dem Juridicum. Wochenendstimmung lag in der Luft. Gestern hatten wir unsere Hausarbeiten abgegeben, und alle spürten, dass sie sich einen freien Freitagabend und morgen einen halben Tag Katerstimmung gönnen konnten, ehe es Zeit wurde, die Lernphase für die Klausuren einzuläuten. Vielleicht war das das Höchstmaß an Freiheit für einen Juristen, dachte ich bei mir. Ein Nachmittag. Ein Vormittag.

«Irgendwelche Pläne für heute Abend?», erkundigte sich Fredde.

Ich sah ihn verblüfft an. Er auch?

«Ich dachte, wir könnten ein paar Bierchen zischen und dabei einen Lernplan für die Klausur aufstellen?»

Plötzlich erschien mir das Dinner wie eine Rettung. Die bevorstehende Klausur, oder Jura im Allgemeinen, waren das Letzte, woran ich denken wollte. Die Hausarbeit zusammenzuschustern, hatte mich an den Rand des Burnouts gebracht.

«Du bist eine Maschine, Fredde», sagte ich. «Aber du musst deinen Lernplan allein aufstellen. Ich habe heute Abend ein Essen mit meinen Mitbewohnern.»

«Klar», murmelte er. «Flieg fort, kleiner Vogel. Ich wusste, dass dieser Tag kommen würde.»

Es war früher Nachmittag. Victors und Ludvigs Kumpels trudelten wahrscheinlich schon bald ein, aber ich wollte auch nicht zu zeitig in der Wohnung auftauchen – und ich brauchte noch ein weißes Hemd.

Ich wollte auf gar keinen Fall auffallen und versuchte mir vorzustellen, wie die Boys sich kleideten und stylten.

«Fresh» lautete das Motto. Verwaschene Jeans, blütenweißes Hemd, dunkelblaues Sakko. Manschettenknöpfe, Armbanduhr. Englische Lederschuhe. Unsichtbare Pflegeprodukte in den luftig fallenden Haaren. Alles andere war ein Fauxpas, den sich nur der Mutigste erlauben durfte. Ich war nicht mutig. Ich musste versuchen, so gut es ging, zum Chamäleon zu mutieren, und das Beste hoffen, dachte ich bei mir, während ich im Scandinavian Sportsmen in der Klostergatan über die Hemden strich. Sie waren natürlich viel zu teuer.

Am Ende kaufte ich bei H&M ein eng geschnittenes Hemd aus einem etwas dickeren Baumwollstoff für dreihundertfünfzig Kronen. An der Kasse lehnte ich die Tüte ab und steckte das Hemd in meinen Rucksack, damit die Boys nicht sahen, dass ich mir ein neues Hemd gekauft hatte, und vor allem nicht, wo ich es gekauft hatte.

Die Boys saßen im Wohnzimmer, als ich die Tür aufschloss. Im Flur stand eine Reihe brauner Lederschuhe, das Tennisturnier war bereits in vollem Gang.

«Scheiße, was für ein Hero der Typ ist!»

«Ein wahrer Federer!»

Ich nahm meinen Anzug aus dem Schrank im Flur. Immerhin wusste ich, dass er gut saß. Und ich hatte ihn nur am Tag der Abiturfeier getragen, er war also fast neu. Er würde gehen. Ich atmete tief durch und ging mit dem Anzug über dem Arm durch den Flur ins Wohnzimmer. Sechs, vielleicht sieben Typen hockten auf der Couch und auf Stühlen rings um den Fernseher. Victor drehte sich um, als ich hereinkam. Ich blieb hinter ihnen stehen.

«Wer spielt?», erkundigte ich mich.

Irgendwas musste ich ja sagen, und ich war froh, einen halbwegs lockeren Kommentar zuwege zu bringen.

Doch Victor schien meine Frage gar nicht gehört zu haben, er wandte sich wieder den anderen zu.

«Boys!», rief er laut. «Das ist unser neuer Housemate.»

Er nannte den anderen meinen Namen, stand auf und zeigte mit einer Hand auf mich. In der anderen hielt er ein Peroni. Er war schon leicht angetrunken.

«Er ist unser Fels in der Brandung», fuhr er fort. «Er hat Tottes Zimmer übernommen.»

Er beugte sich über die Couch und strubbelte mir durch die Haare. Überrascht und leicht verlegen wich ich ihm aus. Die Boys sahen haargenau so aus wie Ludvig und Victor. Jeans oder Chinos. Polohemden von Ralph Lauren oder hellblaue, bewusst ungebügelte Baumwollhemden mit Button-Down-Kragen, nachlässig in den Hosenbund gesteckt. Hohe Wangenknochen, ebenmäßige Bräune, vielversprechende und unkomplizierte Zukunftsaussichten. Sie waren zwischen zwanzig und fünfundzwanzig, sahen jedoch aus wie jüngere, besser aussehende und athletischere Versionen ihrer Väter. Anwaltskanzleien und große Wohnungen in der Stockholmer Innenstadt oder Jahrhundertwendevillen in Bromma, Segeln in den Stockholmer Schären im Sommer, Wintersport in den Alpen, ein gut geöltes, unzerstörbares Kontinuum an Privilegien. Sie nickten mir zu, einige hoben grüßend ihre Bierflaschen in meine Richtung.

«Sag was», forderte Victor mich auf. «Begrüß die Jungs.»

«Nett, euch kennenzulernen», sagte ich.

Zu meinem Ärger errötete ich leicht. Sie waren alle älter, reicher und besaßen bessere Gene.

«*Nett, euch kennenzulernen*», wiederholte Victor, wobei er meinen leichten Östergötland-Dialekt übertrieben nachahmte, den ich ständig zu kaschieren versuchte.

Er trat einen Schritt von der Couch weg und legte einen Arm um mich. Die anderen lachten. Irgendjemand wiederholte «nett, euch kennenzulernen» in einer noch ausgeprägteren, noch lausigeren Dialektparodie. Eine neue Lachsalve.

«Du weißt, dass wir dich fucking lieben, mate», sagte Victor.

Er zog mich von der Couch weg in die Küche, nahm zwei Flaschen Peroni aus dem Kühlschrank und machte eine davon auf.

«Bier?», fragte er und hielt mir die Flasche hin.

Ich war ihm dankbar, trotz oder wegen der leichten Demütigung eben im Wohnzimmer. Wir waren nur zwei Housemates, die in ihrem Jargon miteinander sprachen und ein Bier zusammen tranken.

«Danke», antwortete ich und nahm die Flasche.

Victor stieß seine Flasche gegen meine, und ich nahm einen kräftigen Zug. Ich wollte so schnell wie irgend möglich betrunken werden.

«Cool, dass du heute Abend dabei bist», sagte Victor. «Es wird ein krass verrückter Abend werden, ein Abend für Champs! Du weißt, was ich meine?»

Ich trank noch einen Schluck Bier und nickte.

«Absolut», erwiderte ich. «Ein krass verrückter Abend.»

«Wäre super, wenn du schon mal den Tisch decken könntest», fuhr Victor fort. «Wir machen es natürlich zusammen, aber du könntest vielleicht schon mal loslegen?»

Er deutete auf den Esstisch, auf dem dreckige Gläser und leere Chipstüten standen.

«Die Tischdecke liegt auf Luddes Bett, und wir nehmen das gute Geschirr. Aber keine Eile.»

Victor öffnete die untere Tür eines Servierwagens, in den ich bisher noch nie hineingesehen hatte und in dem sich, wie ich annahm, geerbtes, cremeweißes Porzellan mit Goldgravur stapelte. Ehe Victor die Tür wieder schloss, erhaschte ich noch einen Blick auf hohe, schlanke Weingläser.

«Ist das okay?», fragte er.

«Du willst, dass ich den Tisch decke?»

«Wir machen es zusammen, Champ. Aber du könntest ja schon mal die Tischdecke auflegen? Wäre mega nice von dir.»

Grinsend deutete Victor über seine Schulter ins Wohnzimmer.

«Ich muss vorher noch ein Wimbledon-Finale gewinnen.»

Ich nickte und lächelte.

«Kein Problem», sagte ich.

«Damit heiße ich euch offiziell willkommen zu einem weiteren unserer legendären You-got-male-Abende!»

Eine Stunde später stand Victor neben seinem Stuhl, in der einen Hand ein Weinglas, in der anderen ein Silbermesser. Das Stimmengewirr am Tisch war verstummt, als er an sein Glas geklopft hatte. Wie aus einer Kehle explodierte plötzlich ein «YOU GOT MALE!».

Gelächter und Gejohle dröhnten über den Tisch, die Kerzen flackerten im Luftzug. «You got male». Von Ludvig wusste ich, dass diese Clique sich so nannte, wenn sie ein paarmal im Jahr zusammentraf. «Du bist Mann geworden.» Vielleicht eine bewusste oder unbewusste Anspielung auf die alte Liebeskomödie *You've Got Mail – E-m@il für Dich*. Unmöglich zu sagen, ob es ironisch gemeint war oder nicht. Nicht einmal, ob es kreativ oder lustig war. Wie das meiste hier.

Soweit ich es durchschaute, waren die Regeln des Clubs simpel: keine Frauen. Nur alte Kindheitsfreunde. Keine Neuzugänge. Bis auf den neuen Mitbewohner. Der den Tisch gedeckt und das Catering vom Grand Hotel entgegengenommen und angerichtet hatte. Sprich: bis auf mich.

«Ich fasse mich kurz», fuhr Victor fort. «Wir halten es wie immer: Wir essen gut, wir unterhalten uns gut, und wir ...»

«TRINKEN GUT!», grölten alle im Chor.

Lachend und jubelnd kamen sie mit ihren Rotweingläsern in den Händen auf die Füße und stießen, in einem perfekten Zusammenspiel von Zügellosigkeit und guten Manieren, in einer beeindruckend gut koordinierten Choreografie, fest, aber nicht zu fest, miteinander an. Ich stand meinerseits auf und stieß mit meinem rechten und linken Sitznachbar an, wobei ich mich bemühte, nichts zu verschütten.

Als Vorspeise gab es geräucherte Entenbrust mit Bratapfel. Ich hatte die Plastikfolie von den portionsweise verpackten Speisen gezogen, sie auf den kleineren Tellern angerichtet und auf den Esstisch gestellt, während die Boys im Wohnzimmer mit Champagner angestoßen hatten. Als alle aufgegessen hatten, räumte ich die Teller ab und stellte sie ins Spülbecken. Niemand bat mich darum. Ich war der Jüngste und der Neue. Hier galten die Spielregeln des *ex officio*, ein juristischer Begriff, den ich eben erst in einer Vorlesung gelernt hatte. Anweisungen sind unnötig. Die Abläufe geschehen von selbst, den inhärenten Regeln des Systems gehorchend.

Den Hirschbraten hatte ich auf eine Servierplatte gelegt, die Rotweinjus in eine Sauciere umgefüllt und sie zwischen die Kerzen auf dem Esstisch gestellt. Ich machte es, weil ich es machen wollte. Weil ich akzeptiert werden wollte. Damit die Boys mich mochten.

«Darf ich mal deine Uhr sehen?»

Der Typ rechts von mir war blond, trug sein halb langes, welliges Haar zu einem Mittelscheitel frisiert und hatte Aknenarben auf den Wangen; in diesem Kreis ein ungewöhnliches Erbe gewöhnlicher Probleme und gewöhnlicher Gene. Er hieß William Rosenius. Ich hatte das Gefühl, dass die Hälfte der um den

Tisch versammelten Typen William hieß. Ich kannte seinen Namen, weil er ein Kommilitone von Ludvig und Victor war und ich ihn schon öfter in der Wohnung gesehen hatte. Er hing oft mit ihnen auf der Couch ab und grölte mit ihnen «Mad Champ». Ich war ihm mindestens zweimal vorgestellt worden und hatte den höhnischen Zug um seinen Mund schon beim ersten Mal nicht leiden können.

Etwas nervös zeigte ich ihm meine Uhr. Ich hatte geahnt, dass sie ihm aufgefallen war, als ich die Fleischplatte auf den Tisch gestellt hatte. Mein übriger Aufzug war anonym genug, um einfach mitzuschwimmen. Ich hatte geglaubt, die Uhr wäre es auch. Jetzt bereute ich, dass ich mir die Certina beim Umziehen für das Dinner nicht verkniffen hatte. Ich hatte sie für exklusiv gehalten. Ich hätte es besser wissen müssen.

«Ich hab sie zum Abi bekommen», sagte ich.

William bedeutete mir, die Uhr abzunehmen. Ich tat, was er wollte, und gab sie ihm.

«Certina», meinte er. «Aus Norrköping?»

Er sprach «Norrköping» mit einer schlechten Östergötland-Dialektparodie aus und warf einen flüchtigen Blick auf die Uhr. Dann hob er den Kopf und maß mich mit einem überheblich-höhnischen Grinsen, das mich kalt erwischte, obwohl ich dessen Ansätze bereits bei unserer ersten Begegnung in seinen Mundwinkeln gesehen hatte. Es überraschte mich, dass er es so offen zeigte. Ich hatte ihn für zu höflich und zu versiert gehalten, um seine Gehässigkeit zur Schau zu stellen. Aber ich hatte mich geirrt. William war genau das, wonach er aussah: ein besoffener und gelangweilter Student auf der Jagd nach einem Kick.

Es war eindeutig, die Anspielung auf Norrköping sollte mir zu verstehen geben, dass die Uhr weder Stil noch Wert besaß. Es war nicht gerade subtil. Ich begriff, dass die Uhr mich genau so wirken ließ, wie ich war. Wie jemand, der versuchte, dazuzugehören.

Wie ein Emporkömmling. Wie jemand, dem man zu Recht den Vorwurf machen konnte, sich mit fremden Federn zu schmücken oder diese Federn zumindest in einem uncoolen Provinznest wie Söderköping in den Koffer gepackt zu haben, in dem Glauben, dass sie hier, an der Spitze der Pyramide, ihre Wirkung entfalten könnten.

William wartete auf meine Reaktion. Ich hätte lachen können. Seine Anspielung auf Norrköping als Witz abtun können. Lachen wäre gleichbedeutend mit Kuschen und zu Kreuze kriechen, die Demütigung unter den Tisch fallen zu lassen. Aber ich hatte zwei Bier intus und keine Ahnung wie viele Gläser Wein. Der Alkohol bewirkte, dass mein Wunsch, um jeden Preis dazugehören zu wollen, in der Kosten-Nutzen-Analyse in meinem Kopf an Wert verlor. Ausnahmsweise gewann mein Impuls, Kontra zu geben, die Oberhand.

«Ja», erwiderte ich mit einem Achselzucken. «Vermutlich ist sie aus Norrköping.»

Mit einem Schlag wurde es still am Tisch. Sieben Augenpaare, die in ihrer vollendeten Weinseligkeit aussahen wie aus Perlmutt gemacht, wandten sich mir zu. Vielleicht ein Zufall. Eine natürliche Gesprächspause. Oder aber diese Gruppe war darauf gepolt, Konflikte zu wittern und sich an ihnen zu ergötzen, die Münder in erwartungsvollem Lächeln halb geöffnet. Mein Handy vibrierte in der Hosentasche. Doch dies war nicht der Moment, um aufs Display zu schauen.

«Gibst du sie mir bitte wieder?» Ich deutete auf die Uhr, die William noch immer in der Hand hielt.

Ich streckte die Hand danach aus, aber William hielt sie außerhalb meiner Reichweite. Die anderen lachten leise, auch wenn ich merkte, dass einige von ihnen irritierte und verlegene Blicke wechselten. William sah mich mit gespielt mitfühlender Miene an, als täte ich ihm leid. Rund um den Tisch setzte abermals nervöses Gelächter ein. Irgendjemand hielt William die Hand hin, um sich die Uhr anzusehen, und William gab sie weiter.

«Kann ich sie bitte wiederhaben?», sagte ich leise.

Meine Wangen brannten. Aber nicht vor Demütigung, sondern vor Wut. Wären wir alleine gewesen, nur er und ich, hätte ich diesen William fertiggemacht. Mehr hatte er nicht drauf. Ich hätte ihn besiegt, verbal oder körperlich, hätte er nicht vom ersten Moment an, als er die Wohnung betrat, die ganze Tischrunde im Schlepptau gehabt. Über wie viele Generationen erstreckten sich die Freundschaften dieser Typen? Wie viele ihrer Väter waren Geschäftspartner? Wie weit zurück reichten die gegenseitig ausgetauschten Gefälligkeiten?

In meinem Schrank hing ein Hemd von H&M und ein Sakko aus dem Ausverkauf. Ich besaß nichts von Wert außer dieser Uhr. Und hier war sie absolut gar nichts wert. In der gerechten, meritokratischen Welt, als die ich mir das Leben vorgestellt hatte, hätte ich gegen diesen aknenarbigen Versager eine Chance gehabt. Mehr als eine Chance. William war nicht besser als ich. Er war nicht klüger, stärker, besser aussehend oder witziger. Ich aber war ein Idiot gewesen, mir einzubilden, diese Dinge würden auch nur die kleinste Rolle spielen. Als ich Williams höhnisches Lächeln und das verlegene Grinsen der anderen ringsum sah, hatte ich eine Sekunde lang das Gefühl, die Zukunft breitete sich in ihrer ganzen mediokren, deprimierenden Fülle vor mir aus. Der Mensch ist nicht das, wozu er sich macht. Sartre hat sich geirrt.

Alles, was zählt, ist das Privileg und das eventuelle Wohlwollen der Privilegierten gegenüber den Nicht-Privilegierten.

William gab seinem Tischnachbarn ein Zeichen, und meine Uhr wanderte zu ihm zurück. Ich sah zu Ludvig hinüber. Er saß mit einem strammen Lächeln um den Mund da und wich meinem Blick aus, aber seine Miene war finster und genervt. Die allgemeine Geduld für dieses Zwischenspiel, was es auch war, schien allmählich erschöpft. Doch niemand hatte das Recht oder den Willen, dem Ganzen ein Ende zu setzen. William drehte die Uhr um und gab vor, sie erneut zu begutachten.

«Echte Handwerkskunst», sagte er. «Beste Schweizer Qualität.» Übertrieben nickend schaute er in die Runde. Immer mehr Blicke wandten sich ab. Was fast noch schlimmer war als das kollektive Grinsen zu Beginn.

Ich hielt meine Hand auf und spürte, wie verschwitzt sie war.

«Gib sie mir», sagte ich.

«Hör auf, William. Es reicht.»

Ludvigs Stimme. Ich sah wieder zu ihm hinüber. Diesmal lag offensichtliche Verärgerung in seinem Blick. Das Lächeln war verschwunden.

«Gib ihm die Uhr zurück. Sei nicht so ein verfluchtes Arschloch.»

Am Tisch wurde es still. William starrte ihn verblüfft an. Einen kurzen Moment lang schien der Abend auf Messers Schneide zu stehen.

«Wir wissen, dass du ein besseres Zeiteisen hast, okay?» Ludvig rang sich ein Lächeln ab. «Zeig es uns.»

«Ja!», rief Victor. «Zeig uns den Hulk!»

Das brach die Anspannung. Die anderen pfiffen und johlten. Der dunkelhaarige Typ im blau-weißen Streifenhemd mit den Goldmanschetten gegenüber von William beugte sich über den Tisch, zog an Williams Arm und entblößte dessen Armbanduhr. Ein Taucher-Chronograf mit Edelstahlgehäuse und dunkelgrünem Ziffernblatt. Victor streifte mich mit einem mitleidigen Blick, der schlimmer war als die Demütigung, der William mich aussetzte.

«Es ist der Hulk!» Der dunkelhaarige Typ blickte sich beifallheischend am Tisch um. «Er trägt den Hulk!»

Die anderen lachten. Einige beugten sich vor und begutachteten die Uhr. William warf meine Uhr neben meinen Teller auf den Tisch. Er hatte sie längst vergessen. Ich nutzte die Gelegenheit und ließ sie rasch in meiner Hosentasche verschwinden. William hatte die Aufmerksamkeit bekommen, die er offenbar gesucht hatte. Er nahm seine eigene Armbanduhr ab und gab sie dem dunkelhaarigen Typen.

«Die Submariner von Rolex in Grün», sagte er. «The Hulk.»

Während die Jungs am Tisch pfiffen und johlten, warf er mir einen Seitenblick zu. Ganz offensichtlich waren ‹The Hulk› und Williams Art, ihn vorzuführen, ein fester Bestandteil dieser Abende.

«Vielleicht nicht aus Norrköping, aber was soll's? Man tut, was man kann.»

Die anderen lachten erleichtert. Auch Ludvig und Victor.

Nach Birnenkompott und Eis, das Victor und ich auf kleinen Desserttellern anrichteten, und einer Tasse Kaffee verstreute sich die Runde. Die meisten verschwanden mit Whisky und Cognac in kleinen Gläsern, die Victor aus dem Servierwagen genommen hatte, im Wohnzimmer. Ich hatte Leute unter vierzig noch nie Whisky oder Cognac trinken sehen, außer als Inhalt von selbst zusammengebrauten Alkoholmixturen auf Partys oder Zusammenkünften im Park, abgefüllt in PET-Flaschen, organisiert aus dem Alkoholvorrat der Eltern oder aus dem Duty-free-Shop einer Finnlandfähre. Aber hier war es vollkommen normal, dass Anfang Zwanzigjährige Whisky- und Cognacgläser schwenkten und halb ironische Kommentare über «Rauchigkeit» und «Vanille- und Schokoladenaromen» fallen ließen.

Im Wohnzimmer stieg die Partystimmung. Schwedischer Hip-Hop dröhnte aus dem Sound-System, und als ich von der Küche aus sah, wie ein paar Typen auf der Couch standen und über Chicks, Ganja und Waffen rappten, wandte ich meinen Blick in Fremdscham ab. Ziemlich angetrunken räumte ich den Tisch ab und stellte das Geschirr in die Spülmaschine, froh, eine Aufgabe zu haben und nicht bei den anderen auf der Couch hocken zu müssen oder erneut Zielscheibe von Williams Attacken zu werden. Aus einer angebrochenen Flasche goss ich mir ein neues Glas Wein ein und kippte die Hälfte davon in einem Zug runter. Zwei Typen saßen noch am Esstisch. Sie öffneten den obersten Knopf an ihren Hemden und fuhren sich mit den Fingern durch ihre Frisuren, eine mentale Vorbereitung auf den bevorstehenden Zug durch die Kneipen. Es war nach zweiundzwanzig Uhr, und ihre Unterhaltung drehte sich um Praktikumsplätze in den Anwaltskanzleien Vinge und Mannheimer Swartling und um die Frauen in ihren Unikursen in Uppsala. Sie waren offenbar nur übers Wochenende in Lund, für *You got male*. Einer der beiden hob den Kopf und entdeckte mich.

«Ist noch Whisky da?», fragte er.

Er hielt mir sein leeres Glas hin und schwenkte es leicht. Ich hätte erwidern sollen, er könne doch selber nachsehen, doch auf die Idee kam ich gar nicht. Außerdem stand die Flasche neben mir auf der Arbeitsfläche.

«Klar», antwortete ich.

«Und bring das Tablett mit.»

Er deutete auf das Silbertablett, auf dem die Begrüßungsdrinks gestanden hatten. Ich griff nach der Flasche und umrundete die Kücheninsel. Ohne zu fragen, füllte ich ihre Gläser auf und stellte das Tablett ab.

«Du studierst auch Jura, oder?», wollte einer der beiden wissen.

Hellblaues Hemd, definierte Schultern, dunkelbraune Augen, Weihnachten in den Alpen, Sommer in Südfrankreich oder auf Gotland.

«Erstes Semester. Hab eben erst angefangen.»

«Ärstäs Sämästär.»

Ein weiterer Spaß über meinen Akzent. So ausgeprägt war er nicht. Nicht einmal, wenn ich getrunken hatte. Aber seit dem heutigen Abend war ich der Hinterwäldler, Punkt.

«Ich mach nur Spaß», wiegelte der Typ ab.

Er hielt seine Hand hoch, und ich schlug ein.

«Kein Problem», antwortete ich in übertriebenem Dialekt.

Die beiden lachten.

«Du kommst nicht aus Stockholm oder Malmö. Woher kennst du Ludde und Victor?»

Ich setzte mich zu ihnen an den Tisch. Es war das erste Mal, dass jemand außer diesem William mit mir redete.

«Mein Vater ist ein Arbeitskollege von Tottes Tante», erzählte ich. «Ihrem vorherigen Mitbewohner. Long story. Ich habe sie erst in Lund kennengelernt.»

Aber sie hörten gar nicht zu. Niemand hier schien zuzuhören. Man stellte Fragen und wartete ab, ob die Antwort eine Vorlage für einen Witz bot. Tat sie es nicht, überging man sie. Mit einem verschwörerischen Grinsen in Richtung seines Kumpels zog der Typ das Silbertablett zu sich heran. In der Hand hielt er ein Tütchen mit weißem Pulver. Er schwenkte es mit einem verschwörerischen Blick.

«Es ist wohl so weit?», meinte er.

Sein Kumpel kippte seinen Whisky hinunter und warf mir einen flüchtigen Blick zu, total aufgedreht lauerte er auf meine Reaktion.

«Und ob!», erwiderte er. «You bet!»

Ich hatte noch nie Kokain gesehen und mir immer vorgestellt, es würde mir die Sprache verschlagen. So viele Mythen rankten sich darum, ein Symbol für Hedonismus und «Fuck-it»-Mentalität, oder keine Ahnung wofür. Aber in den Händen dieses lockenköpfigen zukünftigen Wirtschaftsanwalts kam es mir kein bisschen exklusiv oder gewagt vor. Er zog eine goldene Kreditkarte hervor, legte ein paar Lines und schob das Tablett zu seinem Kumpel hinüber. Der hatte unterdessen einen Geldschein zusammengerollt und zog die erste Line durch die Nase. Das andere Nasenloch hielt er sich währenddessen zu und hustete laut.

«Wohoo!», rief der Dunkelhaarige. «Immer mit der Ruhe, champ! Wir haben den ganzen Abend Zeit.»

Er warf mir einen Seitenblick zu.

«Ziehst du mit uns um die Häuser?»

«Wenn du den Abwasch erledigst, geht der Abend auf mich», sagte Victor hinter mir.

Ich drehte mich um und sah ihn an.

«All inclusive natürlich», fuhr er fort. «Räum nur die Spülmaschine ein, aber spül die Servierplatten auf alle Fälle von Hand, und dann kommst du nach. Wir wollen weiter zur Östgöta. Heimspiel für dich, mate.»

Lachend klopfte er mir auf die Schulter. Als ich mich wieder zum Tisch wandte, beugte er sich mit seinem Glas in der Hand vor. Im Wohnzimmer rappte jemand in übertriebenem Migrantenschwedisch zu einem Hip-Hop-Song. Es wirkte wie Blackfacing.

«Ich nehm gern eine davon.»

Victor nahm seinem Kumpel den aufgerollten Geldschein aus der Hand und sniffte routiniert die nächste Line. Dann richtete er sich auf und rieb sich die Nase.

«Kommt schon, Boys», sagte er. «Ich hab uns auf die Liste setzen lassen, aber wir müssen los, bevor sie dichtmachen.»

Der Typ, der das Kokain dabeigehabt hatte, legte eine letzte Line, zog sie durch die Nase und stand auf.

«YOU GOT MALE!», grölte er.

Sein Kumpel beugte sich vor und klatschte ihn lautstark ab, während sie zur Tür stolperten. Victor griff nach meinem Arm und hielt mich in der Küche zurück.

«Also abgemacht?», fragte er. «Du übernimmst den Abwasch? Die Spülmaschine läuft schon. Räum sie einfach aus, wenn sie fertig ist, und starte einen zweiten Durchgang. Spül die Servierplatten. Das dauert höchstens eine halbe Stunde. Es kommt so selten vor, dass alle Boys zusammen sind. Wäre nice, heute Abend einfach nur mit ihnen abzuhängen. Verstehst du?»

Ich nickte.

«Kein Problem. Ich übernehm das.»

«Netter Zug von dir. Wirklich. Und dass du das Essen angerichtet hast und alles. Nice job. I owe you.»

Victors Augen waren chemisch intensiv und pechschwarz. Ich war betrunken, doch absurderweise fühlte ich mich bei seinen Worten nicht wie ein Außenseiter. Im Gegenteil. Ich war stolz darauf, getan zu haben, was von mir erwartet worden war, und dass Victor zufrieden war.

«Kein Thema», sagte ich. «Nett, die Boys kennenzulernen.»

Das Wort «Boys» fühlte sich in meinem Mund vollkommen falsch an, aber was hätte ich sagen sollen?

«Das mit William tut mir leid.» Victor klopfte mir auf die Schulter. «Er ist ein cooler Typ, aber wenn er trinkt, mutiert er zum Arschloch. No hard feelings, oder?»

Ich schüttelte den Kopf.

«Absolut nicht.»

«Gut. Komm später nach, in die Östgöta, ernsthaft. Ich sorg dafür, dass du auf der Liste stehst.»

In diesem Moment vibrierte mein Handy erneut. Ich schob die Hand in die Hosentasche und zog es hervor.

«Die Kristallgläser müssen von Hand gespült werden», sagte Victor. «Das ist im Nullkommanix erledigt, versprochen.»

Ich schaute auf das Display und hörte ihn kaum. Zwei Textnachrichten. Ich öffnete die erste.

Du hast doch nicht vergessen, dass morgen dein Leben anfängt?

Ich grinste.

«Hörst du?», sagte Victor. «Die Kristallgläser dürfen nicht in die Spülmaschine.»

Ich bin um 9:00 Uhr draußen vor deinem Haus. Wenn du nicht da bist, klingele ich. Don't make me.

«Hallo? Hörst du mich?»

Victor schnippte mit den Fingern vor meinem Gesicht und grinste. Ich hob den Kopf und sah ihn an. Hinter ihm stolperten die Boys in den Flur und aus der Wohnungstür hinaus, hinein in ihr unkompliziertes Studentendasein und in ihre erfolgreichen Anwaltskarrieren, wo nichts auf dem Spiel stand.

«Okay», sagte ich. «Von Hand. Verstanden.»

«Nice! Du bist so ein krasser Champ, hab ich das schon gesagt?»

Plötzlich wollte ich sie nur noch loswerden. Meine Hand zitterte leicht, ohne dass ich hätte sagen können, warum. Doch schließlich fanden sie alle den Weg zur Tür, und ich hörte, wie der Fahrstuhl ein letztes Mal nach unten fuhr.

Die Wohnung war ein Schlachtfeld, aber es herrschte Ruhe. Ich sank auf die Couch und stellte den Fernseher aus, der mitten in einem Tennismatch eingefroren war. Ich schenkte mir aus einer weiteren angebrochenen Rotweinflasche nach und las die Nachrichten ein zweites Mal. Erwartungsvolle Spannung breitete sich in mir aus, als ich an Max' Sommersprossen und ihre kleine Zahnlücke dachte. Ich wollte mit ihr reden. Ich wollte mehr darüber erfahren, welche Balkone sie erstürmen und welche Städte sie errichten wollte. Nach heute Abend mehr denn je.

Ich dachte, wir hätten Abendessen ausgemacht, textete ich zurück.

Mein Handy vibrierte von Neuem.

Change of plans, es wird der ganze Tag. Sag nicht Nein.

Ich goss mein Glas wieder voll und schrieb eine Antwort.

Ich bin zu allem bereit.

Zweiter Teil

7

Ich wachte mit dem Gefühl auf, keine einzige Sekunde geschlafen und nur eine Minute mit geschlossenen Augen auf dem Bett gelegen zu haben. Als ich die Augen öffnete, hörte ich, dass in den frühen Morgenstunden ein Sturm aufgezogen war. Der Wind heulte und pfiff und drückte gegen die Dachschräge über mir. Der Herbst kündigte sich an.

Mein Mund war trocken, mein Schädel verkatert. Obwohl ich gestern Nacht komplett erschöpft ins Bett gefallen war, hatte ich wach gelegen, mit vom Alkohol beschleunigtem Herzschlag und einem wirren Gedankenkarussell rund um Ludvig und Victor, die Boys und mein Jurastudium. Irgendwann war ich trotz allem eingeschlafen, nur um gleich darauf wieder aufzuwachen, da die Boys gegen halb zwei, als alle Studentenverbindungen dichtmachten, zur Afterparty zurück in die Wohnung gepoltert kamen. Sie hatten PlayStation gezockt und mit ein paar Kommilitoninnen bis fünf Uhr morgens im Wohnzimmer gelacht und gegrölt. Ich hatte mir das Kopfkissen auf die Ohren gepresst, war aber immer nur für wenige Minuten eingeschlafen. Um acht kapitulierte ich, stand auf und stieg unter die Dusche.

Der Wind war so stark, dass ich die Haustür mit aller Kraft auf-drücken musste. Es war kalt, und ich setzte die Kapuze meines Parkas auf. Die Bäume rauschten im Wind, Laub wirbelte in Böen über den Asphalt und sammelte sich entlang des Zauns der Vor-schule auf der anderen Seite der Kreuzung. Ich lehnte mich an die Hauswand und hielt mein Gesicht in den Wind. Die Kälte fühlte sich auf meiner müden Haut angenehm und erfrischend an. Durch den heulenden Sturm hörte ich nicht, dass ein alter, blauer Minibus die Straße entlanggefahren kam. Ich bemerkte ihn erst, als er direkt vor mir hielt und das Seitenfenster herun-tergekurbelt wurde.

«Steig ein», sagte Max.

Sie lächelte mich vom Fahrersitz aus an. Ihre Sommerspros-sen waren in der verblassenden Sommerbräune deutlich zu erkennen, ihre grünen Augen leuchteten. Ich stand vollkommen reglos da und sah sie an. Ihr plötzliches Auftauchen verwirrte mich, obwohl sie es genau so angekündigt hatte. Sie lehnte sich über den Beifahrersitz zu mir herüber und schaute mich fra-gend an.

«Hallo?»

Sie schnippte mit den Fingern.

«Steig ein, Baby!»

Ich öffnete die Beifahrertür und rutschte auf den abgewetzten, braunen Sitz.

Langsam rollten wir zur Kreuzung und bogen nach links in die Karl XII gatan. Max warf mir einen forschenden Seitenblick zu.

«Weißt du, wohin wir fahren?»

«Keinen blassen Schimmer», antwortete ich und sah sie an.

Sie hielt an der nächsten Kreuzung und wandte sich mir zu. Ihre Augen funkelten wie Smaragde.

«Das ist das beste aller Gefühle», erwiderte sie. «Halt es fest.»

Wir fuhren am unteren Ende des Friedhofs und am Monumentparken vorbei und weiter auf den Ring in Richtung Nova-Einkaufszentrum.

«Ich entführe dich jetzt», sagte Max. «Als du eingestiegen bist, hast du dein Okay gegeben.»

«Ach ja? Soweit ich weiß, hatten wir einen anderen Deal», erwiderte ich. «Und außerdem: Wenn man einer Entführung zustimmt, kann man es wohl kaum als Entführung bezeichnen?»

«Juristen», murmelte Max. «Ihr müsst immer jedes Wort auf die Goldwaage legen.»

Als sie an einer roten Ampel hielt, sah sie mich wieder an.

«Willst du entführt werden?»

«Was passiert, wenn ich Nein sage?»

Sie lächelte.

«Dann bringe ich dich nach Hause, und du siehst mich nie wieder.»

Während die Ampel von Rot zu Gelb und zu Grün wechselte, blickte sie mich unverwandt an.

Der Bus stand still, bis der Fahrer hinter uns hupte und das Fernlicht aufblendete. Der Wagen schaukelte im heftigen Wind hin und her.

«Entführ mich», sagte ich.

Max fuhr auf die E22, am Nova-Einkaufszentrum vorbei und weiter Richtung Norden, Richtung Landskrona und Helsingborg, eine Strecke, die ich noch nie genommen hatte, ein Teil von Schweden, in dem ich noch nie gewesen war.

«Kannst du mir nicht sagen, wohin wir fahren?», fragte ich.

«Was wäre das für eine Entführung, wenn ich dir das Ziel verraten würde? Eigentlich müsste ich dir die Augen verbinden», antwortete Max. «Wie war das Dinner gestern?»

«Chaotisch.»

«Chaotisch ist gut.»

Lächelnd sah sie mich an.

«Ich weiß nicht», erwiderte ich.

Taylor Swifts Stimme ließ die betagten Autolautsprecher scheppern. Max sang mit, und ich konnte mir das Lachen nicht verkneifen. Sie schien mir nicht wirklich ein Swiftie zu sein. Schließlich beugte ich mich vor und drehte die Musik ein bisschen leiser. Sie warf mir einen fragenden Seitenblick zu.

«Magst du Taylor nicht?»

«Es war kein Zufall, dass wir uns vor dem Juridicum begegnet sind», erwiderte ich. «Gib es zu.»

Ich sah sie an, während sie den Minibus auf die Autobahn lenkte.

«Du wusstest, wie ich heiße und dass ich in Lund Jura studiere. Du wolltest mich treffen.»

Max lachte und warf mir einen neckischen Seitenblick zu.

«Okay, Sherlock», sagte sie. «Du hast mich erwischt.»

Sie ließ das Lenkrad für eine Sekunde los und hob die Hände, als gäbe sie sich geschlagen. Zu beiden Seiten der Straße erstreckte sich eine vollkommen flache Landschaft, nichts als Felder, Wind und grauer Himmel.

«Warum?», wollte ich wissen.

«Warum nicht. Du hast mich neugierig gemacht.»

«Ich habe dich neugierig gemacht?»

Verglichen mit ihren glamourösen Sommern in der Bretagne und ihrer generell mystischen Aura kam ich mir nicht besonders mysteriös oder spannend vor, im Gegenteil.

Max sah mich an.

«Und du bist einsam.»

Ich schwieg einen Moment.

«Nicht sehr», erwiderte ich schließlich. «Ich bin nicht einsamer als sonst. Im Gegenteil. Ich bin gern allein.»

Stimmte das? War ich wirklich gern allein?

«Du weißt, was ich meine», sagte Max.

Ich seufzte.

«Vielleicht. Ich glaub schon.»

«Ich hab nach dir gesucht, um dir zu zeigen, dass du nicht mehr allein sein musst, wenn du es nicht willst.»

Ich lehnte den Kopf an die Nackenstütze.

«So allein bin ich nun auch wieder nicht. Du gibst mir das Gefühl, ein kompletter Loser zu sein. Ich habe Freunde.»

Max sah mich misstrauisch an.

«Erzähl von dem Dinner», sagte sie.

Ich seufzte wieder und schüttelte den Kopf. Doch dann schilderte ich ihr den Verlauf.

«Also hast du den Tisch gedeckt und das Essen serviert wie ein tüchtiger, kleiner Lakai?»

Ich sah sie an und schüttelte leicht den Kopf.

«So war es nicht. Es klingt vielleicht danach, aber Victor und Ludvig sind in Ordnung. So haben sie es nicht gemeint. Sie hatten alte Kumpel zu Besuch, und ich dachte, was soll's, ich kann ihnen doch ein bisschen helfen? Hätte ich Freunde zu Besuch, würden sie dasselbe tun.»

«Würden sie?»

«Ich denke schon? Das ist doch ganz normal, wenn man zusammenwohnt?»

Doch jetzt, wo wir darüber sprachen, wurde mir klar, dass sie es nicht tun würden. Max hatte recht. Ich hatte es die ganze Zeit gewusst. Ludvig und Victor waren nicht meine Freunde. Nicht wirklich. Überhaupt nicht.

«Welche Freunde würdest du denn zum Essen einladen?» Max grinste mich an. «Mich?»

Vor dem Fenster wogten die Kornfelder wie ein aufgewühltes Meer. Ich erzählte von William und wie er mich mit der Uhr gedemütigt hatte. Es war ungewöhnlich für mich, so etwas zu erzählen. Unangenehme Dinge behielt ich lieber für mich. Aber hatte ich A gesagt hatte, konnte ich genauso gut B sagen. Und Max hatte etwas an sich, das mir das Gefühl gab, ehrlich mit ihr sein zu können. Dass sie mich nicht bemitleiden würde. Ich kannte sie kaum, doch sie schien auf meiner Seite zu sein, mir den Rücken zu stärken, ohne mich in Watte zu packen. Als ich geendet hatte, schossen Blitze aus ihren Augen.

«Was für ein mieses Arschloch», sagte sie. «Ein blonder, verpickelter Typ mit einer grünen Rolex? Der William heißt?»

«William Rosenius», bestätigte ich. «Ein blonder, aknenarbiger Mistkerl. Natürlich auch Jurist.»

Max schüttelte aufgebracht den Kopf.

«Die krasseste Story, die ich gehört habe.»

«Ich hab versprochen, auch bei ihrer Halloween-Party dabei zu sein. Eine größere Sache, mit Verkleidung und allem Drum und Dran. Da kommt der Typ bestimmt auch. Mir graut jetzt schon davor.»

Max lachte.

«Entschuldige», sagte sie.

«Immerhin lachst du. Schön, dass meine Demütigung wenigstens irgendjemandem ein bisschen Freude bereitet.»

«Die zukünftige Elite Schwedens», meinte Max. «Verkleidet, bei dir zu Hause? Das sollte dir doch perfekt in den Kram passen? Du bist doch auch Teil dieser Elite? Du studierst doch Jura?»

«Ich komme aus Söderköping», wandte ich ein. «Es geht nicht darum, was man studiert. Es geht darum, wo man herkommt und welche Beziehungen deine Familie hat. Mit wem man als Kind im Segelcamp in Falsterbo war. Niemand, der aus Söderköping kommt, ist Teil dieser Elite. Nicht wirklich. Nicht von Grund auf. Niemand.»

Max nickte und sah mich wieder von der Seite an.

«Du hast einen Riesenkater», meinte sie. «Schlaf ein bisschen. Bis wir da sind, dauert es noch eine ganze Weile.»

«Ich weiß nicht mal, wohin wir fahren», murmelte ich und blickte aus dem Seitenfenster.

Doch die Anspannung und die letzte Nacht steckten mir in den Knochen, und ich spürte, wie mir die Augen zufielen.

«Ich sage es dir später», antwortete Max. «Ruh dich jetzt aus.»

Als ich aufwachte und auf die Uhr sah, standen wir an einer Circle-K-Tankstelle. Ich hatte bloß zwanzig Minuten geschlafen, fühlte mich aber ausgeruht. Vor dem Fenster erstreckten sich Felder bis hinunter an ein windgepeitschtes Meer. Kräftige Böen rissen an der Karosserie. Max kam aus dem Tankstellenkiosk und stemmte sich gegen den Wind, sie hielt einen Kaffeebecher in der Hand und das Handy an ihr Ohr. Ich beugte mich über den Fahrersitz und öffnete ihr die Tür. Im Augenwinkel sah ich, dass die Rücksitze nach hinten geklappt waren, und ich wandte mich um. Im hinteren Laderaum lagen zwei Surfboards und Max' Rucksack. Die Begegnung mit ihr hatte mich so sehr gefangen genommen, dass mir die Boards erst jetzt auffielen.

«Guten Morgen, Schlafmütze», sagte Max und hielt mir den Becher hin.

«Ein großer Kaffee, schwarz. Der wird dich wohl wach machen?»

Der Kaffee schmeckte bitter und stark, aber er weckte meine Lebensgeister.

«Surfboards?» Ich deutete in den Laderaum. «Du bist wohl immer für eine Überraschung gut.»

«Hast du sie erst jetzt bemerkt?»

Max ließ den Motor an, fuhr vom Parkplatz und wieder zurück auf die Autobahn.

«Ich hab dir doch schon auf dem Weg nach Kopenhagen erzählt, dass ich dich beim nächsten Mal mit zum Surfen nehme», sagte sie. «Wie viel Vorwarnzeit brauchst du?»

Ich blickte aus dem Fenster auf das Meer am Fuß des Steilhangs und auf den aggressiven Wellengang. Der Minibus schaukelte im Wind.

«So hatte ich es mir aber nicht direkt vorgestellt», erwiderte ich.

«Wir kriegen dich schon dazu, loszulassen und die Kontrolle abzugeben, Baby», sagte Max. «Wart's nur ab. Du wirst schon sehen.»

* * *

Wir bogen auf einen Schotterweg ab, der durch ein kleines Wäldchen führte, und mit einem Mal breitete sich das Meer vor uns aus. Max hielt am Wegrand an. Vor uns war alles grau. Das Meer und die hohen Wellen. Die Klippen und der Himmel. Max stieg aus und öffnete die Hecktüren.

«Nimm das kürzere Brett», wies sie mich an.

Sie wandte sich zum Meer. Das Donnern der Wellen, die sich an den Klippen brachen, war überraschend laut. Die Bäume ringsum bogen sich im Wind. Mit zusammengekniffenen Augen und zufrieden summend betrachtete Max den heftigen Wellengang.

Ich bibberte im kalten Wind und zog meinen Parka fester um mich.

«Dir ist doch klar, dass ich nie im Leben ins Wasser gehe», sagte ich. «Niemand, der bei gesundem Menschenverstand ist, würde auf diesen Gedanken kommen.»

Doch Max hatte sich schon das längere Surfboard unter den Arm geklemmt, ihren Rucksack über die Schulter geschwungen und lief in Richtung der Klippen.

«Komm schon!», rief sie mir über die Schulter zu. Ihre Stimme ging im Donnern der Wellen und im Heulen des Windes fast unter. «Ich hab dich gekidnappt. Du tust, was ich sage.»

Unbeirrt lief Max durch das Fichtenwäldchen weiter zu den Klippen hinunter. Ich blieb am Minibus stehen und blickte ihr nach; in der Hoffnung, sie würde sich zu mir umdrehen, mir zulächeln oder mir zuwinken, damit ich mich beeilte. Doch sie ging einfach weiter. Darin lag ein Selbstvertrauen, das gleichermaßen arrogant wie schmeichelhaft war. Lächelnd zog ich das kürzere und leichtere Surfboard aus dem Laderaum. Max machte mich neugierig und euphorisch. Und das wollte schon etwas heißen.

«Warte!», rief ich ihr nach.

«Dann komm endlich!», rief sie zurück. «Am besten, bevor der Wind abflaut.»

An der Stelle, wo das Wäldchen lichter wurde und die Klippen begannen, blieben wir stehen. Max legte ihr Board und ihren Rucksack auf den Boden, kniete sich hin und öffnete den Reißverschluss.

«Ich hab noch nie so hohe Wellen gesehen», sagte ich.

Ich musste fast schreien, damit sie mich hörte.

«Du willst doch nicht im Ernst da raus und surfen?»

Max nahm zwei Neoprenanzüge aus ihrem Rucksack und warf mir einen zu.

«Nicht nur ich», erwiderte sie. «Du auch.»

Sie stand auf und streifte sich ihren schwarzen Collegepulli über den Kopf. Es geschah so plötzlich, dass ich nicht wusste, was ich tun sollte. Höflich wandte ich den Blick ab. Aber im Augenwinkel sah ich sie im BH, während sie ihre Boots aufschnürte und ihre Jeans auszog. Auf ihren Oberschenkeln und Armen bildete sich Gänsehaut.

«Sei keine Memme», sagte sie zu mir. «Zieh dich um. Du weißt, dass du es willst.»

Max knöpfte ihren BH auf, und während sie ihren Neoprenanzug überzog, konnte ich mir einen flüchtigen Blick auf ihre Brüste nicht verkneifen. Dann schaute ich beschämt weg.

«Ernsthaft», sagte ich. «Das hier war nicht abgemacht.»

Mit den Beinen im Neoprenanzug richtete Max sich auf und zog den Reißverschluss zu. Als sie fertig war, trat sie einen Schritt auf mich zu und nahm mein Gesicht in beide Hände. Ihre Hände waren kalt, doch ich spürte, wie meine Wangen zu brennen begannen. Unter uns brandeten die Wellen gegen die Klippen, der Wind heulte in den Baumkronen.

«Baby», sagte Max. «Du willst Schriftsteller werden, studierst aber Jura. Du wohnst mit zwei verfluchten Schwachköpfen zusammen. Du bist allein auf eine Demonstration gegangen und mit mir nach Kopenhagen gefahren. Du hast dich von mir bis hierher entführen lassen. Lass los. Es ist an der Zeit, findest du nicht?»

Max öffnete den Reißverschluss meines Parkas und schob ihn mir von den Schultern.

«Ich bringe dir die Basics bei», sagte sie. «Danach bist du auf dich allein gestellt.»

Das Meer war kalt, und ich musste mich zusammenreißen, nicht zurückzuweichen, als die erste Welle über meine Füße schwappte. Widerstrebend glitt ich ins Wasser und spürte, wie es durch die Gummihaut des Neoprenanzugs drang.

«Gut!», rief Max mir über die Schulter zu. «Leg dich aufs Board und paddel weiter nach draußen.»

Ich tat, was sie sagte, und merkte, wie mein Körper den Neoprenanzug und das eindringende Wasser erwärmte.

«Dein Board ist kurz», sagte Max und klopfte auf das Deck. «Stell dich nicht sofort hin, sondern gleite einfach mit. Versuch, die richtige Welle abzupassen. Du spürst es, wenn sie dich erfasst, mitnimmt und emporhebt. Dann überlässt du dich ihr einfach.»

Max deutete nach links.

«Bleib von den Klippen da weg. Wenn du einfach geradeaus weiterpaddelst, kann dir nichts passieren.»

Mit einem Blick auf die scharfen Felsen und Steine zu meiner Linken nickte ich und legte mich wieder aufs Board.

«Ich meine es ernst», sagte Max. «Es ist dein erstes Mal. Alles step by step.»

Ich wandte den Kopf nach hinten, ließ eine Welle an mir vorbeirauschen und wartete auf den passenden Moment und Mut. Als die nächste Welle auf mich zurollte, begann ich zu paddeln. Aber ich hatte zu lange gezögert, sie trug mich nicht weiter, sondern trieb von mir weg. Mühsam wandte ich mich um und wartete auf die nächste Welle. Mit dem gleichen Resultat. Ich dachte zu viel nach und handelte zu unkoordiniert. Ich brauchte Schnelligkeit und Intuition.

Die nächste Welle war hoch, höher als die vorherigen. Sie war wie eine Wand, die auf mich zurollte, und diesmal begann ich zu paddeln, bevor sie mich erfasste. Als ich Kontakt bekam, war ich schon in Bewegung. Es war, wie Max gesagt hatte. Die Welle nahm mich mit und hob mich empor, verlieh mir Geschwindigkeit und Kraft. Ich paddelte und paddelte, doch schließlich hörte ich auf und ließ mich von der Welle führen. Als sie verebbte und ich in flacheres Wasser hineinglitt, wollte ich sofort umdrehen und wieder nach draußen paddeln. Max, die sich auf ihrem Brett mit den Wellen treiben ließ, lachte, als sie meine Begeisterung sah. «Du liebst es!», jubelte sie. «Ich wusste es!»

Ich weiß nicht, wie lange wir auf dem Wasser gewesen waren oder wie viele Wellen ich abgepasst hatte, als ich den Versuch machte, mich aufs Board zu stellen. Wie schwer konnte das schon sein? Anfangs gelang es mir nicht mal, auf dem Brett weiter nach vorn zu rutschen. Irgendwann kriegte ich es hin, glitt aber aus, als ich mich auf die Füße stellen wollte. Ich machte einen neuen Versuch. Und noch einen. Eine endlose Reihe von Misserfolgen, bis ich aufhörte zu zählen.

Ich hob den Kopf und entdeckte Max, die auf mich zupaddelte. Als unsere Blicke sich begegneten, winkte sie mir zu, als wollte sie etwas sagen. Genau in dem Moment sah ich im Augenwinkel, dass hinter mir eine neue Mauer heranwuchs. Ich hörte, dass Max mir etwas zurief, aber ihre Stimme ertrank im Rauschen, als ich mich in die Fahrtrichtung des Boards drehte. Die Welle rollte wie in Zeitlupe auf mich zu, und ich wusste, dass sie perfekt war. Meine Wirbelsäule spannte sich an, vom obersten Halswirbel bis zum Steißbein. Es war dasselbe Gefühl wie früher, wenn ich auf dem Fußballplatz ein perfektes Tor geschossen hatte. Ich wusste, dass ich treffen würde, bevor mein Fuß den Ball berührte. Die Zeit stand still, und alle Geräusche um mich herum verstummten.

Bis auf Max, die schrie:

«Lass sie vorbei. Lass die Welle sausen!»

Aber es war zu spät. Die Welle erfasste das Board und trieb es mit einer ungeheuren Wucht vorwärts, die alles verführerisch einfach erscheinen ließ. Ich rutschte nach vorn, weiter als bisher, und spürte, wie meine Knie über das Board scheuerten. Eine Sekunde. Mehr brauchte ich nicht, damit es dieses Mal klappte. Meine Finger schlossen sich um die Kanten des Boards. Einen kurzen Moment geriet ich ins Schwanken, doch dann fanden meine Füße Halt. Mit zitternden Beinen richtete ich mich in die Hocke auf. Hinter mir rollte die Welle heran. Ich ließ das Brett los und richtete mich halb auf, überließ mich dem Wind und der Geschwindigkeit. Mein Herz schlug wie wild, so voller Euphorie war ich. Ich wollte mich umdrehen und Max einen triumphierenden Blick zuwerfen. Ich wollte vor Glück und Stolz und Selbstverwirklichung aufschreien. Doch als ich den Kopf hob, wurde mir klar, dass alles verkehrt war. Ein Vormittag voller Aufregung, und ein Sekundenbruchteil pures Glück. Die Klippen, vor denen Max mich gewarnt hatte, waren direkt vor mir. Ich sah sie nur in einem kurzen Flash, spitz und dunkel. Und viel zu nah.

Dann schlug die Welle über mir zusammen, und die Welt wurde schwarz.

* * *

Irgendwo in weiter Ferne erklang Max' Stimme. Dann eine zweite, eine Stimme, die ich nicht kannte. Sie waren jetzt ganz in meiner Nähe, direkt neben mir, und dann hörte ich die Wellen und den Wind und merkte, dass ich vor Kälte schlotterte. Als ich meine Augen aufzwang und geradewegs in den grauen Himmel blickte, spürte ich, dass meine Lippen brannten. Oberhalb meiner Schläfe und unter meinem Auge pochte es. Ich versuchte, meine rechte Hand zu bewegen, und spürte einen stechenden Schmerz. Als ich den Kopf zur Seite wandte, beugte Max sich über mich.

«Sag was», hörte ich sie sagen. «Weißt du, wo du bist?»

«Mein Gesicht tut weh», murmelte ich. «Und mein rechter Arm.»

Ich wollte mich aufrichten, doch Max hielt mich zurück.

«Bleib ganz ruhig liegen. Bis wir wissen, wie schwer deine Verletzungen sind.»

Sie hielt drei Finger hoch.

«Wie viele?»

«Drei», flüsterte ich.

Max hielt vier Finger hoch.

«Ich hab keine Gehirnerschütterung», murmelte ich. «Was ist passiert?»

Aber ich hatte höllische Schmerzen. In großen Teilen meines Körpers. Von den Klippen her näherten sich Schritte. Max rückte ein Stück zur Seite.

«Er ist wach», sagte sie. «Und scheint bei vollem Bewusstsein zu sein. Aber er hat Schmerzen.»

Eine junge Frau, etwas älter als Max, ging vor mir in die Hocke und betrachtete mich mit gerunzelter Stirn. Dunkle, lange Haare, hochgebunden und nass. Hohe Wangenknochen. Ein arroganter Zug um den Mund. Älter als ich, aber nicht viel. Ich schätzte sie auf fünfundzwanzig. Sie war tropfnass, als wäre sie samt Kleidung ins Wasser gesprungen. Max und die unbekannte Frau drehten mich auf die Seite. Mein Kopf pochte, und ich übergab mich auf die nassen Klippen.

«Du hast eine Menge Salzwasser geschluckt», sagte sie.

Ich blickte auf den Boden. Nur durchsichtige Flüssigkeit. Ich wälzte mich zurück auf den Rücken. Die Übelkeit war noch da, aber nicht mehr so stark, der akute Brechreiz war verschwunden. Max hielt mir eine Wasserflasche an die Lippen, und zu spüren, wie mein Mundraum angefeuchtet wurde, kam mir vor, als erhielte ich mein Leben zurück.

«Nicht schlucken», sagte Max. «Spül nur deinen Mund aus.»

Mein Kopf dröhnte und pochte. Einen klaren Gedanken zu fassen, schien unmöglich.

«Ob er eine Gehirnerschütterung hat?», überlegte Max. «Müssen wir ihn ins Krankenhaus bringen?»

Erneut machte ich den Versuch, mich aufzurichten. Die andere Frau schüttelte den Kopf.

«Er hat sich auch nichts gebrochen, glaube ich.»

Ich sah sie an.

«Das ist Dinah», sagte Max.

Sie beugte sich über mich und war so nah, dass ich ihren Atem auf meiner Wange spürte.

«Sie ist meine Schwester, und wie es aussieht, hat sie dir das Leben gerettet.»

Ich blickte wieder zu Dinah. Max und ihre Schwester waren

beide dunkelhaarig. Davon abgesehen waren sie, was ihr Aussehen anging, das komplette Gegenteil voneinander. Max' Gesicht war rund und voller Sommersprossen, Dinahs länglich und auf eine klassische Art schön.

Die beiden fassten mich an den Schultern und halfen mir behutsam auf die Beine. Ich ahnte mehr, als es zu spüren, dass mein Oberkörper nackt war. Max und ihre Schwester hatten mich aus dem Oberteil des Neoprenanzugs geschält. Der Fels unter mir war glatt, Wellen spülten über ihn hinweg. Ich konnte aufstehen, nur mein rechter Arm schmerzte stark, und die Übelkeit nahm wieder zu.

«Ein Schritt nach dem anderen», sagte Max.

Sie führten mich hinauf zu dem kleinen Wäldchen, wo der Minibus stand. Ich fuhr mir mit der Hand übers Gesicht. Meine Finger waren voller Blut. Max nahm meine Hand, zog sie von meinem Gesicht.

«Das ist halb so wild», sagte sie, während sie meine Lippe betrachtete. «Du hast dir nichts gebrochen. Es sieht schlimmer aus, als es ist.»

Ich wusste nicht, wie wir es geschafft hatten, aber schließlich erreichten wir den Minibus, hinter dem ein weißer VW Polo parkte. Dinah öffnete die Beifahrertür des Busses.

«Kannst du aufrecht sitzen?», fragte sie. «Wenn nicht, können wir dich hinten in den Laderaum legen.»

Ich schlotterte vor Kälte am ganzen Körper. Alles was ich wollte, war, dass mir warm wurde.

«Ich kann vorne sitzen», antwortete ich und deutete auf den Beifahrersitz. «Meine Sachen?»

Meine Zähne schlugen aufeinander. Max lief zurück zu den Klippen. Dinah hievte mich halb auf den Beifahrersitz und zog mir das Unterteil des Neoprenanzugs aus. Auch sie zitterte vor Kälte.

Mein Blick fiel auf ein Tattoo an ihrem linken Unterarm. Nofretete. Das gleiche Tattoo, das Max hatte.

Dinah hob den Kopf und sah mich an. Sie machte einen versierten, lebenserfahrenen, fast ein wenig überheblichen Eindruck. Ihre Augen waren dunkel und samtweich, einladend oder arrogant, je nachdem, wie das Licht einfiel. Sie strahlten Gleichgültigkeit aus, als befände Dinah sich auf einer höheren Ebene, von der aus sie ihre Umwelt betrachtete, ohne sich als Teil davon zu begreifen. Ihr Blick behagte mir nicht.

«Hast du Schmerzen?», fragte sie.

«Höllische Schmerzen, ja.»

Dinah stand auf. Ich hörte, dass sie etwas aus ihrem Auto holte. Dann kniete sie sich wieder vor mich hin.

«Ich habe ein Schmerzmittel», sagte sie. «Es macht dich vielleicht ein wenig benommen, aber die Wirkung verfliegt nach ein, zwei Stunden.»

Meine Zähne klapperten.

«Es hilft auch gegen die Kälte.»

Ich war Schmerzen nicht gewohnt. Auch nicht die Einnahme von Schmerzmitteln. Aber ich war bereit, alles auszuprobieren, damit diese Schmerzen aufhörten. Dinah hielt etwas in der Hand, das aussah wie ein Nasenspray. Der Wind rauschte in den Bäumen und überzog meinen nackten Oberkörper mit Gänsehaut. Dinah hielt das Fläschchen an mein Nasenloch.

«Wie normales Nasenspray, nur besser.» Sie lächelte. «Atme es einfach durch die Nase ein, wie bei einer Erkältung.»

«Ist das aus der Apotheke?»

Die Frage war dumm, aber ich hatte Schmerzen, und Apotheke klang nach einem logischen Qualitätssiegel.

«Klar.» Dinah grinste schief. «Wenn du willst, ist es aus der Apotheke.»

Ich zögerte einen Moment und erhaschte im Spiegel der Sonnenblende einen Blick auf mich selbst. Abgesehen davon, dass mein Oberkörper grün und blau war, sah ich im Großen und Ganzen aus wie immer, fand ich. Aber ich hatte das Gefühl, fortgeschwebt zu sein. Der Ort, an dem ich mich befand, war fremd, der Bus, in dem ich saß, war fremd.

«Stell dich nicht so an», sagte Dinah. «Es wird dich nicht umbringen.»

Ohne weiter darüber nachzudenken, beugte ich mich vor und spürte den kalten Kunststoff an meiner Nasenscheidewand. Dinah drückte auf den Pumpmechanismus, und ich atmete das Spray ein. Ein schwacher Geschmack nach Ozon und Metall.

Die Wirkung setzte so augenblicklich ein, dass ich beinahe auflachte. Der Schmerz ließ nach. Mein Kopf war still und mit herrlich weicher Watte angefüllt. Ich fror nicht mehr. Meine Unruhe war verflogen, mit einem Mal hatte ich so gut wie keine Gedanken mehr. Ich lehnte mich in den Sitz zurück und spürte, dass Dinah eine Decke über mich breitete.

«Danke», murmelte ich. «Das Zeug ist tausendmal besser als Paracetamol.»

Ein paar Minuten vergingen, oder vielleicht auch nicht. Das Wetter hatte aufgeklart, der Himmel über dem Meer war wolkenlos und blau.

«Hast du mehr davon?» Ich drehte den Kopf in Dinahs Richtung. «Mehr Paracetamol?»

Sie sah mich an, amüsiert.

«Ich glaube, du magst das Zeug ein bisschen zu sehr», erwiderte sie.

Langsam schüttelte ich den Kopf.

«Es ist wie eine Pause», sagte ich. «Einfach nur sein, nicht denken zu müssen.»

Eine weitere Sekunde verging. Vielleicht auch eine Stunde. Dann spürte ich, wie Dinah mir etwas in die Hand drückte. Ich hob sie vors Gesicht. Es war das Spray.

«Nur wenn du es wirklich brauchst», sagte sie.

Ihre Stimme kam wie aus weiter Ferne.

«Nur ab und zu ein kleiner Sprühstoß. Das Zeug ist stark. Lass mindestens drei Stunden zwischen der Einnahme verstreichen. Und nimm es nicht täglich, nicht einmal wöchentlich, wirklich nur, wenn du eine Auszeit brauchst.»

«Verstanden», murmelte ich mit einem Lächeln.

Ich schob das kleine Fläschchen in meine Jackentasche, und als ich den Kopf hob, war Max mit meiner Kleidung zurück.

«What the fuck?»

Max sah Dinah gereizt und aufgebracht an. Doch in meinem jüngst aller Sorgen enthobenen Zustand wirkte selbst ihre Wut komisch, und ich kicherte leise. Dinah zuckte die Achseln.

«Was ist?», erwiderte sie. «Er hatte Schmerzen und ihm war kalt. Ich hab ihm etwas dagegen gegeben.»

«Was hast du ihm gegeben?», sagte Max. «Fentanyl? Er hat eine aufgeplatzte Lippe. Er stirbt nicht an Krebs.»

«Alles easy», murmelte ich. «Die Schmerzen sind weg.»

Warum war Max so wütend? Wollte sie, dass ich Schmerzen hatte?

«Sei nicht sauer auf deine Schwester», fuhr ich fort. «Sie hat mir das Leben gerettet.»

Dinah hob die Hände.

«Da hörst du's. Sei nicht sauer.»

Max seufzte.

«Und was jetzt?», fragte sie. «In zwei Stunden findet im Haus das Dinner statt.»

Sie deutete auf mich.

«Er wird einen fantastischen ersten Eindruck machen.»

Dinah sah sie an. Wut flackerte in ihren Augen auf und ließ sie zu kleinen, schwarzen Steinen erkalten.

«Ich habe ihn nicht mit dem Kopf voran auf eine Klippe zusteuern lassen», sagte sie.

Max erwiderte nichts. Sie wickelte mich aus der Decke und half mir dabei, meine Sachen anzuziehen. Dinah hängte mir den Parka um und lächelte.

«Wen soll ich treffen?», wollte ich wissen.

Nicht dass es eine Rolle spielte. Ich hätte genauso gut hierbleiben können, allein, Hauptsache, ich blieb weiter so wunderbar ruhig und entspannt.

«Wir wollen dich unseren Freunden vorstellen», sagte Max.

Sie wirkte besorgt.

«Das war jedenfalls der Plan.»

Dinah stand auf und sah sie an.

«Er hat nur ein paar blaue Flecken», meinte sie. «Die verblassen in ein paar Stunden.»

«Du musst es ja wissen», murmelte Max.

Dinah schürzte die Lippen.

«Wir können Gustaf bitten, einen Blick auf ihn zu werfen. No big deal.»

Ohne eine Antwort abzuwarten, wandte sie sich um, stieg in ihren Polo und fuhr davon. Max hob meine Beine in den Fußraum des Beifahrersitzes. Mein erster Instinkt war mitzuhelfen, gleichzeitig war es mir egal, und ich ließ mich einfach von ihr in den Bus schieben. Wenn Dinah mir wirklich Fentanyl gegeben hatte, war es jedenfalls alles andere als unangenehm. In jeder anderen Situation hätte mir dieser Gedanke eine Riesenangst eingejagt, doch jetzt erschien er mir federleicht, nein, leichter, wie ein Nichts. Alles konnte warten.

Max ging auf die Fahrerseite und setzte sich hinters Steuer. Sie drehte das Gebläse auf und sah mich an.

«Erinnerst du dich daran, was passiert ist? Du warst bewusstlos, als Dinah dich aus dem Wasser gezogen hat.»

«Dinah», murmelte ich.

Ich sah aus dem Fenster und folgte einer Möwe, die über dem Meer im Wind stand.

«Ein schöner Name», sagte ich grinsend. «Wie Dinosaurier. Dinahsaurier.»

Ich hätte am liebsten laut aufgewiehert, doch irgendwie fehlte mir der Elan oder dem Witz die Pointe.

«Fuck», fluchte Max. «Du bist vollkommen stoned.»

* * *

Als ich die Augen wieder öffnete und meine Umgebung wahrnahm, bog Max vom Norra Ringen in Richtung Smörlyckan und Uniklinik ab. Vielleicht lag es daran, dass ich zugedröhnt war, vielleicht daran, dass wir aus einer anderen Richtung nach Lund hineinfuhren, aber ich hatte das Gefühl, als sähe ich die Stadt zum ersten Mal.

Max fuhr am Observatorium vorbei, rollte langsam die Anhöhe hinunter und bog nach rechts zum Botanischen Garten ab. Hohe Bäume säumten die Straße, und hier und da leuchteten schon vereinzelte goldene Blätter.

«Wieder wach?» Max sah mich an.

«Ich glaube schon.»

Meine Zunge fühlte sich geschwollen und pelzig an. Ich öffnete und schloss den Mund mehrmals hintereinander, um das Gefühl zu vertreiben. Max deutete auf eine Flasche Cola Zero im Getränkehalter zwischen den Vordersitzen. Gierig drehte ich den Verschluss auf und stürzte die kalte, prickelnde Limonade in tiefen Zügen hinunter, bis ich Schluckauf bekam. Es war das Beste, was ich je getrunken hatte.

«Durstig?», fragte Max.

Ich nickte. Meine Zunge besaß wieder ihre normale Größe. Aber meine Lippen brannten, und meine Wange pochte.

Max nahm meine Hand, mit der ich, wie ich jetzt bemerkte, eine zerknüllte Serviette umklammerte, und drückte sie gegen meine Lippe.

«Du blutest den ganzen Sitz voll», sagte sie. «Es war besser, als du weggetreten warst.»

Ich fühlte mich noch immer entspannt und wundervoll gleichgültig, aber immerhin war ich zurück in einer Welt aus Zeit und Raum.

«Wann hast du angehalten und Cola gekauft?»

Sie sah mich an.

«Du hast mit mir geredet, als ich sie geholt habe. Vor circa einer halben Stunde?»

Dunkel erinnerte ich mich daran, dass wir irgendwo gehalten hatten und der Wind nicht mehr gegen die Karosserie gedrückt hatte. Elektrische Lampen und Lastwagen.

«Ach ja, richtig.»

Max bog in eine kleine, von hohen, alten Bäumen gesäumte Allee ein, die zusammen mit ausladenden Hecken einen tiefgrünen Tunnel bildeten. Gepflegte Gartenwege, Erkerfenster und kleine Türme, die zu hübschen Jahrhundertwendevillen aus rotem Backstein gehörten, schimmerten durch das Blattwerk. Efeu rankte an Fassaden empor und um Sprossenfenster herum. Apfelbäume und feuchtes Gras glitzerten im sanften Sonnenlicht.

«Willkommen im Professorenviertel», sagte Max. «Warst du schon mal hier?»

Ich schüttelte den Kopf. Als Max bremste und den Bus am Bordstein parkte, beugte ich mich vor und sah mich um.

«Ist das hier überhaupt Lund?», fragte ich.

Max öffnete die Tür und stieg aus.

«Mehr Lund geht nicht», sagte sie. «Hier haben die Uniprofessoren gewohnt, als sie es sich noch leisten konnten. Das heißt, einige Professoren wohnen noch immer in ihren geerbten Häusern. Wir sind auf dem Weg zu einem von ihnen.»

Max umrundete den Bus. Aber mein Kopf war so träge und die Zeit noch immer nicht im Takt, dass ich einfach sitzen blieb. Sie zog die Beifahrertür auf und sah mich an.

«Was machen wir hier?», wollte ich wissen.

Lethargisch drehte ich mich zur Seite und setzte die Füße auf den rissigen Asphalt, die blutige Serviette presste ich weiter an meine aufgeplatzte Lippe. Der Wind hatte nachgelassen und streifte nur noch leicht über die Spitzen der umstehenden Nusssträucher und Ahornbäume. Auch sie wechselten allmählich ihre Farbe, und die langsam untergehende Nachmittagssonne tauchte die Straße in leuchtende Grün- und Gelbtöne.

«Ich wohne hier», antwortete Max. «Es ist Zeit, dass du meine Freunde kennenlernst.»

Sie ging auf eine verrostete, in einer ausladenden Hecke verborgene Gartenpforte zu, hinter der ein Weg zu einem großen, in die Jahre gekommenen Haus hinaufführte. Dichter Efeu rankte sich an der Fassade empor, die roten Ziegel waren nur zu erahnen. Die Gartenpforte quietschte, als Max sie öffnete.

«Du wohnst in Grey Gardens?», murmelte ich ungläubig.

«So schlimm ist es nicht», erwiderte Max. «Aber ganz falsch liegst du auch nicht.»

Sie duckte sich durch die Öffnung in der Hecke, und ich folgte ihr einen von Moos überwachsenen Pflastersteinweg hinauf zu einer imposanten, verwitterten Steintreppe. Die Eingangstür aus massivem Eichenholz sah aus, als wäre sie seit der Erbauung des Hauses vor über hundert Jahren weder erneuert noch frisch geschliffen worden. Ich legte den Kopf in den Nacken und blickte an der Fassade empor. Die Efeuranken wuchsen so dicht, dass man die Fenster suchen musste. Max ging vor mir die Treppe hinauf und blieb vor der Eingangstür stehen.

«Bist du noch immer bereit?» Sie sah mich an.

Meine Lippe pochte höllisch. Die Wirkung des Nasensprays ließ nach, und die Erkenntnis erfüllte mich ebenso sehr mit Erleichterung wie mit Bedauern.

«Bereit wofür?», erwiderte ich.

«Für was auch immer.»

Max sah mir in die Augen, als sei es ihr vollkommen ernst damit und kein weiterer Versuch, mich zu verschaukeln. Ein erwartungsvolles Kribbeln breitete sich in mir aus.

«Ja», sagte ich. «Ich bin zu allem bereit.»

8

Ich hatte erwartet, dass die alte Tür quietschen würde, doch sie gab keinen Laut von sich, als wären ihre Scharniere erst kürzlich geölt worden. Als wir das Haus betraten, kam ein kleiner, sonderbarer Mann aus den hinteren Räumen in die Diele. Er mochte um die siebzig sein und trug eine armeegrüne Zimmermannshose aus grobem Baumwollstoff und ein übergroßes, rot kariertes Flanellhemd. Hinter einer runden Brille mit dicken Bügeln musterten mich seine hellblauen Augen neugierig.

«Ich wusste doch, dass ich den Bus gehört habe», sagte er.

Max ging auf ihn zu und küsste ihn auf beide Wangen.

«Charles», sagte sie und streckte die Hand nach mir aus. «Das ist mein neuer Freund.»

Charles trat einen Schritt auf mich zu und hielt mir die Hand hin. Ich wusste nicht, wohin mit der blutigen Serviette. Charles fasste mich sanft am Ellbogen und nahm meine Lippe in Augenschein.

«Du liebe Zeit.» Er warf Max einen Blick zu. «Was hast du mit ihm angestellt?»

«Es war meine Schuld», murmelte ich. «Ich habe nicht gemacht, was sie gesagt hat.»

«Wir waren surfen», sagte Max. «Wie sich herausgestellt hat, ist er nicht gut darin, Anweisungen zu befolgen.»

Charles beugte sich vor, um die Wunde besser sehen zu können.

«Das sieht nicht gut aus», meinte er. «Vielleicht muss die Lippe genäht werden.»

«So schlimm ist es nicht», erwiderte Max. «Gustaf hat Wundnahtstreifen im Medizinschrank. Ich kümmere mich darum.»

Sie wandte sich mir zu und deutete auf eine breite, geschwungene Treppe, die ins Obergeschoss führte. Ich blickte mich in der Diele um. Den Boden bedeckten abgenutzte, von Sprüngen durchzogene Schachbrettfliesen. Zwei Spiegeltüren führten in einen angrenzenden Raum, und unter einer Stuckrosette hing ein verstaubter Kristallkronleuchter von der hohen Decke.

«Ich bin im Garten», sagte Charles. «Die anderen sind unterwegs. Aber ich gehe davon aus, dass sie um sechs zurück sind, um das Essen vorzubereiten. Ich dachte, die Drinks nehmen wir um sieben. Dinner um acht. Dein Freund soll sich ein wenig ausruhen.»

Er blickte mich lächelnd an, und seine Augen funkelten hinter den dicken Brillengläsern.

«Schön, dich kennenzulernen. Ich hoffe, dass du später fit genug fürs Dinner bist. Wir haben auf dich gewartet.»

Damit drehte er sich um und verschwand durch eine der Türen im hinteren Teil des Hauses. Max schob mich zur Treppe.

«Komm», sagte sie. «Wir verarzten deine Lippe.»

Die Treppe mündete in eine Halle, deren Dielenboden von einem fadenscheinigen persischen Teppich bedeckt war. Ein großes Bleiglasfenster mit quadratischen, mundgeblasenen Buntglasscheiben ging auf den Garten hinaus. Max zog mich in einen kurzen Korridor hinein und öffnete die erste von zwei Türen.

«*Voilà*, hier wohne ich.»

Das Zimmer war groß und dunkel. An der linken Wand stand

ein nachlässig gemachtes Himmelbett mit dunklen Laken und fünf oder sechs Kissen, an der gegenüberliegenden Wand ein geräumiger Schreibtisch, auf dem, überraschend ordentlich, diverse Mappen- und Bücherstapel lagen. Über dem Schreibtisch hing ein großes Schwarz-Weiß-Poster mit einer Frau, die einen Revolver auf den Betrachter richtete. Den Fußboden bedeckte ein weiterer orientalischer Teppich.

Max ging mir voran ins Zimmer und zog die dichten, roten Vorhänge vor den hohen Fenstern auf. Ich folgte ihr und sah mich um.

«Hier wohnst du?»

Ich wusste nicht, was ich sagen sollte. Das Zimmer erschien mir bohemienhaft und romantisch; ein Traum für jemanden wie mich, der zu viel College-Romantik aus Büchern aufgesogen hatte. Aber vielleicht war das, was ich gerade erlebte, eben genau das: ein Traum, alles war leicht verschwommen, undefiniert.

«Was ist das hier für ein Ort?»

Nachdem Max die Vorhänge beiseitegezogen hatte, fiel Tageslicht ins Zimmer. Draußen vor dem Fenster erahnte ich einen Rasen, Obstbäume und ein großes, verglastes Gewächshaus.

«Eine gute Frage», antwortete Max. «Wie gesagt, das Haus gehört Charles. Er vermietet jedes Jahr Zimmer an vier, fünf Studierende. Teilweise aus finanziellen Gründen, aber vor allem, um Gesellschaft zu haben, glaube ich. Dinah wohnt schon länger hier. Als letztes Jahr ein Zimmer frei geworden ist, bin ich auch hier eingezogen.»

«Hat Charles keine eigene Familie?», fragte ich.

Max lachte.

«Familie? Du hast ihn doch eben gesehen? Sah er aus wie ein Familienmensch?»

Lächelnd schüttelte sie den Kopf.

«Charles mag die Jugend», sagte sie. «Partner, oder wie man sie nennen will, kommen und gehen. So will er es haben. Ich denke, das wirst du bald merken.»

Mein Kopf war schwer. Ich sackte aufs Bett und verzog das Gesicht, als ich meinen Arm streckte. Die Wirkung des Fentanyls war mehr oder weniger verflogen, trotzdem hatte ich weniger Schmerzen als erwartet. Ich war vor allem müde.

«Er wird dich mögen. Du bist definitiv sein Typ.»

Max setzte sich neben mich aufs Bett.

«Aber ich werde dich vor Charles beschützen. Mach dir keine Sorgen. Du gehörst mir.»

Mein Kopf drehte sich.

«Heute findet unser monatliches Samstagsdinner statt», fuhr Max fort. «Das ist verpflichtend, wenn man hier wohnt. Das Samstagsdinner darf man nicht verpassen. Manchmal stoßen ehemalige Studenten und Studentinnen dazu, und manchmal lädt Charles andere Gäste ein. Aber den heutigen Gast habe ich eingeladen. Dich!»

Sie fuhr mir flüchtig durchs Haar.

«Aber wer ist Charles?», wollte ich wissen und ließ mich nach hinten aufs Bett sinken, die Augen halb geschlossen. «Wie ist er in diesem Haus gelandet?»

«Er ist Professor im Fachbereich Politikwissenschaft. Und er sagt, dass er hier aufgewachsen ist. Das Haus gehört seiner Familie, er hat es geerbt.»

Max lächelte achselzuckend.

«Aber wer weiß? Für Charles hat eine gute Story der Wahrheit noch nie im Weg gestanden. Dass er Professor ist, stimmt jedenfalls. Auch wenn er inzwischen mehr oder weniger im Ruhestand ist. Er gibt nur noch ein einziges Seminar über politische Anarchie im historischen Kontext. So sind einige der Studierenden, die hier wohnen, mit ihm in Kontakt gekommen und haben die Chance gekriegt, bei ihm einzuziehen. Das Seminar ist sein Rekrutierungsbüro, wenn man so will.»

Max' Stimme kam wie aus weiter Ferne.

«Rekrutierungsbüro?», murmelte ich.

«Er will, dass die Leute, die hier wohnen, seine Weltsicht teilen. Das Seminar gibt ihm die Gelegenheit, sie zu prüfen.»

«Und was ist seine Weltsicht?»

«Das wirst du schon rausbekommen, aber zuerst musst du dich ein wenig ausruhen.»

Sie deutete zur Zimmertür und in Richtung Korridor.

«Ich hole nur noch schnell ein Pflaster für deine Lippe.»

Als Max aus dem Zimmer gegangen war, stand ich mühsam auf, trat ans Fenster und blickte in den dicht belaubten, teilweise verwilderten Garten. Apfelbäume und erstaunlich gut gepflegte Gemüsebeete, in denen Grünkohl, Palmkohl, Topinambur und Mohrrüben wuchsen, säumten die Rasenfläche. In einem anderen Beet blühten Herbstblumen in hübschen, blassen Farben. Astern, dachte ich mit meinem benebelten Hirn. Ich hatte immer geglaubt, die Gartenkenntnisse meiner Mutter wären unbemerkt an mir vorbeigegangen, aber irgendetwas war offenbar doch hängen geblieben. Woher sonst hätte ich die Namen von Blumen und Gemüsesorten kennen sollen?

Zerstreut nahm ich die Bücher auf Max' Schreibtisch in die Hand. Ein dicker Text- und Bildband des Architekten Rem Koolhaas über New York und einige Kunstgeschichtsbücher. Obenauf lag ein abgegriffenes und mit Eselsohren versehenes Exemplar von *Flammenwerfer* von Rachel Kushner. Als ich den Klappentext überflog, fiel mein Blick auf eine schwarze Mappe. Mit dem Buch in der Hand schlug ich sie gedankenlos auf. Sie enthielt einige ausgedruckte DIN-A4-Seiten. Fotos eines schönen Hauses, oder richtiger: eines kleinen Palastes, mit Erkerfenstern und grün patiniertem Kupferdach. Auf einem der Bilder war ein

Balkon eingekreist, und als ich die Mappe weiter durchblätterte, stieß ich auf Skizzen der einzelnen Stockwerke, die mit Pfeilen und Anmerkungen versehen waren.

«Magst du Rachel Kushner?»

Wie aus dem Nichts stand Max neben mir. Ich hatte sie gar nicht kommen hören. Sie zeigte auf das Buch in meiner Hand und schlug dabei die Mappe zu, in der ich geblättert hatte.

«Für die Uni», sagte sie. «Kunstgeschichte. Die Überschneidungen zwischen bildender Kunst und Architektur im Jugendstil.»

«Ich wollte nicht neugierig sein.»

«Kein Problem. Ich weiß nur noch nicht, in welche Richtung das Projekt gehen soll.»

Max lächelte und zeigte auf das Buch, das ich noch immer in der Hand hielt.

«*Flammenwerfer*. Hast du es gelesen?»

«Nein. Noch nie davon gehört. Wovon handelt es?»

Max lotste mich zurück zum Bett und drückte mich sanft, aber bestimmt auf die Matratze hinunter, bis ich flach auf dem Rücken lag, den Kopf zwischen ihren weichen Kissen.

«Von Geschwindigkeit und dem Hier und Jetzt», sagte sie. «Und vielleicht davon, was es heißt, Künstler zu sein. Leih es dir aus, wenn du willst.»

Max nahm ein Wundnahtpflaster aus der Packung.

Sie klebte das Pflaster auf meine Lippe. Es erschien mir unnötig, die Wunde blutete kaum noch. Aber Max' Berührung gefiel mir, und mein Kopf war zu benommen, um zu protestieren. Als sie zufrieden war, strich sie mir flüchtig über die Wange.

«Es ist kurz nach drei», sagte sie. «Meine Schwester hast du ja schon getroffen.»

«Dinah», murmelte ich.

Vage erinnerte ich mich daran, dass ich es im Bus megawitzig gefunden hatte, sie Dinahsaurier zu nennen. Jetzt war die Erinnerung nur noch peinlich. Max nickte.

«Gustaf und Robin sollten auch bald da sein. Aber ruh dich erst mal aus. Wir nehmen einen Drink, wenn du aufwachst.»

Ich wollte protestieren. «Mich auszuruhen» kam mir lächerlich vor. Ich wollte mehr über Charles und das sonderbare Haus erfahren, in dem Max wohnte. Ich wollte sie nach ihren Freunden fragen. Aber das Surfen und das Schmerzspray hatten mich fix und alle gemacht.

Max war kaum aufgestanden, als mir die Augen zufielen. Das Bett war wunderbar tief und groß. Die Kissen herrlich weich. In meinem eigenen Bett hatte ich noch nie mehr als ein Kopfkissen benutzt. Es war mir nie in den Sinn gekommen, dass man mehr Kissen als absolut notwendig besitzen konnte. Und ich empfand es als Offenbarung, meinen Kopf hineinsinken zu lassen. Vielleicht gab es in meinem Leben viele Dinge, die mir nie in den Sinn gekommen waren. Als ich die Zimmertür in weiter Ferne zufallen hörte, träumte ich schon von brandenden Wellen, von Blut und Efeu und Astern, die unter einer blassen Herbstsonne wuchsen.

9

Als ich aufwachte, herrschte im Zimmer Dämmer-
licht. Die Frau mit dem Revolver starrte mich unverwandt an. Ich
setzte mich auf und schwang die Beine aus dem Bett. Allmählich
kehrte die Erinnerung an den Tag zurück. Ich war verkatert in
der Wohnung aufgewacht, Max hatte mich entführt und mir das
Surfen beigebracht, ich war gegen einen Felsen geprallt und in
diesem schönen und, in meinem mittlerweile ausgenüchterten
und drogenfreien Zustand, irgendwie angsteinflößenden Haus
gelandet.

Mein Parka hing über Max' Schreibtischstuhl. Ich griff in die
Jackentasche. Das Spray war noch da. Ruckartig zog ich meine
Hand zurück, als hätte ich einen elektrischen Schlag bekommen.
Ohne Schmerzmittel spürte ich meine pochende Lippe und die
Schmerzen in meinem rechten Arm. Das Spray war verlockend.
Ein winziger Sprühstoß, mehr nicht. Nur um noch einmal ein
wenig von dieser umfassenden Entspanntheit zu spüren.

Unwillig schüttelte ich den Kopf. Was tat ich hier eigentlich?

Ich trat ans Fenster und sah wieder hinaus in den Garten. Drau-
ßen war es fast komplett dunkel. Aber im Gewächshaus brannten
Kerzen, und schemenhafte Gestalten bewegten sich hin und her.
Meine Kopfschmerzen waren verschwunden; die Wirkung des
Alkohols von der gestrigen Party und die des Nasensprays ver-

flogen. Abgesehen von meiner pochenden Lippe und meinem lädierten Arm fühlte ich mich überraschend fit.

Ich betrachtete die Frau, die unverändert ihren Revolver auf mich richtete. Ihr Blick schien mir durch das Zimmer zu folgen. Die schwarze Mappe, in der ich vorhin geblättert hatte, lag nicht mehr auf dem Schreibtisch. Vielleicht wollte Max nicht, dass ich in ihren Projekten herumschnüffelte, ganz gleich, worum es dabei ging. Fair enough. Ich setzte mich wieder aufs Bett und schlug *Flammenwerfer* auf.

«Hör auf, mich anzustarren», murmelte ich in Richtung des Wandposters.

Ich hatte gerade mal fünf Seiten gelesen, auf denen es vor allem um Motorräder ging, als Max den Kopf ins Zimmer steckte.

«Du lebst», sagte sie. «Zeit für die Drinks!»

Wir gingen die breite, knarrende Treppe in die Diele hinunter. In dem alten, verstaubten Kristallkronleuchter brannten Kerzen, und der Schein der Flammen tanzte über die von den Wänden blätternde tiefrote Tapete, auf der sich filigrane, silbrige Pflanzen zur Stuckdecke emporrankten.

«Einmal im Monat kommen wir samstagabends zu einem gemeinsamen Dinner zusammen», sagte Max. «Das ist eine von Charles' Traditionen. Und als Grund für eine Absage akzeptiert er nur das eigene Begräbnis. Wobei es keinem von uns einfallen würde, das Dinner freiwillig zu verpassen. Das Essen geht auf Charles, inklusive des Weins aus seinem Kellervorrat. Aber wir kochen alle zusammen.»

Sie drehte sich zu mir um und hob warnend den Zeigefinger.

«Wenn du dir die Kante geben willst, frag Charles nach seinen Weinvorräten. Schlimmsten- oder bestenfalls, je nachdem, wie man es sieht, schleppt er uns runter in den Keller und entkorkt ein paar Magnumflaschen.»

«Das klingt fast wie ein Traum.»

Der Duft exotischer Gewürze, deren Namen ich nicht kannte, erfüllte das Haus.

«Ich habe noch immer das Gefühl, entführt worden zu sein», sagte ich, als wir unten in der Diele standen.

Max sah mich an. Die Kerzenflammen spiegelten sich in ihren Augen.

«Gut», sagte sie. «Dann hörst du in Zukunft vielleicht auf mich und holst dir keine Prellungen und Schürfwunden mehr.»

Wir gingen einen schmalen, getäfelten Korridor hinunter. Die Küche schien am anderen Ende des Hauses, zum Garten hin zu liegen. Ich spürte keine Angst mehr, eher ein erwartungsvolles Kribbeln.

«Die anderen sind draußen im Gewächshaus», sagte Max. «Komm.»

Sie führte mich durch die geräumige Küche mit hohen Fenstern, durch die man den Garten sehen konnte. Auf einem großen, alten Gasherd köchelte eine sämige, süß duftende Sauce mit einer starken Note von Zimt und Chili. Auf einem Holzbrett lagen zwei ganze, mit einer gelben Marinade bestrichene Hühner. In einer Schüssel ruhte ein Teig.

«Heute essen wir indisch», erklärte Max.

Sie öffnete die Tür zur Terrasse, und ein kalter Luftzug wehte herein.

«Charles ist ein fantastischer Koch. Wir folgen einfach seinen Anweisungen.»

Ich fröstelte, als wir den Garten durchquerten. Im Gewächshaus stand ein bunt zusammengewürfelt wirkendes Grüppchen mit Champagnergläsern in den Händen.

«Max und ihr neuer Freund!»

Charles kam mit zwei gefüllten Gläsern auf uns zu. Er hatte sich umgezogen. Anstelle der Zimmermannshose trug er nun eine weite, dunkelblaue Hose aus festem Denim, ein blaues Chambray-Hemd und eine rot karierte, selbst gebundene Fliege. Dazu ein dunkelblaues Tweed-Sakko. Ein exzentrischer britischer Kleidungsstil, unangepasst und unkonventionell. Charles' Aufzug wirkte auf eine Art verspielt, wie ich es bei einem Mann seines Alters noch nie gesehen hatte. Oder ganz allgemein nur bei wenigen Männern. Der Champagner perlte intensiv und funkelte im Schein der Kerzen, die zwischen Blumentöpfen, Pflanzstäben und Gartenhandschuhen auf einer Werkbank brannten, in einem sanften Bernsteinton.

«Wir werden uns gleich alle miteinander bekannt machen. Aber zuallererst möchte ich einen Toast ausbringen!»

Charles hob sein Glas und prostete jedem einzelnen von uns fünf der Reihe nach zu, Max, Dinah und zwei noch unbekannten Typen, dann hielt er bei mir inne.

«Auf neue Freunde und große Abenteuer», sagte er lächelnd. «Zum Wohl und willkommen bei unserem kleinen Samstagsdinner.»

In den vergangenen Tagen hatte ich mehr Champagner getrunken als in meinem ganzen bisherigen Leben. Es kam mir ausschweifend und dekadent vor. Champagner trank man zu besonderen Anlässen, eine Belohnung in kleinen Dosen, im feierlichen Rahmen. Sowohl Max und ihre Clique als auch die Boys schienen diesen Respekt und diese Wertschätzung vermissen zu lassen. An dem trockenen, vollmundigen Champagner nippend, der meine Kehle regelrecht Haltung annehmen ließ, blickte ich mich im Gewächshaus um. In Palettenaufsätzen und Blumentöpfen wuchsen Tomaten, Zucchini und Chilistauden.

«Ich bin Gustaf», sagte ein bärtiger, tätowierter Typ und kam mit ausgestreckter Hand auf mich zu. «Cool, dass du kommen konntest.»

Er war vielleicht fünf Jahre älter als ich, in Dinahs Alter, und leger in eine tief sitzende Chino, T-Shirt und Strickjacke gekleidet. Ich schüttelte ihm die Hand und stellte mich vor.

Der zweite Typ war ein wenig jünger, groß, fast zwei Meter, schätzte ich, und hatte einen ausladenden Lockenschopf, der unmöglich zu bändigen zu sein schien.

«Robin», sagte er in unverhohlenem Göteborgisch, das es schwierig machte, ihn nicht auf Anhieb zu mögen. «Willkommen in unserem kleinen Club.»

«Wir kennen uns ja schon.» Dinah lächelte mich an. «Du siehst besser aus.»

Sie zwinkerte mir zu und stieß mit mir an. Ich trank einen Schluck Champagner. Dinah war schön. Ihre Locken waren getrocknet und fielen offen auf ein luftig sitzendes, schwarzes Seidenhemd. Sie wirkte erwachsen und feminin, während Max jünger und edgy war.

«Ich fühle mich auch sehr viel besser», erwiderte ich. «Danke, dass du ...»

Ich verlor den Faden.

«Danke, dass ich dir das Leben gerettet habe?», ergänzte Dinah. «Keine Ursache. Nicht der Rede wert.»

Die anderen lachten. Max und Dinah mussten sie bereits ins Bild gesetzt haben.

«Stell unseren Gast nicht bloß», tadelte Charles Dinah und sah sie durchdringend an. «Das ist unhöflich.»

Er wandte sich an mich und legte mir die Hand auf den Arm.

«Hör nicht auf sie. Ich habe getan, was ich konnte, um dieser Bande Benehmen beizubringen, doch bei manchen ist Hopfen und Malz verloren. Ich heiße Charles, aber wir sind uns heute Nachmittag ja bereits kurz begegnet.»

«Sie haben ein fantastisches Haus», sagte ich.

Charles winkte abwehrend mit der Hand, als seien derlei lobende Kommentare zu banal, um Zeit darauf zu verschwenden.

«Du kommst aus Östergötland.» Gustaf grinste. «Man hört es. Du hast dich noch nicht angepasst.»

Charles hielt mir ein Brett mit kleinen Salamistücken, Käsewürfeln und Oliven hin. Ich entschied mich für ein Stück Salami.

«Tu es nicht», sagte Max. «Pass dich nicht an.»

«Ich weiß nicht», erwiderte ich. «Östergötisch ist nicht grade der coolste Dialekt hier in Schweden.»

«Das Erste, was ich gemacht habe, als ich hier ankam, war, meinen Dialekt abzulegen», beteuerte Robin in tiefstem Göteborgisch. «Es war hart, aber ich hab's geschafft.»

«Das Schlimme ist, dass du das ernsthaft glaubst», meinte Dinah. «Du hältst, was aus deinem Mund kommt, ernsthaft für Standardsprache.»

«Höchste Zeit, dass du uns erzählst, wer du bist», sagte Charles.

Er stellte das Tablett auf der Werkbank ab und sah mich an. Seine blauen Augen funkelten.

«Wer bist du, Max' neuer Freund? Was führt dich nach Lund?»

Nervös nippte ich an meinem Champagner. Charles griff nach der Flasche und schenkte mir nach, obwohl ich erst ein paar kleine Schlucke getrunken hatte.

«Schmeckt er dir?» Er deutete mit der Flasche auf mein Glas. «Ein Geoffroy. Nichts Besonderes, aber ich finde, er passt in die frühe Herbstzeit. Findest du nicht auch?»

Ich nickte unsicher.

«Ich denke schon.»

Charles lächelte.

«Sei so gut, erzähl uns: Was bringt das Blut in deinen Adern zum Kochen?»

«Was mein Blut zum Kochen bringt?», wiederholte ich und blickte mich ein wenig verunsichert um.

Das war eine ungewöhnlich intime erste Frage. Sie erinnerte mich daran, wie Max im Zug nach Kopenhagen wissen wollte, woran ich glaubte. Aber obwohl diese Fragen ständig in meinem Kopf herumkreisten, konnte ich sie nicht beantworten, noch nicht einmal mir selbst. Ich hatte absolut keine Ahnung, wie ich diese Fragen angehen sollte, erst recht nicht vor diesem intellektuell wirkenden Publikum, also versuchte ich, sie zu umgehen.

«Ich bin neu in Lund», erzählte ich. «Aufgewachsen bin ich in Söderköping in Östergötland, wie ihr ja bereits erraten habt.»

Ich sah Max an.

«Ich habe Max vor ein paar Wochen auf dieser Demo in Malmö getroffen. Sie hat es mit einem Polizisten aufgenommen, der mich aus irgendeinem Grund festnehmen wollte ...»

«Das wissen wir», fiel Robin mir ins Wort. «Erzähl uns von *dir*.»

Alle fünf schauten mich an. Ich sah keine Abneigung oder Skepsis in ihren Augen, im Gegenteil, alle schienen mir wohlgesonnen zu sein. Immerhin waren sie es, die mich aus irgendeinem Grund eingeladen hatten. Doch so wie ich in diesem Moment vor ihnen stand, ihren Blicken ausgesetzt, hatte ich das Gefühl, verhört zu werden.

«Ich studiere Jura», fuhr ich fort. «Fragt mich nicht, warum.»

«Warum?», hakte Charles prompt nach.

Ich lächelte ihn nervös an. Er lächelte freundlich zurück, aber es bestand kein Zweifel daran, dass er seine Frage ernst meinte.

«Niemand hier glaubt an den Zufall», sagte er. «Niemand glaubt, dass die Dinge grundlos geschehen. Also: Warum Jura?»

Seine Stimme klang streng, doch auch wie eine Einladung, als wollte er mir zu verstehen geben, dass hier meine Chance lag, mich nicht hinter banalen Antworten und Halbwahrheiten zu verstecken.

Ich trank einen großen Schluck Champagner und dachte an meine Träume vom Außenministerium und den Vereinten

Nationen, an meine Hoffnungen, an etwas Bedeutendem mitzuwirken. Vage Träume, die früher in mir den Wunsch geweckt hatten, Schriftsteller zu werden. Den Wunsch, etwas zu spüren, was auch immer. Dass das Leben etwas bedeutete. Ich dachte an Fredde und sein Gerede von Jura als einem Riesenberg an Spielregeln, an Rechtsetzungsbefugnisse und EU-Recht.

«Ich will etwas machen, das von Bedeutung ist», sagte ich. «Etwas, das *richtig* ist.»

Ich schluckte und beschloss, wenn sie Ehrlichkeit wollten, sollten sie Ehrlichkeit bekommen. Wenn ich nicht wollte, musste ich sie nach dem heutigen Abend nicht mehr wiedersehen.

«Ich komme nicht aus einer reichen und gebildeten Familie. Meine Eltern haben langweilige Jobs. Alle, die ich kenne, führen langweilige Leben. Oder Leben, die ich für langweilig halte. Ein Leben in einer Kleinstadt. Die Erwachsenen arbeiten in irgendeinem Büro im Gewerbegebiet. Die Kinder gehen in die Kita. Urlaub macht man auf Mallorca. Als ich jünger war, habe ich davon geträumt, Schriftsteller zu werden. Aber ich kann nicht schreiben. Alles, was ich zustande bringe, ist platt. Jura ist eine sichere Wahl. Vielleicht kann ich nach dem Examen Geld verdienen und gleichzeitig etwas Bedeutsames tun? Auch wenn ich nicht genau weiß, was.»

Ich hatte angefangen, also konnte ich auch weitermachen.

«Ich habe geglaubt, bei Jura gehe es um Prinzipien, um Richtig und Falsch. Darum, zu verstehen, was richtig und was falsch ist, und darum, was *bewirkt*, dass etwas richtig oder falsch ist. Aber es geht einzig und allein darum, sich dem zu fügen, was jemand anders bereits festgelegt hat, nicht darum, es zu verstehen. Im Jurastudium lernt man Spielregeln, Zaubersprüche und Hierarchien. Reines Handwerk, nichts anderes.»

Ich leerte mein Glas in einem Zug. Charles schenkte mir nach, ohne mich aus den Augen zu lassen. Ich sah ihn an.

«Sie haben gefragt, was mein Blut zum Kochen bringt?»

Ich verstummte. Eine Welle der Scham durchflutete mich. Ich hatte nicht das Gefühl, besonders zusammenhängend geredet zu haben. Aber es war ein gutes Gefühl, es aussprechen zu können. Es zwang mich dazu, etwas in Worte zu fassen, das bisher nur in meinem Kopf existiert hatte. Es war wie eine Befreiung. Hatte ich zu lange geredet? Was tat ich hier eigentlich?

«Ich weiß es nicht», fuhr ich fort. «Ich glaube, ich bin auf der Suche nach dem, was mein Blut zum Kochen bringt. Mein Leben war ziemlich langweilig. Ich will, dass die Langeweile ein Ende hat.»

Charles' Augen blitzten auf, und er prostete mir zu.

«Auf das Ende der Langeweile», sagte er.

Wir gingen ins Haus. Robin verfrachtete die beiden Hühner in zwei Auflaufformen und schob sie in den Ofen. Max wusch Reis, und Dinah stellte Jazzmusik an, eine moderne, rhythmische Version, die aus einem verborgenen Lautsprecher strömte, den ich nirgends entdecken konnte.

«Du musst Charles entschuldigen», sagte Gustaf zu mir.

Er legte ein blau-weiß kariertes Geschirrtuch über eine neue Flasche Champagner, um den Korken damit abzufangen.

«Am Anfang kann er ziemlich persönlich werden. Aber du hast dich mit deiner Rede tapfer geschlagen.»

Er trat auf mich zu und begutachtete meine verarztete Lippe.

«Du hast dazugelernt», sagte er an Max gewandt. «Der Meister hat seine Schülerin gut unterwiesen.»

Max drehte den Wasserhahn zu und sah mich an.

«Charles hat uns beigebracht, auf radikale Ehrlichkeit zu setzen», sagte sie. «Leere Phrasen zu vermeiden und direkt auf den Punkt zu kommen. Alles andere führt nur dazu, dass man sich selbst und sein Umfeld betrügt. Handlung und Überzeugung sind ein und dasselbe. Lebe deine Worte. Tu, was du sagst. Alles Übrige mündet in ein unehrliches Leben.»

Max nahm Gustaf die Champagnerflasche aus der Hand, schenkte mein Glas voll und stieß mit mir an.

«Du hast deine Sache gut gemacht.»

«Radikale Ehrlichkeit», sagte ich. «Will man das wirklich?»

«Wenn man ein ehrliches Leben führen will, ja», antwortete Charles hinter mir.

Er hielt einen Strauß Minze in der Hand. Ich hatte ihn nicht hereinkommen hören. Er blinzelte mir zu.

«Doch die meisten wollen das nicht. Die meisten sind es zufrieden, den Dingen ihren Lauf zu lassen und nicht am Fundament zu rütteln. Die meisten haben kein Problem mit der Wirklichkeit. Der Masse ist es wichtiger, nicht aufzufallen und die Verhältnisse nicht infrage zu stellen, als ein ehrliches und profundes Leben zu führen.»

Max nahm Charles die Minze ab und hackte sie auf einem Schneidebrett klein. Ich meinte zu sehen, wie sie in Dinahs Richtung mit den Augen rollte, doch es ging so schnell, dass ich es mir vielleicht auch nur eingebildet hatte. Ich dachte an Systeme und Hierarchien. An Jura und an Ludvig und Victor.

«Ich will ehrlich und profund leben», sagte ich. «Wer will das nicht?»

«Manche glauben wohl, sie täten es längst», erwiderte Charles. «Aber es wirklich zu tun, erfordert viel. Mehr als das, wozu die meisten fähig sind. Man muss alle althergebrachten Vorstellungen, Hintertürchen und Systeme auf den Kopf stellen. Man muss die Vergangenheit in Brand setzen. Man muss ein Anarchist sein.»

Charles' Augen funkelten, und hinter den dicken Brillengläsern wirkten sie unnatürlich groß, nahezu surrealistisch, wie in einem alten Zeichentrickfilm.

«Victor Serge sagt, der Anarchismus verlangt alles von uns,

doch im Gegenzug bietet er uns alles. Radikale Ehrlichkeit ist die Voraussetzung.»

Ich hatte keine Ahnung, wer Victor Serge war. Die Anarchisten, die ich kannte, schienen vor allem daran interessiert zu sein, sich auf Demonstrationen zu prügeln. Doch das hier war etwas anderes, und ich spürte, wie es mich verlockte, wie der Gedanke meinen Puls schneller schlagen ließ. Charles trat einen Schritt auf mich zu und strich mir unerwartet sanft über die Schulter.

«Max scheint zu glauben, dass du dazu fähig bist.»

Er stand so dicht vor mir, dass ich durch den Essensgeruch einen Duft von Armagnac und Vanille wahrnahm. Vermutlich sein Parfüm. Charles wandte den Blick nicht von mir ab, obwohl er mir ansehen musste, dass seine Worte mich verwirrten und verunsicherten. In seinem Blick lag etwas Aufforderndes und Anzügliches, von dem ich weder wusste, wie ich es deuten, noch wie ich darauf reagieren sollte.

«Ich weiß es nicht», sagte ich. «Ich bin nicht sicher, was es bedeutet.»

Charles sah mich noch einen Moment lang an, dann wandte er sich zu den anderen um, leerte sein Glas und hob die Stimme, um sich Gehör zu verschaffen.

«Ich denke, die Vorspeise ist fertig. Ich schlage vor, dass wir uns zu Tisch begeben.»

Das Esszimmer war ein Raum mit zwei deckenhohen, von schweren dunkelgrünen Vorhängen umrahmten Fenstern, die auf die Hecke und zur Straße hinausgingen. Ausladende Kerzenleuchter brannten auf einem massiven Eichentisch ohne Tischdecke. Das eingedeckte cremeweiße Porzellangeschirr mit Goldrand war von einem Netz feiner Haarrisse durchzogen, das Silberbesteck angelaufen. In der Tischmitte stand ein großer Strauß blauer und weißer Hortensien, die vermutlich aus dem Garten kamen.

«Robin, bist du so lieb und schenkst den Wein ein?», bat Charles.

Er erhob sich und deutete auf eine große Flasche.

«Ein französischer Bio-Wein von einer Gruppe anonymer Winzer in Banyuls. Sie geben Interviews, aber ihre Namen sind nie veröffentlicht worden. Und soweit ich weiß, existieren auch keine Bilder von ihnen. Was sie in einer Welt, die langsam, aber sicher ihr Bestes tut, ihresgleichen zu vernichten, zu einem kleinen Mysterium macht. Das allein ist schon ein Grund zum Feiern.»

Charles deutete abermals auf die Flasche, sein Gesicht leuchtete vor Befriedigung.

«Wie ihr seht, habe ich ein paar Magnumflaschen ergattert!»

Er wirkte unverhältnismäßig exaltiert, und für einen kurzen Moment glaubte ich, er würde in die Hände klatschen.

Robin stand auf, nahm die Flasche und schenkte uns reihum ein.

«Wenn der Abend mit einer Magnumflasche beginnt, kann er jedes erdenkliche Ende nehmen», raunte Max neben mir. «Mach dich auf was gefasst.»

Charles hob sein Glas.

«*Man muss immer trunken sein*», sagte er und schaute Dinah an.

Sie hob ihrerseits ihr Glas und sah Gustaf an.

«*... das ist alles: die einzige Lösung*», fuhr sie ein wenig schleppend fort.

Sie wirkte antriebslos, als wäre sie nicht mit vollem Elan bei der Sache, sondern schwebte mit einem dekadenten kleinen Lächeln auf den Lippen eine halbe Dimension über uns anderen. Das machte mich nervös. Vielleicht hatte sie sich an ihrem eigenen Fentanyl-Vorrat bedient.

«Gustaf.»

Dinah deutete mit ihrem Glas auf ihn, und Gustaf hob seines.

«... *um nicht das furchtbare Joch der Zeit zu fühlen*», sagte er und deutete mit dem Kopf quer über den Tisch. «Max.»

«... *das euere Schultern zerbricht und euch zur Erde beugt*», fuhr sie fort und prostete ihm zu. «Robin, das Finale gebührt dir.»

Robin setzte die Magnumflasche auf dem Tisch ab und hob im Stehen sein Glas in die Runde.

«... *müsset ihr euch berauschen, zügellos!*», rief er laut. «Zum Wohl!»

Alle tranken und trommelten in einer Art Applaus mit der freien Hand auf den Tisch. Der Wein schmeckte kräftig und vollmundig, beinahe perlend. Ich war verwirrt und bereits leicht angetrunken. Meine Bedenken waren verflogen. Ich verspürte nichts als Belustigung und Neugier, wo ich eigentlich gelandet war.

«Baudelaire», erklärte Gustaf, der meine Verwirrung zu bemerken schien. «Berauschet euch! Das ist der Trinkspruch, mit dem wir die Samstagsdinners einläuten.»

«Keine Sorge», sagte Charles. «Das ist die einzige Formalität, der wir uns hingeben. Wir sind keine Studentenverbindung. Iss mit den Händen, wenn du willst. Wir ermuntern zu jedem Bruch mit Traditionen.»

Eine Platte mit kleinen mit Chutney garnierten Kartoffelpuffern wurde um den Tisch gereicht, während Charles die Vorspeise präsentierte.

«Aloo Tikki», erläuterte er. «Ein Kartoffelteig mit Spinat und Tapioka. Das Chutney ist aus Feigen von unserem eigenen Feigenbaum, den Dinah voriges Jahr aufgepäppelt hat.»

Dinah verbeugte sich und hielt mit gespielter Bescheidenheit ihr Glas in die Höhe. Mit seinem Weinglas in der Hand und einem erwartungsvollen und leicht lüsternen Ausdruck in den Augen, der durch den Alkohol hindurch erneut eine vage Beunruhigung in mir aufsteigen ließ, wandte Charles sich an mich.

«Und zu guter Letzt, doch nicht weniger herzlich, heißen wir unseren neuen Freund willkommen», sagte er. «Hoffen wir auf eine Beziehung, die unser aller Langeweile schmälert. Zum Wohl!»

Die Vorspeise war überraschend leicht und knusprig. Während des ersten Gangs ging die erste Weinflasche zur Neige, und Robin öffnete eine zweite, die um den Tisch wanderte. Als wir aufgegessen hatten, räumten wir die Teller ab und gingen in die Küche. Charles begann mit der Zubereitung von einer Art Pfannkuchen aus Kichererbsenmehl und Kreuzkümmelsamen. Gustaf tranchierte die beiden Hühner mit beeindruckender Geschicklichkeit und legte die Stücke auf eine Servierplatte. Max füllte die auf dem Herd vor sich hin köchelnde süße Chilisauce in ein Kupfergefäß. Der Kräuterduft in der Luft war betörend. Und die ganze Zeit redeten wir. Die anderen mehr als ich. Aber auch wenn ich nicht viel sagte, war ich vollständig in die Unterhaltung integriert. Es war, als sei sie organisch, ohne Absender und Empfänger. Selbst dann, wenn es hitzig wurde, wie in dem Moment, als Robin eine lange Story über einen britischen Streetart-Künstler erzählte, der vor einigen Jahren ein Werk im Londoner Auktionshaus Sotheby's hatte versteigern lassen, das sich in dem Moment, als der Zuschlag erteilt worden war, selbst zerstörte.

«Ich sage nicht, dass ich das gut finde», meinte er, als Max den Kopf schüttelte und irritiert schnaubte. «Aber ich muss darüber nachdenken, okay? Ich kann mir meine Meinungen nicht einfach so aus dem Arsch ziehen wie du.»

«Da gibt es nichts nachzudenken», erwiderte Max. «Es ist Bullshit. Bullshit steht quer über dem ganzen abgefuckten Gemälde. Es wurde gemacht, um Bullshit zu sein. Das ist sein ganzer Zweck.»

«Es sagt doch etwas über Besitz und Kunst aus?», protestierte Robin. «Und über den Willen des Künstlers, gegen die zu kämpfen, die es verdienen. Gegen stinkreiche Leute, die vulgär genug sind, Kunst für derart astronomische Summen zu kaufen. So eine Aktion sollten wir voll und ganz befürworten. Das ist doch genau das, was wir machen!»

«Das ist ein Gimmick», widersprach Max. «Das ist keine Kunst, das ist Marketing. Gutes Marketing, wenn man seinen Mist verkaufen will. Schlechtes Marketing, wenn man ein echter Künstler sein will. Das ist genauso authentisch wie Werbung für einen Energydrink.»

«Charles?» Robin fuhr sich resigniert durch seinen widerspenstigen Schopf und sah ihn bittend an.

«Hilf mir. Du verstehst doch, was ich meine? Dass es nicht einfach nur schwarz oder weiß ist?»

Charles beförderte einen weiteren Pfannkuchen auf den wachsenden Stapel auf einen Teller, der neben dem Herd stand.

«Vielleicht nicht nur», sagte er und warf Robin einen Blick über die Schulter zu. «Aber ich persönlich denke, dass es schlimmer ist als Bullshit. Warum?»

Er goss frischen Teig in die Pfanne, wartete ein paar Sekunden und wendete den Pfannkuchen dann mit einem kräftigen Ruck der Pfanne.

«Weil es Wiederholung ist. Werke, die sich selbst zerstören, sind schon seit Gustav Metzger nach dem Zweiten Weltkrieg Teil des Kunstbetriebs, Tinguely hat in den Sechzigern eine Installation für das MoMA gebaut, die sich selbst in ihre Einzelteile aufgelöst hat. Et cetera pp.»

«In den Sechzigern», murmelte Robin enttäuscht. «Manchmal vergesse ich, wie verflucht alt du bist.»

Charles schlug mit dem Geschirrhandtuch nach ihm.

«Keine Spur von Respekt», fluchte er. «Kein bisschen.»

Er wandte sich an mich.

«Hör nicht auf sie. So alt bin ich gar nicht.»

«Nichts ist neu», sagte Gustaf. «Das bedeutet aber nicht, dass nichts interessant ist. Diese Diskussion hatten wir schon zigmal. Sie ödet mich an.»

«Mich öden Leute an, die aus Wiederholung ein Geschäft machen und so tun, als wäre es subversiv», erwiderte Max. «Das ist doch wohl das genaue Gegenteil von interessant, oder etwa nicht?»

«Ich habe nur gesagt, dass ich darüber nachdenken muss», sagte Robin. «Nicht, dass ich es verteidige. Ein Ansatz, den du bei Gelegenheit vielleicht mal ausprobieren solltest.»

Max drohte ihm mit dem Finger.

«Aber es ist doch cool, dass jemand Geld dafür bezahlt hat?», sagte ich und räusperte mich. «Das Kunstwerk an sich ist vielleicht eine Wiederholung. Aber ist es nicht auch ein kleines bisschen cool, dass irgendwer einen Haufen Geld dafür hingeblättert hat und im Endeffekt mit leeren Händen dastand?»

«Danke!» Robin breitete die Arme in meine Richtung aus. «Unser neuer Freund ist ein Freidenker! Nicht so überheblich wie alle anderen in dieser Runde.»

«Es wäre cool, wenn es nicht sinnlos wäre», warf Dinah ein. Sie lehnte an der Tür zum Garten, ihr Weinglas in der schlaffen Hand. Ihre Stimme klang schleppend und leicht verwaschen.

«Der Künstler hat das Gemälde angefertigt. Zeit darauf verwendet. Es versteigern lassen. Er hat es nicht zerstört, um Geld zu verdienen, das Geld hätte er so oder so bekommen. Ihm ging es nicht darum, die Kraft der Zerstörung und die Vergänglichkeit der Kunst aufzuzeigen, wie Metzger es getan hat. Und die Käuferin hatte keine Ahnung, dass sie etwas kaufte, das sich zerstören würde. Wo ist das Kunst? Das war ein practical joke, ein prank. In dem Moment wurde der Künstler zum Borat der Kunstwelt.

Daran ist nichts verkehrt. Aber es ist weder Kunst noch Anarchie.»

«Okay, okay.»

Robin füllte sein Glas auf.

«Ich hab's kapiert. Wir sind dumme Trottel, und ihr zwei habt zwei Semester Kunstgeschichte studiert. Ich geb mich geschlagen.»

«Drei», sagte Dinah. «Mehr oder weniger.»

Und in dieser Form ging die Unterhaltung im Esszimmer weiter, während wir die Pfannkuchen mit Hühnerfleisch, Chilisauce und Chutney füllten und uns indische Tacos bauten. Sie schmeckten bewusstseinserweiternd. So etwas hatte ich noch nie zuvor gegessen. Und ich hatte noch nie Diskussionen geführt, die wogten und blitzten wie ein Gewitter. Gespräche, bei denen es darum ging, einander herauszufordern. Nicht um als Gewinner aus der Diskussion hervorzugehen, sondern um auszuloten, wohin sie führte und wie oft man Argumente drehen und wenden, wie viele widersprüchliche Positionen man einnehmen konnte, bis man wieder dort landete, wo man angefangen hatte.

Nach dem Hauptgang standen wir wieder in der Küche. Wie viele Gläser Wein hatte ich eigentlich getrunken? Mein Kopf war schwer und pochte leicht. Dinah schenkte mir erneut nach.

«Das war nicht die Kritik, die gegen den Illegalismus erhoben wurde!», ereiferte sich Gustaf gerade am anderen Ende des Raums an Max gewandt. «Es ging nicht darum, dass die Illegalisten ihr Leben aufs Spiel setzten. Es ging darum, dass die Unterdrückten in die Schusslinie gerieten! Dass die Schwächsten zwischen den Fronten landeten. Gegen einen Illegalismus, der ausschließlich gegen die Reichen gerichtet gewesen wäre, hätten die Anarchisten nichts einzuwenden gehabt. Das ist der ganze Unterschied. Und das ist der Unterschied zu dem, was wir machen.»

«Beruhige dich», beschwichtigte ihn Robin.

Er legte Gustaf den Arm um die Schultern und flüsterte ihm etwas ins Ohr. Max schaute zu mir herüber, es war ein Blick, den ich nicht deuten konnte, dann prostete sie mir zu. Ich hatte keinen Schimmer mehr, worum sich der Disput drehte. Seit einer Viertelstunde hatte ich mich komplett aus der Unterhaltung ausgeklinkt. Mein Kopf war heiß und träge und nicht mehr in der Lage, Argumenten zu Themen zu folgen, deren Hintergrund mir nicht bekannt war.

«Müde?», fragte Dinah.

Sie ließ ihr Glas in der Hand kreisen und kam zu mir herüber. Sie sah mich an.

«Du hast einen langen Tag hinter dir, seit ich dir das Leben gerettet habe.»

Ich schüttelte den Kopf, unwillig wie ein Kind, das seine Grenzen nicht anerkennen will.

«Bloß ein kleiner Durchhänger. Ich bin gleich wieder fit.»

«Diese Abende sind für jeden anstrengend, auch wenn man nicht am Vormittag um ein Haar ertrunken wäre.»

Sie grinste mich an. Dann beugte sie sich zu mir und flüsterte mir ins Ohr: «Aber alle scheinen dich zu mögen. Vor allem Charles.»

Bei dem letzten Satz meinte ich, ein leichtes Lächeln in ihrem Mundwinkel zu erkennen.

«Wer weiß? Vielleicht werden wir dich wiedersehen?»

«Das hoffe ich», sagte ich. «Es ist ein toller Abend.»

Aber Dinah hatte sich schon Charles zugewandt, der eine große Schale mit Eis hochhielt.

«Das Dessert ist serviert!», rief er. «Safraneis und in Cognac eingelegte Kirschen. Zu Tisch, bitte!»

Die süße und alkoholhaltige Nachspeise machte mich für eine Weile wieder munter, doch der Apfelbrand aus eigener Produktion, offenbar der obligatorische Abschluss des Dinners, machte mir klar, dass der Abend, so schön er auch sein mochte, ein Ende haben musste, wenn ich nicht riskieren wollte, am Tisch einzuschlafen oder mich zu übergeben, und so stand ich auf.

«Ich denke, ich sollte mich auf den Heimweg machen», sagte ich an niemand Speziellen gewandt. Ich merkte, dass meine Konsonanten ein wenig hinterherhinkten. Die Gespräche am Tisch erstarben, alle Augen richteten sich auf mich, und Charles sprang auf. Er machte einige Schritte auf mich zu.

«Schon?», sagte er und breitete die Arme aus. «Wir hatten kaum Gelegenheit, einander kennenzulernen.»

Er schien aufrichtig enttäuscht, doch alles, was ich tun konnte, war, ein wenig resigniert die Hände zu heben.

«Es war ein langer Tag», nuschelte ich. «Und ziemlich viel Wein.»

Charles umarmte mich, und ich spürte seinen alkoholgeschwängerten Atem an meiner Wange.

«Ich hoffe sehr, dass wir bald die Chance bekommen, dich besser kennenzulernen», sagte er.

Er wandte sich an Max.

«Es ist unverschämt von dir, uns auf diese Art mit deinen Freunden zu ködern. Das können wir nicht zulassen.»

Max legte mir lächelnd eine Hand auf die Schulter.

«Bist du sicher, dass du schon gehen willst?», fragte sie.

Ich nickte.

«Sonst blamiere ich mich noch komplett.»

«Von *blamieren* kann keine Rede sein», widersprach Charles. «Du bist unter Freunden! Vergiss deine bürgerliche Erziehung und lebe!»

Ich versuchte zu lächeln, aber das Karussell in meinem Kopf drehte sich immer schneller.

«Dann müssen wir ihn eben wieder einladen», sagte Max.

«Bitte ihn einfach, jetzt schon einzuziehen», meinte Dinah.

Alle Augen wandten sich ihr zu. Robin schüttelte irritiert den Kopf.

«Was ist?», fragte Dinah. «Das ist es doch, was ihr alle denkt?»

Sie war betrunken und schien die Situation, die anscheinend eine Provokation darstellte, zu genießen.

«Komm.» Max nahm meine Hand. «Ich bring dich zur Tür.»

Charles machte erneut einen Schritt auf mich zu, wollte mich offensichtlich nicht gehen lassen und küsste mich auf beide Wangen. Sein schweres Parfüm beschleunigte die Umdrehungen in meinem Kopf.

«Bis zum nächsten Mal», sagte er. «Dann lasse ich dich nicht so leicht gehen.»

Ich war nicht in der Verfassung, den Sinn seiner Worte zu entschlüsseln.

«Danke für den wunderbaren Abend», sagte ich, während Max mich hinaus in die Diele schob.

Die Kerzenflammen tanzten noch immer über die Wände, obwohl die Wachsstummel im Kristallkronleuchter fast vollständig heruntergebrannt waren.

Max hielt mir meinen Parka hin. Als ich versuchte, meine Arme hineinzuschieben, verlor ich das Gleichgewicht. Max fing mich auf, half mir, den Reißverschluss hochzuziehen, und setzte mir die Kapuze auf.

«So kalt ist es doch gar nicht», protestierte ich.

«Du bist süß, wenn du betrunken bist», sagte sie. «Alle im Haus mögen dich. Das hast du gemerkt, oder?»

Ich zuckte die Achseln. Ich fühlte mich noch immer betrunken, aber nicht mehr so, als müsste ich mich jeden Moment übergeben.

«Besonders Charles.»

Max lächelte vielsagend. Doch ich fühlte mich nicht in der

Lage, darüber zu reden, was das möglicherweise bedeutete, nicht jetzt, nicht heute Abend.

«Das hast du doch gemerkt?»

«Ich hoffe es», sagte ich. «Ich mag deine Freunde, und ich wünschte, ich wäre nicht so betrunken. Ich ...»

Max legte mir die Hand auf den Mund und brachte mich zum Schweigen.

«Das wissen wir. Bist du sicher, dass ich dir kein Taxi rufen soll?»

Ich dachte an Nudeln und Seminarliteratur und mein leeres Bankkonto.

«Ich geh zu Fuß. Die frische Luft tut mir gut.»

Max öffnete die Haustür, und ich hörte, dass der Wind wieder durch die Baumkronen pfiff.

«Weißt du, warum dieses Kunstwerk wirklich schlecht war?», sagte Max und hielt mich am Arm zurück, damit ich nicht ging, noch nicht. «Ich meine dieses Gemälde, das sich selbst zerstört hat, über das wir vorhin gesprochen haben?»

«Das Gemälde, das versteigert wurde?»

Max nickte.

«Weil es diese Idee schon vorher gab?», sagte ich. «Weil sie nicht originell war, oder wie du es ausgedrückt hast?»

Max nickte wieder.

«Aber die meisten Dinge sind nicht originell. Das genügt nicht. Es ist ein schlechtes Kunstwerk, weil der Künstler kein Risiko eingegangen ist. Es hat ihn nichts gekostet. Er hatte dabei absolut nichts zu verlieren.»

Max blickte mich ernst an. Ihre grünen Augen schimmerten im Licht der Kerzen.

«Was keinen Verlust beinhaltet, ist nichts wert. Was einem kein Opfer abverlangt, bedeutet nichts. Für ein ehrliches Leben muss man bereit sein, alles zu verlieren. Die Zerstörung des Gemäldes war kein Risiko. Es war bereits verkauft. Deshalb war die ganze Aktion ein practical joke, nichts anderes. Und practical jokes sind geistlos, weil sie auf Unehrlichkeit beruhen.»

Trotz Alkohol und Müdigkeit begriff ich, dass Max recht hatte. Hatte ich mein Leben lang falschgelegen? War das Richtige nicht, Risiken zu vermeiden, sondern sie einzugehen? Max machte einen Schritt auf mich zu und küsste mich sanft auf die Wange.

«Das ist die Frage, die jeder für sich beantworten muss», flüsterte sie. «Was willst du sein? Ehrlich oder ein practical joke?»

10

Am Sonntag wachte ich gegen Mittag auf. Zwölf Stunden Schlaf am Stück, dachte ich, als es mir gelungen war, meine Augen auf das Handydisplay zu fokussieren. Das erschreckte mich. Ich schlief selten mehr als sieben Stunden, höchstens. Seit ich klein war, hielt ich Schlaf für Zeitverschwendung. Stunden, die einfach verschwanden, ohne Spuren zu hinterlassen. Es fühlte sich so sinnlos an. Auch wenn ich nicht behaupten konnte, etwas Sinnvolleres gefunden zu haben, um meine Zeit auszufüllen.

Ich ließ mich auf mein einziges flaches IKEA-Kopfkissen fallen und blickte durch das Dachfenster in den inzwischen blauen Herbsthimmel. Ich hatte gestern Abend zu viel getrunken. Hatte ich mich blamiert? Selbst wenn, bedeutete es wohl nicht das Ende der Welt? Mein verkaterter Schädel pochte von der Chemie und der Scham des Hangovers. Aber Charles hatte gesagt, dass ich wiederkommen durfte. In nüchternem Zustand machte mich sein Eifer ein wenig nervös, doch vielleicht war es einfach seine Art, höflich zu sein. Er war exzentrisch, daran bestand kein Zweifel.

Ich setzte mich auf und schüttelte den Kopf, um ihn freizukriegen.

Das alles war so plötzlich geschehen, und doch kam es mir vor, als hätte ich mein Leben lang darauf gewartet. Jetzt war es vorbei, und ich war nicht sicher, ob ich bereit gewesen war und mein Bestes gegeben hatte, um diese Chance zu ergreifen. Ich tastete über das Wundnahtpflaster auf meiner Lippe und über meine aufgeschürfte Wange. Immerhin war es wirklich passiert und kein Hirngespinst, das ich mir in meinem Zwölf-Stunden-Schlaf zusammengeträumt hatte.

Ich griff nach meinem Handy und schrieb Max eine Nachricht: *Danke für den schönen Tag. Es war …*

Ich stöhnte auf und warf das Handy neben mich aufs Bett.

«Danke für den schönen Tag». Das klang wie der Dankesbrief an meine Großmutter nach meiner Abiturfeier. Ich brauchte Kaffee und etwas Festes in den Magen. Ich zog mir Jeans und T-Shirt über und ging in die Küche.

Der Kühlschrank bot einen düsteren Anblick. Außer einem Glas Oliven, in dem zwei verschrumpelte Exemplare in bräunlichem Sud schwammen, und einem bis auf den Grund seiner Existenz abgehobeltem Stück Käse besaß ich nur eine Tüte Filmjölk und Müsli. Was Max wohl zum Frühstück aß? Eine Art Brunch? Scones, in der Bibliothek des Hauses, die ich nicht gesehen hatte?

Im Wohnzimmer erklangen Schritte. Als ich mich umdrehte, schlurfte Ludvig nur mit einem Paar Trainingsshorts bekleidet in die Küche. Auch er sah verschlafen aus. Seine normalerweise perfekt gestylten Haare waren zerzaust und standen wirr in alle Richtungen ab.

«Du bist zu Hause?», fragte er. «Wo warst du gestern?»

«Unterwegs, mit ein paar Kumpels.»

«Hast du dich wieder gestoßen?»

Er deutete auf meine lädierte Lippe, die unter dem Pflaster leicht pochte.

«Bin gegen einen Türrahmen gelaufen», sagte ich. «Total bescheuert.»

«That's what she said», erwiderte Ludvig und wieherte über seinen eigenen Gag.

Für einen kurzen Moment wollte ich alles erzählen. Vom Surfen, vom Haus und dem Dinner. Aber Ludvigs Interesse an meinem Leben ging gegen null, schätzte ich. Er schlurfte an mir vorbei zur Spüle.

«No big deal, aber du hast am Freitag die Servierplatten vergessen», sagte er mit dem Rücken zu mir. «Wäre nice, wenn du die noch abwaschen könntest?»

Ich blickte zur Spüle, auf der tatsächlich noch die beiden Servierplatten vom Dinner am Freitag standen, schmutzig. Wut stieg in mir hoch.

«Scheiße, hab ich einen Kohldampf», sagte Ludvig und drängte sich an mir vorbei an den Kühlschrank.

Er öffnete die Tür und nahm meine Filmjölk heraus. Ehe ich ein Wort sagen konnte, trank er einen großen Schluck direkt aus der Packung. Mit einem schmalen weißen Hitlerbart über der Oberlippe wandte er sich zu mir um.

«Ich meine, ich will kein Arsch sein, aber der Deal lautete: Das Essen geht auf mich, wenn du den Abwasch übernimmst. Richtig? Vereinbarungen hält man ein, oder nicht?»

«Das ist meine Filmjölk», sagte ich.

Ludvig setzte die Packung ab und betrachtete sie.

«Was? Die hab ich doch gestern gekauft?»

Dass Ludvig und Victor meine Vorräte aufaßen, war eines meiner konstanten Ärgernisse. Sie griffen sich die Lebensmittel aus dem Kühlschrank, ohne überhaupt darüber nachzudenken. Und jetzt, wo ich Ludvig ausnahmsweise einmal darauf hinwies, stritt er es sogar ab. Vielleicht glaubte er es selbst. Vielleicht hatte es mit Macht zu tun. Vielleicht war es ganz einfach so, dass das Eigentumsrecht an derart banalen Dingen wie billigen Lebensmitteln für jemanden, der Essen und Geld im Überfluss besaß, keine Rolle spielte. Ich aber kannte den Preis von jedem einzelnen Produkt, das ich gekauft hatte.

Irgendwo in meinem Inneren wusste ich, dass ich keine große Sache daraus machen sollte, ehrlich gesagt ging es auch für mich um keine nennenswerte Summe. Doch als ich im Augenwinkel die schmutzigen Servierplatten sah, konnte ich nicht aufhören, daran zu denken, wie ich die Plastikfolien von Ludvigs und Victors gecatertem Essen abgezogen hatte. Wie ich den Boys Whisky eingeschenkt hatte. Wie ich die Spülmaschine aus- und wieder eingeräumt hatte.

«Du hast die Packung aus meinem Fach genommen», sagte ich.

«Was?»

Ludvig starrte mich an, als hätte ich den Verstand verloren. Er hatte wahrscheinlich ein Verständnis von Recht und Eigentum, das es ihm gar nicht ermöglichte, zu erfassen, was er getan hatte. Immer wenn ich bisher angenommen hatte, dass Victor und Ludvig meine Vorräte aufaßen, hatte ich es als ein «Missverständnis» meinerseits abgetan. Ich war mir nicht hundertprozentig sicher gewesen und hatte nichts gesagt. Vielleicht war es doch nicht mein Käse, den sie genommen hatten? Vielleicht hatte ich die letzte Dose Thunfisch, die ich mir zum Mittagessen hatte machen wollen, doch schon aufgegessen? Victors und Ludvigs gedankenlose Unbekümmertheit löste eine zunehmende Unsicherheit in mir aus, in deren wachsendem Schatten ich schrumpfte. Doch nun machte ich meinem angestauten Frust Luft. Als ich den Mund öffnete, erkannte ich meine Stimme kaum wieder.

«Kauf mir einfach eine neue Packung», sagte ich. «Ich bin es leid, dass ihr beide meine Vorräte aufesst.»

Ludvig hob die Arme, die Tüte nach wie vor in der Hand, und schaute mich an, als sei ich nicht mehr ganz dicht.

«Was hast du gesagt, Champ?», erwiderte er. «Ist das dein Ernst?»

«Ich habe diese Packung am Freitag gekauft», sagte ich. «Wann hast du deine gekauft?»

Mit zusammengekniffenen Augen machte Ludvig einen Schritt auf mich zu und schüttelte den Kopf.

«Sie hat zehn Kronen und fünfundneunzig Öre gekostet», fuhr ich fort. «Wenn du mir keine neue Packung kaufen willst, kannst du mir das Geld überweisen.»

Mein Mund war trocken vor Empörung.

«Du willst, dass ich dir zehn Kronen überweise?»

Ludvig lachte auf, kurz und freudlos. Dann sah er sich um, als suche er nach einem Publikum, dem er zeigen wollte, wie unfassbar unvernünftig und kindisch ich mich aufführte.

In diesem Moment vibrierte mein Handy in der Hosentasche, aber ich registrierte es kaum.

«Weil ich meine eigene Filmjölk trinke?»

«Ich will, dass du meine Vorräte nicht mehr aufisst», entgegnete ich.

Ich schluckte krampfhaft. Es war, als ob der Augenblick der Stärke in mir versiegte.

«Für dich ist es vielleicht keine große Sache», sagte ich. «Aber ich bin es leid. Und im Gegensatz zu dir und Victor habe ich nicht so viel Geld.»

Es war das erste Mal, dass ich den unsichtbaren eisernen Vorhang, der durch unsere Wohnung verlief, zur Sprache brachte, und ich bereute es auf der Stelle. Der Scham, das einzugestehen, was wir alle längst wussten, aber nicht offen aussprachen, sollte niemand von uns ausgesetzt sein.

«*Whatever.*» Ich drehte mich um. «Vergiss es.»

Ich hatte noch nicht einmal den halben Weg zu meinem Zimmer zurückgelegt, als mein Handy vibrierte und mir Ludvigs

Überweisung anzeigte. Elf Kronen, die mir die Hitze in die Wangen trieben. Aber auch eine Nachricht von Max.

Bin in fünf Minuten vor deinem Haus. Komm runter!

Max hockte auf der anderen Straßenseite an einen Laternenpfahl gelehnt auf dem Bürgersteig, und ich sah sie, bevor sie mich sah, als ich die Haustür öffnete. Einen kurzen Moment blieb ich stehen und schaute sie an. Dieselbe schwarze Jeans, dieselben schwarzen Adidas-Boots. Dieselbe Bomberjacke und denselben Rucksack neben sich. Sie las in einem Taschenbuch, das sie über den Rücken umgebogen hatte, sodass nur eine Seite zu sehen war. Eine Zeit lang hatte ich es auch cool gefunden, auf diese Art zu lesen. Lässig. Doch dann hatte ich gemerkt, dass sich durch das Umknicken die Seiten aus den Büchern lösten, und war beschämt zur konventionellen Methode zurückgekehrt.

Max hob den Kopf und entdeckte mich. Ein Lächeln breitete sich auf ihrem Gesicht aus, sie stand auf, hob grüßend die Hand und kam zu mir herüber. Obwohl sie einen Kopf kleiner war als ich, war sie diejenige, die mich umarmte. Ihr Körper war schmal und athletisch, und ich musste mich beherrschen, sie nicht zu fest und zu lange an mich zu drücken. Nach der Konfrontation in der Wohnung war das Zusammensein mit ihr wie ein Nachhausekommen. Max löste sich von mir, schob mich ein Stück von sich weg und begutachtete summend und vor sich hin nickend mein Gesicht.

«Die Wunde hat nicht mehr geblutet?», fragte sie.

Ich schüttelte den Kopf.

«Ehrlich gesagt bin ich gerade erst aufgewacht. Aber nein.»

«Schmerzen?»

«Nur ein bisschen verkatert.»

Als ich sah, welches Buch Max in der Hand hielt, lachte ich auf.

«Du liest es noch mal?»

«Ich wollte mir die Szene im Sickler's anschauen, von der du im Grand erzählst hast, und dann habe ich einfach weitergelesen.»

«Und?»

«Es ist, wie es ist.» Max zuckte die Achseln. «Sie reden zu viel. No offence, aber Lane ist ein Poser, und Franny braucht mal wieder Sex. Bei Zooey bin ich noch nicht. Aber soweit ich mich erinnere, ist er ein ziemlicher Besserwisser?»

«Die ganze Familie ist ein Haufen von Besserwissern oder Genies, richtig?»

Max legte mir eine Hand auf die Schulter und sah mich an.

«Entschuldige. Es ist dein Lieblingsbuch, ich weiß. Eigentlich gefällt es mir.»

«Es ist nicht mein Lieblingsbuch. Franny braucht vielleicht Sex, aber die meiste Zeit ist sie doch vor allem deprimiert?»

«Was allein schon Grund genug für eine Depression ist, oder?», sagte Max. «Komm, wir machen einen Spaziergang.»

Wir gingen am Restaurant V. E. S. P. A vorbei in Richtung Clemenstorget.

«Mein plötzlicher Aufbruch gestern tut mir leid», sagte ich.

Max hängte sich lachend bei mir ein.

«Du hattest einen langen Tag, Baby! Du hast Surfen gelernt und wärst fast ertrunken!»

Eigentlich wollte ich sagen, dass es der beste Tag meines Lebens gewesen war, aber ich fand noch immer, dass man das, was man wirklich fühlte, besser für sich behielt.

«Wie kommt es, dass du bei Charles wohnst?», fragte ich stattdessen. «Hat Dinah das für dich geregelt?»

«Dinah kennt Gustaf und Robin schon lange. Sie haben schon bei Charles gewohnt, bevor ich nach Lund gekommen bin. Und als ich angefangen habe, hier zu studieren, musste ich ein paar Samstagsdinner absolvieren, bevor ich einziehen durfte, damit

Charles sein Okay geben konnte. Er wäre gern Anarchist, aber in Wahrheit sind ihm Traditionen heilig.»

Max lächelte und warf mir einen Seitenblick zu.

«Und er mag dich. Daran besteht wohl kein Zweifel?»

«Hör auf. Ich ertrag das nicht.»

Max lachte.

«Ansonsten hat sich nicht viel verändert. Drinks im Gewächshaus, bis es zu kalt wird, dann in der Bibliothek. Wir kochen zusammen, diskutieren und streiten. Der Trinkspruch von Baudelaire. Zu viel Wein.»

Sie zuckte die Achseln.

«So war es, als ich vor drei Semestern zum ersten Mal dabei war, und seitdem ist jedes Samstagsdinner so abgelaufen.»

«Du wurdest auch zum Dinner eingeladen?»

Mein Puls schlug schneller. Max nickte und setzte ein listiges Gesicht auf.

«Deshalb bin ich hier. Wir laden Leute ein, die uns interessieren. Gustaf hat Dinah eingeladen, nachdem sie sich in Charles' Seminar kennengelernt hatten. Man kann wohl sagen, dass es eine ganz bestimmte Klientel anzieht. Robin und Gustaf sind schon seit ihrer Kindheit befreundet.»

«Und Charles?»

Max zuckte die Achseln.

«Charles ist Charles. Er sagt, dass er in dem Haus aufgewachsen ist, das habe ich dir ja schon erzählt. Es soll seinem Großvater gehört haben. Seine Eltern sind gestorben, als er noch klein war, und er wurde von einer Nanny großgezogen. Mag sein, dass es stimmt. Was aber definitiv stimmt, ist, dass das kleine Vermögen, das er angeblich geerbt hat, so gut wie aufgebraucht ist, und dass es unsere Zuschüsse sind, die ihn über Wasser halten. Du hast ja gesehen, in welchem Zustand das Haus ist.»

«Ich finde es schön. Romantisch.»

«Ja, klar. Aber es verfällt auch immer mehr. Das Dach ist undicht, die Treppe lebensgefährlich. Nur zwei von vier Toiletten funktionieren. Und Charles ist es egal. Hauptsache, er kann Wein auf den Tisch stellen und die Gerichte kochen, nach denen ihm der Sinn steht.»

Wir standen jetzt mitten auf dem Clemenstorget. Hinter mir öffnete eine der geräuschlosen Straßenbahnen mit einem Seufzen ihre Türen.

«Wir denken darüber nach, einen weiteren Mitbewohner aufzunehmen.»

Vielleicht war mir der gestrige Abend wie ein Verhör vorgekommen, weil es genau das gewesen war. Ich schwieg. Um nichts in der Welt wollte ich etwas falsch verstehen oder wie ein Trottel erscheinen.

«Das Zimmer ist gemütlich. Etwas kleiner als meins und zur Straße raus gelegen. Die Miete beträgt dreitausend im Monat. Abends kochen wir nach Möglichkeit zusammen. Charles hat dafür einen komplizierten Plan ausgetüftelt, an den wir uns halten sollen. Aber meistens klappt das nicht. Und wir veranstalten einen Lesezirkel, wo wir über Themen diskutieren, die Charles auswählt. Viel Wein.»

Max zuckte die Achseln.

«That's it.»

«Das klingt toll», sagte ich.

«Der Deal ist gut. Aber wie Charles immer sagt: *Es fordert alles von dir, aber es gibt dir auch alles.*»

Ich erinnerte mich, dass er so etwas gestern Abend in der Küche zu mir gesagt hatte.

Buntes Laub wirbelte um unsere Füße. Unten am Bahnhof fuhr ein Zug ein.

«Faustisch?», fragte ich.

Max lachte.

«Nur wenn man den Grundkonflikt des Stoffs unterschreibt. Ich glaube nicht, dass man seine Moral opfern muss, um der zu sein, der man sein will. Im Gegenteil. Indem man der ist, der man wirklich ist, wird man moralisch.»

Über unseren Köpfen raschelten die Baumkronen, der Himmel war blau und weit.

«Ich bin nicht sicher, was du von mir hören möchtest», sagte ich.

«Entschuldige. Ich rede zu viel. Lass es mich auf den Punkt bringen.»

Max wölbte die Hand um eine Zigarette und zündete sie an.

«Ich möchte wissen, ob du bei uns einziehen willst.»

Ihre funkelnden, grünen Augen sahen mich erwartungsvoll an.

«Sag Ja.»

Ich hatte mich noch nie so gemocht und willkommen gefühlt wie in diesem Augenblick. Es war, als zeigte Max mir eine Tür, hinter der ohne den Hauch eines Zweifels das Leben begann.

«Ja», sagte ich. «Klar. Nichts lieber als das.»

Über das ganze Gesicht strahlend küsste Max mich auf die Wange.

«Yes! Ich freu mich riesig. Alles ist vorhanden. Ich hoffe, du hast keinen riesigen Berg Möbel?»

«Nur Kleidung und Bücher.»

Da wurde mir klar, dass ich keine Ahnung hatte, wie ich das mit Ludvig und Victor regeln sollte. Der Mietvertrag galt für das ganze Semester, und ich wollte meine Kaution zurück. Vage erinnerte ich mich daran, dass eine Kündigungsfrist von einem Monat vereinbart war. Wahrscheinlich hatten Ludvig und Victor sich die Möglichkeit offenhalten wollen, mich rasch vor die Tür setzen zu können, doch nun wirkte sich die Klausel zu meinem Vorteil aus. Das würde sich lösen lassen.

«Ich schreibe nächste Woche eine Klausur», sagte ich. «Und

ich muss mit meinen Mitbewohnern sprechen. Wann wollt ihr, dass ich einziehe?»

«Bald!», rief Max und lachte. «So bald wie möglich!»

Ich lachte auf. *Bald*. Das klang schnell. Vielleicht sollte ich das Ganze überdenken. Aber bei Max und ihren Freunden zu wohnen, war ein Traum, und ich hatte genug davon, ständig zu zögern und nachzudenken.

«Ich kann mein Zimmer schon heute kündigen», sagte ich.

«Warte noch ein paar Tage», meinte Max. «Eine Woche oder so. Es gibt da eine Sache, die noch erledigt werden muss, bevor du einziehen kannst. Aber das ist nur eine Formalität.»

«Was für eine Formalität?»

Max legte einen Finger auf meine Lippen und brachte mich zum Schweigen.

«Das erfährst du, wenn es so weit ist. Hab ein wenig Geduld.»

«Muss ich mir deswegen Sorgen machen? Wegen der Formalität?»

Max lächelte und küsste mich wieder auf die Wange.

«Ich melde mich, bevor die Woche um ist. Versprochen. Konzentrier dich auf deine Klausur.»

Sie deutete über die Schulter in Richtung Bahnhof.

«Ich muss los ...»

Sie blickte auf ihr Handy und bewegte sich rückwärts über den Platz. Dann blieb sie noch einmal stehen, nahm ihren Rucksack von der Schulter und griff hinein.

«Fast hätte ich es vergessen.»

Sie hielt mir *Flammenwerfer* hin. Überrascht nahm ich ihr das Buch aus der Hand. Max schwang ihren Rucksack wieder über die Schulter, und bevor ich etwas sagen konnte, drehte sie sich um und lief mit raschen Schritten hinunter zum Bahnhof.

«Seite 107!», rief sie mir über die Schulter zu. «Wenn du dich vorbereiten willst, lies sie.»

II

Ich hockte in meinem winzigen Kabuff auf dem Bett, einen Whopper und eine Tüte mit ekligen Pommes neben mir. In vier Tagen stand meine allererste Klausur an, und ich hatte ein komplettes Wochenende an Lernzeit mit Surfen, Ausgehen und dem darauffolgenden Kater vergeudet. Einen solchen Rock-'n'-Roll-Lifestyle führte ich normalerweise nicht vor Prüfungsterminen.

Vier Tage müssten aber trotzdem reichen, dachte ich. Wäre mein Kopf nicht angefüllt gewesen mit Gedanken an Max und das Haus und an die Möglichkeit eines Lebens, das nicht am Rand der Sinnlosigkeit balancierte. Ich wickelte den Burger aus und nahm einen großen Bissen.

Entschlossen wischte ich mir den Mund mit einer Serviette ab und griff nach meinem Rucksack mit der Seminarliteratur. Es war mir nie schwergefallen, für Prüfungen zu lernen, und ich hatte nie verstanden, warum viele Leute so große Probleme damit hatten. Man musste nur Disziplin aufbringen und Spaß daran haben, Schritt für Schritt auf etwas hinzuarbeiten. Nicht auf die eigentliche Prüfung, sondern auf die Zukunft, für die diese Prüfung, zusammen mit Hunderten anderen, einen soliden und sicheren Grundstein legte.

Eigentlich war es ganz einfach: Ärmel hochkrempeln und sich

einen Überblick über den Lernstoff verschaffen; einen Plan aufstellen, wann man welches Thema wiederholte; und den gesamten Batzen in kleine Portionen unterteilen, damit die Masse einen nicht gefühlt erschlug. Jura war keine Gehirnchirurgie.

Doch sosehr ich auch kämpfte, meine Vorlesungsmitschriften wollten mir nicht in den Kopf. Ich las sie dreimal, viermal, fünfmal. Trotzdem blieben meine Hirnzellen leer und die Worte vollkommen fremd. Was ich vor mir sah, waren Max' Sommersprossen, die hohen Wellen an der Küste, die schöne, heruntergekommene Villa im Professorenviertel. Ich versuchte es eine halbe Stunde, dann klappte ich meinen Laptop zu, ging stattdessen die Kapitel der Seminarliteratur durch und glich sie mit den Überschriften im Vorlesungskompendium ab, um wenigstens eine ungefähre Übersicht über die Themen zu erhalten.

Doch je mehr ich las, umso mehr vermengte sich kommunale Selbstverwaltung mit den Aufgaben des Parlaments, umso mehr überlappten sich die Gesetze und ließen sich nicht mehr voneinander trennen, umso mehr warf ich Rechte und Pflichten und Rechtsstaatsprinzipien durcheinander. Am Ende stand ich auf und schob die Bücher zurück in den Rucksack. Es hatte keinen Sinn, momentan kam ich nicht weiter. Ich konnte genauso gut eine Pause machen.

Ich klappte den Laptop auf, öffnete Safari, suchte Charles' Haus auf der Karte und erhielt eine Street-View-Ansicht. Mir war schleierhaft, warum ich ihn erst jetzt googelte. Das Bild stammte aus dem Sommer, und das Haus war hinter der wild wuchernden Hecke kaum zu erkennen.

Wer war Charles eigentlich? Wie hieß er mit Nachnamen?

Ich gab die Anschrift des Hauses bei einer Personensuchmaschine ein und wartete, während die Seite lud. Als der Treffer angezeigt wurde, stellte sich heraus, dass das Haus auf eine Firma namens Libertad AB eingetragen war. Ich suchte die Aktiengesellschaft online im Handelsregister, erzielte jedoch kein Ergebnis. Auch eine Google-Suche lieferte keinen Treffer. Ich gab «Charles Libertad» ein, bekam aber bloß einen Haufen Spanier angezeigt. Schließlich tippte ich vor dem Hintergrund dessen, was Max mir über seinen Lehrauftrag erzählt hatte, «Charles», «Politikwissenschaft», «Lund» und «Anarchie» in die Suchmaske ein. Null relevante Treffer.

Frustriert lehnte ich mich auf dem Stuhl zurück. Warum war die Personensuche so schwierig? Wer war Charles? Wieso fand ich absolut keine Informationen über ihn?

Ich beugte mich wieder über die Tastatur und googelte nach dem Spruch, den Max während der Demonstration in Malmö an die Hauswand gesprüht hatte.

WIR HABEN SEILE UND DOLCHE

Als erster Treffer erschien ein Gedicht eines syrischen Lyrikers namens al-Maghut. Ich las es einmal und noch einmal. Max musste die Worte daraus entlehnt haben. Das Gedicht erzeugte eine selbstverständliche wild-aufrührerische Stimmung, als sei es der natürliche, der einzige Weg, gegen althergebrachte Strukturen und Ungerechtigkeiten zu rebellieren. Es bewirkte das, wonach Charles mich am Samstag gefragt hatte. Es ließ mein Herz schneller schlagen und brachte mein Blut zum Kochen. Sahen Max und die anderen sich so? Als eine Gruppe von Außenseitern, die sich den Konventionen widersetzten? Als Revolutionäre, wie das Lyrische Ich in dem Gedicht? Eine Gruppe, die Seile und Dolche besaß, die bereit war, über Mauern zu klettern, hoch auf die Balkone, um der besitzenden Klasse zu nehmen, wonach ihnen der Sinn stand?

Auf dem Bett lag das Buch, das Max mir gegeben hatte. Ich griff danach und schlug Seite 107 auf. Einige Stellen waren mit Bleistift unterstrichen, es war fast die halbe Seite. Ich legte mich aufs Bett und las den Text einmal, zweimal.

Das Tempo in den kurzen Passagen war atemberaubend, ich las die Stelle wieder und wieder. Eine Figur namens Lonzi sprach über seine kleine Bande von Anarchisten und Futuristen. Er sagte, sie wollten etwas, und ihr Wollen genüge. Ihr Wollen würde sie die Zukunft besetzen lassen wie ein leeres Lagerhaus. Alles Vergangene würden sie vernichten, alles Althergebrachte und alles Ererbte, die unverdiente Macht. Das Einzige, was sich zu lieben lohne, sei das Kommende.

Meine Ohren rauschten, als ich das las. Ich dachte an Ludwig und Victor, an mein Jurastudium und alle Konventionen und Regeln, das ständige Auswendiglernen, an die Prüfungen und Gatekeeper. Das ganze Leben drehte sich darum, sich klaglos anzupassen, sein Bestes zu geben und sich mit dem Ergebnis abzufinden, dankbar dafür zu sein, viel arbeiten zu dürfen, ohne zu fragen, welcher Sinn dahintersteckte oder ob die Arbeit einen glücklich machte.

Es war nicht genug. Wie hatte ich mir selbst vormachen können, ein solches Leben würde genügen? Ich wollte die Zukunft besetzen wie leere Lagerhäuser, ohne um Erlaubnis zu bitten, ohne mich dem unterzuordnen, was andere festgelegt hatten. Das war das Einzige, was ich jemals gewollt hatte. Aber ich hatte nicht den Mut oder das Selbstvertrauen gehabt, Söderköping auf einem Motorrad hinter mir zu lassen, um Künstler zu werden, wie die Protagonistin in *Flammenwerfer* ihren Geburtsort Reno für New York hinter sich gelassen hatte. Stattdessen hockte ich in einem Zimmer von der Größe eines Kleiderschranks, untergebracht wie ein zwischen den Zeilen formulierter Dienstbote bei den Söhnen des schwedischen Großkapitals. Es war erbärmlich. Doch dieser Zustand würde ein Ende haben, das spürte ich. Auf die eine oder andere Art *musste* er ein Ende haben.

In den ersten Tagen der neuen Woche gelang es mir wider Erwarten, die Gedanken an Max und die aufregende Atmosphäre, die sie und die kleine Gruppe im Professorenviertel umgab, auszublenden und mich aufs Lernen zu konzentrieren. Hier war mein Pflichtbewusstsein eine Tugend und ein Anker.

Am Mittwochvormittag bekam ich langsam das Gefühl, die Klausur trotz allem meistern zu können. Ich hatte das Pflaster auf meiner Lippe entfernt, die Wunde war fast verheilt, nur eine blasse Narbe und ein wenig Schorf waren noch zu sehen. Mein rechter Arm tat zwar noch weh, aber nicht so sehr, dass ich auf die Idee gekommen wäre, das wundervolle, lebensgefährliche Nasenspray zu benutzen, das in meiner Jackentasche steckte, auch wenn die Möglichkeit verführerisch war. Ich war stolz. Allen Turbulenzen und dem Gedankenkarussell zum Trotz, das Max in mir auslöste, war es mir gelungen, das alles auf Abstand zu halten und mich auf mein Studium zu fokussieren. Ich hatte mich am Riemen gerissen und hart gepaukt. Ich hatte Pflichtbewusstsein und Arbeitsmoral bewiesen. Ich hatte das Richtige getan. Welche Note ich auch schreiben würde, ich würde sie erhobenen Hauptes entgegennehmen.

Es war zwanzig vor neun am Donnerstagmorgen, und ich wartete seit zehn Minuten vor dem Sofia-Imbiss an der nordöstlichen Ecke des Nordfriedhofs, als Fredde endlich angeschlendert kam. Wir hatten abgemacht, zusammen zur Klausur zu gehen, und wie üblich hatte er mir keine SMS geschickt, dass er sich verspätete. Er entschuldigte sich auch nicht.

«Hast du das Verbot der Beeinflussung von Verwaltungsbehörden drauf?», fragte er mit seiner asthmatischen, permanent kurzatmigen Stimme. Er wirkte panisch. «Kapitel zwölf im schwedischen Grundgesetz. Ich bin mir sicher, dass das drankommt. Du weißt schon, Behörden, Regierung, Länder? Wie das alles zusammenhängt? Die Profs lieben aktuelle Themen, aber sie bauen immer irgendeinen Twist ein. Das gibt ihnen das

Gefühl, wichtig und ‹up to date› zu sein. Das war in den alten Klausuren auch schon so. Ich wette, dass sie uns auch irgendwas zum Seuchen- und Infektionsschutz fragen werden.»

Fredde warf seinen Rucksack auf einen der Tische vor dem Imbiss und kramte seine zerlesene und mit Kaffeeflecken übersäte Ausgabe von Strömbergs *Rechtsetzungsbefugnis* hervor.

Die alten Klausuren. Eine Welle der Angst stieg in mir hoch. Die Fakultät hatte uns alte Klausuren von früheren Semestern zur Verfügung gestellt, die wir zur Vorbereitung nutzen sollten. Ich hatte sie letzte Woche kurz überflogen und sie dann vergessen.

«Ich hätte mir das gründlicher ansehen sollen», jammerte Fredde. «Es ist mir eben erst eingefallen. Scheiße.»

«Dir auch einen guten Morgen», sagte ich. «Cool, dass du da bist.»

Fredde hörte mir gar nicht zu, sondern blätterte panisch die Seiten durch. Die Luft war feucht und stickig. Schwere Wolken hingen über der Uniklinik und dem Biomedicum.

Freddes Fokussiertheit und Arbeitsmoral provozierten mich, ich fühlte mich wieder wie ein unvorbereiteter Schüler, ohne Fokus und ohne Ziel. Ich warf mir meinen Rucksack über die Schulter.

«Hör jetzt auf», sagte ich genervt. «Wir müssen in einer halben Stunde da sein, und ich habe keine Ahnung, wo das Victoriastadion liegt. Ich bin noch nie da gewesen.»

Fredde schlug das Buch zu und stopfte es in seinen Rucksack.

«Direkt gegenüber vom Smörlyckan», sagte er und sah mich perplex an. «Das weiß doch jeder? Der klassische Ort für Sammelklausuren.»

«*Der klassische Ort?*», wiederholte ich. «Du schreibst heute deine erste Klausur, und du kommst nicht aus Lund. Du kommst aus irgendeinem Kaff in den Wäldern von Småland. Was weißt du über klassische Orte?»

Fredde blickte mich stumm an, dann ging er an mir vorbei zur Fußgängerampel.

«Von der Küste», sagte er. «Ich komme nicht vom Land, ich komme von der Küste.»

Er drehte sich um und sah mich aus zusammengekniffenen Augen an.

«Ich kapier nicht, wie man sich so wenig engagieren kann, wenn man in Lund Jura studiert», fuhr er fort. «Ich mein's nicht böse, aber was machst du überhaupt hier?»

Wut kochte in mir hoch, wie eine finstere Kraft aus meinem Bauch.

Für wen zum Teufel hielt er sich, dass er zehn Minuten zu spät aufkreuzte, nur um über das Verbot der Beeinflussung von Verwaltungsbehörden zu faseln und mir Vorhaltungen wegen meines mangelnden Lerneifers zu machen?

«Du hast keinen blassen Dunst, wie viel ich gelernt habe», erwiderte ich. «Ich hab diese Woche wie ein Ochse gebüffelt.»

Die Fußgängerampel wurde grün, und als ich den Zebrastreifen überquerte, versetzte ich Fredde mit der Schulter einen Rempler.

«Ich habe doch gesagt, dass ich es nicht böse meine!», rief er mir nach. «Aber du scheinst dir nicht wirklich Mühe zu geben.»

Ich schwieg und lief weiter den Getingevägen entlang. Ein Bus fuhr an mir vorbei. Ein zweiter. Ich wusste, dass Fredde recht hatte.

* * *

Nach der Klausur saßen wir im Love Coffee am Clemenstorget. Es war Freddes Idee gewesen. Er hatte vor dem Prüfungssaal auf mich gewartet, und ich wusste, dass er lieber in eine Studentenverbindung als in ein Café ging. Das war günstiger. Dass er

das Love Coffee vorgeschlagen hatte, war eine Art Versöhnungs-
geste.

«Sorry», murmelte er. «Ich wollte vorhin kein Arsch sein. Ich
war gestresst und hab es an dir ausgelassen.»

«Kein Thema», sagte ich. «Du lagst ja auch nicht ganz falsch.»

Aus dem Augenwinkel schielte ich zum Tresen hinüber.
Dahinter stand die junge Angestellte, die mir den Tipp mit der
Demo in Malmö gegeben hatte. Sie hatte ihr langes, blondes
Haar zu Double-Buns hochgebunden und schien mich nicht
wiederzuerkennen, obwohl ich seitdem mehrmals hier gewesen
war.

«Ich hab ja gesagt, dass Kompetenzverteilung drankommt»,
fuhr Fredde fort.

Er trank einen Schluck von seinem Kaffee und sah mich an,
Feuer und Flamme, über die Klausur diskutieren zu können, und
ich bereute zutiefst, dass ich mich hatte breitschlagen lassen
mitzukommen. Behörden, Regierung, Länder, Kommunen. In
meinem Kopf drehte sich alles. Trotzdem war es okay. Irgendwie
wollte ich Freddes Fazit hören, aber irgendwie auch nicht.

«Die Richtlinien zur Vorratsdatenspeicherung dagegen»,
sagte er entmutigt. «Die Abstimmungen im EU-Parlament, die
Regelungen mit dem Ministerrat und dieser ganze Mist? Der
EU-Ausschuss im schwedischen Parlament? Da war ich mir nicht
sicher. Wusstest du, was es mit dem Vergleichsverfahren auf sich
hatte?»

Meine Ohren rauschten. Ich konnte nicht über die Klausur
diskutieren. Es ging nicht.

«Gehst du zu der Klausurparty?», fragte ich stattdessen. «Verdient haben wir es uns schließlich.»

In diesem Moment vibrierte mein Handy in der Hosentasche,
und ich zog es hervor.

«Klar», erwiderte Fredde. «Die erste Klausurparty. Keine

Chance, dass ich mir die entgehen lasse. Du kommst doch auch?»

Ich schielte auf das Display und spürte, wie meine Brust sich zusammenschnürte.

Morgen 14:00 Uhr am Bahnhof.

Max. Sie wollte sich morgen mit mir treffen. Ich blickte wieder zu Fredde. Er sah mich forschend an.

«Was hast du eigentlich mit deinem Gesicht gemacht?», fragte er. «Du siehst aus, als hättest du Prügel kassiert.»

«So was in der Art.»

Ich schielte wieder auf das Display und tippte eine Antwort.

Bin da.

Dann blickte ich zu Fredde, und mir wurde klar, dass ich über nichts anderes reden wollte als über Max, das Haus und die Clique. Meine Brust schmerzte von dem Drang, von Max' grünen Augen, ihrem neckischen Blick und ihrer rebellischen Art zu erzählen, von ihrer Zahnlücke, ihrer Intensität und ihrem Tattoo. Ich wollte alles erzählen, was ich über Charles und Dinah und die anderen wusste. Ich machte sogar den Mund auf, um loszulegen, bremste mich aber in letzter Sekunde. Erzählte ich davon, würde sich vielleicht alles in Luft auflösen. Es war klüger, ich behielt es für mich.

«Nee», sagte ich. «Ich bin in keine Prügelei geraten. Ich hab mir von einem meiner Mitbewohner das Fahrrad geliehen und mich auf dem Weg zur Lunds Nation damit langgelegt.»

«Du hängst in einer Studentenverbindung ab?» Fredde sah mich skeptisch an. «Du hättest dir besser auch einen Helm leihen sollen.»

Ich nickte. Mein Herz hämmerte immer noch, ich konnte an nichts anderes denken als an Max' Nachricht. Ja, wenn ich etwas brauchte, dann einen Helm.

12

Max stand im Nieselregen draußen vor dem Kiosk und wartete, als ich zehn Minuten vor zwei zum Bahnhof kam. Mein Herz machte einen Satz, als ich sie sah. Ich war froh, dass ich mich ausgeruht und fit fühlte und nach dem gestrigen Abend nicht in den Seilen hing, denn wie erwartet war die Klausurparty nach all den Ängsten und der anschließenden Erleichterung schnell ausgeufert. Aber ich hatte mich zurückgehalten.

«Heute Abend schießen wir uns ab!», hatte mir Fredde in der Schlange vor der Lunds Nation ins Ohr geschrien.

Wir hatten vorab in seinem ziemlich abgewrackten Wohnheim ein paar Gin Tonics getrunken, Fredde mehr als ich, und während wir in der Schlange standen, angelte er zwei Flaschen Småland 7,2 % hervor und drückte mir eine davon in die Hand. «Sich abschießen» war seit dem ersten Klausurtermin zu einem zentralen Begriff geworden. «Sich abschießen» bedeutete, bei Prüfungen ein leeres Blatt abzugeben, wenn man das Gefühl hatte, kein AB, die bestmögliche Note, die jeder anstrebte, abliefern zu können. Alles andere als ein AB war eine Katastrophe. Noten waren alles. Hegte man auch nur den leisesten Zweifel, bei einer Prüfung kein AB erreichen zu können, war es klüger, sich abzuschießen und ein leeres Blatt abzugeben. Es gab immer einen Wiederholungstermin, aber keine zweite Chance, eine einmal versemmelte Note im Nachhinein wieder geradezubiegen. Doch schon am Nachmittag nach der Klausur hatte «sich abschießen» einen Bedeutungswandel erfahren und bezeichnete nun den Vorsatz, sich auf der Party hemmungslos die Kante zu geben.

«Hast du dich bei der Klausur abgeschossen?»

«Nein, aber heute Abend werde ich mich abschießen, dass dir Hören und Sehen vergeht!»

So etwas eben.

Ich hatte die Flasche Småland 7,2 % draußen in der Schlange ausgetrunken und den Einlass abgewartet, nur um mich eine Stunde später «abzuschießen», indem ich nach Hause ging, als ich sah, dass Fredde sich, umringt von ein paar anderen aus dem Kurs, über ein Tablett mit Shots beugte.

Max' Lippen waren kalt und trocken, als sie mich vor dem Bahnhof auf die Wange küsste.

«Du siehst munter aus!», sagte sie. «Gut, denn wir haben einen langen Tag vor uns.»

«Haben wir?»

«Ich hoffe, du hast keine Pläne für heute Abend?»

Ich schüttelte den Kopf.

«Was machen wir?»

«Wart's ab.» Max deutete auf die Rolltreppen zu den Bahnsteigen. «Eins nach dem anderen.»

* * *

«Du magst diesen Ort», sagte ich. «Das überrascht mich ein bisschen?»

Wir saßen wieder im Dachterrassencafé des Illum. Max hatte zwei Gläser Weißwein bestellt. Wie neulich umgaben uns Kopenhagener Großstadtladys und asiatische Touristen mit Kaffee und Kuchen. Draußen auf der Terrasse, auf der wir vor ein paar

Wochen gesessen hatten, fiel der Regen in dichten Schnüren herab. Hier zu sein, fühlte sich genauso unwirklich an wie zuletzt. Im Ausland zu sein. Mitten am Tag Alkohol zu trinken.

«Ich mag es, weil es mir das Gefühl gibt, eine Guerilla zu sein», erwiderte Max. «Im Grand ist es genauso. Ein Geist im Getriebe. Solche wie ich sollten nicht das Geld haben, um hier zu sitzen und Champagner zu trinken.»

«Aber das hast du?»

Max zuckte die Achseln und trank einen Schluck Wein.

«Was sagst du zu Seite 107 in *Flammenwerfer*», fragte sie. «Hast du die Stelle gelesen?»

«Sie ist gut. Das ganze Buch ist gut. Oder der Teil, den ich bisher geschafft habe. Ich musste letzte Woche ziemlich viel lesen.»

«Nur *gut*?»

Ich überlegte einen Moment, wie ich es formulieren sollte.

«Ich hatte das Gefühl, es könnte von mir handeln», fuhr ich schließlich fort. «Dass Reno ich sein könnte. Wenn ich mutiger gewesen wäre.»

Das Bekenntnis kam ein bisschen zu ehrlich rüber, nicht ironisch genug, so wie ich es eigentlich beabsichtigt hatte.

«Vielleicht handelt es aber auch von dir?», sagte ich.

«Vielleicht», erwiderte Max.

Wir schwiegen eine Weile. Ich trank einen Schluck Wein.

«Ich habe davon geträumt», fuhr ich fort. «Davon, was Reno im Buch verwirklicht. Noch im Sommer habe ich davon geträumt, einfach alles hinter mir zu lassen. In eine Großstadt zu ziehen und zu leben, frei und irgendwie ... groß?»

«Stattdessen bist du nach Lund gegangen, um Jura zu studieren?»

Lachend schüttelte ich den Kopf über mich selbst.

«Nicht ganz dasselbe, wie mit dem Motorrad durch die Wüste zu fahren, ich weiß.»

«Also warum? Du hast gesagt, dass du etwas von Bedeutung machen willst, dass das der Grund ist, warum du Jura studierst. Aber jetzt sagst du etwas anderes?»

«Man möchte vielleicht mehr als nur eine Sache machen?»

«Warum hast du es dann nicht gemacht? Warum hast du es nicht einfach versucht? Wenn es dir nicht gefallen hätte, Lund läuft dir nicht weg.»

Ich seufzte und trank von meinem Wein.

«Weil ich zu feige war», gestand ich. «Weil ich aufgehört habe, davon zu träumen, ein talentierter Schriftsteller zu sein, der nur den richtigen Stoff oder das richtige Erlebnis braucht, damit alles an seinen Platz fällt. Weil ich mich der Realität gestellt habe.»

«Scheiß auf die Realität.»

Ich sah Max an und lachte. Aber sie meinte es ernst.

«Ernsthaft», sagte sie. «Realismus ist etwas für talentlose Schwachköpfe. Faule Schafe, die sich nicht trauen auszuprobieren, was passiert, wenn man das Erwartbare nicht akzeptiert.»

Ich spürte, wie mein Herz wieder zu hämmern begann. Max hatte eine Art, Dinge, von denen ich bloß träumte, in die Realität zu holen, in den Bereich des Möglichen, völlig selbstverständlich. Man konnte sich nicht dagegen wehren. Oder vielleicht konnte man es schon, aber ich wollte mich nicht dagegen wehren, ich wollte bereit dafür sein. Dazugehören.

«Die Stelle, die du unterstrichen hast, hat mir auch noch etwas anderes klargemacht», fuhr ich fort. «Etwas, worüber ich in der Form noch nicht nachgedacht habe.»

«Was?»

«Dass die Vergangenheit ein Gefängnis ist. Die Art, wie man aufgewachsen ist, und diese ganze Chose. Das alles sind nur Kulissen, die uns gefangen halten. Mich jedenfalls. Sie bringen mich dazu, mit dem Strom zu schwimmen.»

Max nickte.

«Ich dachte, ich hätte einen Sprung gemacht, als ich aus Söderköping weg bin ...»

Ich verstummte und nippte an meinem Wein.

«Aber Söderköping war nicht das Problem», ergänzte Max.

«Nicht nur jedenfalls. Es ist, als ob die Welt kleiner geworden ist, seit ich in Lund bin, als würden die Möglichkeiten schrumpfen, statt zu wachsen.»

Ich verstummte erneut und sah aus dem Fenster.

«Ich weiß nicht mal, was ich eigentlich meine. Vielleicht bin ich einfach lost.»

Ich blickte wieder zu Max hinüber.

«Aber ich bin gerne mit dir zusammen. Und mit deinen Freunden.»

Max lächelte.

«Diese beiden Typen, mit denen du zusammenwohnst, werden dir immer voraus sein», sagte sie. «So funktioniert das System.»

Max hatte natürlich recht. Gerechtigkeit existierte nur an der Oberfläche. Ich seufzte.

«Aber es ist nicht nur das. Es ist alles, das ganze Scheiß-Jurastudium und die Leute dort. Ich hatte geglaubt, Gerechtigkeit wäre etwas anderes. Dass mehr dahintersteckt, als zu lernen, das zu tun, was man immer getan hat, und die Klappe zu halten.»

«Jura ist, das zu tun, was man immer getan hat, und die Klappe zu halten», sagte Max. «Das sollte die Fakultät auf Stofftaschen drucken lassen und sie zum nächsten Semesterbeginn verteilen.»

Lachend schüttelte ich den Kopf.

«Ich hab keine Ahnung, ob ich mich noch lange auf dem Spielbrett halte», sagte ich. «Geschweige denn, ob ich alle Spielregeln beherrsche und der bin, der für ihre Einhaltung sorgen sollte. Nachdem ich die Passage in *Flammenwerfer* gelesen hatte, wollte ich das Spielbrett einfach nur noch umschmeißen. Sie hat mein Blut zum Kochen gebracht, oder wie Charles es ausgedrückt hat, als ich seine Frage nicht beantworten konnte. Irgendwo habe ich es immer gewusst. Ich hab es nur nicht begriffen, oder mich nicht getraut, es mir einzugestehen.»

Max nickte.

«Es genügt dir nicht, die Dinge so zu akzeptieren, wie sie sind», sagte sie. «Du willst mehr.»

«Vor allem will ich neue Gedanken denken, mir Gedanken über Dinge machen, über die ich noch nie nachgedacht habe.»

Wie über das Buch, das du mir gegeben hast, wollte ich hinzufügen. *So wie du es mir ermöglichst.*

Doch das erschien mir zu ehrlich oder möglicherweise nicht ehrlich genug.

«Bist du bereit, dafür auch einen Preis zu zahlen?», fragte Max. «Weil der Wunsch, neue Gedanken zu denken, mit Risiken verbunden ist?»

Ich blickte auf den Regen und das ganze Grau.

«Ich weiß es nicht», gestand ich. «Ich weiß nicht mal, was das bedeutet.»

Max lehnte sich über den Tisch zu mir herüber.

«Vertraust du mir?», fragte sie. «Ich meine, du kennst mich erst seit Kurzem. Das ist vielleicht eine zu große Bitte.»

Ich drehte mich um und sah sie an.

«Ja», antwortete ich. «Das ist eine große Bitte.»

Doch aus irgendeinem unerfindlichen Grund vertraute ich ihr.

Als wir auf der Rolltreppe ins Erdgeschoss hinunterfuhren, musterte ich Max aus dem Augenwinkel. Ihre Miene war ernst, und sie schien mit jemandem eine SMS-Konversation zu führen. Auch unten im Erdgeschoss sagte sie kein Wort, sondern lotste uns auf einer Art Zickzackkurs vorbei an Parfüms, Handtaschen und Schals. Schließlich deutete sie mit dem Kopf zur Uhrenabteilung.

«Schon wieder?», fragte ich.

Max zuckte die Achseln.

«Was soll ich machen? Ich mag Uhren.»

Ich dachte an William und das Freitagabenddinner.

«Ich kann Uhren nicht mehr ausstehen.»

Wir gingen zum selben Ladentisch wie beim letzten Mal.

«Déjà-vu», sagte ich.

Max schwieg. Wie neulich ließ sie ihren Blick über die Wände und zur Decke schweifen, bis ein Verkäufer zu uns herüberkam. Ein anderer als vor ein paar Wochen.

«Willkommen, kann ich Ihnen helfen?»

«Ich würde mir gerne Ihre Nomos-Uhren ansehen», sagte Max.

Das Gesicht des Verkäufers leuchtete auf.

«Eine sehr gute Wahl.» Er switchte in eine skandinavische, leichter verständliche Variante des Dänischen.

Er beugte sich vor, schloss einen Tisch auf und nahm einen mit tiefblauem Samt ausgeschlagenen Kasten heraus.

«Haben Sie ein bestimmtes Modell im Sinn?», erkundigte er sich.

«Ahoi», antwortete Max. «Aber ich würde mir auch gerne die anderen Modelle ansehen.»

«Eine sehr gute Wahl», sagte der Verkäufer wieder.

Alles hier schien «eine gute Wahl» zu sein. Max' Stimme klang verändert, fokussierter; ihr ganzes Auftreten wirkte nicht mehr spielerisch, sondern angespannt, beinahe nervös.

Der Verkäufer reichte ihr eine Uhr mit mitternachtsblauem, fast schwarzem Ziffernblatt und einem dazu passenden Textilarmband. Max griff danach und betrachtete sie. Abgerundete Ziffern und Zeiger aus Roségold. Ein roter Sekundenzeiger. Die

Uhr hatte etwas Exklusives und Mystisches an sich, trotzdem war sie klassisch und schlicht.

«Hübsch, nicht wahr?», sagte sie zu mir.

Die Uhr war mehr als hübsch. Sie war schön, stilvoll und neutral und trotzdem ein wenig ausgefallen, nahezu perfekt.

«Sie passt zu dir.»

Ich nahm ihr die Uhr ab, drehte sie um, warf einen Blick auf das kleine Preisschild und lachte.

Siebenundzwanzigtausend dänische Kronen, wollte ich sagen. *Wie viel ist das? Fünfunddreißigtausend schwedische Kronen? Du lädst mich zu Champagner ein und siehst dir Luxusuhren an? Wer zum Teufel bist du?*

Doch ich schwieg und legte die Uhr zurück auf den Ladentisch, aus Angst, sie zu zerkratzen oder sonst wie zu beschädigen. Max nahm sie wieder in die Hand. Sie stellte Fragen über das Uhrwerk, die ich nicht begriff und die ihr mit einer derartigen Natürlichkeit über die Lippen kamen, dass ich fast aufgelacht hätte.

«Meine Entscheidung steht so gut wie fest», sagte Max jetzt. «Aber könnte ich mir auch ein Modell von A. Lange & Söhne ansehen, nur zum Vergleich?»

«A. Lange & Söhne?» Der Verkäufer runzelte leicht die Stirn. «Da begeben wir uns in eine höhere Preisklasse, aber das ist Ihnen sicherlich bewusst?»

«Absolut», bestätigte Max. «Aber wenn man eine Uhr aus dem Hause Glashütte kauft, will man auch den Goldstandard in der Hand gehalten haben, nicht wahr?»

Es war offensichtlich, dass der Verkäufer von Max' Wissen über Luxusuhren beeindruckt war.

«Natürlich. Nur einen winzigen Augenblick, bitte.»

Der Mann wandte uns den Rücken zu, eilte in den hinteren Teil der Abteilung, schloss eine Vitrine auf und nahm eine schwere Schatulle aus dunklem, glänzendem Holz heraus.

«Was soll das?», flüsterte ich Max zu. «Bist du eine Art Uhrenexpertin oder was?»

Max blickte sich um, dann sah sie mich mit einem gestressten Lächeln an.

«Ich schau sie mir nur an», sagte sie. «Sie sind schön, oder?»

Der Verkäufer kam zurück und stellte die massive Holzschatulle vor uns hin.

«Dies ist das Einstiegsmodell», erläuterte er. «Es ähnelt der Nomos-Uhrenfamilie am ehesten. Oder vielleicht auch umgekehrt.»

Er öffnete den Deckel der Schatulle. Darin lag eine schlichte Uhr mit dunkelblauem Ziffernblatt und Strichen anstelle von Ziffern, einem Edelstahlgehäuse und einem dunkelblauen Armband.

«Uhrwerk mit einundzwanzig Jewels und Gehäuse aus achtzehn Karat Weißgold.» Der Verkäufer nahm die Uhr heraus. «Armband aus blauem Krokodilleder. Eine vollkommen einzigartige Kreation in dieser Preisklasse. Ein Meisterwerk.»

Max nahm ihm die Uhr ab und drehte sie um.

«Und der Preis?», erkundigte sie sich.

«Hundertvierzigtausend dänische Kronen. Etwas weniger als zweihunderttausend schwedische Kronen.»

Ich musste mich zusammenreißen, um nicht nach Luft zu schnappen. Max hielt zweihunderttausend Kronen in der Hand.

«Die Uhr ist sehr schön», sagte sie. «Und der Preis ist der beste, den Sie mir machen können?»

Der Verkäufer hob die Hände.

«Leider ja. Aber vielleicht möchten Sie stattdessen mit einem Nomos-Modell beginnen? Ich sage immer: Uhren gehören zu den Dingen, in die man hineinwächst.»

Max nickte gelassen und blickte über die Schulter des Verkäufers nachdenklich zur Decke. Dann wandte sie sich mir zu, band sich die Uhr um und hielt mir ihr Handgelenk hin.

«Steht sie mir?»

In ihren Augen lag ein Ernst, den ich mir nicht erklären konnte. Ich dachte an meine schwarze Certina, die in meinem Zimmer in Lund in der Kommode lag, an das billige Lederarmband, das noch immer steif war. Wie viel hatte sie gekostet? Dreitausend Kronen? Wo ich herkam, war das für eine Uhr eine nahezu schwindelerregende Summe. Ich zuckte die Achseln.

«Ich denke schon. Hast du zweihunderttausend Kronen?»

Max wandte sich wieder an den Verkäufer.

«Das Modell Richard Lange», sagte sie. «Haben Sie das vorrätig?»

Der Verkäufer verzog keine Miene.

«Damit begeben wir uns wiederum in eine höhere Preisklasse.»

«Selbstverständlich», sagte Max.

Sie nahm die Uhr ab und legte sie vorsichtig zurück in die Holzschatulle.

«Ich habe natürlich Verständnis dafür, wenn Sie das Modell nicht im Haus haben», fuhr sie fort. «Ich bin vor allem neugierig.»

Der Nestor witterte einen Lehrling. Der Verkäufer beugte sich zu Max herüber.

«Nur ein echter Uhrenkenner wagt es, den Blick über die Schweiz hinaus schweifen zu lassen. Es ist eine Freude, eine Kundin begrüßen zu dürfen, die weiß, was ihr gefällt. Leider haben wir das Modell nicht im Haus. Aber wir können es selbstverständlich bestellen.»

«Excuse me?»

Am anderen Ende der Abteilung erklang eine laute Stimme. Ich hob den Kopf, und der Verkäufer wandte sich um.

Eine Frau mit aufwendiger Hochsteckfrisur und einem strengen schwarzen Bleistiftrock stand an einem entfernten Ladentisch. Eine große, dunkle Sonnenbrille bedeckte ihr halbes

Gesicht. Sie war ausgesprochen attraktiv und sah aus, als käme sie aus dem Nahen Osten oder Nordafrika.

«Ich warte schon eine halbe Ewigkeit», fuhr sie mit lauter Stimme auf Englisch fort. «Könnte mich bitte jemand bedienen?»

«Einen Augenblick, *madame*», bat der Verkäufer.

«Ihr Kollege hat mich um genau diese Uhrzeit herbestellt», ereiferte sich die Dame weiter. «Warum muss ich mir die Beine in den Bauch stehen und warten? Das ist eine Frechheit!»

Der Verkäufer drehte sich zu uns um.

«Entschuldigen Sie mich bitte einen Moment.»

Ich sah ihm nach, als er zu der Dame hinüberging. Es dauerte noch eine weitere Sekunde, bis ich begriff, wer sie war; verändert durch das Make-up und die straffe Hochsteckfrisur. Und selbst als mir aufging, wer sie war, konnte ich mir keinen Reim darauf machen. Ungläubig schloss ich die Augen und öffnete sie wieder, dann drehte ich mich zu Max um.

«Was ist hier los?»

Doch Max stand nicht mehr neben mir. Ich fuhr herum. Sie war verschwunden.

«Ich werde sehen, was ich tun kann», hörte ich den Verkäufer sagen. «Aber ich habe gerade eine andere Kundin. Sie müssen ...»

«Das ist eine Frechheit! Eine bodenlose Frechheit!», fuhr Dinah am anderen Ende der Abteilung fort.

Sie schlug mit der Hand auf den Ladentisch, dass das Glas erzitterte. Die Luxusuhren funkelten vor mir auf dem Tisch, und als ich sie ansah, entdeckte ich einen handgeschriebenen Zettel, auf dem in schwarzen Blockbuchstaben stand:

DIES IST DEINE PRÜFUNG.
NIMM DIE UHREN UND VERSCHWINDE VON HIER.
ES GIBT KEINE KAMERAS.
SETZ DEINE KAPUZE AUF.

Ich las den Zettel ein zweites Mal mit aufsteigender Panik in der Brust. *Meine Prüfung.* Ich hörte Dinahs Stimme, schrill und irritierend hallte sie mir in den Ohren. Die Sekunden tickten. Vor mir lagen Uhren im Wert von mehreren Hunderttausend Kronen.

Verstohlen blickte ich mich um. Gab es hier wirklich keine Kameras? Meine Juristenkarriere. Mein normales Leben. Würde sich jetzt alles ändern?

«Bitte, *madame.* Beruhigen Sie sich.»

Ich befand mich nicht mehr in meinem Körper. Ich hörte keine Geräusche, ich sah nichts als die Uhren vor mir. Meine Füße berührten den Boden nicht mehr. Das war nicht ich, der die Hand ausstreckte, den Zettel zusammenknüllte, den Max auf dem Ladentisch zurückgelassen hatte, und ihn in die Jackentasche schob. Die Taschen waren tief, registrierte der, der nicht ich war. *Die Uhren passen hinein,* dachte dieser Andere. Dann war ich plötzlich zurück in meinem Körper. Ich hörte Dinahs Stimme, die Beschwichtigungen des Verkäufers und das Stimmengewirr der wochenendshoppenden Touristen. Ich zog mir die Kapuze meines Parkas so tief wie möglich ins Gesicht. Es schien von ganz allein zu passieren, außerhalb meiner Kontrolle.

Ohne auch nur eine Sekunde zu zögern, nahm ich die teuerste Uhr aus der Schatulle, schloss meine Hand darum und ließ sie in meine Jackentasche gleiten. Ich blickte zu dem Verkäufer hinüber. Mit einem gestressten Lächeln wandte er sich zu mir um.

«Nur einen Augenblick», sagte er. «Ich bin gleich wieder bei Ihnen.»

Er war der einzige Verkäufer in der Abteilung, und Dinah agierte so fordernd, dass ihm keine andere Wahl blieb, als mich mit den Uhren allein zu lassen. Aber es würde nicht mehr lange dauern, bis ihm aufging, dass ich unbeaufsichtigt war, dass Uhren im Wert von mehreren Hunderttausend Kronen vor mir lagen. Mir war übel. Mein Kopf dröhnte. Noch war Zeit genug, es ungeschen zu machen. Ich musste nur meine Hand wieder in die Jackentasche schieben und die Uhr zurück an ihren Platz legen. Nichts war passiert, eine Lücke in der Zeit, eine Möglichkeit, die Impulshandlung zu korrigieren.

Dinah machte noch immer eine Szene, doch ich sah, dass der Verkäufer ein Stück zurücktrat. Er schaute wieder über die Schulter zu mir herüber. Sie waren vielleicht sechs Meter entfernt. Ein uniformierter Sicherheitsbeamter bewegte sich in ihre Richtung. Die Aufmerksamkeit lag auf dem anderen Teil der Abteilung. Niemand sah zu mir herüber.

Ich balancierte auf der Schwelle, hatte die Hand noch immer um die Uhr in meiner Jackentasche geschlossen. Langsam zog ich sie heraus – ohne Uhr. Dann ging alles rasend schnell.

Rasch und kontrolliert griff ich ein, zwei, drei der vor mir liegenden Uhren. Es war ein Kinderspiel. Fügsam glitten sie in meine Jackentaschen. Sie waren kaum zu spüren. Nicht einmal ihr Gewicht in meinen Taschen spürte ich. Der mit Samt ausgeschlagene Kasten vor mir war leer.

Ich trat vom Ladentisch zurück, zog meine Kapuze tiefer über die Augen und senkte den Kopf. Der Verkäufer wandte mir den Rücken zu, als ich mich umdrehte und zunächst langsam und dann immer schneller auf den Ausgang zulief. Ein rascher Schulterblick verriet mir, dass Dinah sich vom Ladentisch abgewandt hatte und mit resoluten Schritten davonging. Der Verkäufer wechselte ein paar Worte mit dem Sicherheitsbeamten. Fünf Sekunden, dann würde ihnen klar werden, was geschehen war.

Ich ging so schnell ich konnte, bog um eine Ecke und mischte mich unter das Kundengewimmel. Mir war noch immer übel, der Brechreiz stärker als vorhin. Ich schluckte krampfhaft. Mein Kopf dröhnte, und ich nahm keinerlei Details rings um mich wahr, nur Licht und Farben, die an mir vorüberglitten wie in einem Tunnel. Mein Blick heftete sich auf die Drehtüren, die auf die Straße hinaus führten. In meinem Rücken meinte ich, laute Stimmen und hektische Schritte zu vernehmen. Sie mussten entdeckt haben, was geschehen war. Es war aus. Alles war aus.

Ich hatte Uhren im Wert von mehreren Hunderttausend Kronen gestohlen. Der Beweis lag in meinen Jackentaschen. Ich schloss die Augen und wartete darauf, eine Stimme hinter mir brüllen zu hören. Jede Zehntelsekunde, bis ich draußen auf der Straße stand, erwartete ich, eine Hand auf meiner Schulter zu spüren. Eine wutentbrannte Stimme zu hören, die auf Dänisch fragte, was zum Teufel ich getan hätte. Arme, die mich zu Boden drückten, Hände, die mich durchsuchten. Handschellen. Etwas, das dem hier ein Ende machen, mich zurück in die grausame Realität katapultieren würde, in der ich gestohlen hatte, vollkommen grundlos.

Doch nichts geschah.

Und mit einem Mal stand ich im strömenden Regen draußen auf der Straße.

Und in diesem Moment legte sich eine Hand um meinen Arm.

Der Griff um meinen Ellbogen war fest und bestimmt, und mein ganzes Leben zog an mir vorüber. Ich hatte ein Dasein im Stillstand geführt, mit dem einzigen Fokus, fort- und emporzukommen. Soeben hatte ich es weggeworfen. Alles. Ein paar Sekunden Impulsivität hatten genügt. Ich war geblendet worden. Komplett geblendet. Die Übelkeit explodierte in meinem Magen. Ich war sicher, mich hier und jetzt aufs Pflaster übergeben zu müssen. Mit gesenktem Kopf drehte ich mich um und blickte geradewegs in ein bärtiges Gesicht, auf einen tätowierten Hals.

«Komm.» Gustaf zerrte mich am Arm. «Wir müssen hier weg.»

Er zog mich über einen Platz und eine kleine Seitengasse hinunter, auf eine größere Straße zu. Mit der anderen Hand angelte er eine Mütze aus seiner Jackentasche und warf sie mir zu.

«Setz die auf. So erkennt man dich nicht.»

Ich streifte meine Kapuze ab und tat, was Gustaf sagte.

«Hast du sie?», wollte er wissen. «Die Uhren? Hast du sie genommen?»

Ich nickte. Mein Mund war so trocken, dass ich nicht sprechen konnte.

Gustaf nahm sein Handy aus der Hosentasche und presste es ans Ohr.

«Er hat sie», sagte er. «Wir sind in dreißig Sekunden da.»

Er schob das Handy zurück in die Hosentasche und hielt mir eine Plastiktüte hin.

«Tu sie hier rein.»

Ich griff in meine Jackentaschen und bekam zwei Uhren zu fassen, die ich in die Tüte fallen ließ, gefolgt von den beiden anderen. Meine Hände bebten. Ich wusste kaum, wo ich mich befand. Gustaf knotete die Tüte zu und klopfte mir auf die Schulter.

«Nice job!», sagte er.

Er hielt mir die Tüte vors Gesicht, beschleunigte seine Schritte und redete schneller.

«Jetzt hast du sie nicht mehr. Falls dich jemand festhält, streitest du alles ab. Du warst mit einer Freundin im Illum, um einen kleinen Einkaufsbummel zu machen. Ihr habt etwas getrunken und euch Kleidung angeguckt. In der Uhrenabteilung bist du nie gewesen. Der Bereich ist nicht videoüberwacht, und Max hat dich auf Umwegen dorthin gelotst. Niemand wird euren Weg anhand der anderen Kameraaufnahmen nachverfolgen können. Als du zum Ausgang gegangen bist, war dein Gesicht unter deiner Kapuze verborgen. Alles, was sie haben, ist die Personenbeschreibung des Verkäufers. Und der war auf Max fokussiert. Sie haben keine Chance, dich mit dem Diebstahl in Verbindung zu bringen. Und wir sind schon über alle Berge. Alles klar?»

Wir hatten jetzt die größere Straße erreicht.

«Sind an der Kreuzung», sagte Gustaf ins Telefon, das er jetzt wieder in der Hand hielt.

Er drückte den Anruf weg und sah mich an.

«Alles klar?», wiederholte er.

Ich nickte wieder.

«Alles klar.»

Ein Minibus hielt neben uns an der Bordsteinkante, das Fenster auf der Beifahrerseite wurde heruntergekurbelt. Gustaf blickte sich rasch um, dann reichte er die Tüte in den Wagen. Robin beugte sich grinsend aus dem Fenster und zwinkerte mir zu. Als der Bus davonfuhr, sah ich, dass es derselbe alte Minibus war, mit dem Max mich zum Surfen abgeholt hatte.

«Ihr habt diese Aktion im Detail geplant», sagte ich zu Gustaf.

Mit einem breiten Grinsen wandte er sich zu mir um.

«Wir geben uns Mühe.»

Es begann dunkel zu werden, während Gustaf uns weiter durch Kopenhagen führte, am Hauptbahnhof vorbei in Richtung Vesterbro. Ich fühle mich hohl, losgelöst von mir selbst, und blickte mich alle zehn Sekunden um.

«Hör auf damit», sagte Gustaf. «Du bist safe, ich schwör's.»

Schweigend liefen wir nebeneinanderher. Ich traute mich nicht, etwas zu sagen, konnte nicht richtig atmen, als hätte ich Asthma. Es kam mir vor, als würde allein der Gedanke an meine Tat das Risiko einer Entdeckung erhöhen.

Erst als sich die Neonlichter der Bars und Sexshops in der Istedgade auf dem feuchten Straßenpflaster spiegelten, ging mir auf, was ich wirklich getan hatte, und eine Sekunde lang glaubte ich, meine Knie würden unter mir nachgeben. Ich blieb stehen und stützte mich an einer versifften Hauswand ab. Ungeduldig drehte Gustaf sich zu mir um.

«Komm, was ist los?»

Ich blickte ihn an. Er sah nett aus, normal, mit seinen zerzausten Haaren und den Tattoos. Nicht wie jemand, der mich gerade dazu gebracht hatte, Uhren im Wert von mehreren Hunderttausend Kronen zu stehlen.

«Warum habt ihr das gemacht?», fragte ich. «Warum habt ihr mir nichts gesagt?»

Ich spürte, dass mein Schock in Wut umschlug, und machte einen Schritt auf ihn zu. Ehe ich mich bremsen konnte, stieß ich ihn gegen die Brust.

«Was sollte das, verflucht!»

Ich hob die Stimme und trat einen weiteren Schritt auf ihn zu. Es war ein gutes Gefühl, Wut und Anspannung rauszulassen.

«Mich einfach so unter Zugzwang zu setzen. Das war eine verdammt miese Tour!»

Meine Stimme war viel zu laut, aber ich konnte nicht anders. Es war nicht irgendeine Lappalie. Innerhalb weniger Sekunden hatten sie mich gezwungen, mein Leben komplett auf den Kopf zu stellen. Es war unfassbar.

Ich stemmte eine Hand gegen Gustafs Brust und ballte die andere zur Faust. In meinem Kopf blitzte es. Hatte ich vor, ihn zu schlagen?

Vielleicht hätte ich es getan, hätte Gustaf nicht einen Schritt auf mich zu gemacht und die Arme um mich gelegt. Ich wollte nicht umarmt werden, aber dennoch war es schön. Langsam senkte ich meinen Arm und ließ die Umarmung zu.

«Das war eine verdammt miese Tour», wiederholte ich, «mich einfach allein zu lassen.»

Meine Stimme war belegt.

«Du bist nicht allein», sagte Gustaf und drückte mich fester an sich. «Genau darum geht es.»

Ich hatte keine Ahnung, wie lange wir so dastanden. Meine Hände hingen schlaff herab, ich hatte keine Kraft mehr. Gustaf ließ mich nicht los.

«Wie lange habt ihr diese Sache geplant?», murmelte ich.

«Seit uns klar war, dass du einer von uns bist», flüsterte er. «Seit dem Samstagsdinner.»

Behutsam ließ er mich los, legte mir stattdessen einen Arm um die Schultern und führte mich in eine kleine Seitengasse, wo er die quietschende Eingangstür eines schönen alten Hauses aufzog, dessen Fassade mit Graffiti besprüht war.

«Ich kann verstehen, dass du sauer bist», fuhr er fort. «Aber wir mussten wissen, ob du die richtigen Instinkte besitzt. Ehrlich gesagt, es ist zu deinem Besten. Wir wollten wissen, ob du loslassen kannst. Und das hast du bewiesen. Du hast es durchgezogen, oder etwa nicht?»

«*Zu meinem Besten*», sagte ich. «Es ist zu meinem Besten, dass ich mehrere Hunderttausend Kronen für euch gestohlen habe.»

«Für *uns*. Du gehörst jetzt dazu.»

Wir stiegen eine massive, dunkle Holztreppe bis in den dritten Stock hinauf, und Gustaf schloss die Tür zu einem kleinen Apartment auf. Nur ein Raum mit Fenster zur Straße und einer winzigen Pantry-Küche. Couch und Couchtisch von IKEA, eine mit einem gestreiften Vorhang abgetrennte Bettnische.

«Ein Airbnb», sagte Gustaf. «Damit wir von der Straße weg sind und einen Treffpunkt haben.»

Er nahm ein Tuborg aus dem kleinen Kühlschrank, öffnete die Flasche und reichte sie mir.

«Bist du cool, Mann? Lass es sacken. Es ist ein Schock, dafür hat jeder Verständnis. Aber hier bist du safe.»

«Ich kann kaum atmen», sagte ich.

«Trink. Mit einem Bier lässt sich alles leichter verdauen.»

Gustaf lächelte. Aber ich war cool. Ich wollte mich nicht mehr übergeben.

«Setz dich.» Gustaf deutete auf die Couch.

Er stieß seine Flasche gegen meine und nahm einen kräftigen Schluck.

«Wenn sich jemand ein Bier verdient hat, dann bist du es.»

Ich sank auf die Couch, lehnte mich zurück, blickte aus dem Fenster und versuchte, ruhig und gleichmäßig zu atmen. Draußen war es mittlerweile komplett dunkel, die Lichter und Geräusche der Stadt gedämpft. Doch es fühlte sich an, als könnte die Polizei jeden Moment in das Apartment stürmen, mich zu Boden ringen und mir Handschellen anlegen.

Als es an der Tür klopfte, sprang ich panisch auf und verschüttete das Bier auf meiner Jeans.

«Wer ist das?», fragte ich.

Gustaf ging lachend zur Tür.

«Immer mit der Ruhe», sagte er. «Das SEK klopft nicht vorher an.»

Er öffnete die Tür, und zu meiner immensen Erleichterung standen Max und Dinah im Treppenhaus. Max drängte sich an Gustaf vorbei und fiel mir um den Hals.

«Du hast es durchgezogen!», jubelte sie. «Fuck! Was für eine Nummer!»

Dinah nahm zwei Bierflaschen aus dem Kühlschrank und reichte eine an Max weiter. Sie hatte die Hochsteckfrisur gelöst, und ihre dichten Locken fielen ihr offen auf die Schultern. Sie schälte sich aus ihrem Mantel.

«Prost!», rief sie und hob ihr Bier in meine Richtung. «Du hast es getan! Jetzt gehörst du zu den Banditen!»

Ich hob meinerseits mein Bier.

«Tue ich das?», fragte ich.

Ich hatte noch immer Mühe, frei zu atmen.

«Gehöre ich zu den Banditen?»

«Sag es!», forderte Gustaf mich auf. «Keine falsche Bescheidenheit.»

Max trat einen Schritt zurück.

«Du weißt, dass es so ist», sagte sie. «Zu wem gehörst du?»

Jetzt musste ich doch lachen. Das Ganze war zu bizarr. Ich trank einen Schluck Bier. Die lähmende Unruhe fiel allmählich von mir ab. Ich verspürte eine Art Stolz. Dies war Rebellion. Dies war Zusammengehörigkeit. Vielleicht war das ich. Ich prostete den anderen zu.

«Ich gehöre zu den Banditen», sagte ich.

Max, Dinah und Gustaf stießen nacheinander mit mir an. Lachend und jubelnd umarmten sie mich.

«Wie fühlt es sich an?», wollte Dinah wissen.

Wie immer stand sie ein kleines Stück abseits, an die Wand gelehnt, ihr Bier in der Hand, und musterte mich amüsiert.

«Im ersten Moment, als du allein vor den Uhren gestanden hast, hast du vollkommen verwirrt ausgesehen», meinte sie. «Warum hast du es getan, als du den Zettel gelesen hast?»

«Keine Ahnung», erwiderte ich. «Ich hatte das Gefühl, jemand anders zu sein, nicht mehr in meinem eigenen Körper zu stecken. Dann habe ich es einfach getan.»

Und jetzt bin ich jemand anders, wollte ich hinzufügen, denn so war es.

Wir stießen abermals reihum an, und neue Bierflaschen wurden geöffnet. Ich musste immer wieder erzählen, wie es gewesen war, was ich gedacht hatte, wie es sich angefühlt hatte.

«Wir haben alle so angefangen», sagte Gustaf. «Der erste Coup ist der, an den man sich erinnert.»

In diesem Moment klopfte es an der Tür. Wir verstummten. Gustaf stand auf und öffnete. Es war Robin, der schweigend zum Couchtisch ging, wobei er sich eine Plastiktüte wie eine Trophäe über den Kopf hielt, dann kippte er den Inhalt der Tüte auf den Tisch. Etliche zusammengerollte Fünfhundert-Kronen-Bündel regneten herab. Wir jubelten.

«Achtzigtausend für alles», sagte Robin. «Ein schneller Deal. *No questions asked.*»

«Habt ihr die Uhren schon verkauft?», fragte ich.

«Wir hatten einen Käufer», sagte Robin und sah mich an. «So arbeiten wir. Bleib nie auf heißer Ware sitzen. Lass anderer Leute Reichtum durch dich hindurchfließen, aber nicht bei dir verweilen.»

«*Heiße Ware*», wiederholte Max und boxte Robin in die Seite. «Hört euch diesen Gangster an.»

Gustaf gab Robin ein Bier, und er stieß mit mir an, ehe er fast die ganze Flasche in einem Zug leerte und laut rülpste. Dann zerquetschte er mich in einer weit ausholenden Umarmung und klopfte mir so fest auf den Rücken, dass ich hustete. Irgendwer holte eine Flasche Jägermeister hervor. Aus drei Eierbechern wurden Shotgläser, und wir wechselten uns mit dem Trinken ab. Die Welt drehte sich und war magisch.

Auf der Couch hockend hörte ich zu, wie Max von ihrem ersten Coup erzählte.

«Ich habe in Stockholm EAT THE RICH auf einen kompletten U-Bahn-Zug gesprayt. Ganz allein.»

«Ich hab dafür gesorgt, dass du ins Depot gekommen bist und Farbe hattest», widersprach Dinah. «Jammer nicht.»

«Einen U-Bahn-Zug vollsprayen», sagte Gustaf mit Nostalgie in der Stimme. «Ihr wart so jung und unschuldig.»

«Bist du bereit, bei uns einzuziehen?», wollte Robin von mir wissen. «Wenn es so weit ist.»

Ich nickte.

«Ja», fügte ich hinzu. «Ich denke schon.»

Die anderen lachten.

«Steht das Zimmer jetzt bloß leer?»

Ich meinte zu sehen, wie Robin und Dinah einen Blick wechselten.

«Ja», sagte Robin. «Der Typ, der darin gewohnt hat, ist vor einer Weile ausgezogen.»

«Warum?», wollte ich wissen.

Schweigen breitete sich aus, und fast bereute ich meine Frage, als Max die Achseln zuckte und einen Schluck von ihrem Bier trank.

«Er war mit dem Studium fertig», sagte sie. «Nichts Besonderes. Leute kommen und gehen.»

«Aber er war einer von euch?», hakte ich nach. «War er ein Bandit?»

«Das weiß der Teufel», murmelte Gustaf auf der anderen Seite des Tisches.

Dinah bedachte ihn mit einem eiskalten Blick. Dann wandte sie sich an mich.

«Das war er», sagte sie. «Und er ist es noch immer. Er wohnt nur einfach nicht mehr in Lund, das ist alles.»

«Es wird langsam Zeit, dass wir von hier abhauen», meinte Gustaf.

Mit einem randvoll mit Jägermeister gefüllten Eierbecher in der Hand stand er auf.

«Die Nacht der Banditen ist noch jung!»

13

Ich hatte keine Ahnung, wie spät es war, als wir das Airbnb verließen, die Treppen hinunterstolperten und uns in den Minibus zwängten, der direkt draußen vor der Tür parkte.

«Du kennst doch den Weg?», sagte Dinah zu Gustaf. «Können wir endlich los?»

«Eine Sekunde», sagte er. «Moment.»

Dinah verdrehte seufzend die Augen. Schließlich fand Gustaf, was er auf der Karte in seinem Handy gesucht hatte, und lenkte den Bus auf die Istedgade und ins Zentrum von Kopenhagen. Wir saßen dicht gedrängt wie Sardinen in einer Büchse, doch es machte uns nichts aus. Wir tranken Bier und grölten mit zu *We Found Love* von Rihanna, das aus dem Autoradio schepperte.

Ich habe keine Vorstellung, wie lange oder wie weit wir fuhren. Ich weiß nur, dass wir ein freitagnachttrunkenes Kopenhagen durchquerten und irgendwo weit außerhalb des Stadtkerns anhielten. Wir schienen in einem Gewerbegebiet gelandet zu sein, inmitten schlecht beleuchteter Straßen, Gassen, Speicher und alter Fabrikgebäude. Zuletzt hielt Gustaf am Eingang einer schmalen Seitengasse, zwischen den Lagerhäusern pflanzte sich ein Bass fort. Eine Menschenschlange zog sich die Gasse hinunter. Am anderen Ende meinte ich, zwei Türsteher und eine unansehnliche, verrostete Metalltür zu erahnen. Ehe ich fragen konnte, wo wir waren, hatte jemand die Tür des Wagens aufgeschoben, und wir stolperten auf die Straße hinaus. Gustaf marschierte voran, an der kompletten Schlange vorbei, und wir anderen folgten ihm. Er beugte sich zu einem der Türsteher vor und drückte ihm etwas in die Hand. Ohne ein Wort öffnete der Mann die Tür. Dann sah er uns an.

«Willkommen», sagte er auf Dänisch. «Einen schönen Abend.»

Kaum hatte der Türsteher uns eingelassen, schlug mir die Musik entgegen. Sie war traurig, berauschend und schwer zugleich. Sie raubte mir schier den Atem. Noch nie hatte ich einen derart tiefen Bass gespürt, so tief, dass meine Eingeweide bebten und meine Hand zitterte, als ich sie vors Gesicht hob. Der Club war in einer riesigen Lagerhalle aus Backstein, Beton und Metall untergebracht und war brechend voll mit Leuten jeden denkbaren Aussehens. Ballons wurden von in die Luft gestreckten Händen durch die Luft getragen, und in dem vielfarbigen, flackernden Stroboskoplicht wirkte die Masse aus Individuen wie ein einheitlicher, aber verästelter Organismus.

«Hab ich's nicht gesagt?» Obwohl Gustaf brüllte, war seine Stimme über den dröhnenden Bass hinweg kaum zu verstehen. «So megaabgefahren!»

Mit über den Kopf erhobenen Händen bahnte er sich einen Weg zur Bar. Mein Mund war trocken und schmeckte nach schalem Bier, als ich hinter den anderen her weiter in den Club hineinging. Mit einem Mal setzte der Bass aus, und zu hören waren nur noch eine helle Frauenstimme und ein dilettantisch gespieltes Klavier. Die Frauenstimme wiederholte dieselben Lyrics, das Klavier dieselben Akkorde.

I carry the weight.

Die komplette Tanzfläche schien den Song zu kennen und mitzusingen. Ich hatte das Lied noch nie gehört, doch hier schien es eine Hymne zu sein. Zögernd kehrte der Bass zurück, zunächst fast unmerklich, dann war es, als ob der gesamte Song innehielt. Nur die Stimme blieb.

I carry the weight.

Die Tanzenden schienen einen kollektiven Atemzug zu nehmen, still und lautlos. Dann brach der Bass wieder über uns herein, urplötzlich und befreiend wie ein Gewitter an einem Tag, an dem die Hitze einem förmlich den Verstand geraubt hatte.

I carry the weight for the both of us.

Max stand neben mir. Sie nahm mein Gesicht in beide Hände und küsste mich. Im ersten Moment dachte ich, ich müsste zurückschrecken, so plötzlich und unerwartet geschah es. Doch ich war angetrunken und damit durch zurückzuschrecken. Ich erwiderte ihren Kuss und spürte das Blut in meinen Adern kochen und brodeln. Ich küsste sie intensiv und streichelte ihr Gesicht. Sie hatte etwas auf der Zunge, eine Pille, die sie mir in den Mund schob. Dann löste sie sich von mir, küsste mich auf die Wange und schrie mir ins Ohr, um die Musik zu übertönen:

«Nur heute Abend. Lass es einfach geschehen.»

Dann tanzten wir im Stroboskoplicht, bis die Zeit aufhörte. Ich blickte mich um. Weiter hinten im Raum entdeckte ich Robin. Er stand auf einer Box, die Hände in die Luft, gereckt, die Augen geschlossen. Er sah dermaßen komisch aus, dass Max und ich uns ansahen und so sehr lachten, dass wir Schluckauf bekamen. Dann war ich eine Weile allein. Nur ich und die Musik, und es war magisch. Als ich mich umwandte, sah ich, dass Max und Gustaf sich küssten. Max schaute mich an, und durch das Serotonin hindurch packte mich eine plötzliche Eifersucht. Doch im gleichen Moment löste sich Max von Gustaf und nahm einen Schluck aus einer Wasserflasche. Ich hatte keinen Schimmer, woher sie die hatte, aber ich beruhigte mich. Gustaf fixierte mich mit seinem Blick. Ich hatte keine Ahnung, wie ich ihn deuten sollte, so selbstverständlich schien er alles unter Kontrolle zu haben. Dann war Max neben mir, und wir tanzten wieder, alle zusammen, und ich dachte bei mir: Das ist es, genau das, wonach ich mich mein Leben lang gesehnt habe.

Ich wusste nicht, wie spät es war oder wie lange wir uns in dem Club aufgehalten hatten, als ich durch die verrostete Metalltür hinaus auf die Straße stolperte, verschwitzt, verwirrt und auf eine Weise glücklich, die vermutlich etwas mit Max' Pille zu tun hatte, aber nicht nur. Die plötzliche Stille in der schäbigen Seitengasse, voller Mülltonnen, Zigarettenkippen und Säcken mit Leergut, überraschte mich. In meinem Rücken ließ der wummernde Bass die Wände erzittern, aber hier draußen konnte ich wieder hören. Es war, als sei die Stille selbst ein Geräusch, rein und schön. Max geriet hinter mir ins Straucheln. Ich streckte meine Arme aus und fing sie auf. Sie sah mich an. Ihre Augen waren ein einziges Grün, ihre Pupillen kaum vorhanden.

«Hoppla», sagte sie. «Wie still es hier ist.»

Ich fing an zu lachen, weil sie so klein und verdutzt aussah, und ich hatte sie noch nie zuvor verdutzt gesehen oder auch nur annähernd in einer Situation, wo man sie hätte auffangen müssen. Sie machte einen Schritt auf mich zu, und als ich mich zu ihr hinunterbeugte, berührten sich unsere Nasen.

«Die Nacht der Banditen!», rief sie so laut, dass es zwischen den Fabrikgebäuden widerhallte.

Lachend schüttelte sie den Kopf und blickte über die Schulter zum Eingang des Clubs, dann wandte sie sich mir wieder zu. Ihre Augen schimmerten im gelben Schein der Straßenlaternen.

«Wo sind die anderen?»

«Die kommen klar. Lass uns gehen.»

Mein Kopf schien von allen Gedanken befreit. Ich hatte das Gefühl, das Glück auf der Zunge zu schmecken, die Euphorie als Ton über den wummernden Bass hinweg pulsieren zu hören, der aus der verrosteten Metalltür drang. Es war absurd, aber ich wollte Max sagen, dass ich sie liebte und dass ich ein Nichts gewesen war, bevor ich sie getroffen hatte, dass sie mich gerettet hatte und ich niemals wieder ohne sie sein wollte.

Doch in diesem Ozean aus Glück war ich noch immer mit mir selbst verbunden, mit dem denkbar dünnsten Faden, und so gelang es mir, den Mund zu halten. Doch nicht einmal dieser hauchdünne Faden konnte mich daran hindern, meine Hände um Max' Gesicht zu legen und sie an mich zu ziehen. Ihre Lippen waren warm und feucht, und wir küssten uns, bis die Zeit aufhörte und wir uns nicht mehr in der Seitengasse befanden, sondern anderswo, in einem Taxi, unterwegs durch eine menschenleere Stadt, und irgendwann in einem Gebiet hielten, das zum Teil aus Fabrikgebäuden und zum Teil aus Wohnhäusern bestand, ein Vorort oder eine Kleinstadt. Max bezahlte das Taxi, und wir fielen hinaus, hinein in die öde Nacht.

«Wo sind wir hier?», fragte ich.

Nicht, dass es eine Rolle gespielt hätte. Wir hätten überall sein können. Max antwortete nicht. Sie griff nach meiner Hand und zog mich über die Straße und durch einen kleinen Park. Es war still, nur das Geräusch von Wellen war von irgendwoher zu hören. Wir überquerten einen Weg, aber erst als ich den Sand unter meinen Füßen spürte, wurde mir klar, woher es kam. Nachdem wir ein flaches Betongebäude umrundet hatten, wurde das Geräusch deutlicher. Die Dunkelheit, die sich vor uns ausbreitete, war das Meer.

Max lief bis hinunter an den Uferrand, wo schwarze Wellen über den festen Sand spülten. Lachend wich sie zurück, um nicht nass zu werden. Sie zog sich ihren Pulli über den Kopf und schlüpfte aus ihrer Jeans. Ihre nackte Haut schimmerte in der Dunkelheit.

«Zieh dich aus!», rief sie mir zu. «Komm schon! Das ist deine Taufe!»

«Ich dachte, meine Taufe wäre das Surfen gewesen?»

«Dann eben deine Konfirmation.»

Sie sah mich an.

«Ja, das ist es. Deine Konfirmation!»

Sie lief auf mich zu und zog den Reißverschluss meines Parkas auf. Ich wehrte mich nicht, ließ die Jacke einfach in den Sand fallen.

«Wir haben Herbst, Max», lachte ich. «Das ist nicht die passende Jahreszeit, um nachts im Meer zu schwimmen.»

Aber sie hörte mir gar nicht zu und zerrte an meinem Hemd. Ich half mit und zog das Hemd und auch das T-Shirt darunter aus. In der kalten Nachtluft erschauderte ich. Aber vielleicht war ich noch immer so zugedröhnt, dass es mir nichts ausmachte, denn ich stieg aus meinen Sneakers und meiner Jeans und stand nur noch in Boxershorts vor Max. Max knöpfte ihren BH auf und streifte ihren Slip ab.

«Night swimming!», jubelte sie. *«Deserves a quiet night!»*

Lachend deutete sie auf meine Boxershorts.

«Sei kein Frosch!»

Sie trat einen Schritt auf mich zu, legte ihre Hände um meinen Nacken und zog mich an sich. Ich spürte ihre weichen Brüste an meiner Brust, ihren Atem und ihre Lippen an meiner Wange. Dann ließ sie mich los, drehte sich um und lief geradewegs in das pechschwarze Meer. Ich holte tief Luft, dann stieg ich aus meinen Boxershorts und lief ihr nach, hinein in die Dunkelheit.

Das Wasser war scheußlich kalt und wurde schneller tiefer, als ich erwartet hatte. Eine Sekunde lang war Max komplett verschwunden. Meine Zehen tasteten nach festem Grund, aber sie erreichten keinen Boden. Ich hyperventilierte vor Kälte. Dann tauchte Max direkt vor mir aus dem kalten, schwarzen Wasser auf. Ihre Arme lagen um meinen Hals, ihre Lippen auf meinen Lippen, ihre Brust presste sich an meine Brust. Ich spürte, wie ich trotz der Kälte hart wurde und ihre Hand mich behutsam umfasste.

«Komm», murmelte sie und zog mich mit sich, aus dem eiskalten Wasser heraus.

Ich breitete meinen Parka auf dem Sand aus, und Max setzte sich rittlings auf mich. Ihr keuchender Atem traf auf meine Lippen, als sie mich in sich hineinführte. Wir klapperten vor Kälte mit den Zähnen, während alles außer uns beiden verblasste und bedeutungslos wurde. Es gab nur uns, nur diesen Augenblick im gesamten Universum, nur zwei frierende Körper auf einem dunklen Strand.

Hinterher lagen wir flach auf dem Rücken nebeneinander im Sand, angezogen und mit nassen Haaren. Meine Zähne klapperten noch immer vor Kälte. Max' Lippen schimmerten bläulich in der Dunkelheit.

«Was machen wir jetzt?», fragte ich.

Max stützte sich auf einen Ellbogen und deutete aufs Meer.

«Wir schauen uns den Sonnenaufgang an», sagte sie. «So muss eine Nacht wie diese enden.»

Sie zog die Jägermeisterflasche aus ihrer Jackentasche, schraubte den Verschluss ab, nahm einen Schluck und reichte die Flasche an mich weiter. Rechts von uns schimmerten die Lichter der Öresundbrücke.

«Aber da geht die Sonne doch nicht auf?», meinte ich und deutete mit der Flasche in die Richtung.

Max zuckte die Achseln, und ich trank einen Schluck Jägermeister. Der süße Alkohol brannte in meiner Kehle und jagte eine plötzliche, schnell schwindende Wärme durch meinen Körper.

«Irgendwo geht sie auf», erwiderte Max.

Sie ließ sich nach hinten sinken und legte ihren Kopf auf meinen Arm, ganz nah an meinem Kopf. Sie zitterte. Ich zog sie an mich, um uns beide zu wärmen, und strich ihr über die Wange. Schweigend starrten wir in den dunklen Himmel über uns.

«In Frankreich haben Dinah und ich oft am Strand geschlafen», erzählte Max. «Manchmal haben wir gekifft und sind im Dunkeln surfen gegangen. Das war schön. Wärmer als hier.»

Ich antwortete nicht. Stumm blickten wir wieder in die Dunkelheit.

«Warum hast du es gemacht?», fragte Max nach einer Weile. «Warum hast du die Uhren genommen?»

Ich stützte mich auf einen Ellbogen und sah sie an.

«Was meinst du?»

«Du bist ein braver Junge», sagte sie. «Warum willst du mit uns Misfits zusammen sein? Warum willst du Scheiß bauen wie wir?»

Als Max das sagte, versuchte ich, Scham wegen meines Diebstahls zu empfinden. Normalerweise fiel mir das nicht schwer. Reue und Scham stellten sich seit meiner Kindheit ganz von selbst ein. Ein falsches Wort zum falschen Zeitpunkt. Ein Witz, der nach hinten losgegangen war. Ein Missverständnis. Lange nachdem alle anderen den Vorfall längst vergessen hatten, lag ich abends, wenn ich das Licht ausgeknipst hatte, mit schlechtem Gewissen wach im Bett und zerbrach mir den Kopf darüber, wie ich mich bestrafen könnte. Ich konnte noch immer nicht an diese Episode in der dritten Klasse zurückdenken, als ich auf dem überschwemmten Pausenhof komplett die Kontrolle über mich verloren hatte, ohne die Augen zuzukneifen und *Nein, nein, nein!* zu flüstern.

Objektiv betrachtet hatte sich meine Angst, Fehler zu machen und aufzufallen, vorteilhaft ausgewirkt. Ich hatte mich in der Schule angestrengt und mich korrekt verhalten, jedenfalls in einem größeren Maß als die meisten anderen. Ich war fleißig und strebsam. Doch der heutige Tag hatte mir vor Augen geführt, dass mich diese Angst auch einsam gemacht hatte, unglücklich und leer. Max und den anderen gegenüber hatte ich behauptet, etwas machen zu wollen, das bedeutungsvoll, das richtig war. Ich hatte behauptet, auf der Suche danach zu sein. Doch das stimmte nicht. Mein vorrangiger Antrieb war es, keine Fehler zu machen. Ich hatte das eine mit dem anderen verwechselt und es bis heute, bis zu diesem Nachmittag, für zwei Seiten derselben Medaille gehalten.

Und nun hatte ich, nur für einen winzigen Moment, impulsiv gehandelt, sodass ich eigentlich in einem Strudel aus Angst und Reue ertrinken müsste. Fast hoffte ich, es wäre so.

Doch ich spürte nichts als Erregung, Euphorie und, tief in mir, jenseits des Serotonin-Rauschs, Genugtuung. Geschwindigkeit und Gefahr, nur größer und in größerem Umfang. Es machte mich stolz, dass ich hier saß, am Strand mit Max, dass ich mich getraut hatte. Dass ich mich nicht mit den Dingen abfand; und dass sich, was ich sagte und was ich tat, vielleicht endlich aufeinander zubewegten. Vielleicht war es ein erster Keim von Glück. Vielleicht war es dauerhafter als Jura, Partypillen oder Nasenspray.

«Ich bin es leid, von der Seitenlinie aus zuzuschauen», sagte ich. «Das habe ich mein Leben lang getan und darauf gewartet, dass mir irgendein entferntes Glück in den Schoß fällt, wenn ich nur das Richtige tue, oder zumindest nicht das Falsche. Aber wahrscheinlich habe ich noch nicht mal das Glück gesucht, sondern bloß die Abwesenheit von Unglück. Ich habe das Gefühl, mich mein Leben lang nur geduckt zu haben.»

«Jetzt nicht mehr», sagte Max.

Ich lächelte.

«Kommt mir nicht so vor.»

Ich griff nach der Flasche Jägermeister, nahm einen kräftigen Schluck und sah Max an.

«Das Einzige, wovon ich wirklich geträumt habe, ist, zu schreiben», fuhr ich fort. «Aber ich habe nichts zu erzählen. Und selbst wenn ich etwas zu erzählen hätte, habe ich nicht die Ausdauer, es aufzuschreiben. Ich kann nicht loslassen.»

Ich sah sie an.

«Um ehrlich zu sein, weiß ich vielleicht gar nicht, wie das geht.»

Das Hochgefühl vom frühen Abend fiel allmählich von mir ab, und ich spürte, dass uns die beginnende Unruhe des Hangovers wie ein Wolf zu umkreisen begann, näher und immer näher kam.

«Ich studiere Jura, weil ich nicht weiß, was ich machen soll, um der zu werden, der ich sein will. Ich wohne mit zwei Typen zusammen, die ich nicht ausstehen kann. Ich hänge mit euch ab und lasse mich auf Dinge ein, ohne erklären zu können, warum. Ich besitze keinen Kompass. Ich drehe mich im Kreis. Nichts, woran ich geglaubt habe, scheint noch von Bedeutung zu sein.»

Max blickte schweigend aufs Meer hinaus. Eine Weile sagten wir beide nichts.

«So ist es ja auch», erwiderte sie schließlich.

Ich sah sie an. Sie zündete sich eine Zigarette an, blies den Rauch in den Sonnenaufgang und wandte sich zu mir um.

«Was du erreichen wolltest, bedeutet vielleicht wirklich nichts», fuhr sie fort. «Du scheinst zu glauben, für alles, was du tust, eine Genehmigung zu brauchen. Aber Genehmigungen sind Gefängnisse. Verbrenn den Mist. Errichte etwas Neues.»

Eine Weile rauchte sie schweigend. Als sie mich wieder ansah, schien sie bis auf den Grund meiner Seele zu blicken. Ich wollte sie daran hindern und sie zugleich bis in mein Innerstes vordringen lassen.

«Vielleicht bist du wie wir», sagte sie. «Vielleicht willst du leben wie wir. Vielleicht bist du skrupellos genug, wer weiß?

Vielleicht willst du darüber schreiben. Fest steht, du bist jetzt ein Bandit. Jemand, der sich nicht einfach abfindet. Jemand, der nicht reinpasst. Das ist dein Verhängnis.»

«Ein Bandit», murmelte ich.

Mit einem Mal war ich so müde, dass ich meine Augen keine Sekunde länger offen halten konnte.

«Bin ich das?»

Ich ahnte, wie Max neben mir die Achseln zuckte.

«Heute Nacht bist du es», sagte sie.

14

Max weckte mich irgendwann am frühen Morgen, um mich in ein Taxi zu setzen, das mich von Amager Strand zu Charles' Haus im Professorenviertel in Lund bringen würde. Ich schlief mit dem Kopf an der kalten Scheibe, während wir an Kastrup vorbei über die Öresundbrücke und um ein schlafendes Malmö herumfuhren, und wachte nicht auf, bis Max mit zerknitterten Fünfhundert-Kronen-Scheinen bezahlte. Ich befand mich in einer Blase aus Schlafmangel und Drogen. Meine Augen waren gereizt und trocken.

«Wie spät ist es?», fragte ich.

Max öffnete die hintere Tür und zog mich hinaus in Nieselregen und nasses Laub.

«Ungefähr neun», antwortete sie.

Ihr Gesicht sah so grau und erschöpft aus, dass man die Sommersprossen kaum sah, aber sie lächelte und ging vor mir her durch die Gartentür und über den Kies.

«Ich sollte besser nach Hause gehen», sagte ich. «Ich kann meine Augen kaum offen halten.»

Der gestrige Tag lag mir wie ein Klumpen im Magen, roh und unverdaut. Der Diebstahl. Der Club. Der Strand. Ich spürte noch immer keine Reue, aber ich konnte dieses Gefühl auch noch nicht einordnen. Ich musste allein sein, um das alles sacken zu lassen, hatte nicht gedacht, dass ich zu diesen Dingen fähig sein würde. Ich musste mir alles durch den Kopf gehen lassen. Die Vorstellung, mit jemandem sprechen zu müssen, war unerträglich.

Max schenkte mir keine Beachtung, sondern ging ein paar Schritte die Treppe hinauf und schloss die Tür auf. Der Flur war kalt, still und verstaubt.

«Komm», forderte sie mich auf. «Du schläfst bei mir.»

Sie lächelte mich an und nickte zu der breiten Treppe hinüber, die ins Obergeschoss führte.

«Du kannst dich neben mich legen.»

Ich wollte wirklich allein sein und zögerte. Vielleicht konnten meine Gedanken noch warten? Vielleicht konnte ich einfach noch ein paar Stunden in diesem Zustand verweilen? Doch schließlich gab die Aussicht, neben ihr liegen zu dürfen, den Ausschlag.

Ich nickte und folgte ihr die Treppe hinauf. Licht fiel durch das Buntglas und ließ den Treppenaufgang wie eine Kirche oder ein Kloster erscheinen. Es spendete meinem verkaterten, abgetörnten Gehirn Trost.

Max stieß die Tür auf und deutete auf das ungemachte und einladende Durcheinander aus Kissen und Decken auf ihrem Bett. Ich schaute kurz zur gegenüberliegenden Wand und sah die Frau, die ihre Pistole auf mich richtete. Als ich mich wieder zu Max umdrehte, hatte sie sich bereits ausgezogen und stand nur in Unterhose dort, während sie ein T-Shirt heraussuchte und es sich über den Kopf zog. Ich versuchte, sie nicht anzustarren, auch wenn es ihr nichts auszumachen schien, nackt zu sein. Zögernd zog ich meine Jeans aus und kroch nur in Unterwäsche zu ihr. Sie hatte die Augen schon geschlossen, öffnete sie aber halb und lächelte mich an. Eine Weile lagen wir einfach nur dort und sahen einander an.

«Warum ich? Warum ist es dir so wichtig, dass ich dabei bin?»

Sie streckte ihren Arm aus, und ich rückte näher heran, um mich auf ihn zu legen, während sie mir ruhig über das Haar streichelte.

«Weil du uns brauchst, Baby», flüsterte sie.

Sie rückte noch näher zu mir heran und legte sich auf die Seite, ihr Bein über meinem Bauch und ihr warmer Körper auf meiner Brust, ihr Atem sanft auf meiner Wange.

«Und weil wir dich brauchen.»

* * *

Ich hörte den Regen bereits gegen die Scheibe prasseln, bevor ich überhaupt ganz wach war. Als ich die Augen öffnete, war das Zimmer dunkel, aber ich erahnte ein graues Licht, das durch die Ritzen der Vorhänge hereinströmte. Das Zimmer war kühl, und ich zitterte, als ich mich aufsetzte. Der Platz neben mir war leer. Ich nahm meine Jeans und die Socken. Auf meinem Handy sah ich, dass es nach zwei war, ich hatte fünf Stunden geschlafen. Mein Mund schmeckte nach Eisen und Jägermeister. Die Erinnerungen an Kopenhagen trafen mich wie elektrische Blitze, und ich schloss die Augen und wartete darauf, dass die Angst und die Unruhe in mir explodieren würden. Ich hatte die Uhren bei Illum mitgehen lassen, und niemand hatte mich dazu gezwungen. Auch wenn Gustaf mich beruhigt hatte, vielleicht wurde doch nach mir gefahndet. Ich hatte mein ganzes Leben in einem verrückten Moment weggeworfen. Mit geschlossenen Augen stemmte ich die Füße gegen den Boden, während ich auf die Explosion wartete.

Aber das Gefühl, das aufflackerte, war mild und freundlich, nicht streng und strafend. Natürlich machte ich mir in meiner Katerstimmung Sorgen. Vielleicht hatte eine verdammte Kamera alles aufgezeichnet, und ich wurde gesucht. Und wer waren eigentlich Max und die anderen? Warum hatten sie mich dem hier ausgesetzt, ohne mir die Gelegenheit zu geben, mich vorzubereiten?

Aber das waren nur Details, Nebensachen. In Wirklichkeit hatte ich losgelassen und es genossen. Ich hatte keine Ahnung, wo mich all das hinführen würde. Vielleicht war ich verrückt geworden. Ich wusste nur, dass es zum ersten Mal in meinem Leben egal war, dass ich die Richtung oder die Grenzen nicht kannte. Das Richtige zu tun, war etwas anderes, als einfach nur keine Fehler zu machen. Es fühlte sich an, als würde man haltlos fallen. Als würde man das Motorrad nehmen und in die Wüste fahren. Es war eine überraschende Erleichterung. Eine völlig unerwartete Freiheit.

Ich sah mich in dem kalten, schäbigen Zimmer um, die wenigen Sachen, die Max besaß, standen um mich herum. Der Schreibtisch mit seinen erstaunlich geordneten Bücherstapeln. An der Wand zum Flur ein altes, grünes Samtsofa. Eine schwarze Jeans, ein wenig Unterwäsche und ein Handtuch waren achtlos daraufgeworfen worden. Neben dem Schreibtisch befand sich eine kleine Tür. Ich öffnete sie einen Spalt und blickte in einen kleinen Einbauschrank. Einige Kleider und Pullover hingen an einer Stange auf Bügeln. Sie waren alle schwarz. Ich schloss die Tür wieder. Das Zimmer mit dem großen orientalischen Teppich und dem Himmelbett wirkte künstlerisch und gemütlich. Und es war überraschend leer. Außer dem Poster an der Wand, den Büchern und der Kleidung schien Max keine persönlichen Dinge zu besitzen. Mein Zimmer bei Ludvig und Victor war nicht anders, fiel mir auf. Ich hatte nicht einmal etwas an die Wand gehängt.

Die Treppe knarrte leise, und ich schaffte es nicht einmal bis hinunter in den Flur, bevor Max meinen Namen rief.

«Du bist ja wach! Du brauchst Essen und ein Konterbier.»

Sie kam in den Flur und umarmte mich. Sie wirkte unverschämt lebhaft und frisch geduscht, trug eine schwarze Strumpfhose und ein schwarzes Oversize-T-Shirt, das ihr fast bis zu den Knien ging. Sie war barfuß.

«Alle sind hier, komm!»

Mein Kopf dröhnte schwach. Eine frühere Version meines betrunkenen Ichs hätte es gestresst, am nächsten Tag alle zu treffen. Aber heute war es anders.

«Auferstanden von den Toten!»

Max trat einen Schritt zur Seite und breitete die Arme aus, als würde sie mich den anderen wie einen Zaubertrick präsentieren. Sie hatten sich an die Arbeitsplatte in der Küche gelehnt, ihre Haare zerzaust, in den Händen große, halb volle Gläser mit Bloody Mary. Sie jubelten und pfiffen.

Charles schaute von einem Schneidebrett hoch und trocknete sich die Hände an einem Geschirrtuch ab. Er trug eine kleine, dunkelblaue Mütze auf seiner Glatze und eine große Schürze.

«Sieh mal einer an!», sagte er. «Willkommen!»

Er nahm ein Glas, schüttete reichlich Wodka hinein und füllte es aus einer Kanne, die auf der abgenutzten Kochinsel stand, mit einer Flüssigkeit auf, die wie Tomatensaft aussah. Hinter ihm brannte ein Feuer in einem Ofen, den ich beim letzten Mal nicht bemerkt hatte. Er rührte das Getränk mit einer Selleriestange um und ließ es auf der Platte stehen.

«Den brauchst du!», sagte er. «Aber erst so eine hier.»

Er hielt mir eine Dose hin. Ihr Inhalt sah aus wie eine Art Trockenobst in Flüssigkeit.

«Umeboshi. Eingelegte japanische Pflaumen. Wir machen sie natürlich aus unseren eigenen Früchten. Nimm dir zwei. Abgesehen von der Bloody Mary ist es das Einzige, was gegen diese Art von Kater hilft, unter dem du leidest.»

Er zwinkerte mir hinter seinen dicken Brillengläsern zu und schüttelte die Dose beharrlich.

«Muss ich?»

«Ja», sagte Robin von der anderen Seite des Zimmers. «Feuer muss mit Feuer bekämpft werden.»

Er grinste und nahm einen großen Schluck von seinem Drink. Die Pflaume schmeckte salzig und gleichzeitig sauer, und ich dachte, ich müsste mich übergeben, schaffte es aber schließlich, sie hinunterzuschlucken. Ich schnitt eine Grimasse und spuckte den Kern in meine Hand.

«Igitt.»

«Gut so», sagte Dinah. «Eine noch.»

Ich schüttelte den Kopf und nahm das Getränk entgegen, das Charles mir hinhielt.

«Nie im Leben. Lieber sterbe ich am Kater als an diesem Scheiß.»

Charles lachte.

«Du hast noch Zeit, es zu lernen.»

«Gibt es irgendwas ohne Alkohol?», fragte ich und schaute verzweifelt auf das Getränk in meiner Hand. «Ich vertrag nicht noch mehr.»

Gustaf und Dinah sahen mich an, als hätte ich etwas vollkommen Unverständliches in irgendeiner Fremdsprache von mir gegeben.

«Was sein muss, muss sein», sagte Robin. «Jetzt trink.»

Ich tat, was er sagte. Es schmeckte besser, als ich mir vorgestellt hatte. Eine große Gelassenheit breitete sich in mir aus. Ich nahm noch einen Schluck und roch Knoblauch und Brot.

«Wir machen Pizza», sagte Charles. «Der letzte Schritt in der Katerbehandlung.»

Er deutete auf den großen Holzofen. Ich beugte mich vor und sah, wie im Inneren Käse und rote Soße auf einer großen

Pizza blubberten. Charles drehte sich zum Ofen und verschob sie mit einem Holzschieber. Auf der Arbeitsfläche hinter ihm lagen ein paar weitere fertige Pizzen, die noch gebacken werden mussten.

Er richtete sich auf, drehte sich um und zwinkerte mir zu.

«Ich hab gehört, dass in Kopenhagen alles nach Plan verlaufen ist.»

Er nahm sein Glas und stieß mit mir an.

«Du wirst hier gut reinpassen, daran besteht kein Zweifel.»

Charles hatte recht gehabt. Die drei Schritte der Katerbehandlung wirkten gegen die körperlichen Symptome. Wir standen um die Kochinsel und aßen große Dreiecke der knusprigen Pizza, die so lecker war, dass ich für einen Augenblick an nichts anderes als ihren Geschmack denken konnte. Nach drei Stücken schmerzten Kopf und Körper nicht mehr, stattdessen fühlte ich vom Alkohol wieder ein leichtes Brausen.

«Komm mit», forderte Gustaf mich auf.

Er zeigte zur Tür.

«Zeit, in die Bibliothek zu gehen.»

Während die anderen bereits auf dem Weg dorthin waren, blieb ich noch stehen und trank meinen Drink aus. Die Zeit war sehr schnell vergangen, es war bereits vollständig dunkel geworden, während wir in der Küche gegessen und geredet hatten. Durch die hohen Fenster erkannte ich das Gewächshaus im Garten, schwach vom Halbmond beleuchtet, der sich irgendwo dort oben befand. Ich trat einen Schritt auf das Fenster zu und stellte das leere Glas auf die Arbeitsplatte.

«Der Garten ist schön im Mondschein», sagte ich.

Charles drehte sich um und sah mich an, während er die Schürze ablegte.

«Du bist unruhig», stellte er fest. «Die Pflaume, das Getränk und die Pizza haben geholfen, aber nicht voll und ganz. Du kennst uns noch nicht. Du kennst nicht einmal Max richtig.»

Seine Augen wirkten neugierig, er schwenkte sein Glas leicht und schüttete den Rest seines Getränks in sich hinein. Ich schüttelte den Kopf und goss mir ein wenig Wodka ein.

«Ich bin nicht unruhig», erwiderte ich.

Er sah mich amüsiert an.

«Du bist neugierig?»

Ich trank den Wodka in einem Zug.

«Ich denke nicht so viel nach», sagte ich. «Ausnahmsweise.»

«Vielleicht ist das ganz gut», antwortete er. «Sonst würdest du dir vielleicht Sorgen darüber machen, dass du gerade dabei bist, eine Grenze zu überschreiten, und nicht mehr zurückkannst? Vielleicht ist es bereits geschehen. Vielleicht wird es zu weiteren Grenzüberschreitungen führen. Du wirst Stück für Stück deinen moralischen Halt verlieren. Am Ende wirst du nicht mehr wissen, wer du bist oder was du willst. Und vor allem wirst du nicht mehr wissen, was richtig ist.»

Ich sah ihn an, zuckte mit den Schultern und lächelte.

«Ja, das war dann wohl mehr als deutlich», sagte ich.

Er machte einen Schritt auf mich zu, mit diesem lüsternen, erwartungsvollen Blick, den ich bereits vom letzten Mal kannte.

«Bist du ein Dieb, Max' neuer Freund?», fragte er.

Ein leichtes Grinsen lauerte in seinem Mundwinkel, als er sich noch weiter nach vorne lehnte und die Stimme zu einem neckischen Flüstern senkte.

«Noch kannst du dich rausziehen. Aber irgendwann schließt sich dieses Fenster komplett, das ist dir doch klar?»

«Mich rausziehen?», fragte ich.

«Das Fenster ist nicht groß», sagte er. «Bevor du es kapierst, schlägt es hinter dir zu. Du wirst nicht der Erste sein, der es merkt.»

«Der Erste, der was merkt?»

Im Flur waren Schritte zu hören und Charles zog sich zurück, ohne mich aus den Augen zu lassen.

«Du drückst dich sehr mysteriös aus», sagte ich. «Was willst du mir damit sagen?»

Charles goss sich reichlich Wodka ein und stieß mit mir an, während er mir forschend in die Augen sah. Er machte keine Anstalten, seine Aussage weiter auszuführen, sondern kippte das Getränk mit einer zufriedenen Grimasse herunter.

«Kommt ihr?»

Robin stand in der Tür, seine Stimme klang ungeduldig.

«Charles?», fragte er. «Du musst deine Willkommensrede halten. Und wir haben Durst.»

Charles drehte sich zu ihm um und lächelte breit.

«Geduld, mein kleiner Freund», sagte er. «Wir kommen ja schon.»

* * *

Die Bibliothek war tatsächlich eine Bibliothek, auch wenn sie so heruntergekommen war, dass es schon fast lächerlich wirkte. An drei Wänden reichten die Bücherregale bis zur Decke. Es roch nach Feuchtigkeit und Papier und ein klein wenig nach Schimmel. Robin war auf eine knarrende und besorgniserregend wackelige Leiter gestiegen und inspizierte die Bücher ganz oben rechts. Die vierte Wand bestand aus einer bleiverglasten Doppeltür zum Garten, in dem es allmählich immer dunkler wurde.

Dinah zündete ein paar Kerzen an, die auf einem niedrigen, breiten Sofatisch standen, bevor sie sich auf einige Kissen auf dem Boden setzte. Alles hier war genauso vernachlässigt und staubig wie der Rest des Erdgeschosses, mit Ausnahme der Küche.

«Gibt es Wein?», fragte Dinah. «Es ist Freitag, und wir haben

Sachen erlebt, über die man nüchtern nicht laut reden kann. Wir brauchen Wein!»

Charles hielt eine Flasche Whisky hoch, wie um zu zeigen, dass er ihr gedanklich einen Schritt voraus war. Hinter mir drängelte sich Max mit einem Tablett vorbei, auf dem Gläser, Eis und ein Shaker standen, und stellte es auf den Tisch. Charles nahm den Shaker und mischte den Whisky mit Campari und Wermut, er schüttelte ihn, während Max große Eiswürfel auf die Gläser verteilte.

«Boulevardier!», sagte er. «Der einzige Drink, der wirklich in den Oktober passt.»

Er verteilte den Inhalt auf drei Gläser und hielt mir eines hin, bevor er den Shaker noch einmal füllte und schüttelte.

Er gab acht, dass jeder sein Glas bekam, bevor er seines erhob.

«*Voilà!* Prost!»

Der Campari machte das Getränk süß wie den Sommer, der Wermut gab ihm eine beinahe modrige Note, während der herbe, rauchige Whisky an den Winter erinnerte. Charles hatte recht, es schmeckte nach Oktober. Robin stieg die Leiter herunter und ließ sich neben mir ins Sofa sinken.

«Bist du bereit?», flüsterte er mir hörbar zu und lächelte neckisch.

«Wozu?», fragte ich, aber Charles kam ihm zuvor.

«Willkommen», sagte er und erhob das Glas in meine Richtung. «Ich bin überrascht, wie wenig Bedenken du anscheinend hast, dich hierauf einzulassen und zu erfahren, wer wir eigentlich sind. Wofür wir stehen. Was wir tun. Du hast einfach die Augen zugemacht und bist gesprungen, um uns zu zeigen, dass du dabei sein willst. Dass du bereit bist, anders zu leben. Größer. Wilder. Das ist beeindruckend. Es weist auf einen starken Willen hin.»

«Oder auf kompletten Wahnsinn und ein unfassbar schlechtes Selbstbewusstsein», sagte Robin.

Alle kicherten. Max fischte ein Stück Eis aus ihrem Glas und bewarf ihn damit.

«Lass ihnen diesen Augenblick», sagte sie. «Charles lebt für diesen Scheiß, und er muss es hören.»

Er nickte mir zu.

«John Stuart Mill hat einmal geschrieben ...», begann Charles. Robin unterbrach ihn mit einem dramatischen Räuspern:

«*Wo immer eine überlegene Klasse vorhanden ist*», rezitierte er, «*rührt ein großer Teil der Moral des Landes von ihren Sonderinteressen her und von den Gefühlen der Klassenüberlegenheit.*»

Er stand auf und verbeugte sich theatralisch. Dinah applaudierte ironisch, Gustaf kicherte leise. Max seufzte.

«Wiederhole ich mich?», wollte Charles wissen und warf Robin einen Blick zu. «Meinst du das?»

«Ich bin einfach nur stolz, dass ich es mir merken konnte», sagte Robin. «Endlich.»

Charles blickte mich an.

«Robin hat recht», sagte er. «Oder eher Mill. Wir erwarten nicht, dass Robin solche Ansichten selbst formulieren kann. Aber es freut uns, dass er sie immerhin auswendig lernen kann.»

«Fair enough», sagte Robin und trank einen Schluck. «Fair enough.»

«Mitten durch die Gesellschaft zieht sich ein bodenloser Riss der Ungerechtigkeit», fuhr Charles wieder an mich gewandt fort. «Das folgt aus dem, was Mill beschrieben hat. Was aus deinem Leben wird, beruht nicht auf Können oder einer Meritokratie oder darauf, wie hart man arbeitet. Sondern auf vererbten Strukturen. Du wirst in einem Einfamilienhaus oder einer Hochhaussiedlung geboren, in einer Kleinstadt oder in Östermalm, mit oder ohne Geld, mit oder ohne Bücher in deinem Zuhause. Vielleicht kommst du als Flüchtling hierhin, ganz ohne Besitz. Vielleicht wirst du in einem Schloss geboren. Die Möglichkeiten, die du in deinem Leben hast, sind bereits festgelegt, wenn du zum ersten Mal die Augen öffnest.»

Er betrachtete mich mit seinem lebhaften, intensiven Blick und trank einen Schluck.

«Wir nennen es Privilegien. Stimmst du mir da zu?»

Ich sah Max verstohlen an. Sie zwinkerte mir zu.

«Ja», antwortete ich. «Ich vermute schon. Wer tut das nicht?»

Ich räusperte mich und zögerte eine Sekunde. Sie sahen mich an.

«In meiner Jugend hab ich eigentlich immer gedacht, dass man werden könnte, was man will», sagte ich. «Solange man keinen Fehler machte, würde nur dein eigener Ehrgeiz die Grenzen bestimmen. Aber so ist es nicht. Es waren nur einige Wochen in Lund nötig, um das zu kapieren.»

«Man kann nicht werden, was man will, wenn man sich an das hält, was andere entschieden haben», sagte Gustaf. «Die Gesellschaft ist manipuliert, und das zum Nachteil von denen, die nicht von Anfang an alles haben.»

«Die Gesellschaft ist im Grunde statisch», sagte Charles. «Genau wie Gustaf sagt, führt es dazu, dass diejenigen, die schon Macht und Eigentum haben, sich darauf konzentrieren können, in Ruhe zu festigen, was sie haben. Und dabei sind sie nicht demselben Stress ausgesetzt wie diejenigen, die sich erst auf dem Weg nach vorne oder oben befinden. Wenn man jeden Tag Essen auf dem Tisch hat, kann man sich auf andere Dinge konzentrieren, als satt zu werden. Wenn dein Vater Kontakte zu einer Anwaltskanzlei hat, muss man sich nicht anstrengen, um überhaupt auch nur an der Rezeption arbeiten zu dürfen.»

Ich nickte und spürte, wie mein Herz schneller schlug. Charles mochte weird sein und so klingen, als würde er eine Vorlesung an der Universität halten. Aber er hatte recht. Vielleicht war das alles für die meisten ja selbstverständlich, aber ich hatte in diesem Herbst in Lund zum ersten Mal erlebt, was es wirklich bedeutete.

«Es zieht sich durch alle Ebenen», fuhr er fort. «Und die Unterschiede werden mit jeder Generation größer. Diese Entwicklung ist exponentiell. Wer viel hat, bekommt mehr. Und wer wenig hat, darf sich anhören, dass die Möglichkeiten, mehr zu bekommen, doch offen vor einem liegen. Solange man nur tausendmal härter arbeitet. Aber nur eine extrem kleine Gruppe hat überhaupt die Kapazitäten dazu. Also bleibt arm, wer arm geboren wurde. Wer reich geboren wurde, bleibt reich. In den allermeisten Fällen. Das ist die wichtigste und offensichtlichste Ungerechtigkeit in der Gesellschaft. Und natürlich verschließen alle die Augen davor. Niemand will darüber reden. Warum? Weil wir alles neu denken müssten, was wir als gegeben betrachten, wenn wir diese Tatsache anerkennen.»

Er nahm einen großen Schluck aus seinem Glas und stellte es vor sich auf den Tisch.

«Die größte Illusion im modernen, westlichen Wohlfahrtsstaat ist der Glaube, dass man jedem durch Schulbildung und Gesundheitsversorgung die gleichen Chancen eröffnet. Und wenn jeder die gleichen Chancen hat, dann ist nur noch das Individuum selbst für sein eventuelles Scheitern verantwortlich. Dass du nicht erreichst, was du willst, ist deine eigene Schuld, nicht die des Systems, der Geschichte oder der Ungerechtigkeit. Man hat das Recht auf eine Ausbildung. Man wird formal nicht benachteiligt, ganz im Gegenteil. Und so schützt man die ökonomische Elite auf geniale Weise vor Angriffen auf das System, das nur sie begünstigt. Denn das, was allen gegeben wird, sind nur Krümel. Genug, um sich fast satt zu essen. Genug, um das System nicht zu hinterfragen.»

Er sah sich im Zimmer um.

«Der Wohlstand hat die Religion als Opium für das Volk ersetzt. Indem man allen ein wenig gibt, haben einige die Möglichkeit, sich fast alles zu nehmen. Das ist der perfekte Diebstahl. Ein Raub in Zeitlupe.»

Mein Glas war beinahe leer, und ich war erleichtert, als Robin den Shaker nahm und es wieder auffüllte. Er stand auf, während er ihn schüttelte.

«Du meinst also, es wäre besser, keinen Wohlstand zu haben?», fragte ich. «Es wäre besser, wenn nicht jeder in die Schule gehen dürfte oder im Krankenhaus behandelt werden würde? Wäre das gerechter?»

«Nein», sagte Max.

Als sie ihr Glas auf dem kleinen Sofatisch abstellte, klirrte das Eis.

«Aber es wäre ehrlicher.»

«Also wollt ihr eine Revolution?», fragte ich. «Ihr wollt diese Weltordnung durch etwas anderes ersetzen?»

«Revolutionen sind Täuschungen», warf Gustaf ein. «Jede kollektive Aktion ist eine Täuschung.»

«Was wollt ihr dann?»

«Wir wollen uns dem gegenüber gar nicht mehr verhalten», meinte er. «Wir wollen einfach nur nicht mitspielen.»

«Es ist nicht unser Job, die Gesellschaft zu verändern», sagte Dinah. «Wir sind keine Idealisten.»

Sie drehte ihr Glas, sodass ihr die Eiswürfel gegen die Lippen schlugen, als sie den Rest ihres Drinks austrank und es ebenfalls auf den Tisch stellte, damit Robin das Glas wieder auffüllen konnte.

«Wir weigern uns einfach, bei dieser Scharade mitzumachen.»

«Wir sind Banditen», sagte Max. «Nicht mehr und nicht weniger.»

«*Der Diebstahl, das ist die Rücknahme, die Wiederaneignung der Besitztümer*», sagte Charles. «Das hat der französische Anarchist Marius Jacob 1905 in seiner Verteidigungsrede vor dem

Gericht gesagt. Er wurde angeklagt, einhundertsechs Straftaten begangen zu haben, in Belgien, Frankreich und Italien. Er hat die Verbrechen nicht geleugnet, aber er hat sich geweigert anzuerkennen, dass es strafbar war, maßlos reiche Leute zu bestehlen und auszurauben, die sich ihr Vermögen nicht selbst verdient haben. *Um das Recht auf Leben bettelt man nicht*, hat er gesagt. *Man nimmt es sich.*»

«Er war eine Art Robin Hood?», fragte ich. «Seht ihr das so?»

«Vielleicht», antwortete Dinah. «Ja und nein.»

Ich drehte mich zu ihr um, sie lag mittlerweile auf den Kissen auf dem staubigen, abgenutzten orientalischen Teppich. In einer Hand hielt sie träge ihr Glas, das Robin aufgefüllt hatte.

«Wir stehlen von denjenigen, die ihren Besitz nicht verdient haben», sagte sie. «Haben aber genauso wenig Interesse an einer Revolution wie Jacob. Das Kollektiv erschafft nur neue Systeme, die zerstört werden müssen.»

Robin schüttelte noch einmal den Shaker und füllte mein Glas auf.

«Ganz schön viel Gerede», warf er ein und zwinkerte mir zu. «Genau das ist es. Aber wir wollen uns eben nicht langweilen. Genau wie du.»

«Ich weiß, dass du verstehst, was wir meinen», sagte Max zu mir.

Sie lehnte sich nach vorne und sah mir direkt in die Augen.

«Ich weiß, dass du den Riss auch gesehen hast. Dass du mitten in ihm lebst.»

Ich dachte an Söderköping und meine Träume. An *Mad Champ!* und daran, wie die Welt den ganzen Herbst lang geschrumpft war, bis sie so eng wurde, dass ich kaum Luft bekam. Und daran, wie sie sich jetzt öffnete, in eine ganz andere, viel gefährlichere Richtung. Ich erschauderte. Hatte ich mich entschieden dazuzugehören, als ich mir die Uhren in Kopenhagen genommen hatte? Oder hatte ich schon mein ganzes Leben lang die Grundlage dafür geschaffen? Hatte ich diese Entscheidung überhaupt getroffen? Die Art und Weise, wie sie jetzt alles präsentierten, fühlte sich ehrlich und gleichzeitig wie eine nachträgliche Erklärung an.

Ich setzte mich auf und blickte in die Runde.

«Warum habt ihr mir das nicht vor Kopenhagen erzählt?», fragte ich. «Es ist nicht so, dass ich euch nicht zustimme. Aber ihr habt mir keine große Wahl gelassen.»

«Du hattest eine Wahl», widersprach mir Dinah.

Sie sah mich mit einem müden Blick an.

«Du hast dich selbst entschieden, die Uhren zu nehmen. Niemand hat sie dir in die Hand gedrückt oder in die Taschen gesteckt.»

«Du weißt doch, was ich meine», sagte ich.

Ihre Gleichgültigkeit – oder was es war – provozierte mich.

«Das bei Illum war so etwas wie ein Streich», sagte ich. «Plötzlich hab ich dort ganz alleine gestanden. Ich hab mich fucking noch mal gefühlt wie bei der *Versteckten Kamera*.»

Als sich Robin auf dem Sofa zurücklehnte, glaubte ich zu erkennen, dass ihm ein leichtes Lächeln über die Lippen huschte.

«Es war kein Streich», erklärte Max. «Niemand hat dich ausgelacht. Und es war kein sinnloser Prank. Es war ein Test. Eher für dich selbst als für uns.»

«Und es hat dir gefallen», sagte Dinah. «Hör auf, dich dagegen zu wehren. Du kokettierst damit. Du weißt, was du willst.»

Ich lehnte mich zurück und trank.

«Ich weiß, dass du einer von uns bist», sagte Max.

«Und was ist das?»

«Du weißt es», antwortete sie.

Ich trank einen großen Schluck und spürte, wie mein Kopf leicht brummte.

«Einer der Banditen», sagte ich. «Meinst du das?»

Sie lachten und prosteten mir mit erhobenen Gläsern zu. Ich sah, wie Max und Dinah einen einvernehmlichen Blick wechselten, den ich nicht verstand, der mir aber auch egal war.

«Sie meint, dass du keine Mauern oder Balkone besitzt», sagte Charles. «Aber genau wie wir Seile und Dolche.»

Robin stand mit erhobenem Glas wieder auf.

«Und jetzt lass uns hier schlafen, auf dem Bordstein, Geliebte.»

Er sah sich um, allem Anschein nach selbst überrascht. Die anderen jubelten und lachten.

«Ich übertreffe mich heute Abend verdammt noch mal selbst.»

«Wenn ich bei euch mitmachen soll, will ich nicht mehr reingelegt werden», sagte ich. «Ich will nicht außen vor bleiben.»

Sie verstummten und blickten mich an.

«Du gehörst zu uns», sagte Max. «Du bleibst nicht außen vor.»

Ich wollte ihr Glauben schenken.

«Das mit den Seilen und Dolchen», sagte ich. «Was du an die Wand in Malmö gesprayt hast. Es stammt aus *Schatten und Mittagshitze* von Muhammad al-Maghut.»

Sie sah mich beeindruckt an.

«Du kennst dich mit syrischen Dichtern aus?»

Ich zuckte mit den Schultern.

«Ich kann googeln.»

Sie lachte.

«Dinah liebt dieses Gedicht. Und diese Zeilen sind unser Leitmotiv geworden. Sie sagen alles, was gesagt werden muss. Sie handeln von uns.»

Der Nachmittag flog dahin, während Charles und Max Käse und ein paar Flaschen Weißwein holten. Er schüttete sich reichlich ein und hielt sein Glas zu einem Toast hoch.

«Für Revolutionäre lasst ihr es euch wirklich gut gehen», sagte ich zu Robin.

Ihm klebte ein wenig Käse am Mundwinkel, und er wischte ihn mit einer Serviette ab.

«Wir sind ja auch keine Revolutionäre?», erwiderte er.

Er sah mich mit gespielter Verwirrung an.

«Wir sind Banditen. Ich glaube, da gibt's einen Unterschied?»

Er senkte die Stimme.

«Ich scheiß auf den Unterschied. Ich schaffe es kaum, dem ganzen Gerede zu folgen.»

«Gott, diese Dummchen-Attitüde steht dir gar nicht», sagte ich. «Glaubst du, dass du wegen deines Dialekts mit dieser Haltung durchkommst?»

Er lachte laut und stieß mit mir an.

«Es ist verdammt schön, dich hier zu haben», sagte er. «Du kannst genauso schlecht Blödsinn reden wie alle anderen in dieser verdammten Gruppe. Du wirst reinpassen.»

Charles schenkte nach, und ich sah verstohlen zu Max, die neben Gustaf saß und über etwas lachte. Robin verschwand die Leiter hinauf, um sich wieder den Büchern oben unter dem Dach zu widmen, und Dinah ließ sich neben mir aufs Sofa sinken. Ihr Blick war auf etwas anderes gerichtet.

«Du gehörst jetzt also wirklich zu uns», murmelte sie. «Ich hoffe, es ist die richtige Entscheidung.»

Sie lehnte sich zurück und sah mich über den Rand ihres Weinglases an. Ihre Augen waren nicht so grün und ausdrucksvoll wie die von Max, sondern dunkel und unergründlich.

«Ob es die richtige Entscheidung von mir ist?», fragte ich.

Sie zuckte mit den Schultern.

«Uns allen.»

Wir saßen den ganzen Abend in der Bibliothek und redeten. Dinah wechselte die Kerzen aus, wenn sie abgebrannt waren, Charles mixte Getränke. Niemand hatte die Energie, ein ordentliches Abendessen zu kochen, aber Charles machte Pasta, die wir mit Chili, Knoblauch und Parmesan aßen, während wir um die Kochinsel standen.

«Ihr steckt voller Überraschungen», sagte ich zu Robin neben mir. «Ich weiß nicht, wie viele ich noch verkrafte.»

In Wahrheit wusste ich, dass sie recht hatten. Was ich getan hatte, war aus freien Stücken geschehen. Niemand hatte mir irgendetwas erklärt. Aber es hatte mich auch niemand gezwungen. Ich hatte es getan, weil ich es tatsächlich nicht mehr ausgehalten hatte, außen vor zu sein und zuzusehen, wie das Leben einfach an mir vorbeizog. Das geordnete Leben, die gewohnten Konventionen. Ich wusste nicht, ob ich bereit war, all das hinter mir zu lassen. Aber mit dem gleichen Gefühl, das mich veranlasst hatte, mich einfach in die Demonstration in Malmö zu stürzen, sehnte ich die nächste Überraschung herbei, das Unbekannte, das Gefährliche. Etwas, das eine Zäsur darstellte und mich herausforderte. Etwas, das echt war. Unmittelbar. Wahr.

Robin stieß sein Glas gegen meines und lud seine Gabel mit Pasta voll, die vor Käse und Olivenöl triefte.

«Wenn du keine Überraschungen magst, bist du hier am falschen Ort», sagte er. «Überraschungen sind unser Metier.»

Um zehn Uhr merkte ich, dass wir den ganzen Nachmittag und Abend geredet hatten, es sich aber anfühlte, als ob überhaupt keine Zeit vergangen wäre. Robin hatte eine Ewigkeit über die geheimen Bars auf Hisinge geredet, und Gustaf hatte sich darüber beschwert, dass London wieder die Zukunft war. Charles erzählte von Victor Serge und dem Illegalismus, von den Pariser und Brüsseler Anarchisten des frühen 20. Jahrhunderts und von Banditen. Vom ethischen Aspekt des individuellen Widerstands und davon, dass man seinen Glauben an die «Moral der Obrigkeit» aufgeben musste.

Die Moral der Obrigkeit. Individueller Widerstand. Wäre das in Kopenhagen nicht passiert, hätte ich geglaubt, es wäre nur Gerede, eine Gruppe von Studierenden, die gerade einen spannenden Kurs belegt hatten und sich auserwählt fühlten. Aber hier beschäftigten sie sich nicht mit den leeren Träumen irgendwelcher Jugendlicher. Das hier war wirklich real.

Je länger der Abend dauerte und je mehr mir davon allmählich ins Bewusstsein drang, desto größer wurde die Angst angesichts dessen, was ich bei Illum getan hatte. Das erste Mal in meinem Erwachsenenleben hatte ich impulsiv gehandelt.

Außerdem klangen die Beweggründe von Max und den anderen sehr überzeugend und nachvollziehbar. *Illegalismus.* Was Charles die *Metaphysik des Diebstahls* nannte. Da ich nun wusste, dass es nicht nur leere Worte waren, hörte es sich gefährlich an – und sexy. Und auf eine seltsame Art richtig. Es war, als ob sie – und jetzt auch ich – diesen Riss im Gewebe der Gesellschaft gefunden hatten, eine fundamentale Ungerechtigkeit, die ihre Aktionen nicht nur rechtfertigten, sondern notwendig machten.

Ich sah Gustaf an, der mit Max ein Streitgespräch führte, bei dem ich den Faden verloren hatte. Charles und Robin räumten die Teller ab, während Charles etwas über John Coltrane erzählte. Dinah saß gegen die Wand gelehnt auf der Arbeitsplatte am Fenster, mit halb geschlossenen Augen, halb in ihrer eigenen Welt. Ich war mir nicht sicher, was ich von einer *Metaphysik des Diebstahls* halten sollte. Ich hatte Max gefragt, warum sie diese Tags auf Wände sprayte, wenn sie nicht an einer Art Revolte oder Revolution interessiert waren. Warum dann überhaupt darauf aufmerksam machen?

«Niemand soll sich entspannen können», hatte sie geantwortet. «Sie sollen wissen, dass hier draußen die Seile und Dolche warten, ganz egal, wie sie an ihren Wohlstand gekommen sind, wie hoch sie ihre Mauern bauen. Im Schatten. In der Dunkelheit. Wir können jeden Moment zuschlagen. Sie sollen sich niemals sicher fühlen. Wir sind das Unbehagen. Die Erkenntnis, die sie verdrängen wollen. Die Konsequenz der Ungerechtigkeiten, die sie ignorieren.»

Ich hatte bei ihren Worten Gänsehaut bekommen und wieder an die Wasserpfütze in der Grundschule gedacht, als ich einige Sekunden lang die Maske fallen gelassen und dem Wilden in mir nachgegeben hatte. Vielleicht war das die Person, die ich wirklich war? Ungeachtet aller Erwartungen und Hoffnungen. Wie wusste man es? Wie wusste man, wie man ehrlich lebte?

«Außerdem ist es sexy», hatte Max gesagt und mich angesehen. «Die Tags und die Botschaft. Sie sehen cool aus. Braucht man noch andere Gründe?»

Es war ein wunderbarer Abend gewesen, aber jetzt war es draußen im Garten stockdunkel, und Regen trommelte immer hartnäckiger gegen die Fenster. Ich unterdrückte ein Gähnen. Plötzlich war ich völlig erschöpft. Die Getränke, der Wein und die harte Nacht rächten sich.

«Ich glaube, die Tat, die meinen Worten jetzt folgen muss, ist, schlafen zu gehen», sagte ich.

Ich stand auf und fuhr fort:

«Sorry, dass ich so boring bin. Ich schwöre, so bin ich eigentlich gar nicht. Es ist einfach ein langer Tag gewesen. Und eine lange Nacht.»

«Du schläfst hier», sagte Charles.

Als ich den Mund öffnete, um zu widersprechen, legte er mir die Hand auf den Arm.

«Keine Widerrede», sagte er. «Das ist schon entschieden.»

Er drehte sich um.

«Max? Hilfst du unserem neuen Freund, sich einzugewöhnen?»

Ich folgte ihr die Treppe hinauf, an dem schönen Buntglasfenster zum Garten vorbei, und dann in die entgegengesetzte Richtung von ihrem Zimmer. Sie öffnete eine hohe, unlackierte Tür zu einem Raum, der zur Straße hinausging.

«Voilà!»

Sie breitete die Arme aus, als ich über die Schwelle trat. Das Zimmer war kleiner als ihres, aber bestimmt dreimal so groß wie meines bei Ludvig und Victor. Auch hier gab es ein Himmelbett und einen abgenutzten Orientteppich auf dem Fußboden. Eine Kommode mit breiten Schubladen stand an der Wand dem Bett gegenüber, über ihr ein eingerahmter Spiegel. Ein schmaler Schreibtisch unter dem Fenster zur Straße, durch das man eine großen Eiche sah, deren Blätter sich allmählich gelb färbten. Die dunkelblaue Tapete wirkte so alt wie das Haus selbst und hatte sich an einigen Stellen gelöst. Von der Decke hörte man das Brummen uralter Rohre. Sie hatten das Bett sogar mit weißen, dicken Laken bezogen, auf denen viele Kissen lagen.

«Wow», sagte ich.

Ich ging zum Fenster und blickte auf die leere Straße hinaus, auf Hecken, Bäume und Backsteinhäuser.

«Ein bisschen besser als mein jetziges Zimmer. Könnte man sagen.»

«Du siehst fix und fertig aus», stellte sie fest. «Schlaf jetzt, morgen machen Dinah und ich einen Ausflug mit dir. Das ist jetzt dein neues Zimmer. Aber du klärst es vielleicht besser mit deinen Mitbewohnern ab, bevor du wirklich umziehst, oder?»

Ich seufzte.

«Yes, das mache ich nächste Woche.»

Im Augenblick wollte ich dieses Haus nie wieder verlassen. Das war alles, was heute Abend wichtig war. Ich scherte mich einen Dreck um Jura und das normale Leben. Um meinen verdammten Mietvertrag mit Ludvig und Victor.

«Außerdem hast du doch versprochen, am Freitag auf die Halloween-Party zu gehen?»

Ich schüttelte den Kopf und sah sie an. Nie hatte sich etwas weiter entfernt angefühlt, als auf das Fest bei Ludvig und Victor zu gehen.

«Machen wir noch mal einen Ausflug?», fragte ich. «Beim ersten Mal bin ich fast ertrunken.»

Ich setzte mich aufs Bett.

«Und beim zweiten Mal bin ich zum Dieb geworden.»

Sie lachte, lehnte sich vor und streichelte mir über die Wange.

«Morgen wird es nicht so dramatisch. Hoffe ich. Und ich hab gedacht, du würdest nicht mehr die ganze Zeit an die Zukunft denken. Lass sie einfach geschehen.»

Ich spürte ihre Finger auf meiner Haut, und mir wurde warm, die Bilder von der Nacht am Strand schossen mir durch den Kopf. Wir hatten miteinander geschlafen. Was bedeutete das? Was fühlte ich für sie? Es war so viel passiert, dass es in all dem anderen zu ertrinken schien. Ich war viel zu müde, um meine Gedanken jetzt sortieren zu können.

«Diese Ehrlichkeit, mit der ihr euch beschäftigt, ist wirklich selektiv», sagte ich einfach. «Vor allem scheint sie nicht für deine Beziehung zu mir zu gelten.»

Max lächelte nur und küsste mich auf die Wange.

«Wir sehen uns morgen», sagte sie. «Schlaf gut.»

15

Ich wachte davon auf, dass die Tür zu meinem Zimmer aufgestoßen wurde.

«Aufstehen, Schlafmütze! Es ist ein wunderschöner Tag.»

Max durchquerte das Zimmer und zog die Gardinen auf. Funkelndes Sonnenlicht flutete auf den Teppich und die Laken. Ich setzte mich mit zusammengekniffenen Augen auf und sah, dass sie einen Neoprenanzug trug.

«Was ist los?», fragte ich.

Ich nahm mein Handy. Es war halb neun. Die Gedanken an die letzten Tage schossen mir durch den Kopf. Ich war immer noch in diesem eigenartigen Haus, also musste es wirklich passiert sein.

«Ist heute Sonntag?», wollte ich wissen.

Ich öffnete den Kalender auf meinem Handy.

Natürlich hatte ich keine Termine. Erst morgen wieder, meine erste Vorlesung im neuen Abschnitt über Vertragsrecht. Es war schließlich schon ein Wochenende seit unserer ersten Klausur vergangen, warum sollten sie uns mit mehr als einem zusätzlichen freien Tag verhätscheln? War ich überhaupt noch Jurastudent?

«Der Regen und der heftige Wind sind weitergezogen», sagte sie. «Die Sonne scheint, und es ist fast windstill. Aber die Wellen draußen vor der Bjärehalvön sind noch so wie in den letzten Tagen. Ein perfekter Tag zum Surfen. Ruhiger als letztens.»

Sie verstummte und schien nachzudenken.

«Wir hätten so einen Tag wählen sollen, um zum ersten Mal rauszufahren. Dann hättest du vielleicht nicht diesen niedlichen kleinen Schnitt in der Lippe.»

Sie setzte sich auf die Bettkante und strich mir mit dem Finger über die Wange. Mir wurde warm, und gleichzeitig zitterte ich.

«Man sieht es aber kaum noch. Also nicht weiter schlimm.»

Es klopfte an der Tür, und als ich hochsah, stand Dinah dort. Sie hielt mir einen Neoprenanzug hin.

«Zieh dich an», sagte sie. «Wir machen uns auf, bevor die Wellen nachlassen.»

Wir kauften wie beim letzten Mal Kaffee und belegte Brote an der Tankstelle auf der Anhöhe nahe Landskrona. Ich saß auf dem halb heruntergeklappten Rücksitz des Minibusses, neben mir drei kurze Surfbretter. Dinah und Max saßen vorne.

«Du bist dieses Mal nicht gekidnappt worden», sagte Max.

«Jetzt bist du einer der Kidnapper», meinte Dinah. «Stockholm-Syndrom.»

«Ich bin die Patty Hearst von Söderköping», erwiderte ich.

«Sorry, dass du das kleinste Zimmer bekommen hast», erwähnte Dinah. «Es war das einzige, das noch frei war, alle hier sind so gierig.»

Sie begegnete meinem Blick im Rückspiegel.

«Es ist größer als mein jetziges», sagte ich.

* * *

Mein Haar war nass, und ich war immer noch vollkommen steif gefroren, als wir ein paar Stunden später in einem großen umgebauten Lagerhaus saßen, dem Restaurant Garage in Höganäs. Dinah bestellte uns allen Hamburger. Sie hatte etwas von einer großen Schwester, die einfach wusste, was Max und ich essen wollten. Irgendwie fühlte ich mich geborgen, aber zugleich nervte es mich auch.

«Und er braucht einen Monster Shake mit einem doppelten Bourbon», sagte sie und zeigte auf mich.

Die tätowierte Kellnerin nickte.

«Wart ihr im Meer?», fragte sie. «Ihr seid Surfer, oder?»

Max nickte.

«Nur kurz», antwortete sie. «Er ist Anfänger.»

Sie zeigte auf mich und zwinkerte der Kellnerin zu. Mir gefiel der Gedanke, dass ich wie ein Surfer rüberkam, auch wenn Dinah deutlich gemacht hatte, dass ich noch Anfänger war.

«Ich dachte, die Saison wäre vorbei», stellte die Kellnerin fest. «Aber einige von euch scheinen das ganze Jahr dranzubleiben.»

Wie sich herausstellte, bestand ein Monster Shake aus Karamell, Eis und Schlagsahne. Durch den Alkohol schmeckte er süß und mild, und ich hatte ihn schon halb ausgetrunken, bevor der Hamburger kam.

«Schmeckt's?», fragte Dinah, als ich mich über das Essen hermachte.

Es ärgerte mich ein wenig, mir eingestehen zu müssen, dass sie genau gewusst hatte, wie gut es mir schmecken würde. Ein Hamburger war für mich bis zu diesem Augenblick ein Hundertzwanzig-Gramm-Patty im Sibyll-Kiosk an der E22 in Söderköping gewesen, vielleicht auch ein Cheeseburger bei McDonald's oder ein Whopper. Hamburger waren nicht dick und blutig und voller Chili, Käse und Speck gewesen.

Ich nickte zur Antwort, schluckte und spülte den Bissen mit dem Shake herunter.

«Du hast besser gesurft, als ich gedacht hatte», sagte Dinah. «Wo du dich jetzt von den Felsen fernhältst.»

Es hatte Spaß gemacht. Nach dem, was beim letzten Mal passiert war, hatte ich anfangs ein wenig Angst gehabt, aber Max sollte auf keinen Fall Zeugin davon werden. Also war ich einfach ins kalte Wasser geglitten und zusammen mit ihnen hinausgepaddelt. Beim fünften Versuch war ich kurz aufs Brett gekommen. Nach einer Stunde hatte ich einen ganzen Moment lang auf ihm gekniet.

«Was soll ich sagen? Ich bin ein Naturtalent.»

Ich schlürfte einen Schluck von meinem Milchshake. Als Dinah aufstand und zur Toilette ging, lehnte sich Max nach vorn und sah mich an.

«Bald wohnst du bei uns», sagte sie. «Es ist höchste Zeit.»

Ich lachte, und mir wurde heiß, weil sie so unbedingt mit mir zusammen sein wollte.

«Höchste Zeit?», fragte ich. «Wir haben uns doch gerade erst kennengelernt.»

Ich wollte mit ihr darüber sprechen, was am Strand in Kopenhagen passiert war, wusste aber nicht wie. Ich hatte geglaubt, dass meine Gedanken beim Aufwachen klarer sein würden, aber so war es offensichtlich nicht. Vielleicht war es besser, sich einfach mit der Welle treiben zu lassen und zu sehen, wohin sie mich brachte. Max beugte sich über den Tisch und trank von meinem Milchshake. Es ging alles so schnell. Es fühlte sich an, als würde ich mich an einem Scheideweg befinden, und es ging um mehr als die Frage, wo ich wohnen würde. Ich saß auf dem Motorrad, die Wüste lag offen vor mir. Ich zögerte nicht.

«Du musst mit mir nach Stockholm fahren», sagte sie.

Ich schlürfte den Rest des Shakes aus und sah sie fragend an.

«Stockholm?», erwiderte ich. «Warum?»

«Ich hab einen Kumpel, der uns ein paar Nächte in einem richtig tollen Hotel organisieren kann. Ich will dir zeigen, wo ich herkomme. Bist du schon oft in Stockholm gewesen?»

Ich schüttelte den Kopf.

«Noch nicht oft. Meinst du, dass wir nur zu zweit fahren?»

Sie nickte.

«Ich akzeptiere kein Nein.»

«Mal sehen», antwortete ich.

Ich lächelte sie neckisch an. Sie boxte mir leicht auf den Arm und tat so, als wäre sie sauer.

«Klar will ich mit dir nach Stockholm fahren», sagte ich.

Als wir über die E6 zurückfuhren, vorbei an Landskrona, färbte sich der Himmel in der Dämmerung über Barsebäck rosa, das stillgelegte Kernkraftwerk zeichnete sich als schwarze Silhouette vor der kugelrunden, tief stehenden Sonne ab, und auf der anderen Seiten des Sundes konnte ich Dänemark erkennen. Ich dachte daran, wie Max in meine Arme geglitten war und ich alles andere vergessen hatte. Ich blickte sie verstohlen an, wie sie dort saß, mit den Händen am Steuer, die Augen zusammengekniffen, um sie vor dem Licht der Sonne zu schützen, die gerade über dem Sund unterging. Dinah schlief auf der Beifahrerseite mit dem Kopf am Fenster, so wie ich vor einer Woche auf dieser Straße. Ihr träger Blick und ihre überhebliche Gleichgültigkeit. Ich fragte mich, wie oft sie das Nasenspray eigentlich selbst benutzte.

Charles stand in der Küche im Professorenviertel, hatte sich seine Schürze umgebunden und packte Papiertüten mit Lebensmitteln aus. Seine Hand zitterte leicht, als er sich ein Leffe aus dem Kühlschrank nahm. Draußen vor dem Fenster war es jetzt vollkommen dunkel.

Als er mich sah, leuchtete sein Gesicht auf, und ein kurzes, flackerndes Lächeln huschte darüber.

«Wir bereiten jetzt das Abendessen vor», sagte er. «Und wir müssen den Freitag in Kopenhagen feiern! Und dass du einziehst! Wir halten uns nicht zurück. Tournedos Rossini! Es ist schließlich Sonntag.»

«Ich dachte, die Abendessen am Freitag wären die wichtigen?», fragte ich.

«Sie sind die einzige Bedingung», antwortete Charles. «Aber jetzt bist du hier, also müssen wir doch feiern?»

Er drehte sich zu Robin um, der gerade in die Küche kam.

«Robin, wir kochen dein Lieblingsessen, oder?»

Dinah nahm drei dünne Holzschachteln aus einer der Tüten und sah Charles direkt in die Augen.

«Und anscheinend Austern? Geld spielt keine Rolle. Solange wir dich mit dem versorgen, was du brauchst.»

Charles sah sie an, Ärger flackerte in seinen Augen auf, obwohl er versuchte, ihn mit einem Lächeln zu verbergen.

«Nein, warte», fuhr sie fort und hielt die Hand hoch. «Ich weiß. Austern und Tournedos zu essen, ist ein Akt des Widerstandes. Ein Schlag gegen das Kapital, die Kluft und die vorherrschende Weltordnung.»

Dinah ließ die Schachteln auf die Kochinsel fallen und sah uns andere an.

«Fantastisch», sagte sie. «Wie man gegen das Establishment sein und trotzdem so gut essen kann?»

«Scheiß auf sie», sagte Robin. «Sie ist nur verkatert.»

Max betrachtete Charles.

«Kann ich dir mit den Austern helfen?», fragte sie.

Sie klang sanft und freundlich, um Dinahs Streitsüchtigkeit vergessen zu machen und in sicherere Häfen zu navigieren. Aber Charles drehte sich mit dem Austernmesser in der Hand in Dinahs Richtung.

«Willst du etwas an unserem Arrangement beanstanden?», fragte er.

Seine Stimme, die normalerweise verspielt und neckisch klang, war jetzt leer und sehr dicht, ohne einen Hinweis auf seine übliche Ironie.

«Drohst du mir?», fragte Dinah.

Sie deutete auf das impotente, kleine Messer in seiner Hand und lachte freudlos. So standen sie da und sahen sich über die Kochinsel hinweg an.

«Okay!», sagte Gustaf und öffnete die Kühlschranktür. «Wer will ein Bier?»

Er drehte sich um, hielt ein paar Leffe in den Händen, hoffte die plötzlich spürbar angespannte Situation so zu entschärfen. Dinah und Charles starrten sich immer noch an, bis sie schließlich zu Gustaf hinübersah.

«Ich nehme gerne eins.»

Sie verdrehte kurz die Augen und schien sich zu sammeln, während Gustaf eine der Flaschen öffnete und sie ihr reichte. Sie nahm sie und prostete Charles zu.

«Sorry», sagte sie in einem sanfteren Ton. «Du weißt, dass ich dich liebe, Charles.»

Er stieß mit ihr an, um den Waffenstillstand zu besiegeln, den er zwar akzeptierte, aber nicht bejubelte. Dinah nickte in meine Richtung.

«Gib ihm ein Bier, um Himmels willen», forderte sie Gustaf auf. «Es ist sein erster Sonntag!»

Ich nahm es zusammen mit einem Glas von ihm entgegen.

«Ich habe schon andere Sonntage erlebt», sagte ich. «Ich bin nicht diese Woche erst geboren worden.»

Gustaf und Dinah lachten. Max stieß mit mir an.

«Du glaubst vielleicht, dass du schon Sonntage erlebt hast», erwiderte sie. «Aber hast du das wirklich?»

Robin schaltete das Licht im Esszimmer ein, und ich half Gustaf, große Schalen mit Eis hineinzutragen, auf denen die Austern lagen. Dinah hatte Max letztendlich geholfen, sie in verwirrender Geschwindigkeit zu öffnen.

«Ein bisschen was haben wir in unseren Sommern in der Bretagne doch gelernt», hatte Max bemerkt und mir zugezwinkert.

Wir stellten die Schüsseln ab und standen auf, während Charles den Korken einer Champagnerflasche knallen und bis an die bröckelnde Decke fliegen ließ. Als jeder ein Glas bekommen hatte, drehte er sich zu mir um und hielt seines hoch.

«Erinnerst du dich an den Trinkspruch?», fragte er. «Baudelaire?»

Ich lachte. Wie viele Biere hatte ich schon getrunken? Zwei? Drei?

«*Man muss immer trunken sein*», sagte ich. «Fängt er so an?»

Die anderen jubelten und erhoben ihre Gläser.

«Ja!», sagte Robin. «*Das ist alles: die einzige Lösung.*»

«*Um nicht das furchtbare Joch der Zeit zu fühlen ...*», fuhr Max fort.

«*... das euere Schultern zerbricht und euch zur Erde beugt ...*», sagte Gustaf weiter.

«*... müsset ihr euch berauschen, zügellos*», beendete Dinah den Satz.

Sie schloss die Augen, als sie es sagte. Dann öffnete sie sie wieder, und wir beugten uns vor, um anzustoßen, bevor wir uns wieder setzten.

«Nicht alle Sonntage sind so extravagant», sagte Charles.

Er drehte sich mit dem Weinglas in der Hand zu mir.

«Aber wie gesagt, wir müssen dich anständig willkommen heißen. Wir freuen uns alle ungeheuer, dich hier zu haben. Wie gesagt, unser Leben ist nicht für jeden das Richtige, aber ich habe schon beim ersten Abendessen hier gespürt, dass du gut reinpassen würdest. Und du hast in Kopenhagen großen Mut bewiesen.»

Er hob sein Glas in meine Richtung und Max betrachtete mich voller Stolz, als ich seinen Toast beantwortete.

«Also willkommen. Du bist jetzt einer von uns.»

Die Austern waren groß, und in dem kleinen Bissen lag der Geschmack der Weltmeere, zusammen mit dem Champagner vergaß ich alles um mich herum. Ich war hier zu Hause, unter neuen, gefährlichen Freunden in einem alten, verfallenen Haus. Ich hörte, wie Robin sich am einen Ende des Tisches wieder mit Dinah wegen des Kunstwerks in die Haare bekam, über das sie bei meinem ersten Abendessen hier diskutiert hatten. Am anderen Ende des Tisches erzählte Charles Gustaf von Voltairine de Cleyre.

«Sex Slavery entstand im 19. Jahrhundert!», rief er. «Es ist unglaublich, dass wir immer noch im gleichen Gespräch feststecken!»

Ich spürte, wie sich Max zu mir lehnte.

«Du liebst das hier, Baby», flüsterte sie. «Genauso sehr wie wir. Vielleicht sogar mehr.»

Ich blickte sie an und sah, wie sie mich aus leicht traurigen, algengrünen Augen betrachtete.

«Erinnere dich daran», sagte sie. «Wenn alles andere vorbei und weg ist, dann denk daran, wie du dich in diesem Moment gefühlt hast.»

Ich runzelte die Stirn.

«Warum sollte es vorbei sein?», fragte ich. «Ich bin doch gerade erst angekommen?»

Sie lehnte sich nach vorne und verstrubbelte meine Haare, bevor sie aufstand.

«Zeit für den Hauptgang!», rief sie dann.

Wir redeten, scherzten und zankten uns in der Küche weiter, während Charles Rinderfilet briet und auf geröstete Brotscheiben legte, bevor er sie mit Gänseleber und Madeirasoße aus dem kleinen Kupfertopf krönte. Zum Schluss holte er eine kleine Kugel und rieb etwas davon über die Teller.

«Trüffel», flüsterte er und zwinkerte mir zu. «Sag Dinah nichts, sonst meckert sie wieder.»

Es schmeckte so gut, dass ich dachte, mit meinen Geschmackssinnen wäre etwas verkehrt, noch nie hatte ich etwas Vergleichbares probiert. Die weiche Gänseleber und die schwere, aber trotzdem süße Soße auf dem blutigen Fleisch.

«Das Geheimnis ist nicht die Gänseleber oder das Fleisch», sagte Charles, als er meine Reaktion sah. «Jeder kann zwei teure Zutaten kombinieren und ein annehmbares Ergebnis bekommen.» Er trank einen großen Schluck von dem dunkelroten, beinahe schwarzen Wein, den er ausgesucht hatte.

«Der Schlüssel ist die Bouillon als Soßenbasis. Man muss sie selber machen, aus den richtigen Knochen. Wenn man das macht, dann wachsen wir über uns selbst hinaus.»

So fühlte es sich tatsächlich an, als würde man über sich selbst hinauswachsen. Anschließend waren wir gesättigt und schwerfällig vom Wein und landeten in der Bibliothek, lagen auf dem Boden und den Sofas, blätterten in Büchern, balancierten unsere Weingläser zwischen uns. Charles bat mich, ihm zu helfen, und ich folgte ihm in die Küche, wo er Schüsseln mit selbst gemachtem Vanilleeis und Schokoladensoße auf ein Tablett stellte. Ich kochte Wasser und füllte Kaffee in eine French Press. Als ich mich umdrehte, betrachtete er mich von der anderen Seite des Raumes. Beinahe vollständig heruntergebrannte Kerzen flackerten auf der Kochinsel und im Fenster zum Garten. Er nahm einen Schluck von seinem Wein.

«Du bist nicht der Erste», sagte er. «Aber dich mag ich am meisten.»

Ich schüttelte den Kopf. Das Zimmer drehte sich leicht, ich sollte heute Abend nichts mehr trinken. Seine Worte klangen wie ein Zitat, aber ich konnte es nicht zuordnen.

«Wie bitte?», entgegnete ich. «Was meinst du?»

Er kam einen Schritt auf mich zu.

«Seit dreißig Jahren wohnen Studierende bei mir», sagte er. «Aber nie waren sie so brillant wie diese hier.»

Er deutete mit der Hand in Richtung der Bibliothek und nahm einen großen Schluck von seinem Wein.

«Sie sind das, wovon ich geträumt habe. Eine Gruppe, die sich überhaupt nicht für Konformität oder gesellschaftliche Moral interessiert. Starke Individuen, die motiviert und ausdauernd genug sind, um das enorme Risiko auf sich zu nehmen, das es mit sich bringt, wenn man sich nicht an Erwartungen hält.»

Er verstummte, während er nachdenklich den Kopf schüttelte. Er schien mehr mit sich selbst als mit mir zu reden.

«Sie sind Raubtiere», sagte er.

«Aber was meinst du damit, dass ich nicht der Erste bin?», fragte ich.

Er schien mich nicht zu hören. Es war schwierig, Charles einzuschätzen. Die Hälfte der Zeit wirkte er authentisch und ernst, die andere Hälfte provozierte er und suchte Streit, und das nur, weil es ihn anscheinend reizte, Spannungen zu erzeugen, um zu sehen, wo es hinführen würde.

«Sie glauben, ich weiß nicht, dass Dinahs Worte von vorhin für alle gelten. Sie glauben, ich weiß nicht, dass sie mich verachten. Dass sie der Meinung sind, ich wäre ein Theoretiker, der es nicht schafft, so zu leben, wie ich es lehre. Dass ich in den Verhaltensweisen und Privilegien der Bourgeoisie feststecke, während ich die Früchte ihrer Risikobereitschaft genieße. Wie jeder andere Angehörige der wohlhabenden Elite.»

Es klang eher nach Selbstmitleid als nach etwas anderem.

«Irren sie sich?», fragte ich.

Er lächelte und wedelte mit dem Zeigefinger, als wäre ich ein ungezogener Junge.

«Ganz ehrlich», sagte ich, «könntest du dir Austern und Champagner leisten, wenn sie nicht für dich stehlen würden? Könntest du es dir überhaupt leisten, hier zu wohnen?»

Ich weiß nicht, was mich so freimütig werden ließ, aber nach all dem Gerede über radikale Ehrlichkeit provozierte mich, dass er manche Dinge anzudeuten schien und sich aus anderen herauswand.

«Entschuldige», sagte ich. «Ich wollte keinen Streit suchen.»

Er stellte das Glas auf die Kochinsel und sah mich direkt an.

«Du hast etwas, das sie brauchen», erklärte er. «Glaub mir, sie werden es sich nehmen und dich zurücklassen.»

«Was?», fragte ich. «Ich versteh nicht.»

Ich hörte Schritte im Flur, und dann stand Robin in der Tür.

«Haben wir Whisky?», erkundigte er sich. «Ich schwöre, ich vertrage kein Glas mehr von dieser zähflüssigen Weinpampe.»

Er kam herein, öffnete wahllos einen Schrank und schloss ihn wieder, offensichtlich war er ziemlich betrunken. Charles ließ seinen Blick eine Sekunde auf mir ruhen, dann drehte er sich um und öffnete einen anderen Schrank.

«Es gibt heute Abend J&B für dich», sagte er und stellte eine Flasche mit gelbem Etikett und rotem Deckel auf die Arbeitsplatte. «Whisky gut genug zum Kochen. Das ist alles, was du zu dieser Uhrzeit noch wertschätzen kannst.»

* * *

Als mein Handywecker früh am nächsten Morgen klingelte, war es draußen noch vollkommen dunkel. Das Licht einer Straßenlaterne fiel durchs Fenster. Ich befand mich immer noch halb in meinem Traum und wusste kurz nicht, wo ich war. Ich wollte die Details des Traums erfassen, aber er verließ mich, als ich an das Essen und die Kerzen vom Abend zuvor dachte. An das Gelächter in der Bibliothek und an den Whisky.

Ich sah mich um und erkannte, dass ich die zweite Nacht in Folge in dem Haus im Professorenviertel war. In meinem Zimmer, oder dem, was dazu werden würde. Ich war nicht einmal verkatert, nicht wirklich, eigentlich hatte ich nur einen leicht trockenen Mund. Ich lehnte mich zurück und gestattete mir, von meiner Zukunft mit Max und in diesem Haus zu träumen. Aber dann riss mich der Gedanke, dass ich in einer Stunde eine Vorlesung hatte, zurück in die Wirklichkeit, und ich setze mich mit einem Seufzen auf. Der Wegfall der Geschäftsgrundlage im Vertragsrecht fühlte sich weit entfernt an. Ich stellte mir vor, dass mir die Vorlesung egal war und ich einfach nicht aufstand. Im Haus blieb und mit den anderen Kaffee trank. Den Tag ins Mittagessen und Gelächter und Chaos übergehen ließ.

Ich seufzte noch einmal und stand auf. So war ich nicht. Nicht ganz. Noch nicht.

Das Obergeschoss war dunkel, vermutlich schliefen alle noch, es war erst acht Uhr. Aber als ich die Treppe herunterkam und durch den getäfelten Flur in die Küche blickte, brannte dort Licht, und ich roch den unwiderstehlichen Duft von Kaffee.

Charles saß auf einem Hocker an der Kochinsel und las ein Buch, vor ihm standen eine dampfende Tasse und ein Korb, in dem – wie es schien – frisch gebackene Brötchen auf einem Handtuch lagen. Er stand auf, als er mich sah.

«Du bist früh wach.»

Er sah zufrieden aus, schenkte mir einen Kaffee aus der French Press ein und reichte ihn mir.

«Das ist notwendig, um ein gutes Leben zu führen. Morgens früh aufstehen.»

Er deutete mit der Hand auf den Rest des Hauses.

«Ich war offensichtlich bisher der Einzige hier, der dieser Meinung ist.»

«Raubtiere sind nachtaktiv», sagte ich und trank einen Schluck Kaffee.

Er sah mich an, als würde er nicht verstehen, wovon ich rede.

«Das hast du gestern gesagt», erklärte ich. «Dass sie Raubtiere sind. Dass sie mich ausnutzen werden.»

Charles ignorierte es völlig.

«Was steht auf dem Programm?», fragte er. «Was treibt dich zu dieser Uhrzeit aus dem Bett?»

«Vorlesung», antwortete ich. «Vertragsrecht.»

Er nickte und wirkte ernst.

«Du studierst Jura», sagte er. «Das ist vielleicht schlau. Den Feind kennen und so.»

«Wenn es nur so wäre», erwiderte ich. «Ich weiß nicht, was man mit detailliertem Wissen über die Aufhebung eines Vertrages machen soll?»

Ich zuckte mit den Schultern und schüttete den Kaffee in mich hinein.

«Ich muss noch nach Hause, um vor der Vorlesung meine Bücher zu holen», fuhr ich fort. «Wir sehen uns Ende der Woche. Ich ziehe am Wochenende ein.»

Sein Gesicht leuchtete auf.

«Natürlich! Du bist hier herzlich willkommen.»

Auf dem Weg aus der Küche drehte ich mich um und sah ihn an. Er hatte sich schon wieder in seinem Buch verloren.

«Was hast du gestern gemeint?», fragte ich. «Als du gesagt hast, dass ich nicht der Erste war?»

Er legte das Buch hin und sah mit einem verwirrten Blick zu mir auf.

«Das habe ich gesagt?», erwiderte er.

«Never mind», antwortete ich. «Ich muss es falsch verstanden haben.»

16

«Das ist ja ziemlich detailliert», murmelte Fredde.

Es war Donnerstag, und das Wochenende fühlte sich weit entfernt an, als ob es nie passiert wäre. Abgesehen von vereinzelten, kurzen SMS hatte Max nichts von sich hören lassen. Je länger die Woche andauerte, desto unwirklicher erschien der Gedanke, dass sie mich gebeten hatten, bei ihnen einzuziehen.

Fredde klappte seinen Laptop zu und grinste mich an. Um uns herum drängten sich die anderen aus dem Kurs durch die Gänge. Die Vorlesung hatte gerade geendet, aber es herrschte eine ungewöhnlich zurückhaltende Stimmung, jeder wusste, dass unsere Prüfungsergebnisse in einer Stunde in den Studierendenportalen freigeschaltet werden würden.

«Das ist aber verdammt umständlich formuliert», bemerkte er. «Oder findest du es eindeutig?»

Es war ungewöhnlich, dass Fredde den Inhalt der Vorlesung hinterfragte, das meiste verstand er sofort. Aber manche Details waren offensichtlich so erstaunlich verzwickt definiert, dass es sogar für ihn befremdlich war.

«Ja, einfach unglaublich, wie man sich so etwas ausdenken kann», murmelte ich. «Dafür muss man sich wohl richtig ins Zeug legen. Also wirklich wollen, dass es so wenig Leute wie möglich verstehen.»

Aber Fredde hörte schon nicht mehr zu. Er war aufgestanden und einen Schritt in den Gang getreten, in dem ich Alices roten Mantel sah.

«Diese ganzen kleinen Details», sagte er, dieses Mal lauter und an sie gerichtet. «Hast du irgendwas verstanden, Alice?»

Es war reine Verschwendung, mit ihr darüber zu sprechen. Vor einigen Tagen waren Fredde und ich bei einer simulierten Gerichtsverhandlung mit Alice und Wilma in einer Gruppe gewesen. Wilma war blond, hübsch, gestresst, aus Uddevalla, und engagierte sich bereits in der Göteborgs nation. Sie hatte ständig in Adlercreutz' *Avtalsrätt I* nachgeschlagen, wobei ihre Panik zugenommen hatte.

«Das lässt sich unmöglich lösen!», hatte sie ununterbrochen wiederholt.

Alice hingegen war etwas älter und hatte ein halbes Jahr Volkswirtschaftslehre studiert, bevor sie für Jura zugelassen wurde. Sie war ein wenig rundlich, hatte hochgestecktes Haar und trug roten Lippenstift.

«Jetzt beruhigen wir uns erst einmal», sagte sie jedes Mal. «Würde es nicht Sinn machen, es so zu betrachten ...»

Und was sie dann präsentierte, war natürlich immer plausibel. Genau wie Fredde hatte sie eine Art intuitives Gespür dafür, wie Jura funktionierte und Gerichte diskutierten. Genau wie Fredde interessierte sie sich für Verträge und Steuern und weniger für Gespräche über Gerechtigkeit oder übergeordnete Prinzipien. Sie hatten sich bei unserem ersten Treffen gefunden, und noch bevor sie es selbst ahnten, sah ich die Büros der Behörden, in denen sie arbeiten würden, die neu gebaute Genossenschaftswohnung, in der sie ihr erstes Kind bekommen sollten, die Möbeltransporte in den Vorort, wo sie liebevoll ihre kranken Kinder betreuen, und das ganz normale, vollkommen erstrebenswerte Glück, das sie erreichen würden.

Und ich bezweifelte nicht, dass dieses Leben sie glücklich und vielleicht sogar perfekt machen würde. Ich war nicht der Meinung, dass es das falsche Leben für sie wäre. Aber auf eine Weise bedeutete es, dass auch ich es anstreben sollte. Vielleicht nicht notwendigerweise bis ins kleinste Detail, aber als ein mögliches und naheliegendes Ziel. Für wen hielt ich mich, dass ich nicht davon träumte? Dachte ich wirklich, ich wäre besser? Interessanter? Hätte etwas anderes verdient? Die Stimme meiner Mutter in meinem Kopf.

Dann dachte ich an das surreale Wochenende. An den wilden Nachmittag und die Nacht in Kopenhagen. Das Gewicht der Uhren in meiner Tasche. Den Strand und den Geschmack von Jägermeister in meinem Mund. Die Abendessen. Charles. Neben Max zu schlafen und von den Gesprächen und dem Gegröle aus der Bibliothek und dem Speisezimmer aufzuwachen.

Plötzlich kam mir der Gedanke, dass es so war, als würde ich endlich leben. Als hätte ich bis Freitag nur halb gelebt, mich zurückgehalten und vor mir selbst versteckt. Hatte ich überhaupt etwas anderes verdient? Ich hatte nicht daran geglaubt. Aber jetzt, wo ich etwas anderes gesehen hatte? Jetzt, wo mir die Augen geöffnet worden waren? Jetzt gab es kein Zurück mehr.

«Hast du Schwierigkeiten damit?», hörte ich Alice sagen und sah hoch.

Sie stand direkt vor Fredde und lächelte ihn frech und kokett an, die Tasche mit den Büchern und dem Laptop hatte sie bereits über die Schulter geworfen, bereit für eine Marathonschicht in der Bibliothek.

«Dir zumindest bereitet es keine Schwierigkeiten?», fragte sie an mich gewandt.

«Einen Haufen Schwierigkeiten», antwortete ich. «Am schwierigsten war vermutlich, während der Vorlesung nicht einzuschlafen?»

Es war die letzte Oktoberwoche, und obwohl es zehn Uhr vormittags war, hing der Himmel tief und dunkel über uns, als wir auf die Straße traten. In den Büros des Juridicums leuchteten vereinzelt Lampen. Flaggen wehten in der schwachen Brise, und die inzwischen kahlen Bäume bogen sich im Wind. Der diesjährige Sommer war länger als gewöhnlich gewesen, aber jetzt war der Herbst angebrochen, daran bestand kein Zweifel mehr.

«Noch fünfundvierzig Minuten», stellte Fredde fest und schaute auf sein Handy. «Dann schaffen wir es noch hoch in die Bibliothek, bevor das Urteil gefällt wird.»

Er deutete hoch zum Juridicum und zum Lundagård-Park am Ende der Straße.

«Geht ihr ruhig», sagte ich. «Ich setze mich heute Nachmittag zu Hause hin.»

«Was?», fragte Fredde. «Komm schon.»

Aber er sagte es natürlich nur halbherzig. Ich wusste, dass der Gedanke an einen ganzen Tag in der Bibliothek, allein mit den Büchern und Alice, seiner Vorstellung von Romantik so nahe kam, wie es irgendwie möglich war.

«Du kannst dir die Prüfungsergebnisse nicht einfach alleine anschauen», sagte Alice. «Es ist Tradition, dass man zusammensitzt und füreinander da ist.»

«Es ist unsere erste Prüfung, Alice», sagte ich. «Wir haben keine Traditionen.»

Der Wind blies durch meinen Parka, und ich schlug die Kapuze hoch.

«Aber es ist Tradition, wenn man Jura studiert!», antwortete sie. «So macht man das einfach!»

«Lass ihn», warf Fredde ein. «Er macht sowieso, was er will.»

Ich zuckte mit den Schultern.

«Da hat er nicht ganz unrecht», sagte ich. «Wir hören voneinander.»

Die Wohnung war still und leer, und ich ging direkt in mein Zimmer. In fünfundzwanzig Minuten würden die Ergebnisse bekannt gegeben werden, und ich wünschte mir, dass sie mir egal wären, sofern ich nur bestanden hätte und die Studienfinanzierung weiter fließen würde. Aber auch wenn mir das Wochenende die Konturen eines viel wilderen Lebens aufgezeigt hatte als desjenigen, das ich mir vorgestellt hatte, war *ich* immer noch *ich*. Und *ich* wollte der Beste sein.

Das Notensystem in Jura war archaisch und unterschied sich von allen anderen Studiengängen. Es gab keinen neumodischen Kram wie ein G oder VG. Ein B bedeutete «bestanden», ein BA «mit gutem Erfolg bestanden». Aber nur die beste Note zählte, ein AB. Hatte man beim Abschluss nach viereinhalb Jahren nicht überwiegend die höchste Note erreicht, war man geliefert. Das war die vorherrschende Meinung. Denn ansonsten lief es auf einen Job bei der Gemeinde hinaus. Oder in einer kleinen Bankfiliale auf dem Land. Vielleicht ein unbedeutender Job in einem papierdünnen Haus in einem Industriegebiet in Norrköping. Aber das machte mir keine Angst, nicht wirklich. Ich fürchtete mich vor allem davor, dass eine schlechte Note sichtbar machen würde, dass ich nicht gut genug war, wo ich nun endlich mit den Besten des Landes verglichen wurde. Ich hatte die unteren Ligen dominiert. Aber das hier war die schwedische Meisterschaft. Hatte ich das nötige Zeug dazu?

Ich legte mich aufs Bett, um mich in *Flammenwerfer* zu flüchten, konnte mich aber nicht konzentrieren. Nachdem ich zehn Minuten lang immer wieder den gleichen Absatz gelesen hatte, gab ich auf, setzte mich mit dem Laptop auf dem Schoß aufs Bett und loggte mich in das Studierendenportal ein. Drei Minuten bevor es so weit war, fing ich an, die Seite neu zu laden. Ich war einer von zweihundert Studierenden, die sich in der gleichen Situation befanden, den Finger auf dem Touchpad, während ihnen das Herz bis zum Halse schlug. Es störte mich, dass es mir so wichtig war. Ich wollte einfach nur mit den Schultern zucken und mich einen Dreck darum scheren. Von hier weggehen und mich nie wieder umdrehen. Stattdessen lud ich die Seite neu.

Eine Minute vor der Bekanntgabe reagierte die Seite nur noch stockend. Vielleicht sollte es ein Zusammengehörigkeitsgefühl schaffen. Vielleicht war es das, was wir laut Alice teilen sollten. Hunderte Finger im gleichen Takt auf dem Touchpad. Die Tradition. Es störte mich, dass ich nicht abschütteln konnte, dass mein Ergebnis in dieser Prüfung eine Rolle spielte. Offensichtlich hatte ich mich noch nicht von meinen eigenen Konventionen befreit. Am liebsten wollte ich immer noch keine Fehler machen.

Die Seite war inzwischen vollständig eingefroren, und ich sah an der Uhr oben rechts auf dem Bildschirm, dass es eine Minute nach elf war. Dann lud sie, und ich schloss die Augen.

Als ich sie wieder öffnete, dauerte es eine Sekunde, bis ich mich auf dem Bildschirm orientiert hatte. Dann sah ich es.

Resultat Prüfung P101.

Schwarze, fette Buchstaben, gefolgt von schwarzen Nummern und einem schwarzen Buchstaben: 32 / 50 B.

Ich blinzelte und schaute noch einmal hin. B. Kein BA. Kein AB. Bestanden. Nicht mehr. Alles Blut floss aus meinem Kopf hinein in den Körper, und ich fühlte mich leicht und leer, als ich den Bildschirm zuklappte und aufstand. Im ersten Moment hatte es keine Bedeutung. Dann drang es in mein Bewusstsein. Ich war nicht gut. Aber auch nicht schlecht. Ich war mittelmäßig. Unter dem Durchschnitt. Nicht einmal BA, so wie all die anderen, sondern schlechter. Bestanden, aber schlecht.

Ich legte mich aufs Bett und holte eine Weile Luft, während ich in das winzige Zimmer starrte. Mittelmäßig. Soweit ich mich erinnern konnte, war es das erste Mal, dass ich trotz Bemühungen nicht die beste Note bekommen hatte. Auf dem Gymnasium hatte ich natürlich Bs in Mathe und einem naturwissenschaftlichen Fach gehabt, allerdings nur, weil ich gewusst hatte, dass mein Schnitt auch so ausreichen würde und ich nicht mein Bestes geben musste. Das hier war anders. Ganz anders.

Mein Handy vibrierte. Als ich es hochhob, sah ich, dass es Fredde war: *Wie ist es gelaufen??*

Ich stand auf und lief rastlos ein paar Schritte. Dann setzte ich mich wieder aufs Bett. Ich hatte auf jeden Fall bestanden. Kein Grund zum Jammern. Nicht wirklich. Luxusprobleme. Ich war in Jura also nicht der Beste? Es war nicht so, als hätte ich Krebs. Es war nicht das Ende der Welt. Ich hatte schließlich bereits entschieden, dass das hier nichts für mich war. Oder etwa nicht? Warum war das Ergebnis dann ein solcher Stich ins Herz? Weil es bedeutete, dass meine Mutter recht hatte. Ich war nicht der Einzige, der im Leben etwas erreichen wollte. Ich war lediglich eine weitere Person, die am schlechtesten war, wenn es wirklich darauf ankam.

Ich legte mich hin und drückte mir das Kissen aufs Gesicht.

«Scheiße!», schrie ich in den Stoff.

Ich dachte an Max und ihre kurzen SMS diese Woche. Wir hatten gesagt, wir würden voneinander hören. Dass ich einziehen sollte. Aber was, wenn das hier alles war? Sie hatten mich dazu gebracht, einen Diebstahl zu begehen. Dann nichts. Ich hatte losgelassen. Zum ersten Mal in meinem Leben war ich einfach mit den Wellen getrieben. Ohne an die Konsequenzen oder die Richtung zu denken. Ich war so kurz davor gewesen, mit allem zu brechen. War ich gegen die Felsen gekracht?

Ich sah mich in dem kleinen Zimmer um. Ich war nicht wild wie Max und die anderen. Ich war nur mittelmäßig. Das Handy neben mir vibrierte, aber ich verkraftete keine weiteren Nachrichten von Fredde, also sah ich nicht hin. Ich schloss die Augen und legte mich auf die Seite, war plötzlich sehr müde, vollkommen erschöpft.

Als ich wieder aufwachte, war es bereits Nachmittag. Das Zimmer wirkte bleich und grau im Licht, das durchs Dachfenster fiel, mein Kopf hämmerte leicht, mein Mund war trocken. Ich atmete tief ein und hoffte, dass die Wohnung verlassen war, bevor ich die Tür öffnete und ins Wohnzimmer ging.

Ausnahmsweise einmal hatte ich Glück. Der Fernseher war ausgeschaltet, man hörte nur die Dunstabzugshaube, die jemand angelassen hatte. Als ich mir ein Butterbrot schmierte, war ich immer noch verschlafen, befand mich immer noch in einem Traum. Ich aß das Brot langsam und schaute währenddessen hinunter in den kalten, grauen Innenhof. Schließlich nahm ich mein Handy und sah, dass die letzte Nachricht nicht von Fredde war, sondern von Max.

Wie ist die Prüfung gelaufen?

Sie nicht auch noch. Aber immerhin hatte sie sich gemeldet und sich daran erinnert, dass heute die Ergebnisse kommen würden. Es interessierte sie. Das war doch etwas. Das war alles.

Ich hörte, wie Ludvigs Tür geöffnet wurde und er durchs Wohnzimmer in die Küche kam.

«Champ!», rief er und öffnete den Kühlschrank. «Du denkst doch dran, dass du versprochen hast, morgen zur Party zu kommen und ein bisschen zu helfen?»

Er nahm die Filmjölk heraus und setzte sie an die Lippen, hielt dann aber inne.

«Sorry», sagte er. «Ist das deine?»

Es war meine, aber ich hatte nicht einmal die Kraft, daran zu denken, also schüttelte ich einfach nur den Kopf. Ich hatte die Feier vergessen und räusperte mich.

«Ich hab überlegt umzuziehen», sagte ich.

«Gut, dass du es ansprichst», erwiderte er, «Der Vertrag läuft ja bis Neujahr, und danach haben wir nichts weiter abgesprochen? Vielleicht ist William an deinem Zimmer interessiert. Cool, dass du dir etwas besorgt hast. Wir wollen dich schließlich nicht auf die Straße setzen.»

«Ich ziehe vielleicht schon am Wochenende um», sagte ich.

Er zuckte zusammen und sah mich überrascht an.

«Das ist aber schnell.»

«Mag sein.»

Er nickte und dachte nach.

«Okay, es sind ja noch zwei Monate bis Neujahr, und das entspricht genau deiner Kaution. Kein Problem.»

Er trank gierig aus der Filmjölk, während er sich umdrehte und den Inhalt des Kühlschranks inspizierte.

«Ich hab einen Monat Kündigungsfrist», sagte ich. «Nicht zwei. Ich kann für November bezahlen. Mehr aber nicht.»

Max hatte versprochen, dass ich im November bei Charles nur für das Essen bezahlen musste, und ich hoffte, sie meinte es ernst. Ludvig sah überrascht über die Schulter.

«Das ist aber ein bisschen uncool, Champ», sagte er. «Ich meine, du verlässt uns relativ kurzfristig? Geld ist für uns alle wichtig.»

Er hielt die Filmjölk hoch, um mich daran zu erinnern.

«Gerade deshalb», erwiderte ich.

Er sah mich einfach nur an und schüttelte leicht den Kopf.

«Ich muss das mit Victor besprechen», sagte er. «Es ist schließlich ein bisschen unehrlich, uns zu versprechen, das ganze Semester hier zu wohnen, und dann mittendrin drauf zu scheißen, findest du nicht?»

«Es ist nicht unehrlich», sagte ich. «Es ist das, was wir vereinbart haben. Du hast den Vertrag aufgesetzt!»

Diese verdammte Feilscherei. Ich spürte, wie wütend ich

wurde. Ludvig hielt abwehrend die Hände hoch und lächelte mich an, halb ironisch, halb höhnisch.

«Wow, ganz ruhig, Champ. Wir reden am Wochenende darüber. Der Fokus liegt erst einmal auf der Party. Du solltest verdammt noch mal besser dort auftauchen, wenn du dein Geld haben willst. Du hast es versprochen.»

Er nahm meine Filmjölk mit und verschwand ins Wohnzimmer. Als ich mein Handy hervorholte, hörte ich, wie das Tennisspiel gestartet wurde.

Die Prüfung ging in die Hose, schrieb ich Max.

Ich schloss die Augen und setzte mich auf einen der Küchenstühle. Es dauerte nur ein paar Sekunden, bis mein Handy klingelte.

«Vermisst du mich?»

Es war typisch, dass sie nicht einmal Hallo sagte, aber meine Brust füllte sich mit Wärme, trotz meiner Angst wegen der Prüfung.

«Ich weiß nicht, was ich darauf antworten soll», sagte ich.

Ich spürte, wie ihre Stimme das Feuer in mir weckte und die Prüfung an Bedeutung verlor.

«Du fehlst mir auf jeden Fall», sagte sie. «Scheiß auf die Prüfung. Du ziehst doch am Wochenende ein?»

«Wenn ich immer noch darf?»

Sie lachte.

«Darfst? Du musst, Baby! Du gehörst doch jetzt zu uns!»

«Ich hatte versprochen, morgen bei dieser Feier zu helfen», sagte ich. «Die Halloween-Party.»

«Und du hast keine Lust dazu?», fragte sie.

«Kann man nicht gerade behaupten.»

Einen Augenblick lang war sie still.

«Scheiß drauf», sagte sie. «Im Ernst, warum machst du da mit?»

Ich schloss die Augen. Ich wollte nichts lieber tun, als darauf zu scheißen.

«Ich kann nicht», sagte ich. «Sie haben noch Geld von mir, ich bekomm es nicht zurück, wenn wir nicht gut auseinandergehen. Und ich hab es versprochen.»

Sie schwieg kurz.

«Hörst du dir selbst zu?», fragte sie schließlich. «Du bist ein Leibeigener der Oberschicht.»

Ich schüttelte den Kopf. Es machte mich sauer, dass sie das sagte und es so klingen ließ, als wäre ich ein Diener oder Sklave. Ich fühlte mich wie ein Loser, wie jemand, der es nicht schaffte, für sich selbst einzustehen – das Gegenteil eines Banditen.

«Was zur Hölle?», sagte ich. «Ich hab ein Leben, Max. Ich bin nicht jemand, den du einfach auf der Straße gefunden hast.»

«Mach, was du deiner Meinung nach machen musst», erwiderte sie. «Aber man muss gar nichts.»

Sie klang gereizt, und auch das ärgerte mich.

«Ich muss das hier auf meine Art machen», erklärte ich. «Ich bin nicht du.»

Sie seufzte.

«Ich will bei dir sein», sagte sie. «Ich hab dich vermisst.»

Mein Herz flatterte, und meine Wut löste sich auf und verflog.

«Wir haben seit Sonntag kaum etwas voneinander gehört», sagte ich. «Ich dachte, du hättest mich vergessen.»

«Ich hatte einiges zu erledigen», antwortete sie. «Ich wusste nicht, dass du so viel Aufmerksamkeit brauchst.»

Es klang neckisch.

«Man weiß nie», sagte ich. «Ich bin nur ein Typ, der gerade sein Jurastudium verkackt, ich verstehe, wenn du es nicht erträgst, dich zu melden.»

Sie lachte.

«Selbstmitleid ist wirklich nicht dein Ding, Baby», sagte sie.

«Ich bin nur angepisst», sagte ich. «Ich bin es nicht gewohnt, mies zu sein, das ist alles.»

«Du bist nicht mies. Vielleicht ist Jura einfach nicht dein Ding.»

«Vielleicht.»

«Geh auf die Feier, wenn du wirklich musst. Du löst die Sache mit deinen Kumpeln, und am Freitag kommst du hierhin. Deal?»

«Sie sind nicht meine Kumpel.»

«Whatever», sagte sie. «Und ganz egal, was passiert, mach dir keine Sorgen. Es klärt sich alles.»

Ich schüttelte den Kopf.

«Was meinst du?»

Aber sie hatte schon aufgelegt.

17

Immerhin weigere ich mich, wie meine Kommilitonen auszusehen, dachte ich, als ich mich kurz nach dem Mittagessen am Freitag durch die Menge halloweentrunkener Studierender bei Butterick's in der Astra Mårtengatan drängte. Ich ließ meinen Blick hin- und herschweifen zwischen einem Set aus einem Arztkittel mit aufgemaltem Blut, Stethoskop und Thermometer und einem Kostüm, das vermutlich einen schäbigen Werwolf darstellen sollte. Vielleicht hätte ich Max' Vorschlag folgen und mich nicht darum scheren sollen, was ich Ludvig und Victor versprochen hatte. Sie hätte vermutlich einfach eine Uhr oder etwas anderes gestohlen, um die Miete aufzubringen. Aber das Geld war alles, was ich hatte. Und das war nicht einmal der Grund, warum ich so erpicht darauf war, es zurückzubekommen. Ich wollte mich nicht länger von Ludvig und Victor ausnutzen lassen. Fuck them! Ich dachte gar nicht daran, ihnen mein Geld genauso zu überlassen wie meine Filmjölk aus dem Kühlschrank.

Auf dem ersten Kleiderbügel im Secondhandladen einer Wohltätigkeitsorganisation in der Stora Södergatan fand ich das, wonach ich – wie mir jetzt klar wurde – gesucht hatte. Eine abgenutzte, weinrote Lederjacke, die gerade geschnitten war und beinahe perfekt passte. Ich brauchte nur noch ein geblümtes Hemd mit einem Siebziger-Jahre-Kragen und eine Anzugshose, genau das, was in dem Laden anscheinend so angeboten wurde. Nach nur einer Minute hatte ich einige gefunden, die erstaunlich gut saßen. Eigentlich hätte die Sonnenbrille rote Gläser haben müssen, aber ich gab mich mit einer gewöhnlichen Pilotenbrille zufrieden, die vorne an der Theke lag. Das musste reichen. Zusammen kostete alles dreihundertfünfzig Kronen. Mehr als ich für eine Feier ausgeben wollte, auf die ich eigentlich keine Lust hatte. Aber wenigstens sah ich genau so aus, wie ich aussehen wollte.

* * *

Als ich ins Wohnzimmer kam, hingen in den Gauben zur Straße Spinnennetze, und auf dem Fensterbrett lag billige Plastikdeko.

«Ein bisschen nach links. Nein, zu weit. Ein bisschen hoch. Noch etwas. Rechts.»

Ludvig hatte sich als Captain America verkleidet und nippte an einem Peroni, während er begutachtete, wie Victor in einem Batman-Kostüm eine Kürbisgirlande an die Wand hängte.

«Ein bisschen mehr nach links. So. Nein, höher.»

«Was zur Hölle!»

Victor ließ die Girlande los und drehte sich mit ausgebreiteten Händen um. Ludvig lachte und schlug sich auf die Knie.

«Sah verdammt lustig aus, wie du da rumgeturnt bist, ein bisschen nach oben, ein bisschen nach unten.»

Er imitierte Victors Bewegungen und lachte noch einmal.

«Oder nicht, Champ?»

Er blickte mich an.

«Saulustig», sagte ich. «Gibt's Bier?»

Victor applaudierte, und Ludvig pfiff.

«So muss sich das anhören! Im Kühlschrank.»

Ich ging an ihm vorbei zur Küche und nahm ein Bier aus dem

Kühlschrank. Ich sah mein Spiegelbild im Küchenfenster und verwuschelte meine Haare ein wenig. Es war eine gute Verkleidung, ich war zufrieden.

«Champ?»

Captain America stand in der Tür und sah mich mit seinem lächerlichen Schild in der Hand an.

«Also, wir haben uns gedacht, dass du heute Abend wie abgesprochen ein bisschen hilfst. Etwas aufräumen, du weißt schon. Ein paar Gläser? Snacks? So was?»

«Ja», sagte ich und setzte die neu gekaufte Sonnenbrille auf. «Das hatte ich ja versprochen. Hast du noch über den Vertrag und das Geld nachgedacht?»

«Wir reden später darüber», antwortete er. «Ich spreche mit Victor.»

«Was gibt es da zu besprechen?», fragte ich.

Er drehte sich zu mir um.

«Was hast du gesagt, Champ?»

Sogar in seinem lächerlichen Kostüm behielt er seltsamerweise die Oberhand.

«Wir reden später», erwiderte ich und ging an ihm vorbei ins Wohnzimmer.

«Verkleidest du dich nicht?», rief er mir hinterher.

Ich drehte mich um und breitete die Arme aus.

«Erkennst du nicht, wer ich bin?»

«Rote Lederjacke?», fragte er. «Altes Hemd? Zerzauste Haare? Sonnenbrille?»

«Ja?»

«So läufst du doch immer rum?»

Ludvig und Victor hatten sich auf ihrer Party sexy Krankenschwestern und heiße Teufel mit Hörnern erhofft, aber größtenteils strömten vollständig bekleidete Zombies, Monster und

Mumien durch die Wohnungstür herein und versorgten sich mit orangefarbener Bowle. Ein paar als Wonder Woman und Harley Quinn verkleidete Frauen kamen ihrer Erwartung von einer Halloween-Party wie in der Playboy Mansion noch am nächsten. Und die Bowle war nach fünf Minuten leer. Wohnzimmer und Küche füllten sich, während die Stereoanlage allmählich lauter wurde. Ich schaltete die Spülmaschine ein und trank ein Peroni nach dem anderen aus dem rappelvollen Kühlschrank. Ich spürte, wie ich mich mit jedem Schluck weiter aus dieser Situation entfernte, aus diesem gewöhnlichen, geistig armseligen Leben. Es war wie eine Abschiedsfeier von Leuten, die ich kaum kannte. Ich wollte mich einfach nur richtig betrinken und achtete darauf, dass ich mich schnell und methodisch auf dieses Ziel zubewegte.

«Warum hast du dich nicht verkleidet?»

Ich schloss die Kühlschranktür und drehte mich um. William Rosenius stand dort mit einem grauen Getränk und betrachtete mich mit seinem arroganten Lächeln. Er hatte sich als Joker verkleidet, so wie die Hälfte aller Typen auf der Feier. Ich verstand es nicht. Warum wollten diese zukünftigen Pfeiler der Gesellschaft wie das Symbol der Anarchie aussehen? Vielleicht war er für sie einfach nur ein Monster. Vielleicht war es ihr Unterbewusstsein.

«Das hab ich», antwortete ich.

«Die Certina abzunehmen, ist keine Verkleidung, Champ.»

Er nahm einen tiefen Schluck von seinem trüben Drink. Die Rolex baumelte an seinem Arm. Es war offensichtlich, dass er bereits sehr betrunken war.

«Dass du keine kulturellen Anspielungen verstehst, heißt nicht, dass ich mich nicht verkleidet habe», sagte ich. «Es kann wohl kaum verlangt werden, dass ich meine Verkleidung auf deine monumentale Ignoranz abstimme? Das wäre ein race to the bottom, und ich glaube, weder Halloween noch unsere Zivilisation würden es überleben.»

Ich war schon ziemlich betrunken, und es gefiel mir, dass ich eine Beleidigung gefunden hatte, die er mit aller Wahrscheinlichkeit nicht verstehen würde.

«Wovon zur Hölle redest du?»

Er lächelte höhnisch und sah sich um, als hätten wir Zuschauer, die ebenfalls kein Wort verstanden hatten.

«Ich rede davon, dass du ein Philister bist und dass unsere Zivilisation dem Untergang geweiht wäre, wenn wir nicht danach streben würden, uns wenigstens über das Minimalniveau zu erheben, an dem du dich orientierst.»

«Ich hab gefragt, warum du nicht verkleidet bist», sagte er und breitete die Hände aus. «Und du redest über Zivilisation?»

Er machte mit den Fingern Anführungszeichen in die Luft, als er «Zivilisation» sagte. Vielleicht ging meine Selbstgefälligkeit langsam zu weit? Scheißegal. Was sollte ich auf dieser Party sonst tun, als William auf eine Weise zu provozieren, bei der er die ungefähre Richtung meiner Aussagen erfassen konnte, aber nicht die Details?

«Ich habe nur auf deine Frage geantwortet», sagte ich. «Sind wir jetzt fertig?»

Er sah mich an, lächelte jetzt nicht mehr, dann kam er einen Schritt näher und sagte mit gesenkter Stimme:

«Du bist verdammt weird, weißt du das? Alle finden das. Es ist nicht böse gemeint, aber es ist vermutlich am besten für dich, dass du dich beruhigst und wenigstens versuchst, irgendwie normal zu sein, um nicht mehr wie ein absoluter Freak rüberzukommen.»

Er fuhr sich mit den Fingern durchs Haar, und die Uhr an seinem Handgelenk schimmerte. Ich hatte plötzlich den Drang, ihm meine Faust so fest ich konnte ins Gesicht zu rammen. Als ich blinzelte, sah ich vor meinem inneren Auge seine übel zugerichteten Zähne und die blutige Lippe. Ich wollte ihm seine Rolex vom Arm reißen, sie selbst anziehen, einfach von dort weggehen und mich nie wieder umdrehen.

«Ja», sagte ich. «Vielleicht bin ich ein Freak.»

Im Wohnzimmer liefen schwedische Schlager in voller Laut-stärke, und die Lampe, die Victor vom Fachschaftsrat ausgelie-hen hatte, warf Sterne und bunte Kreise an Decke und Wände. Der Raum war voll mit tanzenden Zombies und Mumien. Es war wie ein sehr kleiner und sehr schwedischer Nachtclub. Man musste es ihnen lassen: Sie hatten ihren Vorsatz in die Tat umge-setzt. Ich spähte auf die improvisierte Tanzfläche. Morgen würde ich all das hier hinter mir lassen. Ich konnte es kaum erwarten.

Jemand zog mich am Arm, und ich drehte mich um. Victor zeigte zur Küche, und ich seufzte und folgte ihm.

«Es gibt keine Snacks mehr», sagte er. «Alle Schalen sind leer. Kannst du dich ein bisschen bemühen?»

Ich sah immer noch zur Tanzfläche, doch schließlich drehte ich mich zu ihm um.

«Ich hab den Eindruck, dass ich der Einzige bin, der hier arbei-tet», sagte ich. «Wollten wir das hier nicht zusammen machen?»

Er stieß seine Bierflasche gegen meine.

«Wir haben verdammt noch mal einen Deal. Ich geb doch Bier aus? Füll jetzt einfach die Schalen auf.»

«Der Deal war, dass ich mithelfe», sagte ich. «Nicht, dass ich dein Sklave bin. Was macht Ludvig, zum Beispiel?»

Victor lächelte nur und ging einen Schritt in Richtung Wohn-zimmer. Er zeigte quer durch den Raum, zu einer der Gauben.

«Er hat sozusagen alle Hände voll zu tun.»

Ich schaute in die Richtung, in die er zeigte, und sah durch die tanzende Menge hindurch, dass Ludvig mit einer Frau auf der anderen Seite des Zimmers stand. Sie trug eine blaue Perücke und ein schwarzes Goth-Cheerleader-Kostüm mit bauchfreiem engem Top. Sie stand mit dem Rücken zu mir, und er hatte seine Hand unter ihrem kurzen Rock.

«Also», sagte Victor. «Käseflips. Und mach auch ein bisschen Popcorn.»

Er drehte sich um und verschwand mit erhobenen Händen wieder auf die Tanzfläche.

Ich füllte die Schalen auf und trank noch ein Bier. Zwei Typen in der Küche verteilten Lakritzshots und sangen ein Trinklied über Juristen, teilweise auf Latein. Ich kippte schnell zwei Shots herunter und tat so, als würde ich sie nicht hören. Dann trank ich noch ein Bier. Die ganze Wohnung um mich herum schwankte, und die Gesichter im Wohnzimmer verschwammen miteinander, als ich mich durch die Menge zwängte. Auf dem Sofa knutschte ein blutverschmierter Arzt mit einer Elfe. Die Lichter huschten so schnell über die Wände, dass mir übel wurde. In der Gaube erahnte ich Ludvig, der breitbeinig auf dem Fensterbrett saß, jetzt mit beiden Händen unter dem Rock der Goth-Cheerleaderin.

Ich musste dem Lärm und den Lichtern entkommen, aber durch die Bewegung und den Rausch wusste ich nicht mehr, in welcher Richtung mein Zimmer lag. Ich bahnte mir planlos einen Weg über die Tanzfläche, während ich den Kopf schüttelte und versuchte, die Kontrolle wiederzuerlangen. Aber ich konnte all die Sinneseindrücke nicht ausreichend verarbeiten, um mir die richtige Richtung zu geben, und so landete ich wieder in der Küche.

Hier war es ruhiger. Der Geräuschpegel war nicht so hoch, und es war nicht so eng. Ich brauchte Wasser, wusste aber nicht, wie ich an den Leuten, die an der Spüle standen, vorbeikommen sollte, ohne mit ihnen reden zu müssen.

Dann war ein Krachen hinter mir zu hören, und ich drehte mich um. Jemand hatte vor der Wohnzimmertür eine Bierflasche fallen lassen. Ich erahnte Glas und Bier auf dem Parkett, nahm es aber kaum wahr, ich brauchte Wasser.

Gerade als es mir gelungen war, an ein Glas zu kommen und es aufzufüllen, hörte ich Victor hinter mir.

«Hol einen Lappen, Champ.»

Ich drehte mich um und sah, dass er ein Kehrblech in der Hand hielt.

«Ich hab die Scherben aufgefegt. Kannst du das Bier wegwischen?»

Er schien zwei Gesichter zu haben, die zeitverzögert redeten.

«*Du* kannst das Bier aufwischen», erwiderte ich.

«Was?»

Er runzelte die Stirn, und ich erkannte, dass ich zu betrunken war, um mich zu streiten, sosehr ich es auch wollte. Manche Leute wurden aggressiv, wenn sie betrunken waren, bei mir war das Gegenteil der Fall, also griff ich einfach nach dem Spültuch, stolperte an Victor vorbei ins Wohnzimmer und kniete mich dort mit dem Lappen in der Hand hin. Der Boden war dreckig, aber nicht besonders nass. Vielleicht war die Flasche beinahe leer gewesen. Vielleicht wischte ich auch an der falschen Stelle. Um mich herum sah ich Beine und Verkleidungen, und ich wollte hierbleiben, es fühlte sich sicher an, und hier unten war mir weniger schwindelig.

Ich drehte den Kopf, und mein Blick fiel auf die Gaube, in der Ludvig immer noch mit der Cheerleaderin stand. Sie drückte sich gegen ihn, er hatte seine Hände unter ihrem Top und Rock und drückte sie gierig an sich. Ich war so betrunken, dass ich beinahe alles doppelt sah, aber ich konnte den Blick nicht von ihnen losreißen. Sie standen eng beieinander, und Ludvig schien ihr etwas Lustiges zuzuflüstern, sie warf den Kopf zurück und lachte anscheinend, während sie ihm scherzhaft gegen die Brust stieß. Das Kunsthaar der blauen Perücke fiel ihr ins Gesicht, und als sie es sich aus den Augen strich, drehte sie den Kopf, und ich sah in den tanzenden, hüpfenden Lichtern kurz ihr Gesicht. Sie trug eine Art Maske, aber ich war mir einen Augenblick lang sehr sicher, wer sie war. Ich schloss die Augen und schüttelte den Kopf. Das Blut gefror mir in den Adern. Es konnte einfach nicht wahr sein.

Als ich die Augen wieder öffnete, waren sie nicht mehr in der Gaube. Ich stand auf und stolperte los, so betrunken war ich. Mein Kopf hämmerte. Jemand rempelte mich an.

«Ey, pass doch auf.»

Ich drehte mich um und fühlte, wie mich eine Gestalt von sich wegschob, die als sexy Vampir verkleidet war, ihre Augen waren weit aufgerissen, die künstlichen Wimpern flatterten vor Wut.

«Sorry», lallte ich. «Keine Absicht.»

Der Fußboden unter mir schien sich zu krümmen und auf und ab zu bewegen, die ganze Wohnung drehte sich wie ein Kaleidoskop. Ich weiß nicht, wie ich wieder in die Küche und an ein weiteres Glas Wasser kam.

Ich lief mit meinem Wasserglas in der Hand durch die Wohnung und hoffte, dass sich nichts mehr drehte. Schließlich sank ich auf das Wohnzimmersofa. Als ich den Blick hob, sah ich einen Typen mit Umhang und einer verschmierten Harry-Potter-Narbe auf der Stirn, der neben mir schlief. Er saß aufrecht, und sein Kopf hing nach hinten über die Rückenlehne, seine runde Brille saß schief. Ich holte mein Handy heraus. Es war fast zwei Uhr, und die Menschenmenge in der Wohnung war langsam ausgedünnt. Plötzlich wurde die Musik aus- und das Deckenlicht eingeschaltet. Ich blinzelte, damit sich meine Augen daran gewöhnten.

«Sorry, Leute!», rief Victor. «Es ist schon ziemlich spät, und die Nachbarn haben gedroht, die Polizei zu rufen, wenn wir nicht sofort ruhig sind.»

Er stand auf einem Hocker an der Wand, lallte und wedelte mit einem Plastikglas herum, das er in der Hand hielt.

«Und hier will ja wohl niemand in der Ausnüchterungszelle landen oder einen Eintrag in seiner Akte riskieren.»

Es waren Buhrufe zu hören.

«Also ist es jetzt leider Zeit, nach Hause zu gehen. Danke für einen crazy Abend. Ihr seid echte Champs!»

Er hielt sein Glas hoch und spritzte etwas vom Inhalt auf die noch anwesenden Gäste, die sich nun langsam zur Tür bewegten. Ich stupste Harry Potter neben mir an.

«Zeit, nach Hause zu gehen, Champ», lallte ich.

Er zuckte zusammen, und die Brille fiel hinter ihm auf den Boden, dann legte er sich einfach hin und schlief auf dem Sofa wieder ein. Ich seufzte und stand auf. Im Licht der Deckenlampe wurde das Ausmaß des Chaos sichtbar. Überall umgestoßene Plastikbecher, Bierflaschen, verschütteter Wein, heruntergerissene Dekoration, von verschütteter Cola und Whisky klebende Spinnennetze. Durch den Rausch hindurch spürte ich Verzweiflung. Die anderen gingen nach Hause, aber ich würde das hier aufräumen.

In der Küche standen ein paar Typen, die wie ihre Väter aussahen, und jammerten darüber, welches Semester im Jurastudium am schlimmsten war.

«Ganz einfach, das zweite. Nicht ohne Grund nennt man es ‹Die Mauer›. Daran besteht kein Zweifel.»

«Zeit zu gehen, Champs», lallte ich. «Die Nachbarn beschweren sich.»

Sie sahen mich an, als käme ich aus einer anderen Welt. Einer von ihnen hickste und zeigte mit seinem Plastikbecher auf mich.

«*First rule of Fight Club*», sagte er. «*Never talk about Fight Club*. Der bist du, oder? Der Typ aus dem Film. Brad Pitt.»

Es machte mich traurig, dass dieser pummelige Typ, der sich

nicht einmal die Mühe gemacht hatte, sich zu verkleiden, als Einziger richtiglag.

«Tyler Durden», sagte ich. «Stimmt.»

«Ich kenn mich mit Filmen aus», sagte er. «Verdammt guter Streifen. Ich liebe Tarantino.»

«Er ist nicht von Tarantino», murmelte ich und zeigte zur Tür.

Er lachte nachsichtig und tätschelte mir die Schulter. Der andere Typ klopfte mir auf den Rücken.

«Ich glaube nicht, dass du bei Filmwissen eine Chance gegen Benji hast», sagte er. «Er ist eine verdammte Enzyklopädie.»

Ich antwortete nicht, nahm ihnen einfach nur die Plastikbecher aus den Händen und warf sie ins Spülbecken.

«Wir sehen uns», sagte ich und folgte ihnen ins Wohnzimmer.

Der Raum war jetzt vollkommen leer. Im Flur sah ich, dass sogar Harry Potter aufgestanden war und daran arbeitete, sich die Schuhe anzuziehen. Am anderen Ende des ansonsten leeren Zimmers stand Victor und klopfte an Ludvigs Tür.

«Champ!», sagte er. «Ich will nicht stören, ich weiß, was du am Laufen hast.»

Er kicherte und lallte, sturzbetrunken, und hämmerte weiter gegen die Tür.

«Alle sind gegangen», sagte er. «Nur, damit du es weißt.»

Ludvig öffnete, immer noch in seinem lächerlichen, blauen Kostüm, aber ohne Maske. Er gab Victor lachend ein High-Five.

«Mad night!», lallte er. «Mad night!»

«Episch!», sagte Victor. «Richtig episch! Legendär!»

Ludvig schaute über seine Schulter ins Zimmer und beugte sich zu Victor vor. Er lallte etwas leiser, vielleicht sollte es ein Flüstern sein.

«Wie gesagt, ich bin ein bisschen busy.»

Er zeigte mit dem Daumen über seine Schulter, stolperte und stützte sich an der Tür ab, um nicht umzufallen. Sie öffnete sich ein Stück. Bevor er sie wieder zuziehen konnte, sah ich die Goth-Cheerleaderin auf seinem Bett, sie trug noch ihre blaue Perücke, aber kein Top und keinen Rock mehr, nur noch einen knappen Schlüpfer und einen BH. Sie hatte immer noch ihre schwarze Maske auf und trug roten Lippenstift. Doch diese Sommersprossen und diese grünen Augen hätte ich überall wiedererkannt, ganz egal in welcher Verkleidung. Ich hatte mich nicht geirrt. Max sah mich direkt an, ohne den Blick abzuwenden. Sie verzog keine Miene.

18

Erst als ich mich am nächsten Morgen in die Toilette übergab, wurde mir bewusst, wie verzweifelt, wie hoffnungslos meine Situation sich plötzlich darstellte. Im Spiegel sah ich mein bleiches Gesicht und meine geröteten Augen. Was hatte ich nur getan? Ich hatte die Klausur verhauen. Ich hatte so einen unstillbaren Hunger nach Kontext und Bedeutung verspürt, dass ich in Kopenhagen einen Diebstahl im Wert von mehreren Hunderttausend Kronen begangen hatte, und das für ein paar Leute, die mich offensichtlich nur ausgenutzt hatten. Ich übergab mich noch einmal und versuchte, die verzweifelten, verkaterten Tränen zurückzuhalten, die sich durch meine Augenlider drängten.

Als ich meine Augen schloss und zum dritten Mal über der Toilettenschüssel würgte, sah ich Max' Blick und ihre blaue Perücke, als sie so vollkommen bewegungslos und nur mit Unterhose und BH bekleidet auf Ludvigs Bett gesessen hatte. Wie war sie überhaupt hierhin gekommen? Kannte sie Victor oder Ludvig? Einen ihrer Kumpel? Wie konnte sie nur so kaltblütig sein? Es war so erniedrigend. Wie zur Hölle konnte man jemanden so demütigen, wie sie mich gedemütigt hatte?

Ich wollte sie niemals wiedersehen. Vielleicht war sie sogar noch in der Wohnung, in Ludvigs Bett? Ich ertrug den Gedanken nicht, die Vorstellung, mir ihre Erklärungen anzuhören. Alles war so leer, so unsagbar schlimm. Sie mochte zwar über Ungerechtigkeit und Anarchie reden und sich vormachen, dass sie sich gegen das System und die Konventionen auflehnen wollte. Aber am Ende stand sie trotzdem auf Typen wie Ludvig.

Ich drückte zwei Paracetamol aus der Verpackung und spülte sie mit lauwarmem Wasser direkt aus dem Hahn herunter. Ich musste sofort wieder würgen, konnte den Reflex aber unterdrücken und zwang mich stattdessen, die Zähne zu putzen.

Als ich ins Wohnzimmer kam, war die Wohnung eine Ruine, es war sogar schlimmer, als ich gedacht hatte. Ich setzte mich auf den Hocker, auf dem Victor vor ein paar Stunden gestanden und geschrien hatte. Er klebte von seinem Getränk, und ich schloss die Augen, als ich meinen Kopf in den Händen ruhen ließ. Weiter hinten in der Wohnung hörte ich, dass eine Tür geöffnet wurde. Ich blieb sitzen und spürte, wie mir das Herz in die Hose rutschte. Ich ertrug nicht einmal den Gedanken, jemanden zu sehen oder mit jemandem reden zu müssen.

«Was für ein Abend!», sagte eine Stimme.

Ich hob widerwillig den Kopf und sah Ludvig auf mich zukommen, während er sich streckte. Wenigstens war er allein, vielleicht hatte Max sich bereits auf den Weg gemacht. Er lachte und zeigte auf mich.

«Du siehst echt beschissen aus, Champ.»

Er wuschelte mir auf dem Weg in die Küche durchs Haar. Ich widerstand dem Verlangen, sein Handgelenk zu packen und ihm den Arm zu brechen.

«Ich mach dir scrambled eggs. Mit meiner Geheimzutat: einer Menge Tacosoße.»

Ich hörte, dass die Kühlschranktür geöffnet wurde, und unterdrückte meinen Brechreiz.

«Eggs are just an excuse to eat hot sauce!», rief er.

Mein Herz pochte vor Sorge und vom Kater. Langsam folgte ich ihm in die Küche und lehnte mich gegen die Arbeitsplatte.

«Was lief gestern?», fragte ich. «Mit dieser Braut?»

Ludvig schlug Eier in eine große Schüssel, mehr als ich es jemals gesehen hatte, vielleicht acht oder zehn Stück.

«Welche Braut?», fragte er.

Er warf mir einen Blick über die Schulter zu, und es wirkte, als hätte sein Gehirn wirklich Mühe, meine Frage zu verarbeiten.

«Die Cheerleaderin?», erwiderte ich. «Mit der du irgendwie den ganzen Abend geredet und rumgemacht hast. Mit der du heute Nacht geschlafen hast? Wo ist sie?»

Ihm schien ein Licht aufzugehen.

«Du meinst Satan?», sagte er. «Hast du sie gesehen? Die war es, stimmt's? Bisschen Emo, klar, aber verdammt sexy. Diese kleine Maske!»

Er formte mit den Fingern eine Maske und hielt sie sich vor die Augen, während er stolz nickte und mich wie zur Bestätigung ansah.

«Sie war weg, als ich aufgewacht bin. Schade, ich hätte gern noch 'ne Runde gehabt. Wenn du verstehst?»

«Satan?», fragte ich.

«So hab ich sie genannt, weil es auf ihrem kleinen Cheerleader-Top stand. So als wäre das der Name ihrer Highschool.»

«Verstehe. Kanntest du sie schon vorher?»

Er lachte und sah mich an, als wäre ich völlig dumm.

«Sah sie deiner Meinung nach so aus, als würde ich sie kennen?»

Ich zuckte mit den Schultern.

«Genau», sagte er. «Aber an einem walk on the wild side ist doch nichts verkehrt. Stimmt's, King?»

Ich hatte schon wieder das Gefühl, mich übergeben zu müssen.

«Also ist es gut gelaufen?», war das Einzige, was ich herausbekam.

«Gut gelaufen? Ja, es hat Spaß gemacht. Glaub ich.»

Er hielt inne und schien nachzudenken.

«Hat sie hier geschlafen?», fragte ich.

«Geschlafen und geschlafen», sagte er.

Er zwinkerte mir zu.

«Ist zum Ende hin ein bisschen verschwommen, wenn ich ehrlich bin. Hatte noch ein paar verdammte Lakritzshots, bevor ich mich hingelegt hab.»

Bei der Erinnerung an die Shots unterdrückte ich ein weiteres Mal meinen Brechreiz.

«Im Nachhinein war es vielleicht nicht das Klügste, aber was soll's, oder?»

Er zuckte mit den Schultern.

«Sie war sowieso weg, als ich aufgewacht bin, also werde ich wohl nie erfahren, was ich geleistet habe.»

«Ihr seht euch nicht mehr?»

Er lachte und klopfte mir auf die Schulter.

«Noch einmal sehen? Du bist wirklich der King, Champ.»

Er drehte sich um, schaltete die Herdplatte ein und goss die riesige Ladung Ei in die Pfanne. Es sah einfach nur widerlich aus.

«Ich weiß nicht einmal, wer sie ist», sagte er. «Nicht direkt eine, die man mit nach Hause nimmt und seinen Eltern vorstellt, aber ich hätte gerne ein Rematch gehabt. Glaub ich.»

Er kratzte sich am Kopf.

«Ärgerlich, wenn man mit einer Emo-Braut schläft und hinterher nicht mehr weiß, wie es war. Ich hasse es, wenn das passiert.»

Er rührte die Eier um und sah aus, als würde er es aufrichtig bedauern. Ich wollte seinen selbstgefälligen Kopf in die Pfanne drücken.

«Aber was für eine Feier das war!»

Er sah sich in der Küche um. Der Tisch war voll mit Bierflaschen, undichten Kartonweinen, Gläsern und Schüsseln. Die Spüle ebenso. Der Boden sah aus, als wäre er von einer dicken Ascheschicht überzogen, so wie Pompeji Minuten nach dem Ausbruch.

«Du hast viel zu tun, Champ», stellte er fest.

Er nahm das Rührei von der Platte und schaufelte die Hälfte auf einen Teller, bevor er es vollständig in Santa-Maria-Tacosoße ertränkte.

«Ich mach nur Witze!», sagte er. «Wir helfen natürlich.»

Er fand eine ausreichend saubere Gabel und ging durch die Küche ins Wohnzimmer.

«Nimm dir so viel Ei, wie du willst. Vergiss die Hot Sauce nicht!»

Anfangs war es eine gute Ablenkung, die Wohnung zu putzen, ich hatte eine konkrete Aufgabe und musste nicht ständig das Bild von Max auf Ludvigs Bett vor mir sehen. Ludvig und Victor behaupteten, sie würden helfen, aber die meiste Zeit machten sie Pause, setzten sich auf das Sofa und spielten Tennis. Es war mir egal, gab mir die Möglichkeit, allein zu sein und mich voll und ganz in meinem Martyrium zu vergraben. Eine Weile hielt es meine Unruhe in Schach. Ich räumte die Spülmaschine ein und aus, staubsaugte und wischte den Fußboden. Vom Sofa wehten Kriegsgeschichten vom Abend herüber, und ich versuchte vergebens, mehr Details über Max aufzuschnappen. Aber ich hörte nur, wie Ludvig immer noch fluchte, weil er sich nicht erinnern konnte, was er «geleistet» hatte.

Max hatte mit Ludvig geschlafen. Je später es wurde, desto mehr drang es mir ins Bewusstsein. Ihr kaltblütiger Blick, als sie auf seinem Bett gesessen hatte.

Ich sah mich um. Die Wohnung war sauber. Sauberer als vor

der Feier. Ich schaute alle fünf Sekunden auf mein Handy, um zu sehen, ob Max sich gemeldet hatte. Nichts.

«Ludvig hat gesagt, du ziehst um?»

Es war Victors Stimme und als ich den Blick hob, sah ich seinen strubbeligen Kopf, der über die Rückenlehne des Sofas schaute. Ich schüttelte den Kopf.

«Das ist noch nicht sicher», sagte ich. «Ich hätte nichts sagen sollen.»

«Whatever», sagte Victor und sank wieder ins Sofa.

Ich sah mich um und hasste mich selbst dafür, dass ich so gut geputzt hatte. Die Uhren bei Illum. Das Haus. Max. Die Prüfung. Die Gedanken drehten sich immer schneller und schneller in meinem Kopf. Ich konnte keine Sekunde länger in dieser Wohnung bleiben, ging in den Flur, streifte meinen Parka über, zog meine Schuhe an und ging hinaus, ohne sie zuzubinden.

Ich konnte nicht auf den Aufzug warten, ich konnte keinen Moment stillstehen, weil der Tornado, der in mir anwuchs, mir die Luft aus der Lunge sog und ich mit all meiner Kraft dagegen ankämpfen musste zu hyperventilieren. Ich ging die Treppe hinunter, nahm zwei Stufen auf einmal. Ich rannte vor allem davon, bis ich schließlich auf den Hof stolperte. In der Tasche meines Parkas berührten meine Finger etwas Glattes, und ich wusste sofort, was es war. Es war die ganze Zeit dort gewesen, ohne dass ich daran gedacht hatte.

Das etikettlose Nasenspray von Dinah sah vollkommen unschuldig aus, als ich es in der kalten Herbstsonne hochhielt, es gab mir einen Fünkchen Hoffnung, versprach mir sofortige Linderung. Ich konnte dieses Gefühl keine Sekunde länger ertragen.

Ohne zu zögern, hielt ich das Spray an die Nase. Ich wollte mir gerade die wunderbare Gleichgültigkeit in den Körper sprühen, als mein Handy in der Tasche vibrierte. Es schien die Trance zu durchbrechen, und ich sah mich selbst von außen, im Innenhof hockend, das Fentanylspray an der Nase. Was zur Hölle machte ich hier? Zu wem war ich geworden?

Ich holte das Handy heraus.

«Baby», sagte Max, wie immer bevor ich überhaupt antworten konnte. «Ich weiß, dass du sauer bist, aber komm zum Haus. Es ist nicht so, wie du denkst.»

Ich drückte sie weg und schaltete das Gerät aus. Ich bereute es, das Gespräch überhaupt angenommen zu haben. Fuck off. In der Hand hielt ich immer noch das Fentanylspray. Dann steckte ich es mit einem Seufzen in die Tasche.

* * *

Den ganzen Nachmittag lief ich planlos durch Lund. Durch den Stadsparken und über die Södra Esplanaden. Ich saß auf einer Bank im Botanischen Garten, bis es dämmerte und ich allmählich fror. Meine Verzweiflung und Angst wichen einer Wut, die anwuchs, bis der Park um mich herum vollkommen dunkel war. Für wen hielten sie sich? Für wen hielt sich Max?

Ich stand auf. Es war Zeit, die Dinge offen anzusprechen.

Es war fast vollkommen dunkel, als ich schließlich vor dem Haus im Professorenviertel stand. Die Bäume lehnten sich über die Straße, die Laternen erwachten mit einem Summen und warfen ihr kühles, gelbes Licht auf mich. Das Laub des Apfelbaums hinter dem Tor lag schwer und nass auf dem Rasen. Als ich über den ungepflegten Kiesweg ging, der von verwelktem Unkraut und Erde bedeckt war, und die Treppenstufen hinaufstieg, fiel weiches Licht aus den hohen Fenstern. Ich klingelte und zählte die Sekunden.

«Wenn sie bei zehn nicht aufgemacht hat, drehe ich mich um und gehe», sagte ich zu mir selbst.

Und ich meinte es ehrlich, ich hatte mir tatsächlich eingeredet, dass ich es genau so machen würde. Aber ich hatte nicht einmal bis sieben gezählt, als die Tür weit geöffnet wurde und Max direkt vor mir stand, in einer schwarzen Cargohose, mit schwarzem T-Shirt und schwarzen Stiefeln. Sie sah aus wie bei unserer ersten Begegnung in Malmö, bereit zu handeln, bereit für den Straßenkampf.

«Du bist es!», sagte sie. «Endlich!»

Sie machte einen Schritt auf mich zu und umarmte mich.

«Sorry für heute Nacht», sagte sie. «Mach dir keine Sorgen, Baby. Es ist nicht so, wie du denkst.»

«Das hast du schon gesagt», stellte ich trocken fest.

Sie hielt die Tür auf, trat zur Seite, und ich ging in den Flur. Ich sah sie an und holte tief Luft.

«Du bist einfach bei mir zu Hause aufgetaucht, ohne mir etwas zu sagen?», fragte ich.

Ich spürte, wie mir die Worte vor Zorn im Hals stecken blieben.

«Das ist so verdammt respektlos. Ich dachte, dass ...»

«Du täuschst dich», erwiderte Max ruhig.

Sie nahm meine Hand und schaute mir in die Augen.

«Deine ganze verdammte Unehrlichkeit», sagte ich. «Du nutzt mich nur aus. Ich bin fertig mit dir.»

Ich sammelte mich, weil mir vor Wut die Tränen kamen, und das machte mich noch wütender.

«Wie zur Hölle soll ich es denn verstehen, wenn du bei mir zu Hause auftauchst, ohne dich zu erkennen zu geben?»

«So ist es nicht», sagte sie. «Du weißt, dass es nicht so ist.»

Ich lachte freudlos. Es klang nach jemand anderem.

«Wie ist es denn? Ich hab dich gesehen, *Baby*. Du hast mit Ludvig geschlafen.»

Ich wurde lauter, aber es war mir egal.

«Und ich scheiße drauf», fuhr ich fort. «Du kannst schlafen, mit wem du willst. Ich dachte, euer ganzes Gerede würde bedeuten, dass ich zu euch dazugehöre. Aber ich hab mich getäuscht. Ihr macht einfach, was ihr wollt, und erwartet, dass ich es hinnehme. Das ist nicht nur respektlos, das ist bösartig.»

Ich hatte seit dem Aufwachen heute Morgen darüber nachgedacht, was ich sagen wollte. Meine Wörter sollten wie Steinblöcke fallen, deutlich, man sollte ihnen unmöglich entkommen oder sie anzweifeln können. Aber jetzt war es so, als würden sie mir halb im Hals stecken bleiben. Nicht, weil ich an meinen Aussagen zweifelte, sondern, weil sie nicht so gewichtig waren, wie ich es erwartet hatte. Ich hörte mich einfach nur kindisch und verschmäht an. Ein naiver und verliebter kleiner Junge, der betrogen wurde.

«Ich verstehe, dass du verwirrt bist», sagte Max. «Aber ich habe dir gesagt, dass nichts so ist, wie es scheint.»

«*Nicht, wie es scheint?*»

Ich breitete die Hände aus.

«Was zum Teufel bedeutet das überhaupt? Du meinst, ich soll Verständnis dafür haben, dass du lügst und dieses Arschloch fickst, mit dem ich zusammenwohne? Das muss schon eine verdammt weit gefasste Definition von Verständnis sein, wenn dieses Verhalten noch darunter fallen soll?»

«Darum hab ich angerufen, Baby! Um es zu erklären.»

«Ich ertrage kein dummes Gerede mehr», sagte ich. «Ich ertrage keine Verlogenheit mehr.»

«Kannst du einfach reinkommen?», fragte sie.

Sie zeigte zum Inneren des Hauses, und ihre grünen Augen waren so offen und rein, dass ich ihr beinahe glaubte, aber ich wehrte mich dagegen.

«Nein», sagte ich. «Ich komm nicht rein. Nicht, bevor du komplett ehrlich zu mir bist.»

Aber wir wussten beide, dass ich es nicht ernst meinte.

Max ging vor mir durch den Flur in Richtung Küche und Bibliothek, und je näher wir kamen, desto lauter wurden die Stimmen der anderen. Sie waren nicht ruhig und spöttisch wie gewöhnlich, sondern erregt, als wären sie in eine Debatte oder einen kleinen Streit verstrickt.

«Ich weiß nicht genau, was ihr plant», hörte ich Charles sagen. «Aber irgendetwas sagt mir, dass das Risiko zu hoch ist.»

«Es besteht fast gar kein Risiko.»

Es war Robins Stimme.

«Und es ist nicht deine Entscheidung, Charles. Es hat nichts mit dir zu tun.»

«Das hat es sehr wohl, wenn ich dadurch in etwas verwickelt werde, was ich nicht brauche», sagte Charles. «Ihr seid impulsiv. Viel zu impulsiv.»

«*Nicht brauchst?*», bemerkte Dinah und lachte kühl. «Wir sind nicht diejenigen, die Champagner und Austern kaufen.»

«Ich stimme zu, dass es teilweise unsere Schuld ist», unterbrach Gustaf sie. «Wir haben dir die Mittel für ein gutes Leben zur Verfügung gestellt. Und es ist nicht so, als ob es uns nicht gefallen würde, Charles. Aber das ist kein Ziel an sich. Nicht für uns.»

«Wir nehmen nur das, was wir brauchen», sagte Robin. «Was Max vorschlägt, ist einfach, das Risiko ist gering und die Ausbeute groß. Du kannst nichts dagegen haben, Charles.»

«Ich will nichts mehr hören, ich weiß schon zu viel», sagte Charles. «Aber ich habe etwas dagegen, dass ihr euch schnell und ohne nachzudenken in irgendwelche Sachen stürzt. Es ist zu riskant.»

«Es hört sich schlimmer an, als es ist», sagte Max über die Schulter hinweg. «Kümmer dich nicht darum.»

Sie öffnete die Bibliothekstür.

«Schaut mal, wer hier ist», sagte sie und machte mir Platz, damit ich das Zimmer betreten konnte. «Der verlorene Sohn!»

Dinah saß auf einem der Sofas und trug genau wie Max schwarze Kleidung. Neben ihr saß Robin. Gustaf lehnte an einem Bücherregal. Vor einem der Sessel stand Charles, als wäre er gerade aufgestanden. Als er mich erblickte, verdunkelte sich sein Gesicht kurz. Aber als er meinen Namen sagte, lächelte er.

«Du solltest diesen Streit eigentlich nicht mitbekommen», sagte er.

Er sah Max an, und das Lächeln verschwand.

«Wir sind noch nicht fertig», erklärte er. «Aber wir können später weitermachen.»

«Wann ist später?», fragte Max. «Ich hab uns eine Gelegenheit verschafft. Und diese Gelegenheit ist heute Abend.»

Er sah verstohlen zu mir herüber.

«Du willst es jetzt besprechen?»

Mein Kopf hämmerte wieder vom Kater.

«Ich will nur, dass wir alle mit dem einverstanden sind, was gemacht werden muss», sagte Max. «Wenn du einen besseren Plan hast, schlage ich vor, dass du ihn uns erläuterst.»

Im Raum wurde es still. Charles beugte sich herunter und griff nach einem Glas mit Rotwein, das er sofort leerte. Einen Augenblick lang schwieg er und betrachtete Max forschend. Ein weiterer Augenblick verging.

«Hat jemand eine bessere Idee?» Max sah sich im Zimmer um.

Niemand antwortete.

«Es sollte besser nichts schiefgehen», sagte Charles schließlich. «Ich bin zu alt, um eingebuchtet zu werden.»

Der Ausdruck «eingebuchtet werden» klang komisch aus seinem Mund. Es war vollkommen unmöglich, diesen exzentrischen älteren Mann mit einem Gefängnisaufenthalt in Einklang zu bringen. Oder einen von uns.

«Es wird nichts schiefgehen», sagte Max. «Niemand wird eingebuchtet werden.»

Sie sah mich an und lächelte.

«Wir haben hier jemanden, der dafür sorgen wird, dass alles nach Plan läuft.»

Charles betrachtete sie und schüttelte den Kopf. Dann seufzte er, nahm das leere Glas mit und ging zur Tür.

«Es gefällt mir nicht», sagte er. «Ganz und gar nicht.»

«Dann solltest du vielleicht bei den Magnumflaschen und den Rinderfilets kürzertreten», sagte Dinah.

Max schloss die Tür hinter ihm, drehte sich zu den anderen um und breitete die Arme aus.

«Na gut», sagte sie. «Dann gibt es wohl nicht mehr viel zu besprechen?»

Dinah hob den Blick und betrachtete sie.

«Du bist dir bei dem hier ganz sicher?»

Max zuckte mit den Schultern.

«Du weißt, dass wir diese Frage nie stellen.»

«Aber so sicher, wie man sich sein kann?»

«So sicher, wie man sich sein kann.»

«Und er?», sagte Gustaf und zeigte auf mich. «Was ist seine Rolle?»

«Ja, ich stehe halt hier», murmelte ich. «Und ich hab einen Namen.»

Max wandte sich an mich.

«Wir müssen noch einiges klären», sagte sie. «Danach bleibt es dir überlassen. Du entscheidest, ob du dabei sein willst, wir verheimlichen dir nichts mehr.»

19

Wir zogen in die Küche um, und Robin holte eine große Platte mit Butterbroten aus dem Kühlschrank und stellte sie auf die Kochinsel. Er nahm sich eines und biss hinein.

«Pastete!», rief er glücklich und mit vollem Mund. «Und eingelegte Gurken! Ich bin nicht mehr sauer auf Charles.»

Max schaute auf den Teller.

«Nimm die Platte mit in die Bibliothek», forderte sie ihn auf. «Wir müssen reden. Und lass Charles, er muss hier nicht mit reingezogen werden. Und du weißt, dass er schon bald in gar nichts mehr reingezogen werden muss.»

Sie nickte mir und Dinah zu. Robin nahm die Platte und schlurfte mit den Butterbroten zur Bibliothek, wo Gustaf immer noch saß. Max wartete, bis sich die Tür schloss, dann wandte sie sich an Dinah. Sie zeigte auf mich.

«Er ist sauer auf mich.»

Dinah schüttelte genervt den Kopf.

«Wen wundert's?», sagte sie. «Ich hab ja gesagt, du hättest sofort mit ihm reden sollen.»

«Ich hab es versucht», erwiderte Max.

Sie drehte sich zu mir, die Mundwinkel zu einem kleinen Lächeln verzogen.

«Ich hab nach dir gesehen, bevor ich abgehauen bin. Aber

du hast zu tief geschlafen, und ich konnte dich nicht aufwecken.»

«Was?», fragte ich. «Wovon redest du?»

«Und jetzt vertraut er uns nicht», stellte Dinah fest. «Jetzt, wo wir tighter als jemals zuvor sein müssen. Gut gemacht, Maxie.»

«Ich hab keine Ahnung, wovon ihr redet», sagte ich. «Ich hab dich in Ludvigs Zimmer gesehen. Nur in Unterhose, auf seinem Bett. Redet ihr darüber?»

Max zuckte mit den Schultern. Sie sah ein wenig traurig aus.

«Man tut, was man tun muss, Baby.»

«Was man *tun muss*, wozu?»

Sie griff in die Tasche ihrer schwarzen Hose. Als sie ihre Hand wieder herauszog, hielt sie einen Schlüsselbund hoch.

«Um den hier zu holen», sagte sie.

Ich zuckte mit den Schultern.

«Und was ist das? Ludvigs Schlüssel?»

Sie nickte.

«Wenn du die Schlüssel zur Wohnung wolltest, hättest du mich fragen können», sagte ich. «Du hättest nicht mit Ludvig schlafen müssen.»

Sie lächelte.

«Ich war nicht hinter den Schlüsseln zu eurer Wohnung her, Einstein. Sondern hinter den Schlüsseln zum Haus seiner Eltern.»

Ich schüttelte den Kopf und versuchte zu verstehen, was hier vor sich ging.

«Weißt du, wer Ludvigs Eltern sind?», fragte sie.

«Ja. Sein Vater managt irgendeinen Fonds und ...»

«Bellevue Capital Management», sagte Dinah. «Der Gesamtwert des gebundenen Kapitals, das er in diesem Fonds verwaltet, beträgt rund eine Milliarde Kronen. Letztes Jahr betrug das steuerpflichtige Einkommen von Fredrik Rehnskiöld zwölf Millionen.»

«Der Vater deines Kumpels ist steinreich», sagte Max. «Aber das weißt du sicher schon.»

Ich zuckte gereizt mit den Schultern. Worauf wollten sie hinaus?

«Nicht, dass er so reich ist», sagte ich. «Dass er Milliardär ist.»

Dinah lachte.

«Das ist er auch nicht. Er hat seine Investoren dazu gebracht, ihm diesen Betrag zu geben, um noch mehr Geld für sie zu verdienen. Im Vergleich zu anderen Fonds ist er wahrscheinlich gar nicht mal besonders groß. Eher ein Zeitvertreib, er hat schließlich auch ein beträchtliches Vermögen geerbt. Aber es läuft offensichtlich recht gut für ihn.»

Ich dachte an den Champagner und das Catering vom Grand, an Whisky, Uhren und Kokain. An *Mad Champ* und *You got male* und an all die Boys. Natürlich. Sie waren alle gleich, von dort sind sie gekommen, und dorthin werden sie zurückkehren. Gebundenes Kapital und Vermögen. Keine Anstrengung, kein Risiko. Der Riss quer durch die Gesellschaft. Die Kluft, die mit jedem Jahr wuchs, mit jeder wertlosen, berechtigten Generation. Die Wut in mir begann zu erlöschen. Oder zumindest verschob sie sich von Max und den anderen hin zu den Boys und ihren Eltern.

«Du hast das hier geplant, seit ich erzählt habe, mit wem ich zusammenwohne», stellte ich fest. «Ohne mir etwas zu sagen.»

Sie schüttelte schnell den Kopf.

«Nicht direkt geplant», sagte sie. «Ich war neugierig und hab mich schlaugemacht, bei wem du wohnst. Aber erst letzte Woche haben wir die Chance erkannt und uns entschieden, es zu probieren. Ihre Party und so weiter. Einfach eine Verkleidung zu organisieren und hinzugehen. Die Gelegenheit war zu gut. Ich hab versucht, dich von dort fernzuhalten, das weißt du.»

«Du hättest ganz einfach erzählen können, was ihr geplant

hattet», sagte ich. «Ich hab doch deutlich gemacht, wo ich stehe? Dass ich auf eurer Seite bin.»

«Wir sind Illegale», sagte Dinah. «Wir leben im Illegalismus. Verstehst du, was das bedeutet?»

Ich sah sie genervt an.

«Dass ihr *Banditen* seid? Ja, das ist deutlich geworden.»

Sie schenkte meinem Sarkasmus keine Beachtung.

«Es ist eine Voraussetzung für ein illegales Leben, dass alle Pläne geheim bleiben. Unser Leben fußt auf Vertrauen. Aber auch auf der Erkenntnis, dass alles jederzeit schiefgehen kann. Wir haben viele Geheimnisse. Du wirst nie alles über uns erfahren. Genau wie wir nicht alles über die anderen wissen. Nur wer weiß, was geplant wird, weiß, was geplant wird.»

Ich konnte mir ein Lachen nicht verkneifen.

«Was für ein Bullshit. Versteht man das unter einem ehrlichen Leben?»

Dinah betrachtete mich mit ihren arroganten, fast vollkommen schwarzen Augen.

«Um ehrlich zu leben, kann man sich keine bürgerlichen Vorstellungen von Wahrheit und Lüge leisten», sagte sie.

«Es dient dazu, uns selbst zu schützen», warf Max ein. «Und in diesem Fall, um dich zu schützen. Wenn etwas schiefgeht, weißt du nichts über unseren Plan. Man muss nicht lügen, um das zu schützen, worüber man nichts weiß.»

Dinah zeigte zur Tür.

«Aber jetzt weißt du es», sagte sie. «Also kannst du dir genauso gut den ganzen Plan anhören.»

Ich sank in eines der Sofas in der Bibliothek und streckte eine Hand nach den belegten Broten aus.

«Ich glaube, ich brauche eins davon», sagte ich. «Ich hab den ganzen Tag nichts gegessen.»

Sie waren mit Weißbrot gemacht, dick mit Pastete belegt und mit knackigen Silberzwiebeln und kleinen Essiggurken. Es war ein Genuss, in sie hineinzubeißen. Ich nahm mir noch eines und dann noch ein weiteres. Gustaf kam mit einer Kaffeekanne und Tassen in die Bibliothek.

«Es ist das erste Mal, dass ihr keinen Wein trinkt», sagte ich. «Sehr verwirrend.»

«Wir arbeiten heute Abend», sagte Robin. «Für wen hältst du uns?»

«Ich weiß, dass du sauer bist», sagte Max.

«Aber wir haben eine Regel», unterbrach Robin sie. «Nur wer die Details unserer Pläne kennen muss, erfährt sie auch.»

«Ich habe euer Gerede satt», sagte ich. «Illegalismus und Blabla.»

«Ich hab versucht, es dir hinterher zu erzählen», sagte Max. «Das zu meiner Verteidigung.»

Draußen im Garten war es vollständig dunkel geworden. Es war schon nach sechs.

«Letztes Wochenende habe ich gesagt, dass ich nicht mehr reingelegt werden will», erklärte ich. «Trotzdem habt ihr es getan.»

Dinah breitete die Arme aus und schüttelte gereizt den Kopf.

«Sei keine kleine Bitch», sagte sie. «Niemand zwingt dich, hier zu sein. Niemand hat dich jemals gezwungen. Vielleicht ist das hier ganz einfach nichts für dich.»

«Beruhig dich», sagte Gustaf.

Max streichelte mir über die Hand und sah mir in die Augen.

«Entschuldige», sagte sie. «Aber so sind wir. Und jetzt bist du hier.»

Es war still im Zimmer, während ich nachdachte.

«Okay», sagte ich schließlich. «Erzählt von eurem verdammten Plan. Das ist das Mindeste, was ich verlangen kann.»

Max drückte meine Hand. Sie sah erleichtert aus.

«Also bist du dabei?»

Ich seufzte und dachte daran, dass ich vor ein paar Stunden geglaubt hatte, das hier verloren zu haben: die Aufregung und das Gefühl, einen Sinn gefunden zu haben. Ich war ihm so nahegekommen. Jetzt würde ich keinen Rückzieher mehr machen. Ich vermutete, sie wussten das auch.

«Scheint so.»

Max lächelte und stand auf. Sie räusperte sich theatralisch.

«Also, wenn sich alle den Bauch vollgeschlagen haben?», begann sie. «Es ist mein Plan, also ist es vielleicht am besten, wenn ich ihn präsentiere?»

Sie wandte sich an mich.

«Es ist das erste Mal für dich», sagte sie. «Was du in Kopenhagen gemacht hast, war impulsiv. Jetzt ist es vorsätzlich. Und viel größer.»

«Außerdem geht es um deine Kumpel», sagte Robin.

Er steckte sich ein halbes Brot in den Mund und kaute geräuschvoll.

«Sie sind nicht meine Kumpel», erwiderte ich.

Die anderen lachten.

«Wir haben Schlüssel, die – wie wir vermuten – zu einem Haus im Wohngebiet Bellevue in Malmö gehören. Direkt um die Ecke von Zlatan.»

Sie hielt eine winzige Dose am Schlüsselbund hoch.

«Wir haben sogar das hier. Wir gehen davon aus, dass es zur Alarmlage gehört.»

«Aber wir wissen es nicht?», fragte Gustaf und machte große Augen.

Die anderen seufzten und sahen ihn genervt an. Es war anscheinend nicht das erste Mal, dass Gustaf in so einer Situation Einwände erhoben hatte.

«Nein, Gustaf», antwortete Max. «Wir wissen es nicht. Wie gewöhnlich wissen wir nicht alles. Nichts ist sicher.»

Gustaf schwieg, und Max sprach weiter.

«Dieses Haus in Malmö gehört Fredrik und Cecilia Rehnskiöld, aber sie haben auch eines in Falsterbo. Und eine kleine Wohnung in Östermalm. Laut Cissis gut gepflegtem Instagram-Account sind sie dieses Wochenende dort.»

Sie schielte zu ihrem Handy.

«Jetzt gerade trinken sie anscheinend ein Glas Champagner in der Cadier Bar im Grand Hôtel in Stockholm. Ludvigs Bruder studiert in London und ist weit weg. Robin, du warst heute Mittag am Haus?»

«Es ist leer», sagte er. «Dunkel und abgeschlossen. Man kann einfach reingehen, wenn man die Schlüssel hat.»

Max breitete die Arme aus und sah sich um.

«Einfach reingehen», wiederholte sie.

«Worauf warten wir noch?», fragte Robin. «Einfachste Sache der Welt.»

Max nickte und sah stolz aus.

«Ich hasse es, der Skeptiker sein zu müssen, aber ich bin mir bei der Sache nicht sicher.»

Alle wandten sich wieder Gustaf zu. Er hatte ein Buch aus dem Regal gezogen und darin geblättert. Jetzt schlug er es zu, schob es an seinen Platz zurück und sah zu den anderen auf.

«Hasst du das wirklich?», fragte Robin. «Kommt mir gar nicht so vor.»

Gustaf schenkte ihm keine Beachtung.

«Charles hat recht, ihr seid impulsiv. Wir haben einen größeren Plan. Warum halten wir uns nicht daran? Besonders jetzt, wo wir fast so weit sind. Das hier scheint mir ein komplett unnötiges Risiko zu sein. Max hat sich diesen Plan in fünf Minuten ausgedacht, er basiert auf Zufall und einem Instagramfeed.»

Er schüttelte den Kopf.

«Normalerweise sind wir besser.»

«Wir brauchen Geld», sagte Dinah. «Wenn das, was du den größeren Plan nennst, möglich sein soll.»

«Man braucht Geld, um Geld zu verdienen», sagte Robin. «Jeder weiß das.»

Dinah breitete die Arme aus und schüttelte genervt den Kopf.

«Außerdem heißt die Firma, die alles besitzt, Bellevue Capital Management», sagte Max. «Dieser Name macht sie zu einer schwer zu übertreffenden Zielscheibe.»

«Der Fonds verwaltet eine Milliarde», sagte Dinah. «Du kannst nicht abstreiten, dass es verlockend ist.»

«Auf so etwas haben wir gehofft», sagte Max.

Sie nickte mir zu.

«Und jetzt ist es uns in den Schoß gefallen.»

Gustaf schüttelte den Kopf, aber wir sahen alle, wie etwas in seinen Augen erwacht war. Er seufzte.

«Es gefällt mir nicht», sagte er. «Aber ...»

«Aber das ist doch fucking selbstverständlich!», sagte Robin und klopfte ihm auf die Schulter. «Und das weißt du!»

«Es verschafft uns das notwendige Geld», sagte Max.

Sie senkte die Stimme und beugte sich zu den anderen vor.

«Wir werden bezahlen, was wir Charles schulden. Das ist das Mindeste, was wir tun können. Darüber hinaus erkauft es uns Freiheit und den nötigen Fokus, bis es so weit ist.»

Gustaf zuckte mit den Schultern und seufzte.

«Wir haben wohl keine Wahl», sagte er.

Er prostete ihr mit seiner Tasse zu.

«Gut gemacht, I guess.»

Max verbeugte sich ironisch.

«Was habt ihr geplant?», fragte ich. «Was heißt *später*? Wofür braucht ihr das Geld?»

Aber niemand hörte mich, weil sie sich bereits über einen Laptop beugten, auf dem Robin ein Bild des Hauses in Bellevue aufgerufen hatte. Sie redeten durcheinander, als sie den Grundriss, die Überwachungskameras und die Ein- und Ausgänge des Gebäudes durchgingen. Als ich mich vorbeugte, wurde mir warm. Es war, als würde man auf etwas eingeschworen, als würde man endgültig dazugehören.

«Es gibt eine Sache, die du für uns machen musst», sagte Dinah.

«Was?», fragte ich.

«Du musst zurück in die Wohnung und die Schlüssel wieder in Ludvigs Jacke stecken. Wenn er davon erfährt, dass seine Eltern ausgeraubt wurden, darf er nicht glauben, dass sie weg sind, er darf sich keine Gedanken darüber machen, wer sie haben könnte.»

«Wir sind ghosts, Baby», sagte Robin und kippte den Rest des Kaffees herunter.

«Was hast du gesagt, wo die Schlüssel lagen?», fragte ich.

«In einer Nachttischschublade, aber du musst sie nicht dorthin zurücklegen. Steck sie in seine Jacke oder seinen Mantel oder so etwas.»

Ich betrachtete sie, ihren plötzlichen Fokus und ihre ungewöhnlich effektive Art und Weise, den nächtlichen Einbruch zu planen, als ob es ein ganz gewöhnlicher Job wäre.

«Du brauchst nicht mit ins Haus zu kommen, wenn du nicht willst», sagte Gustaf. «Es sind die Eltern deines Kumpels. Wir verstehen, wenn es zu schwierig ist. Du kannst mit Charles hier warten.»

Ich dachte wieder an mein Zimmer. Daran, wie ich den Tisch für die Boys gedeckt und die Wohnung nach der Feier geputzt hatte. Ich dachte an den Hulk und den Riss, der durch die Gesellschaft ging. Ich dachte an die Metaphysik des Diebstahls und betrachtete die fokussierte, eng verbundene Gruppe dort am Sofatisch. Eine Gruppe, eine Truppe, eine ausgewählte, kleine

Einheit, zu der ich gehörte. Noch nie in meinem Leben war ich mir einer Sache so sicher gewesen.

«Es sind nicht meine Kumpels», wiederholte ich noch einmal. «Und ich will nicht mehr am Rand stehen. Habt ihr nicht gesagt, dass Worte und Taten Hand in Hand gehen müssen? Ich bin auf jeden Fall dabei.»

«Bravo!», sagte Robin. «So muss sich das anhören!»

* * *

Es war so kalt, dass man unseren Atem sah, als wir auf einem Parkplatz vor einer anscheinend neu gebauten und gut situierten Vorschule aus dem Auto stiegen. Frost hatte sich auf die Scheiben und Dächer der geparkten Wagen gelegt. Es war kurz vor zwei Uhr morgens und vollkommen still.

«So stellt man sich Malmö nicht wirklich vor, oder?», fragte Robin.

Ich sah mich um zwischen den Hecken, hohen Bäumen, verputzten kleinen Palästen aus der Jahrhundertwende und den neu gebauten modernistischen Protzbauten aus Glas, Chrom und weiß gebeiztem Beton.

«Hier gibt es keine Bandenschießereien», sagte ich.

«Hier wird Millionären alles geraubt, was sie besitzen», murmelte Dinah und knöpfte ihre schwarze Jacke zu.

Wir trugen jetzt alle Schwarz, auch ich, Gustaf hatte mir eine Jeans und einen Kapuzenpullover geliehen. Aber keine Jacke, weshalb ich in der nächtlichen Kälte zitterte.

«Die Ästhetik ist wichtig», hatte er gesagt. «Banditen ziehen sich schwarz an, so ist es einfach.»

Jetzt sah er sich auf dem Parkplatz um und schien zufrieden zu sein, niemand sonst hielt sich hier in der Dunkelheit auf. Wir bildeten einen kleinen Kreis.

«Der Fokus liegt auf den Autoschlüsseln», sagte er. «Es soll mindestens einen Porsche geben. Vielleicht haben sie noch mehr Autos, die nicht auf den Vater angemeldet sind. Sobald wir den Porsche haben, hauen wir ab. Dinah und ich fahren den Wagen zu meiner Kontaktperson, und schon haben wir hundertfünfzigtausend in der Tasche. Währenddessen konzentrieren sich Robin und Max auf den Rest. Wohnzimmer. Schlafzimmer. Ihr wisst schon. Im Flur oder der Küche sollte es einen Schlüsselschrank geben, das ist in solchen Häusern immer so. Mit deutlich gekennzeichnetem Ersatzschlüssel. Wenn wir reinkommen, ohne gesehen zu werden, haben wir es nicht eilig. Wir machen uns keinen Stress. Aber macht keine verfluchten Lampen an oder so einen Scheiß.»

Ich sah das Haus bereits, dort oben an der Straße. Zwei Stockwerke, bestimmt dreihundert Quadratmeter, Eckgrundstück. Helle Pflastersteine, die frisch verlegt wirkten, führten von der Straße zu den weißen Toren der Doppelgarage. Ein anderer, schwach beleuchteter Weg führte zu einem Eingang mit breiten Treppenstufen und einer überdimensionierten Tür. Er sollte vermutlich beeindruckend aussehen, wirkte aber vor allem unverhältnismäßig.

«Bleib in meiner Nähe», sagte Max zu mir. «Hör einfach zu und mach, was ich sage.»

«Wenn man drinnen ist, können sie einen beim ersten Mal hart treffen», sagte Gustaf. «Die Bedenken, was man da gerade macht, die Angst, erwischt zu werden. Merk dir, dass wir uns nicht beeilen müssen. Erzähl Max, wie du dich fühlst, wenn du Panik bekommst. Das hilft. Und atme. Atme einfach tief durch.»

«Irgendwann ist immer das erste Mal», sagte er schließlich. «Du schaffst es, sprich einfach mit Max, wenn du unruhig wirst.»

Dinah war vorausgegangen, während wir anderen mit ein

wenig Abstand zum Haus warteten, und jetzt kam sie zurück, leicht außer Atem, mit einer Sturmhaube über dem Gesicht.

«Also, alles ist ruhig», sagte sie. «Bei den Nachbarn und im Haus. Ihr seht ja, dass es eine Fassadenbeleuchtung gibt. Ich vermute, dass es in der Auffahrt oder an der Tür Kameras gibt.»

Max nahm ihre Mütze ab und faltete sie zu einer Sturmhaube auseinander, die sie sich aufsetzte. Die anderen taten dasselbe. Plötzlich sahen sie so aus bei unserer ersten Begegnung, auf der Demonstration in Malmö, keine Menschlichkeit und Wärme, nur Anonymität und Gewaltbereitschaft. Max hielt auch mir eine Haube hin, und ich zog sie mit pochendem Herzen über den Kopf.

«Fuck 'em», sagte Max. «Jetzt stecken wir den Scheiß in Brand.»

Wir bewegten uns auf die Garagenauffahrt zu. Auf der Straße war es vollkommen still. Alle Häuser waren dunkel und schlummerten. Aber auch so würde uns niemand hier sehen können, die meisten der großen Villen verbargen sich hinter Hecken und waren vor Einblicken geschützt. Wir rannten schnell die Auffahrt und dann den kleinen Pfad zur Tür hoch, unsere langen Schatten flatterten in der Fassadenbeleuchtung schnell über den hellen Beton. Ich spürte meinen hämmernden Puls in den Ohren.

«Hm», murmelte Gustaf, als wir an der hohen Tür stehen blieben.

Er drehte sich um und starrte Max an, wobei er die Hände ausbreitete.

«Kein Schlüssel», zischte er. «Es ist ein Codeschloss. Gut durchgeplant. Was machen wir jetzt?»

Max schob ihn zur Seite und drückte den Schlüsselbund an die Tür, worauf ein kurzes, digitales Piepen ertönte. Sie drückte die absurd hohe Tür auf und drehte sich zu ihm um.

«Elektronisches Türschloss», sagte sie und sah ihn müde an. «Glaubst du, dass ich komplett dumm bin?»

«Du hast ja nicht einmal gewusst, dass er zu diesem Haus gehört, zum Teufel noch mal», murmelte Gustaf.

«Ich hoffe, er schaltet auch den Alarm aus», sagte Dinah.

Sie trat ohne zu zögern über die Schwelle, und wir folgten ihr so schnell wir konnten. Hinter uns schloss sich die große Tür vollkommen geräuschlos.

Der Flur war riesig und bis auf einen großen Tisch in der Mitte, auf dem eine gewaltige Vase mit roten Rosen stand, merkwürdig leer. Eine steile, moderne Treppe schien frei in der Luft zu schweben und führte zum Obergeschoss. Rechts war ein Wohnzimmer zu erahnen und links eine Küche.

«Ich hab mich mit dem Schlüsselkasten getäuscht», sagte Gustaf. «Normalerweise findet man den im Flur.»

Obwohl er flüsterte, hallte seine Stimme leicht in dem großen Flur. Gustaf sah sich um und murmelte etwas, bevor er sich zu uns umdrehte.

«Dinah und ich überprüfen die Küche, ihr anderen übernehmt das Wohnzimmer und seht nach, womit wir es noch zu tun haben. Ins Obergeschoss gehen wir nur, wenn wir es noch schaffen. Der Fokus liegt auf dem Autoschlüssel.»

Ohne ein weiteres Wort ging Dinah mit ihm in die Küche, und ich folgte Max und Robin in die andere Richtung. In der Wohnzimmertür blieb ich stehen. Eine Wand war vollständig aus Glas und ging zum pechschwarzen Garten hinaus. Vor der Scheibe stand ein langer heller Holzesstisch für zwölf Personen. Die Stühle waren aus Chrom und Leder. Über dem Tisch hing ein Kronleuchter mit Glühbirnen statt Kerzen. Zwei niedrige, weiße Sofas standen auf der anderen Seite des Zimmers, zwischen ihnen ein absurd langer Couchtisch aus Glas. An der Wand zur Straße hing zwischen zwei hohen Fenstern der größte Fernseher, den ich jemals gesehen hatte.

«Er ist zu groß, um ihn mitzunehmen», sagte Robin enttäuscht und zeigte darauf. «Hätten sonst ein schönes Sümmchen dafür bekommen.»

Ansonsten war das Zimmer im Großen und Ganzen leer, bis auf schwarz-weiße Teppiche mit Grafikmustern auf dem Fußboden und einem Kamin an einer Wand. Er sah aus, als wäre er noch nie benutzt worden. Der gesamte Raum wirkte unbewohnt, aufgeräumt, leer und geputzt, alles stand an seinem Platz.

«Die sind nicht so unordentlich hier oben an der Spitze der Wirtschaftspyramide», sagte Max.

Robin zeigte auf die riesige, vollkommen kahle Wand gegenüber der Flurtür.

«Schön und sauber», murmelte Robin. «Und nichts, was man stehlen könnte.»

«Wir sind hier fertig», sagte Max. «Komm.»

«Das hier hat keinen Sinn», sagte Robin. «Wir müssen nach oben.»

Er wirkte ungeduldig und wirr, wie von einer Art Elektrizität umgeben. Unsere Schritte hallten, als wir uns durch den Flur bewegten. Ich hörte Gustafs Stimme aus der Küche.

«Na bitte!»

Es krachte und klang, als würde irgendwo etwas herausgezogen werden und auf den Boden fallen. Dinahs Gesicht erschien in der Türöffnung.

«Es geht für einen Dieb doch nichts über eine Brechstange», sagte sie. «Gustaf hat eine verschlossene Schublade aufbekommen.»

Max hielt mitten in der Bewegung inne, hob eine Hand, damit wir stehen blieben, und legte dann die Finger über die Sturmhaube, um Dinah zu signalisieren, still zu sein. Ich hielt den Atem an, so plötzlich und drastisch wirkte Max' Bewegung.

Im Augenwinkel sah ich Robins maskiertes Gesicht zur Treppe spähen. Ich starrte Max an. Meine Schläfen pochten. Von oben war ein beinahe nicht wahrnehmbares Schleichen zu hören. Ich blinzelte. Die Zeit verging in Zeitlupe. Ich wollte mich einfach nur umdrehen und wegrennen. Mich nicht mehr umsehen. Einfach verschwinden. Aber ich war wie gelähmt, auf dem polierten Fußboden festgefroren.

Dann hörten wir ein lang gezogenes Miauen, und eine kreideweiße, kleine Katze rannte geräuschlos und blitzschnell die breiten Treppenstufen herunter.

«Verdammt», sagte Max und lachte. «Ich hab fast Panik bekommen.»

Ich lachte vor Erleichterung auf.

«Mein Gott», sagte ich. «Hier ist alles weiß, sogar die Katze.»

Ich drehte mich um und sah Robin immer noch dort stehen, den Kopf in Richtung Treppe erhoben. Er hielt eine große, pechschwarze Pistole in der Hand. Langsam, ohne die Waffe herunterzunehmen, ging er ein paar Schritte auf die Treppe zu.

«Das Geräusch kam nicht nur von der Katze», flüsterte er.

Wir standen vollkommen still und lauschten. Dann machte Max ein paar Schritte auf Robin zu und berührte ihn am Ellenbogen.

«Bleib ruhig», sagte sie. «Hier ist niemand. Du machst dich selbst verrückt. Atme tief durch.»

Er hielt in der Bewegung inne und drehte sich zu ihr um.

«Ich weiß, was ich gehört habe», flüsterte er. «Es ist keine Paranoia. Ich kümmere mich darum und kontrolliere das Obergeschoss.»

«Du kümmerst dich um gar nichts», sagte Max. «Ruhig.»

«Die Autoschlüssel!»

Es war Gustaf aus der Küche.

«Verdammt.»

Er erschien in der Tür und hielt zwei runde Autoschlüssel hoch. Max hielt Robin immer noch am Arm und sah ihn an.

«Was ist los?», fragte Gustaf.

«Wir haben uns vor einer Katze erschreckt, und jetzt hat Robin Paranoia», sagte Max.

«Scheiß auf das Obergeschoss, wenn ihr nervös seid», sagte Gustaf.

Er schielte zur Treppe und senkte die Stimme.

«Wir haben jetzt zwei Autos.»

Er hielt zwei Schlüssel hoch.

«Noch irgendeinen BMW. Sollte ein schönes Sümmchen geben. Das reicht. Helft uns, sie rauszuholen, damit wir abhauen können. Ich hab versprochen, dass wir bis drei Uhr mit dem Porsche da sind.»

Wir folgten Gustaf in die Küche. Sie war genauso leer und sauber wie das Wohnzimmer, nur glänzende, glatte Oberflächen und rostfreier Stahl. Eine große Kochinsel. Ein Kühlschrank mit Doppeltür.

Dinah öffnete eine Tür am hinteren Ende der Küche.

«Direkter Zugang zur Garage», sagte sie. «Damit man die Freitagseinkäufe ohne Umwege reintragen kann.»

«Sie haben bestimmt jemanden, der das für sie macht?», sagte Gustaf. «Würde ich zumindest vermuten.»

Wir kamen in die Garage, und der weiße Porsche stand vor uns. In dem geschlossenen Raum sah er riesig aus. Neben ihm stand ein viel kleinerer, roter BMW. Beide glänzten und waren offensichtlich frisch gewaschen.

«His and hers», sagte Dinah. «Papa fährt einen Porsche Cayenne, Mama ein kleines Shoppingauto.»

Sie wandte sich an Gustaf und streckte die Hand aus.

«Dass ich das Shoppingauto fahre, kannst du vergessen.»

Er lächelte und gab ihr den Schlüssel für den Porsche.

«Bitte», sagte er. «Wenn du das hässlichste Auto auf der Straße fahren willst, be my guest.»

Max ging zu den Garagentoren und fand einen Schalter, mit dem sie sich öffnen ließen. Die Nacht war immer noch dunkel und vollkommen still. Dinah öffnete die Tür des Porsche und drehte sich zu uns um.

«Wo ist Robin?», fragte sie.

Sie seufzte. Ich warf einen Blick über die Schulter. Er war nicht bei uns in der Garage.

«Bleibt nicht zu lange, Max», sagte Dinah. «Die Autos allein decken ab, was wir brauchen. Kümmer dich darum, unsere Botschaft zu hinterlassen, sobald wir gefahren sind, und haut dann direkt ab. Übertreibt es nicht.»

«Das brauchst du mir nicht zu sagen», erwiderte Max. «Aber du kennst Robin. Wir müssen ihn holen.»

Hinter der Sturmhaube konnte man ihre Augen erkennen, sie hatten einen resignierten Ausdruck angenommen. Dinah stieg ins Auto. Einen Augenblick, bevor die Innenraumbeleuchtung ausging, war das Bild ihrer schwarzen Sturmhaube vor der weißen, luxuriösen Ausstattung beinahe perfekt. Sie schloss die Tür, und ich und Max sprangen zur Seite, während sie den Motor anließ. Dann rollte sie ruhig an uns vorbei auf die Straße und verschwand, dicht gefolgt von Gustaf im BMW. Beide Wagen fuhren elektrisch und verschwanden völlig geräuschlos.

«Die Zukunft gehört den Autodieben», sagte Max. «Man bemerkt es nicht einmal, wenn man abhaut.»

Sie schloss die Garagentore.

«Komm», sagte sie. «Wir haben noch einiges zu tun.»

Durch eine Seitentür gelangten wir zur Garagenauffahrt. Max stellte ihren Rucksack auf den Pflastersteinen ab und nahm eine Sprühdose heraus.

«Und Robin?», fragte ich.

«Wir holen ihn. Aber die ganze Sache hier ist sinnlos, wenn wir nicht unsere Botschaft hinterlassen.»

Ich sah mich mit wachsender Sorge um. Ein Nachbar, der nicht schlafen konnte und auf dem Bürgersteig vorbeiging, und alles wäre vorbei.

«Aber dann hauen wir ab», flüsterte ich. «Oder mach, was du willst. Ich hau ab.»

Sie warf einen Blick über die Schulter, und es sah aus, als würde sie unter ihrer Sturmhaube lächeln.

«Ja», sagte sie. «Dann hauen wir ab.»

Es dauerte nur ein paar Sekunden, um die drei Wörter auf die linke Tür zu sprühen. Die rote Farbe der Buchstaben lief herunter, sodass sie wie Blut wirkte. Sie ging zur Seite und sprühte noch drei weitere Wörter auf die rechte Tür, bevor sie einen Schritt zurücktrat, um ihr Werk zu begutachten.

SIE BESITZEN MAUERN
WIR SEILE

Sie nickte zufrieden, bevor sie ein paar Schritte auf die Türen zuging und sich mit der Sprühdose in der Hand noch einmal hinhockte.

MFG, VICTOR SERGE CAPITAL MANAGEMENT

Sie warf mir einen Blick über die Schulter zu und lächelte. Die Schmiererei bewirkte, dass mich ein Gefühl von Rache und Gerechtigkeit berauschte. Ich dachte an meine Filmjölk in Ludvigs Hand. Daran, wie ich die Plastikfolie vom Essen aus dem Grand Hotel zog und den Boys Whisky servierte. An The Hulk an William Rosenius' Arm. Daran, wie ich die Wohnung putzte und sie anbetteln musste, mir meine Kaution zurückzugeben.

Familien wie die von Ludvig und Victor kontrollierten alles, ohne einen einzigen Gedanken daran zu verschwenden. Sie hielten sich für unverwundbar, durch Geld und Privilegien abgeschottet, allein schon durch den Gedanken an ihre Rolle, die sie spielten. Ich erschauderte, als ich den Text auf den Garagentoren sah. Was sie auch glauben mochten, sie waren nicht mehr sicher. Nicht vor denjenigen, die sich weigerten, nach ihren Regeln zu spielen. Nicht vor Banditen. Nicht vor mir.

Max' Augen leuchteten, und sie sah mich direkt an, wollte etwas sagen. Aber noch bevor sie den Mund öffnen konnte, durchschnitt ein plötzliches, ohrenbetäubendes Geräusch die Nacht.

Es klang wie ein Schuss, oder so, wie ich mir einen Schuss vorstellte. In der Stille war es so erschreckend laut, dass ich meinen Ohren zuerst nicht glaubte. Wie konnte etwas so Explosives in dieser Ruhe entstanden sein?

Aber während das Echo langsam zwischen den Häusern verhallte, schlossen sich Max' Finger um mein Handgelenk. Ihr Griff war viel zu hart.

«Scheiße!», zischte sie. «Scheiße, Scheiße, Scheiße!»

20

Wir rannten über die Auffahrt und durch die Seitentür zurück in die Garage. Ich stolperte über ein paar Kisten und hörte, wie hinter mir etwas umfiel, aber ich blickte nicht zurück. Max riss die Tür zur Küche auf.

«Robin!», rief sie. «Robin!»

Wir liefen durch den Flur und die Treppe hinauf, nahmen immer zwei Stufen auf einmal. Irgendwo hörte man Bewegungen und ein Jammern.

«Hier drinnen!»

Robins schrille, verzweifelte Stimme kam von der anderen Seite des Obergeschosses. Wir blickten in eine Art Fernsehzimmer, genauso groß wie alles andere im Haus, voller langer Sofas und einem in die Wand eingebauten Fernseher und einer breiten Gaube mit Balkon, der zum Garten hinausging.

«Was ist los?», schrie ich. «Was zur Hölle ist los?»

Es fühlte sich an, als würde alles viel zu lange dauern, wir rannten, aber es war, als würden wir uns unter Wasser bewegen. Trotzdem hatte ich Max auf der Treppe überholt und hörte das Jammern aus einem der Zimmer, die sich ganz hinten befanden, vielleicht direkt über der Garage. Max war dicht hinter mir, als ich die Tür zu einem kleinen Raum öffnete, kaum größer als mein Zimmer bei Ludvig und Victor.

Ich blickte auf ein ungemachtes Bett, einen Schreibtisch, einen kleinen Laptop. Auf dem Nachttisch standen zwei Fotos in Goldrahmen, ein Junge und ein Mädchen, sie waren vielleicht zehn, zwölf Jahre alt und lächelten. Beide waren schick gekleidet, wie für eine Feier. Das Mädchen hatte eine Zahnspange und trug ein rotes Diadem.

Ich blieb an der Türschwelle stehen, während Max an mir vorbeischoss und sich auf den kleinen Flickenteppich kniete. Robin saß bereits dort. Die Pistole lag neben ihm auf dem Fußboden. Vor ihm lag eine kleine Frau, hellrotes Blut strömte aus einer Wunde unter ihrem Schlüsselbein. Sie war in ihren Vierzigern, vielleicht jünger, und trug ein weißes Nachthemd. Ihre Augen waren geschlossen, ihr Gesicht bleich, das Blut wurde aus ihrer Brust gepumpt, immer und immer weiter.

«Sie hat mich erschreckt», sagte Robin. «Sie muss die Haushälterin sein oder so. Sie hat plötzlich die Tür hinter mir geöffnet, und ich hab mich umgedreht. Die Pistole ging einfach los. Ich ...»

Max streifte ihren Rucksack ab und wühlte in kontrollierter Panik in ihm herum. Sie schrie meinen Namen.

«Such einen Gürtel oder eine Krawatte oder so was. Irgendwas, was man festziehen kann.»

Ich drehte mich sofort um und ging in den Flur. Es war ein Albtraum, unwirklich, und ich bewegte mich mechanisch, effektiv. Die Zahnspange des Mädchens auf dem Nachttisch. Das übergroße Sakko des Jungen. Ich öffnete eine Tür, fand einen Schrank und riss Schubladen heraus, sodass Kaschmirpullover, Spitzen- und Seidenunterwäsche auf den Boden flogen. Ich bekam einen schwarzen Gürtel zu fassen, mit einem Fendi-Logo als Schnalle. Ich stolperte zurück in das kleine Zimmer. Max riss die Verpackung von Kompressen auf, und Robin hatte sich bereits über die Frau gebeugt, um sie ihr auf die Schulter zu drücken.

«Tut mir leid», murmelte er. «Es war ein Versehen.»

«Glaubst du, dass ihr das hilft?», schrie Max. «Glaubst du, sie überlebt, wenn du erzählst, dass du sie aus Versehen erschossen hast?»

Ich fasste Max an der Schulter und zog sie vorsichtig von der Frau und Robin weg.

«Das reicht», sagte ich. «Wir brauchen keine Kompressen mehr.»

Vorsichtig beugte ich mich über die Frau.

«Heb sie an», sagte ich zu Robin.

Sie war sehr klein und leicht, und ich konnte den Gürtel ohne Probleme hinter ihrem Rücken durchziehen, unter die Achselhöhle und quer über ihre Brust bis zum Nacken. Sie atmete viel zu schnell und flach. Ich hatte keine Ahnung, was ich tat, trotzdem war ich überzeugt, dass es richtig war, so richtig, wie es sein konnte.

Die Frau atmete und atmete, schneller und schneller. Vielleicht lag es am Schock. Vielleicht lag sie im Sterben. Ich bat Robin, die Kompressen fest auf die Wunde zu drücken, während ich so fest wie möglich an der Fendi-Schnalle zog. Weit entfernt, am Rand meines Bewusstseins, hörte ich die ersten Sirenen. Robin und Max hörten sie ebenfalls und standen bereits auf, waren auf halbem Weg aus dem Zimmer.

«Komm schon, verdammt noch mal!», schrie Max. «Wir müssen hier weg.»

Ich drehte mich zu ihnen um. Es war zu viel. Das Adrenalin pumpte durch meinen Körper.

«Ich bleibe», sagte ich. «Wir können sie nicht zurücklassen.»

Robin machte einen Schritt auf mich zu und packte mich an der Jacke.

«Das ist nicht deine Entscheidung», sagte er.

Sein Atem war dicht und scharf, wie Aceton.

«Du gehörst jetzt zu uns. Wir lassen keine Spuren zurück.»

Er zog mich in den Flur, und ich sah zu Max hinüber, aber sie wandte den Blick ab und rannte bereits zur Treppe. Die Sirenen kamen näher. Wir stolperten durch den Flur, in das Fernsehzimmer und die Treppe hinunter, in die Eingangshalle. Max lief voraus ins Wohnzimmer. Draußen näherten sich Sirenen. Das Blaulicht flackerte und fiel durch die Fenster auf den leeren, geputzten Fußboden.

Max stieß eine Tür zum Garten auf, und die Kälte, die uns entgegenschlug, war ein Segen, kühl und reinigend auf meiner Haut. Wir warfen uns in die schwarze Nacht hinaus, stolperten über eine gepflasterte Terrasse und an einem Grill vorbei, der mit einer Plane winterfest gemacht worden und von einer dünnen, glänzenden Frostschicht überzogen war. Der Rasen unter unseren Füßen knisterte. Ein halber Mond hing einsam über uns.

Wir bewegten uns durch andere dunkle Gärten, über andere frostige Rasen, unter dem gleichen kalten Mondlicht, während wir laute Stimmen und weitere Sirenen hinter uns aufschließen hörten. Irgendwann musste ich stehen bleiben und mich in ein Gebüsch aus kahlen Stachelbeersträuchern übergeben, die Bilder der Frau auf dem Fußboden und die Bilder ihrer Kinder neben dem Bett pulsierten durch meine Synapsen.

«Wir dürfen nicht anhalten», zischte Max.

Ich wischte mir den Mund ab und folgte ihr durch die Schatten. Zusammen waren wir drei Gespenster auf der Flucht vor etwas, dessen Tragweite wir noch nicht verstanden. In einem Haus nach dem anderen gingen in den Schlafzimmern von verschlafenen Gutverdienern, deren Kindern und den dort wohnenden Haushälterinnen und Au-Pairs die Lichter an. Jalousien wurden hochgezogen, dahinter Augenpaare, die verstohlen das Blaulicht von Polizei und Krankenwagen betrachteten, das über den Asphalt und die frisch geputzten Fenster huschte. Schließlich blieben wir hinter einem Rhododendronstrauch stehen, und Max zeigte zu der Vorschule hinüber, an der wir unser Auto geparkt hatten.

«Sie werden so bald wie möglich alle Straßen absperren», zischte sie. «Wir haben keine Zeit, jetzt zu zögern, vielleicht ist es schon zu spät.»

Sie riss sich die Sturmhaube herunter.

«Die werden uns jetzt nicht helfen.»

«Wir auch nicht», sagte ich. «Also, Robin und ich.»

«Was meinst du?»

«Dass sie nicht auf der Suche nach einer Frau sind, die nach ihrer Nachtschicht im ambulanten Pflegedienst auf dem Heimweg ist, sondern nach zwei schwarz gekleideten Typen.»

Sie sah mich verärgert an.

«Gute Idee, Genie», sagte Robin. «Max lässt uns hier und haut ab, klingt wirklich nach einer Eins-a-Idee.»

«Eine genauso gute Idee, wie die Haushaltshilfe zu erschießen, um darauf hinzuweisen, wie ungerecht die Gesellschaft ist?», fragte ich.

Er machte einen Schritt auf mich zu und stieß mir gegen die Brust.

«Für wen hältst du dich?», fragte er. «Du bist ein Niemand, verstehst du? Du gehörst zu uns, weil wir dich brauchen, das ist alles. Wir würden dich hierlassen und abhauen, ohne auch nur einen einzigen Gedanken an dich zu verschwenden.»

«Dann macht es», sagte ich und ging einen Schritt auf ihn zu. «Aber wenn ich geschnappt werde, ist dein kleines Anarchisten-leben vorbei. Ich weiß, wer du bist und wo du wohnst, Loser.»

Er zog sich die Sturmhaube herunter und sah mich mit einem leichten Lächeln auf den Lippen an.

«Okay», sagte er. «Du hast die Oberhand. Red dir das ein. Wir werden schon sehen.»

Max versetzte ihm einen Stoß.

«Halt jetzt die Klappe!», sagte sie viel zu laut. «Wir haben keine Zeit dafür. Nicht jetzt. Und auch sonst nicht.»

Sie sah ihn mit flehenden und verzweifelten Augen an.

«Du hast das hier verkackt. Versau jetzt nicht noch mehr.»

Ich hatte mich bereits an Max vorbei und durch die lichte Hecke zum Parkplatz an der Vorschule gezwängt. Hinter mir hörte ich Robin seufzen.

«Für den Moment», sagte er. «Aber ich schwöre, wenn das hier vorbei ist ...»

«Wenn das hier vorbei ist, hältst du weiter die Klappe», sagte Max.

An der Vorschule war es vollkommen still, nur ab und zu wehten durch die Dunkelheit einige Stimmen vom Haus herüber. Als Max die Tür zum Minibus öffnete, suchten wir hinter dem Auto Schutz vor dem Blaulicht eines Krankenwagens. Schließlich kauerten Robin und ich uns in dem kleinen Kofferraum hinter den Sitzen zusammen. Max warf eine Decke über uns, bevor sie sich hinter das Steuer setzte und die Zündung betätigte. Langsam fuhr sie durch das Villenviertel, nach Malmö hinein.

Es dauerte unendlich lange. Sie mied alle größeren Kreuzungen und Straßen, auf denen die Polizei möglicherweise Streifen positioniert hatte. Das Auto kroch zwischen Hecken und Reihenhäusern vorwärts, während die Stadt rundherum langsam dichter wurde. Anfangs waren aus der Entfernung Sirenen zu hören, und immer, wenn sie näher zu kommen schienen, dachte ich, dass es vorbei wäre, dass wir angehalten würden und dass ich verhaftet und wegen Beihilfe zum Mord verurteilt werden würde.

Ich sah alles in Rauch aufgehen. Mein ganzes Leben. All meine Träume. Die Gesichter meiner Eltern auf der Zuschauertribüne während der Gerichtsverhandlung. Ich glaubte, diese Gedanken würden mich einfach zerquetschen, wenn sie in mir Wurzeln schlügen. Aber ich konnte mich nicht dagegen wehren, dass sie mich überspülten. Gerichtsverhandlung und Gefängnis. Schuld und Scham.

Aber absurderweise wusste ich, dass es das wert gewesen sein könnte. Wenn wir nur für den Einbruch gefasst worden wären, hätte ich meine Strafe entschlossen entgegengenommen. Die Schmiererei auf den Garagentoren. Es war gerecht. Es war eine Widerstandsaktion. Es machte mich stolz, dass ich dabei gewesen war. Dass ich nicht gezögert hatte.

Aber die Pistole und der Schuss hatten alles verändert. Die blutende Frau auf dem Fußboden. Ich kniff die Augen zusammen und spürte, wie sich meine Brust in Panik zusammenzog. Die Kinder auf dem Nachttisch. Wie würden sie erfahren, was passiert war? Wer würde sie anrufen und ihnen erzählen, dass ihre Mutter bei einem sinnlosen Einbruch auf der anderen Seite der Welt angeschossen worden war? Der Druck auf meiner Brust wurde so groß, dass ich dachte, ich würde ersticken. Robin hatte alles zerstört. Was richtig und stark gewesen war, war jetzt nur noch Chaos und Tod. Zynische Selbstsucht. Gewalt. Es war unmöglich, das zu verteidigen.

Ich hatte keine Ahnung, wie lange wir im Kofferraum des Minibusses gelegen hatten, als wir plötzlich schneller fuhren. Mitten in alldem war es wie ein Sieg. War es möglich, dass es Max gelungen war, uns aus dem Gitternetz aus kleinen Straßen herauszubringen? Waren wir auf dem Weg auf die E22 und nach Lund? Robins Fuß drückte gegen mein Schlüsselbein und ich stieß ihn zur Seite.

«Du tust mir weh», sagte ich. «Kannst du deine Beine nicht einziehen?»

Kaum hatte ich das gesagt, da hörte ich, wie die Sirenen noch einmal aufheulten, zweimal, irgendwo direkt hinter uns. Es dauerte eine endlos lange Sekunde, bis Max reagierte. Vielleicht überlegte sie, was sie tun sollte? Vielleicht dachte sie, dass sie einfach das Gas durchtreten sollte? Vielleicht hatte sie den törichten Traum, dass wir entkommen könnten?

Wenn es so war, dann gab sie diese Idee schnell wieder auf, das Auto wurde langsamer und fuhr an den Straßenrand. Schließlich standen wir vollkommen still.

«Scheiße», murmelte Max auf dem Vordersitz. «Die Sache ist gelaufen.»

«Beweg dich nicht», sagte Robin zu mir. «Ganz egal, was passiert. Bleib unter der verdammten Decke und gib keinen Mucks von dir. Verstanden?»

Ich hörte, wie eine Tür sich öffnete, jemand über den Asphalt ging, direkt auf der anderen Seite des Blechs. Dann Max' Stimme.

«Habe ich etwas falsch gemacht? Ist ein Licht kaputt?»

«Kann ich bitte Ihren Führerschein sehen?» Die Stimme war heller als gedacht, bestimmt und ein wenig gezwungen. Es klang nach einem jungen Polizisten.

«Ich fürchte, dass ich ihn zu Hause vergessen habe», sagte Max. «Ich bin auf dem Heimweg von der Arbeit und muss wirklich ins Bett.»

Ihre Stimme war gekünstelt, aber trotzdem ruhiger, als zu erwarten war.

«Personalausweis», sagte er. «Irgendein Identitätsnachweis.»

«Mein Portemonnaie liegt zu Hause. Ich hab nur ein paar Lieferungen erledigt und hab nicht damit gerechnet, von der Polizei angehalten zu werden. Ich hätte es besser wissen müssen.»

«Lieferungen?»

«Einige von uns arbeiten nachts.»

«Wie heißen Sie?»

Die Stimme klang leicht nervös, aber auch selbstgerecht. Das hier war ein Polizist, der es genoss, wenn Mitbürger Fehler machten und er sie in die Schranken weisen konnte. Ich spürte wachsende Panik.

«Darf ich fragen, warum Sie mich anhalten?», fragte Max. «Weil ich Ihrer Meinung nach ausländisch aussehe?»

Ich betete zu Gott, dass sie einfach ihren Namen nennen würde, damit er es überprüfen konnte und uns weiterfahren ließ. Ich betete zu Gott, dass sie einen Führerschein hatte. Neben mir spürte ich, dass Robin sich bewegte. Ich drehte den Kopf und sah, wie er langsam den Nacken streckte und über die Rückenlehne spähte.

«Ihren Namen», sagte eine andere Person.

Sie klang älter und müder, nicht nervös, erfahrener.

«Wir brauchen Ihren Namen und Ihre vollständige Personennummer, um Ihren Führerschein überprüfen zu können. Machen Sie keine Schwierigkeiten, wenn Sie nichts zu verbergen haben.»

Im Augenwinkel sah ich wieder, wie Robin sich bewegte. Er versuchte, etwas aus seiner Tasche zu holen, aber es gelang ihm nicht.

«Wir haben nicht die ganze Nacht Zeit», sagte der andere Polizist. «Wenn Sie uns Ihren Namen nicht mitteilen wollen, müssen Sie aussteigen und mitkommen.»

Das Auto wurde schwach von dem gelben Licht erleuchtet, das von einem Parkplatz vor ein paar Lagerhallen neben der Autobahn herüberschien. Das Blaulicht vom Polizeiauto pulsierte in kurzen Schüben. Robin setzte sich halb auf, stützte sich auf die Ellenbogen, immer noch vom Sitz verborgen, aber die Polizisten müssten sich nur zur Seite drehen, um ihn zu entdecken. Ich wollte ihn zu mir ziehen und wieder auf den Boden drücken.

Stattdessen sah ich ihn unglaublich langsam die Pistole

herausholen. Mein Herz stand still, als er die Pistole in beiden Händen hielt, bereit, tödlich. Es war unwirklich. Vollkommen wahnsinnig.

Er umklammerte die Pistole und starrte über die Rückenlehne zum Vordersitz. Ich schloss die Augen und wartete, dass er sie anheben und der Schuss gelöst werden würde, dass das Leben aufhören würde.

Ich will aufwachen, dachte ich. Weckt mich einfach aus diesem Albtraum auf.

Es verging ein Moment.

«Minna Haddad.»

Es war Max' Stimme. Ich öffnete die Augen und war erstaunt, dass mir das überhaupt gelang, dass ich nicht vor Stress gestorben war.

«Überprüfen Sie es gerne. Und verraten Sie mir dann, warum Sie mich angehalten haben.»

«Personennummer?», fragte der jüngere Polizist.

Max leierte so schnell zehn Ziffern herunter, dass der Polizist sie bitten musste, sie zu wiederholen. Dann klang es, als wäre der andere Polizist ein paar Schritte zurückgetreten, vielleicht überprüfte er gerade die Angaben.

«Das gibt wohl ein Bußgeld, weil ich keinen Führerschein dabeihabe», sagte sie. «Geben Sie mir einfach den Strafzettel, damit wir hier fertig werden.»

Robin bewegte sich nicht vom Fleck. Starr, angespannt und völlig regungslos verharrte er dort, als würde er sich nicht zum ersten Mal in einem Kofferraum verstecken und seine Waffe auf Polizisten richten.

«Das Auto gehört einer Firma», sagte der ältere Polizist, der anscheinend die Angaben kontrolliert hatte. «Libertad AB. Warum fahren Sie es?»

«Weil ich da arbeite», sagte sie. «Wir liefern im Herbst und

Winter Essen an Obdachlose in Malmö aus. Das ist unsere Art, etwas zurückzugeben.»

Sie klang jetzt wütend, als würde sie ihren eigenen Worten tatsächlich Glauben schenken.

«Aber es ist mitten in der Nacht, und ich bin komplett kaputt. Und ich hab es ehrlich gesagt verdammt satt, von der Polizei angehalten zu werden. Also stellen Sie Ihren Strafzettel aus, damit ich nach Hause fahren und schlafen kann.»

«Wir müssen das Auto durchsuchen», sagte der jüngere Polizist. «Steigen Sie bitte aus und öffnen Sie den Kofferraum.»

21

Einen Augenblick war es vollkommen still. Das Blaulicht des Polizeiwagens pulsierte. Die Zeit blieb stehen. Ich starrte zu Robin und sah, wie er die Pistole umklammerte, während sich seine Augen verengten. Die Katastrophe war nur ein paar Sekunden entfernt, und ich machte mich bereit.

«Warum?», hörte ich Max fragen. «Sie wollen mein Auto durchsuchen, weil ich mein Portemonnaie zu Hause vergessen habe? Wie heißen Sie? Ich will das hier melden.»

Wie konnte sie so ruhig und sicher klingen? Ich bewegte mein rechtes Bein so unauffällig wie möglich und machte mich bereit, mich auf Robin zu werfen, falls er auf dumme Ideen kam.

«Dieses Verhalten ist nicht ...», sagte der jüngere Polizist, und es klang, als würde er sich noch weiter durch das Fenster lehnen.

Ich versetzte Robin so vorsichtig wie möglich einen Tritt, und er sah sofort zu mir hinab. Seine Augen waren nur schwarze, dünne Striche, seine Fingerknöchel um den Schaft der Waffe weiß. Ich schüttelte den Kopf.

«Nein, nein, nein», formte ich mit dem Mund.

«Ich glaube, es ist in Ordnung so.» Es war die Stimme des älteren Polizisten.

«Wir sollten wirklich nachsehen», erwiderte der jüngere. «Unter diesen Umständen ...»

«Welche Umstände?», fragte Max.

«Es ist für uns alle eine lange Nacht», sagte die ältere Stimme.

«Ich bin der Meinung, dass ...», begann der jüngere Polizist.

«Das reicht», sagte der Ältere. «Wir haben noch anderes zu tun.»

Ich sah, wie sich Robin langsam entspannte.

«Es gab eine Schießerei in Malmö», fuhr der Ältere fort. «Um Ihre Frage zu beantworten, warum wir Sie angehalten haben. Aber offensichtlich haben Sie nichts damit zu tun.»

«Offensichtlich nicht», sagte Max.

Robin sank geräuschlos zu Boden. Vorsichtig zog er die Decke über sich.

«Sie haben also Glück. Egal, was für einen Scheiß Sie heute Abend gemacht haben, wir haben keine Zeit dafür. Vergessen Sie den Führerschein beim nächsten Mal nicht. Wir sind in Zukunft möglicherweise nicht so beschäftigt.»

Max stand immer noch auf dem Standstreifen. Das Blaulicht wurde ausgeschaltet, und die Polizisten drehten, um nach Malmö zurückzufahren. Max blickte sich nicht um, bevor die Polizisten ganz verschwunden waren. Ihr Gesicht wirkte gelb im Licht des Industriegebietes.

«Es ist am besten, wenn nichts schiefgeht», sagte sie. «Waren das nicht Charles' Worte? Kaum vorzustellen, wie noch mehr hätte schiefgehen können.»

Sie blinkte und lenkte das Auto wieder auf die Straße.

«Wenn ich die Bullen hätte erschießen müssen», sagte Robin, «wäre noch mehr schiefgegangen.»

Er zog die Decke weg und setzte sich auf.

«Wer ist Minna Haddad?», fragte ich. «Warum kennst du ihre Personennummer?»

Ich fühlte, wie meine Stimme zitterte, als ich das sagte. Mein ganzer Körper bebte.

«Ich habe im ersten Semester mit ihr in Lund studiert»,

erklärte sie. «Sie ist genauso alt wie ich, hat kurzes, lockiges Haar. Wenn man nicht zu genau hinschaut, sieht sie mir ein bisschen ähnlich. Ich hab ihren Führerschein abfotografiert und die Details auswendig gelernt. Für genau so eine Situation. Es ist besser als nichts.»

Ich drehte mich um und sah zu Robin.

«Du hättest die Bullen erschossen», sagte ich. «Du hättest es wirklich getan. Du warst eine Sekunde davon entfernt, zwei Polizisten zu erschießen.»

Meine Stimme war brüchig und heiser. Er sah mich kurz an und wandte den Blick ab.

«Wer weiß?», meinte er. «Wenn wir keine andere Wahl gehabt hätten? Was hättest du getan?»

Ich schloss die Augen und lehnte mich zurück. Unter mir rollten die Reifen über den glatten Asphalt.

«So arbeiten wir normalerweise nicht», sagte Max. «Das war ein ganz mieser Einstieg für dich.»

Wir schwiegen eine Weile. Hörten nur die Reifen auf dem Asphalt und den Wind an der Karosserie. Langsam drang uns allen ins Bewusstsein, was passiert war.

«Ich bin schuld», stellte Robin fest. «Das denkt ihr doch.»

Max sah ihn im Rückspiegel an.

«Was zur Hölle sollen wir denn denken?», fragte sie. «Es war deine Schuld. Wir sind nicht ins Obergeschoss gerannt. Wir haben nicht geschossen.»

«Ich hab mich erschreckt!», sagte er. «Glaubst du, ich würde mir nicht wünschen, dass ich es nicht getan hätte?»

«Aber du hast es getan», unterbrach ihn Max. «Es ist, wie es ist. Steh dazu. Es bringt nichts, sich jetzt an dem aufzuhängen, was passiert ist. Wir haben nur Kontrolle über das, was jetzt passiert.»

«Wenn es all das nicht geben würde, was wir dort zerstören wollten, wäre sie gar nicht im Haus gewesen», fuhr Robin fort, als würde er sie nicht hören. «Wenn der Millionärsvater deines Kumpels nicht die Mittel gehabt hätte, sie wie einen Sklaven zu kaufen, wäre sie heute Abend nicht dort gewesen. Und wäre sie nicht im Haus gewesen, wäre sie nicht angeschossen worden.»

«Du meinst also, dass es ihre Schuld war?», fragte ich.

Gehörte auch das zu ihrer radikalen Ehrlichkeit? Ich fühlte mich, als müsste ich mich wieder übergeben.

«Es ist meine Schuld, ich hatte die Pistole», sagte Robin. «Aber ist das die ganze Wahrheit? Gibt es nur zwei Alternativen? Nur Schuld und Unschuld? Nur einen Angeklagten?»

«Und wenn sie stirbt?», wollte ich wissen.

Robin antwortete nicht. Er wandte den Blick ab und schaute hinaus in die Dunkelheit. Schließlich sah Max mich an, ihre Augen im Rückspiegel waren vollkommen leer.

«Dann stirbt sie halt.»

Es war Viertel vor drei, als Max auf der Straße vor dem Haus parkte. Wie war es möglich, dass nur ungefähr eine Stunde vergangen war, seit wir das Haus betreten hatten? Ich folgte Max und Robin mit zitternden Beinen den Weg und die Treppe zum Haus hoch. Wir öffneten die Tür und betraten den vollkommen dunklen Flur. Robin blieb nicht einmal stehen.

«Ich brauche Alkohol», sagte er. «Sofort.»

Wir folgten ihm durch den Flur und in die Küche. Er suchte im Schrank nach Whisky, bis er eine Flasche Laphroaig über dem Herd fand und sich ein halbes Glas einschenkte. Er kippte alles in einem Zug herunter.

«Die Frau lebt, sie ist in Malmö in Behandlung.»

Die Stimme klang tief, zittrig und kam von der Flurtür. Wir drehten uns alle gleichzeitig um. Charles war voll angezogen, trug eine Chino, ein Chambray-Hemd und einen grauen Cardigan. Er legte ein iPad vor uns auf die Kochinsel.

«Falls ihr euch das fragt.»

Er durchquerte ruhig die Küche und nahm sich ein Whiskyglas, in das er reichlich Laphroaig goss. Er zeigte auf das iPad.

«Ich nehme an, es war deine Idee?», fragte er Max. «Eine Botschaft zu hinterlassen?»

Auf dem Bildschirm war die Titelseite der Sydsvenskan zu sehen. Ein Foto von Max' Graffiti zierte sie.

«Victor Serge Capital Management», sagte Charles. «Raffiniert.»

«Das war, bevor Robin die Frau angeschossen hat», erklärte sie. «Ich wusste nicht, dass ...»

«Es war ein Unfall», unterbrach Robin sie.

Charles wedelte abwehrend mit der Hand und trank vom Whisky, während er zur Decke starrte. Dann richtete er den Blick auf Robin.

«Du hast eine unbewaffnete Frau angeschossen. Hoffen wir, dass es ein Unfall war, sonst hast du wirklich ein Problem.»

Er wandte sich an Max.

«Wer war sie? So etwas wie eine Haushälterin?»

Max zuckte mit den Schultern.

«Nehme ich an», sagte sie. «Wir wussten nicht, dass jemand im Haus war. Wir hatten alles überprüft, es hätte leer sein sollen, die Eigentümer sind in Stockholm. Wir waren hinter den Autos her und hätten uns mit ihnen zufriedengeben sollen.»

«Warum habt ihr es nicht?»

Robin goss sich noch ein halbes Glas Whisky ein und kippte wieder fast alles in einem Zug herunter.

Von der anderen Seite des Hauses hörte man das Geräusch einer Tür, die geöffnet wurde. Leise, hitzige Stimmen und Schritte im Flur. Dann standen Dinah und Gustaf in der Küche. Sie hatten dunkle Ränder unter den Augen und sahen müde aus. Dinah starrte Max und Robin an und breitete die Hände aus.

«Was zum Teufel ist passiert?», sagte sie. «Ihr habt jemanden angeschossen? Die Zeitungen sind voll davon.»

Sie klang, als könnte sie es nicht glauben und würde von ihnen hören wollen, dass es nur ein Missverständnis war. Dass die Zeitungen über einen anderen Raub berichteten.

Gustaf ging an ihr vorbei und direkt auf Robin zu. Dann drückte er ihn gegen den Kühlschrank.

«Ich hab fucking noch mal gesagt, dass das passieren würde», zischte er. «Ich hab es verdammt noch mal gewusst.»

Robin drückte Gustaf von sich weg, und in seinen Augen erwachte etwas Schwarzes.

«Scheiße, lass mich los», sagte er. «Du verdammter ...»

«Jemand war im Obergeschoss», erklärte Max.

Sie schaffte es, Gustaf von Robin wegzuziehen und sah ihm in die Augen.

«Robin hat sich erschreckt.»

«Erschreckt?»

Gustaf schüttelte den Kopf, als hätte er noch nie etwas Dümmeres gehört.

«Warum hattest du überhaupt die Pistole dabei? Bist du verrückt? Das ist genau so etwas, was ...», sagte Dinah zu Robin.

Der schlug mit der Faust so fest auf die Kochinsel, dass die Whiskyflasche umkippte und Charles sie auffangen musste.

«Ich hab Scheiße gebaut!», schrie er. «Was wollt ihr von mir hören? Es ist offensichtlich, dass ich es getan habe.»

Charles ging zu ihm, und zuerst dachte ich, er würde ihn umarmen. Aber stattdessen verpasste er ihm eine Ohrfeige. Sie war nicht kräftig, sondern eher der impotente Versuch eines bereits besiegten Mannes, sich Autorität zu verschaffen. Robin verstummte und drehte den Kopf. Er sah Charles direkt an und lächelte schief, seine Augen leuchteten auf, vollkommen schwarz. Dann versetzte er ihm einen Kopfstoß, direkt auf die Nase.

Es ging so schnell, dass ich kaum verstand, was geschah. Charles schrie auf, fiel zu Boden und presste sich eine Hand auf die Nase. Blut sickerte durch seine Finger. Ich stand sofort neben ihm und fiel auf die Knie, aber er stieß mich von sich. Blut tropfte auf den gefliesten Boden.

«Was zur Hölle ist mir dir los?», schrie Dinah und stieß Robin gegen die Kochinsel. «Bist du komplett durchgeknallt?»

Ich unternahm einen neuen vorsichtigen Versuch, Charles auf die Füße zu helfen, aber er zog seinen Arm weg.

«Fass mich nicht an», zischte er.

Er sah alt aus, als er mühsam aufstand und sich dabei eine Hand aufs Gesicht presste. Blut sickerte ihm über die Wange. Robin löste sich von Dinah und griff nach der Whiskyflasche. Dann nahm er sein Glas, durchquerte wortlos den Raum und ging in den Flur.

«Was ist das hier für ein verdammtes Chaos?», fragte Max.

Sie ergriff Charles' Handgelenk und zog die Hand von seinem Gesicht weg. An einer Augenbraue war eine kleine Platzwunde zu sehen. Gustaf gab ihm Küchenpapier, damit er es auf die Wunde drücken konnte, und reichte ihm seine Brille.

«Ich besorge Pflaster», sagte er und verschwand aus der Küche.

Eine halbe Stunde später saß Charles verarztet auf der Arbeitsplatte am Fenster. Er sah verwirrt und ein wenig abwesend aus und trank beharrlich aus einem Glas, das enthielt, was er neulich als Whisky zum Kochen bezeichnet hatte. Dinah stellte einen Nylonrucksack auf die Kochinsel.

«Zweihundertfünfzigtausend», sagte sie. «Die haben wir für die Autos bekommen.»

Sie wechselte einen Blick mit Max.

«Wir behalten hundertfünfzig. Hundert gehen an dich.»

Sie nickte Charles zu.

«Mein Kontakt kann sie für zwanzig Prozent waschen und auf ein Konto überweisen, das du ihm nennst», sagte Gustaf. «So wie wir es in der Vergangenheit auch gemacht haben.»

Charles nickte und stellte das leere Glas neben sich. Er sah traurig aus, als er uns ansah.

«Hier endet es also», sagte er ruhig. «Ihr seid hier fertig. Hunderttausend. So kauft ihr euch also von mir frei?»

Niemand antwortete, und er sprang von der Arbeitsplatte herunter.

«Es wird nicht gut ausgehen», sagt er. «Was auch immer ihr geplant habt. Euch fehlt die nötige Disziplin.»

Er zuckte mit den Schultern.

«Und vielleicht genügt es euch, die Bonnot-Bande zu sein? Aber ich hatte größere Hoffnungen, als dass ihr erschossen in einem Graben endet.»

Er schüttelte leicht den Kopf und ging langsam aus der Küche. Vielleicht hoffte er, jemand würde ihm widersprechen oder ihn bitten zu bleiben. Aber niemand sagte etwas, und das Echo seiner Schritte verschwand durch den Korridor und die Treppe hinauf. Max sah mich an.

«Mein Gott», seufzte Gustaf. «Warum habt ihr nicht einfach drauf geschissen, ins Obergeschoss zu gehen? Ich halt's nicht aus.»

Max wandte sich an mich.

«Du musst zurück zur Wohnung», sagte sie. «Wenn wir nicht noch weiter in Verdacht geraten wollen, musst du dort sein, wenn deine Kumpels aufwachen. Wir müssen uns an den Plan halten, das ist unsere einzige Chance.»

Max brachte mich vor die Tür und schloss sie hinter mir. Im Schein der Straßenlaternen schienen die glitzernden Eiskristalle in Größe und Anzahl zuzunehmen, als ich sie betrachtete. Auf den Autos und Straßen lag bereits eine dünne Schicht des ersten Schnees in diesem Jahr. Wir blieben stehen und betrachteten ihn, während ich langsam in die Hocke ging und den Kopf in die Hände stützte. Max setzte sich neben mich.

«Du musst diese Nacht in eine Kiste in deinem Inneren legen, sie zumachen und abschließen.»

Ich drehte den Kopf und sah sie an. Ihre Stimme klang entschieden, war aber kaum mehr als ein Flüstern.

«Und dann musst du den Schlüssel zu dieser Kiste wegwerfen», fuhr sie fort. «Man denkt, dass man einfach lügen kann. Aber das ist nur auf eine einzige Art erfolgreich möglich, man muss sich selbst belügen.»

Sie klang so, als wüsste sie, wovon sie sprach, so als wäre ihr diese Kiste nur allzu vertraut.

«Du warst heute Abend bei ein paar Kommilitonen. Ihr habt einen Film gesehen. Es ist spät geworden, und als du nach Hause gekommen bist, hast du dich sofort ins Bett gelegt. Wenn du morgen aufwachst, wird Ludvig darüber schockiert sein, was im Haus seiner Eltern passiert ist. Du erfährst es in dem Moment, in dem er es erzählt, und wirst ebenfalls schockiert sein. Verstanden?»

Es gelang mir immer noch, die Tragweite des Geschehens von mir fernzuhalten. Etwas war schiefgegangen. Das war so nicht beabsichtigt gewesen. Vielleicht war es nicht einmal unsere Schuld. In erster Linie war es ein Problem, das gelöst werden musste. Ich nickte geduldig.

«Leg das, was passiert ist, in die Kiste und erschaff eine neue Erinnerung, die deine Erlebnisse ersetzt und den Abend überdeckt. Es ist nicht schwierig. Aber du musst daran glauben.»

Das klang einfach.

«Was passiert jetzt?», fragte ich. «Ich sollte doch am Wochenende einziehen?»

«Damit müssen wir natürlich noch warten», erwiderte Max.

«Keine hastigen Bewegungen nach dem, was passiert ist. Außerdem bist du in der Wohnung unser Spion und kannst darauf achten, ob uns jemand auf die Spur kommt. Wir müssen abwarten.»

«Uns auf die Spur kommt?», wiederholte ich und sah sie an. «Du meinst Spuren, die zu mir führen? Du verlangst nicht gerade wenig.»

«Wir werden heute Abend schon abhauen», sagte sie. «Um uns alle zu schützen. Robins verdammter Schuss hat alles verändert. Wir dürfen keinen Kontakt mehr zueinander haben, bis sich alles ein bisschen beruhigt hat. Gib dem Ganzen ein paar Wochen. Solange man dich nicht mit uns oder dem Haus oder sonst was in Verbindung bringen kann, sind wir sicher. Es gibt in der Villa keine Spuren. Wir sind Geister. Du auch. Es kann nur etwas passieren, wenn wir nicht aufpassen oder die Nerven verlieren und es dadurch versauen.»

Sie sah mich an, und ihre Augen waren plötzlich eiskalt.

«Schaffst du das?»

Es fühlte sich an, als würde ich es gleich hier auf der Treppe in Ordnung bringen. Als könnte ich die Ereignisse in die Kiste legen und warten, bis sie sich wieder meldete. Aber was, wenn ich morgen aufwachte, voller Bedauern und Gedanken? Wenn ich Ludvig und Victor in der Wohnung in die Augen blicken musste? Max' Worte vertrieben den Schock, und Wut bahnte sich den Weg. Ich hatte es satt, wie ein alter Lappen behandelt zu werden, den man einfach in die Ecke werfen konnte.

«Ich weiß nicht», meinte ich. «Ihr lasst mich wieder allein. Ihr zieht mich in Scheiße rein und haut dann ab. Ihr stellt verdammt hohe Anforderungen an mich. An meine Loyalität.»

«Niemand hat dich in irgendwas reingezogen, Baby. Du hast dich selbst dazu entschieden.»

«Ich wusste verflucht noch mal nicht, dass Robin auf jemanden schießen würde!»

Ich stand auf und betrachtete sie, wie sie dort hockte.

«Du vereinfachst es ganz schön, wenn du sagst, ich hätte gewusst, worauf ich mich einlasse, meinst du nicht?»

Sie stand auf und sagte nichts. Ihre Augen waren nicht mehr kalt, eher traurig. Sie holte mit einer Hand ihr Handy heraus.

«Robin hat mir das hier schon vor einer Weile geschickt», sagte sie. «Das hatte er gemeint, als ihr euch in Malmö angeschrien habt. Du musst mir glauben, dass ich nichts wusste. Ich wollte es dir eigentlich gar nicht zeigen. Ich dachte, ich hätte ihn unter Kontrolle. Wirklich. Aber nach heute Abend ... Du musst es erfahren.»

Einen Augenblick schien sie zu zögern, dann hielt sie mir das Handy hin und startete ein Video. Schneeflocken landeten auf dem Bildschirm und schmolzen.

Zuerst verstand ich überhaupt nicht, was ich da sah.

Es sah aus wie ein Einkaufszentrum. Dann zoomte das Bild heran auf einen langen gläsernen Ladentisch. Das Bild war klar und sehr deutlich, offenbar war es mit einer professionellen Kamera und nicht mit einem Handy gefilmt worden. In der Mitte des Bildes war ich zu sehen, daran bestand kein Zweifel. Mein Parka. Meine blonden Haare. Meine Nase, Wangenknochen, Augen und mein Mund. Ganz allein und in höchster Auflösung stand ich mit einem besorgten Gesichtsausdruck vor dem Tisch. Meine Augen wanderten umher und schienen etwas zu suchen. Dann zoomte das Bild noch weiter herein. Auf den Glastisch und meine Hände, als ich sie erst über eine und dann zwei weitere Uhren legte. Die Kamera zoomte heraus, als ich die Uhren in die Tasche steckte, vom Ladentisch zurücktrat und davoneilte.

«Was zur Hölle?»

Mein Mund war vollkommen trocken. Ich konnte sie nicht ansehen, also starrte ich direkt auf den immer stärker werdenden Schnee, der im Schein der Straßenlaternen fiel.

«Und heute Abend hat er es mir geschickt», sagte sie.

Sie wischte über den Bildschirm und hielt mir wieder das Handy hin. Es zeigte jetzt ein Bild. Ich lächelte und trug immer noch die Sturmhaube, wie eine Mütze. Hinter mir erahnte man die Vorschule, an der wir das Auto geparkt hatten.

Sie sah jetzt wirklich bekümmert aus.

«Robin hat sich abgesichert. Die Ereignisse können nur zu dir zurückverfolgt werden.»

Sie sah mich traurig an. Es schneite immer hartnäckiger, aber ich bemerkte es kaum.

«Er vertraut dir nicht», erklärte sie. «Er sagt, wenn du in die Nähe von Charles' Haus kommst oder versuchst, uns irgendwie zu kontaktieren, meldet er sich mit dem Film und den Bildern bei der Polizei. Ich habe Angst, dass er es ernst meint.»

«Ich verstehe es nicht», sagte ich. «Wenn er das macht, dann verpfeife ich ihn auch.»

Mein Mund war völlig trocken, und es pfiff in meinen Ohren.

«Baby, du weißt nicht, wer er ist, wie er heißt oder wo er herkommt. Er ist heute Abend schon weit weg von hier.»

«Du drohst mir also?»

Ich starrte sie direkt an.

«Nicht ich», sagte sie. «Robin tut es. Er vertraut niemandem. Und das noch weniger, seit heute Abend alles schiefgegangen ist. Am allerwenigsten vertraut er dir.»

«Und?», fragte ich. «Was heißt das?»

«Solange du diesen Abend in die Kiste in deinem Inneren legst, nichts», sagte sie. «Hoffe ich. Versprich mir, dass du es machst. Du musst es tun. Ich kümmere mich um das mit Robin, versprochen. Es war nicht meine Idee, dass wir hier landen würden. Genauso wenig wie deine.»

Sie lehnte sich zu mir, und in ihrer Stimme lag ein Anflug von Verzweiflung.

«Ich habe keinen Augenblick an dir gezweifelt oder dich ausgenutzt. Ich hasse ihn dafür, dass er das hier gemacht hat.»

Sie schwieg einen Moment.

«Robin hat bis heute Abend vielleicht entspannt gewirkt», sagte sie, «aber er war schon immer paranoid. Gustaf überlässt auch nichts dem Zufall. Offensichtlich wollten sie sich absichern. Es tut mir so leid, dass es dazu gekommen ist.»

Der Druck auf meiner Brust wuchs, als ich sie ansah.

«Ihr habt mich reingelegt», flüsterte ich. «Nach alldem habt ihr mich trotzdem reingelegt. Und jetzt habt ihr es so gedreht, dass ich als Einziger mit dem Verbrechen in Verbindung gebracht werden kann. Mit beiden Verbrechen.»

Alles brach unter mir zusammen. Es war noch nicht lange her, dass ich zum ersten Mal in meinem Leben Teil von etwas gewesen war. Jetzt hatten alle anderen den Rückzug angetreten. Ich blieb zurück. Allein.

«Ich kenne nicht einmal deinen Namen», sagte ich.

Max streckte ihre Hand aus und ließ sie auf meiner Wange ruhen. Sie sah mir direkt in die Augen.

«Ich bringe das wieder in Ordnung», sagte sie. «Aber du musst mir helfen, wenn es klappen soll. Du musst schweigen und mitspielen. Sperre das, was du weißt, in die Kiste. Wirf den Schlüssel weg.»

«Und dann?», fragte ich. «Was bedeutet ‹wieder in Ordnung bringen›?»

Sie drehte den Kopf und sah eine Weile lang in den Schneefall.

«Ich mag dich», flüsterte sie. «Viel mehr, als ich am ersten Tag in Malmö gedacht habe. Verstehst du das?»

Ich zuckte mit den Schultern.

«Ich weiß nicht.»

Sie sah wieder zu mir, und bevor ich ganz verstand, was passierte, küsste sie mich auf eine Weise, dass ich glaubte, den Halt zu verlieren und die Treppe hinunterzustürzen. Ihre Lippen waren kalt und feucht vom Schnee. Sie streichelte mich zuerst zärtlich, dann fuhr sie mir mit den Fingern durchs Haar und drückte sich an mich. Die Welt um uns herum brach auseinander, und einen Augenblick lang war ich nicht mehr allein. Wir waren zu zweit, unsere Lippen gegeneinandergedrückt, unsere Zungen, der langsam herabrieselnde Schnee.

«Du musst jetzt nach Hause», flüsterte sie. «Mit den Schlüsseln. Wenn nicht alles den Bach runtergehen soll.»

Ich nickte, schien keine Stimme mehr zu haben. Sie stand sehr nah neben mir, und ich umarmte sie, während sie zu mir hochsah.

«Ich war auch von ihnen enttäuscht», sagte sie. «Alles, was wir haben, basiert darauf, dass wir zusammenarbeiten bei dem, was wir machen, und dass wir einander vertrauen. Für mich hast du dazugehört.»

Sie verstummte und betrachtete mich mit ihren grün schimmernden Augen.

«Ich will bei dir sein», sagte sie. «Ich will, dass du es weißt.»

Ich sah sie einfach nur an.

«Was bedeutet das?»

Meine Stimme war brüchig und so leise, dass man sie kaum hörte.

«Robin war lange auf dem Weg zu entgleisen», flüsterte sie. «Und Dinah, ich weiß nicht, wie viel du verstanden hast ...»

Sie schüttelte den Kopf. Ich dachte an das Fentanyl und ihren abwesenden Blick. Auch wenn ich es nicht wusste, so wusste ich es doch.

«Ich weiß nicht, ob es noch funktioniert. Unschuldige sollten niemals mit reingezogen werden. Es ist ...»

Sie sah wieder in den Schnee hinaus.

«Es ist nur wichtig, dass unsere Taten etwas bedeuten. Es verlangt einem alles ab, illegal zu sein. Man muss das Richtige tun.

Leben, wie man leben sollte. Ansonsten ist man nur ein Dieb, ein Gangster. Und jetzt ein Mörder.»

«Kein Bandit», stellte ich fest.

«Nein», sagte sie und lächelte traurig. «Kein Bandit.»

Ich umarmte sie immer noch, und sie drückte ihre kalten Lippen gegen meinen Hals. Einen kurzen Augenblick standen wir einfach dort, und ich wollte, dass es niemals endete. Aber schließlich zog sie sich zurück und sah mir erneut direkt in die Augen.

«Ich werde sie verlassen», flüsterte sie. «Das hier ist für mich vorbei.»

Ich sah sie einfach nur an. Sie wirkte vollkommen nackt, und das war schockierend. Alle Masken waren gefallen, die Neckereien und Manipulationen hatten aufgehört.

«Bist du für mich da, wenn ich sie verlasse?», flüsterte sie.

Ihre Stimme zitterte, ich schluckte hart und nahm ihr Gesicht in meine Hände.

Wir sahen einander an. Der Schnee schmolz auf unseren Wangen.

«Erinnerst du dich an meinen Kumpel?», fragte sie. «Der uns ein Hotelzimmer in Stockholm besorgen kann?»

Ich nickte.

«Ich werde sie verlassen, und dann treffen wir uns dort», fuhr sie fort. «Nur du und ich.»

«Wann?»

Sie schüttelte den Kopf.

«Du musst mir Zeit geben, Baby. Ich werde dich anrufen. Ich will nur, dass du dann bereit bist.»

Wir sahen einander an.

«Kommst du, wenn ich dich brauche?», flüsterte sie. «Fängst du mich auf, wenn ich falle?»

Meine Kehle fühlte sich geschwollen an, ich konnte nur nicken.

Wenn ich bei dir sein darf, wollte ich sagen, werde ich alles tun.

22

Sobald ich Max verließ, begann mein Herz wie wild zu schlagen, und je weiter ich mich von ihr entfernte, desto schlimmer wurde es. Sie wollte bei mir sein. Nur bei mir. Was sie auf der Treppe gesagt hatte, verdrängte einen Augenblick lang alles andere, aber ich war noch nicht einmal am Botanischen Garten, als sich die Gedanken an den Einbruch und den Schuss wieder in mein Bewusstsein drängten und das Gefühl von Max' Wärme beinahe vollkommen beiseiteschoben.

Ich rannte los, um nicht denken zu müssen. An den Schuss, das Blut und die Bilder der Kinder auf dem Nachttisch. An die Bilder von mir. Das Video bei Illum. Die Einsamkeit. Ich rannte immer schneller, als würde es mir helfen, Abstand zwischen mich und die Wirklichkeit zu bringen, und ich hielt nicht an, bevor ich Skissernas museum hinter mir gelassen hatte und keuchend und mit dampfendem Atem im Park vor der Universitätsbibliothek stand.

Um mich herum rieselten große, nasse Flocken herab und schmolzen auf dem Boden. Mit Max zusammen zu sein, war, als würde ich mich in einer Blase befinden, in einer Welt inmitten des Gewöhnlichen, in der vollkommen andere Gedanken Sinn ergaben. Als ich jetzt so vollkommen allein war, schienen all die bizarren Entscheidungen über mich hereinzubrechen. Was hatte ich da mitgemacht? Worauf hatte ich mich eingelassen?

In ein Haus in Malmö einzubrechen? Na klar, die Besitzer hatten es schließlich verdient.

Jemanden anzuschießen? Das war ein Versehen gewesen.

Zu lügen, um ehrlich zu sein? Plausibel.

Die Videos und Bilder auf Max' Handy. Robins gefühlskaltes Verhalten und seine Drohung. Max, die bei mir sein wollte.

Ich versuchte, tief durchzuatmen, bekam aber keine Luft. Alles drehte sich, und ich war nur ein Fähnchen im Wind, ohne eigene Richtung.

Vielleicht waren Ludvig und Victor bereits aufgewacht, dachte ich. Vielleicht saßen sie im Wohnzimmer und hatten bereits entdeckt, dass ich nicht zu Hause war. Vielleicht hatten sie die Polizei informiert.

Ich fuhr mir mit den Händen durch das Gesicht und die Haare und spürte, wie sie vom Schnee feucht wurden. Die Frau auf dem Fußboden des kleinen Zimmers, das warme Blut strömte aus ihrem Körper, über meine Hände. Die Gedanken drehten sich immer schneller.

Ich zog mein Handy aus der Tasche. Mit einem einfachen Anruf könnte ich all das auf der Stelle beenden. Ich könnte die Polizei anrufen und ihr alles erzählen. Von den Uhren, die ich in Kopenhagen gestohlen hatte. Von Max, Dinah, Gustaf, Robin und Charles. Von den Fotos der Kinder auf dem Nachttisch der Frau. Aber wenn die Polizei zu Charles' Haus kam und sie alles abstritten? Wenn sie einfach auf mich zeigten?

Auf dem Bild war nur ich zu sehen. Alles wäre vorbei. Und ich konnte es Max nicht antun. Ganz egal, wie unzuverlässig und manipulativ sie auch war, sie war alles, was ich mir erträumt hatte. Sie war das Leben, von dem ich geträumt hatte. Alles war den Bach runtergegangen. Aber ich konnte mich daraus befreien und auf den Ruinen etwas Neues errichten. Einfach die Kiste in meinem Kopf zusperren. Einfach auf Max warten.

Bist du für mich da, wenn ich sie verlasse?

Die Gedanken drehten sich weiter, immer schneller, und ich versuchte zu tun, was Max mir gesagt hatte, die Wahrheit einfach in die Kiste legen und den Schlüssel wegwerfen. Einfach eine andere Erinnerung erfinden, eine andere Wahrheit, etwas, an das ich selbst glaubte. Ich war zu Hause bei Fredde gewesen. Hatte einen Marvel-Film gesehen. Es war spät geworden. Ich versuchte, meine Gedanken und Erinnerungen in diese Kiste zu legen, nur für eine Nacht, nur bis morgen. Dann könnte ich sie wieder hervorholen und mit klarem Kopf über alles nachdenken.

Es half nichts. Ich bekam das, was ich in diese Kiste hineinstopfen sollte, nicht einmal zu fassen. Alles wirbelte wie wild durcheinander, immer wilder, so wie der Schnee.

Ich steckte die Hand in die Tasche meines Parkas und sank auf die Knie. Ich fühlte mich wie heute Morgen beim Verlassen der Wohnung, bevor Max angerufen hatte. Es fühlte sich nach Chaos und Panik an. Und so, als würde ich sterben. In der Tasche streiften meine Finger die vertraute Plastikflasche. Langsam zog ich die Hand heraus und sah Dinahs Spray an. Max' Anruf hatte mich heute Morgen daran gehindert, es zu benutzen. Aber jetzt? Ich musste wieder Kontrolle über mich bekommen.

Mein Herz pochte. Es war, als würde ich sterben. Ich führte das Spray an die Nase und drückte zu.

Als ich die Tür öffnete, war es beinahe vier Uhr. Die Wohnung war still und dunkel. Ludvig und Victor waren noch nicht aufgewacht. Immerhin war die Polizei nicht hier. Vorsichtig zog ich meine Jacke aus. Mein Kopf fühlte sich verworren und warm an. Ich erinnerte mich an all die Ereignisse, aber sie stressten mich nicht. Was geschehen war, schien nicht mehr bis in mein Inneres zu reichen, als würde ein Schild aus einem sanften, schwachen Glücksgefühl es aufhalten, und das war die wunderbarste Gnade.

Vielleicht war es eine Version dieser Kiste, von der Max gesprochen hatte. Hauptsache, ich konnte mich hinlegen.

Meine Arme waren sehr schwer, und ich kämpfte gerade damit, meine Jacke auf den Haken zu hängen, als irgendwo ein Handy vibrierte. Zuerst dachte ich, dass es meines wäre, und zog es aus der Tasche. Ich war so müde und betäubt, dass ich einen Moment brauchte, bis ich verstand, dass es still und der Bildschirm dunkel war und das Geräusch von weiter weg kam.

Ich hob den Blick, und das Summen verstummte. Ein heiseres, schlaftrunkenes Gemurmel aus Ludvigs Zimmer folgte dem Geräusch.

Mein betäubtes Gehirn setzte das Puzzle frustrierend langsam zusammen. Es war Ludvigs Handy. Und er war jetzt wach. Allmählich dämmerte mir, dass es zu dieser Tageszeit nur einen Grund für den Anruf geben konnte: Es ging um das, was in Malmö passiert war. Ich stand wie versteinert im Flur und hörte, wie er in seinem Zimmer am anderen Ende der Wohnung umherging.

«Scheiße», murmelte ich. «Scheiße, Scheiße, Scheiße.»

Es war nur eine Frage der Zeit, bis er aus dem Zimmer kommen würde und mich im Flur stehen sah, gerade nach Hause gekommen, mit den Schlüsseln zum Haus seiner Eltern in der Tasche.

In schlagartiger Panik holte ich die Schlüssel heraus. Auf einem der Haken hing, wie ich wusste, Ludvigs marineblauer Wintermantel. Es war doch seiner? Ich hatte keine Zeit nachzudenken, umfasste den weichen, festen Stoff und ließ die Schlüssel in die Tasche gleiten. Im gleichen Moment hörte ich Schritte in Ludvigs Zimmer. Sie kamen näher. Ich würde es niemals durch den Flur und in mein Zimmer schaffen, bevor er das Wohnzimmer betrat.

Ich sah panisch über meine Schulter. Wenn ich in den Hausflur stürmte, würde er das Knarren der Wohnungstür hören. Vollkommen gelähmt bemerkte ich, wie sich die Klinke seiner Tür nach unten bewegte. Im Augenwinkel sah ich die Badezimmertür. Es war meine einzige Chance.

Ich zog die Hand aus seiner Manteltasche und riss die Tür auf. Im gleichen Augenblick, als sich Ludvigs Zimmertür öffnete, warf ich mich ins Badezimmer und schloss die Tür hinter mir ab. Mein verworrener, heißer Kopf. Ich wollte mich einfach nur auf dem Boden zusammenrollen und schlafen. Ich wollte einfach nicht mehr nachdenken.

«Victor?», fragte er.

Zuerst antwortete ich nicht, voller Angst, dass meine Stimme mich verraten würde. Dann räusperte ich mich.

«Ich bin's», sagte ich. «Bin sofort fertig.»

Er murmelte etwas, und ich hörte, wie er sich von der Tür entfernte. Ich atmete für einen Moment durch und sah mich selbst im Spiegel über dem Waschbecken.

«Er glaubt, dass ich mitten in der Nacht aufgewacht und aufs Klo gegangen bin», flüsterte ich meinem Spiegelbild lautlos zu. «Das ist nichts Seltsames. Ganz normal.»

Ich trat einen Schritt zurück und versuchte tief durchzuatmen. Normale Gedanken zu haben. Mein Kopf fühlte sich so schwer und langsam an. Ich konnte nicht angezogen aus dem Badezimmer kommen, vor allem nicht in den geliehenen, schwarzen Sachen, die ich jetzt im Spiegel sah. Ohne zu zögern, riss ich mir die Kleidung herunter und knüllte sie hinter einen Stapel Handtücher im obersten Fach des schmalen Schranks. Das musste bis morgen reichen. Ich betrachtete mich noch einmal selbst im Spiegel, zerzauste mir die Haare und versuchte auszusehen, als befände ich mich im Halbschlaf. Es war nicht schwierig, ich hatte tiefe Augenringe und Stirnfalten.

Ich bin gerade aufgewacht, dachte ich. Ich bin noch nicht einmal richtig wach. Ich war zu Hause bei Fredde und habe einen Marvel-Film gesehen. Es ist spät geworden und ich bin sofort eingeschlafen, als ich heimgekommen bin. Jetzt bin ich gerade aufgewacht, um auf die Toilette zu gehen. Ich will einfach nur weiterschlafen.

Nur in Unterhose und T-Shirt gekleidet öffnete ich die Tür und ging in den Flur. Ludvig kam angezogen und mit einem Glas Wasser in der Hand aus der Küche.

«Was ist los?», murmelte ich. «Es ist mitten in der Nacht.»

«Meine Eltern sind ausgeraubt worden», erklärte er.

Ich schüttelte den Kopf.

«Was?»

«Und Joyce ist angeschossen worden und liegt auf der Intensivstation. Es ist chaotisch.»

Ich habe geschlafen, dachte ich. Ich war zu Hause bei Fredde und habe einen Film geschaut. Was er erzählt, ist schockierend. Ich verstehe nicht, wer Joyce ist.

«Wie, ausgeraubt?», fragte ich. «Wer ist Joyce?»

Ich runzelte die Stirn. Das Fentanyl half. Ich spürte nichts. Wusste nichts. Die Nacht war für mich vollkommen neu. Vollkommen leer. Die Wahrheit war in ihrer Kiste eingesperrt. Es war, wie Max gesagt hatte. Wenn man sich selbst belügen kann, kann man jeden belügen.

«Das Haus in Malmö», erklärte er. «Joyce ist die Haushaltshilfe meiner Eltern. Sie ist schon seit Jahren bei uns.»

Ich dachte an die Kinderfotos. Daran, wie einsam sie gewesen sein mussten, während ihre Mutter im Kleiderschrank von Ludvigs Eltern gewohnt hatte. Ich schüttelte den Kopf. Die Kiste war verschlossen. Ich wusste nichts davon. War bei nichts dabei gewesen. All das musste passiert sein, als ich zu Hause bei Fredde war und *Avengers* gesehen hatte, oder danach, als ich in meinem eigenen Kleiderschrank geschlafen hatte.

«So was Krankes hab ich noch nie gehört», sagte ich. «Machst du Witze?»

Er schüttelte den Kopf, während ich an ihm vorbei in die Küche ging und den Wasserhahn aufdrehte, um mir ein Glas zu füllen.

«Nein, ich mache keine Witze», sagte er. «Du kannst es dir selbst ansehen.»

Er folgte mir und hielt sein Handy hoch. Das Wasser lief ins Spülbecken, während ich mein eigenes Handy zur Seite legte und den Schrank öffnete, in dem die Gläser standen. Auf seinem Handy war das gleiche Bild wie auf Charles' iPad zu sehen, diesmal aber auf einer anderen Website, der des *Aftonbladet*.

FRAU BEI EINBRUCH MIT MYSTERIÖSEM MOTIV ANGESCHOSSEN

«Was für ein mysteriöses Motiv?», fragte ich.

Er vergrößerte das Bild, sodass man den Text auf den Garagentoren lesen konnte.

SIE BESITZEN MAUERN
WIR SEILE
MFG, VICTOR SERGE CAPITAL MANAGEMENT

«Und sie haben Joyce angeschossen.»

Er schien aufrichtig verzweifelt zu sein, und irgendwie durchdrang es mein betäubtes Gehirn und zwickte irgendwo tief in meinem Herzen.

«Das hast du schon gesagt», murmelte ich und schluckte.

Das Schloss der Kiste stand einen Spaltbreit offen, ich musste sie vollständig schließen.

«Ist sie tot?», fragte ich.

«Im Krankenhaus. Die Lage ist kritisch. Was auch immer das heißen soll. Ich muss los.»

Er deutete mit der Hand auf die Tür, bewegte sich aber nicht, war wie gelähmt durch den Schock. Ich entspannte mich. Sie war nicht tot. Das war genug, damit ich die Kiste in mir wieder schließen konnte.

«Und deine Eltern?», fragte ich. «Was ist mit ihnen?»

Ich kam mir schlau vor, weil ich daran gedacht hatte, nach ihnen zu fragen. Meine Stimme war anders, die Wörter fielen langsamer, mit größeren Abständen. Ich hoffte, er würde glauben, dass es an der späten Stunde lag.

«Sie sind zum Glück in Stockholm», erzählte er. «Joyce ist auf der Intensivstation. Mehr weiß ich nicht. Ich mache mich jetzt auf den Weg zum Haus. Meine Eltern nehmen den ersten Flieger zurück, und meine Mutter fährt zum Krankenhaus, um sich um Joyce zu kümmern.»

«Aber sie lebt», sagte ich. «Das ist die Hauptsache.»

«Sie hat viel Blut verloren», sagte er.

Er wirkte abwesend, dann hielt er noch einmal das Handy hoch.

«Ich wollte gerade ein Taxi rufen.»

«Megakrank», sagte ich. «Ich kann es nicht glauben.»

Er schüttelte den Kopf.

«Mein Vater sagt, dass die Polizei keine Einbruchsspuren finden kann. Sie scheinen einfach reingegangen zu sein. Komplett krank. Vielleicht hat Joyce ihnen die Tür aufgemacht. Aber anscheinend wurde sie in ihrem Zimmer gefunden, das scheint total weird zu sein.»

Er verstummte und dachte nach.

«Und jetzt kann ich meine verfluchten Schlüssel nicht finden», sagte er.

Er wirkte besorgt, fast schon ängstlich.

«Das macht mich verdammt nervös.»

«Hast du überall nachgeschaut?», fragte ich. «In allen Hosen und Taschen? Jacken? Klingt doch absurd, dass jemand sie gefunden und sich dann entschlossen hat, deine Eltern auszurauben. Oder?»

«Wer weiß, wer Satan war?», sagte er. «Die Braut, mit der ich geschlafen habe. Niemand hier schien sie zu kennen. Die Schlüssel sind auf jeden Fall weg. Und meine Eltern wurden in der Nacht danach ausgeraubt.»

Er sah aus, als würde er gleich weinen.

«Klingt weit hergeholt», sagte ich. «Entspann dich, wir kriegen das schon wieder hin.»

Ich schluckte und stellte mein Glas ins Spülbecken, während sein Handy piepte. Mein Mund war trocken.

«Das Taxi ist da», sagte er. «Wir sehen uns später.»

Ich folgte ihm in den Flur.

«Vergiss deinen Mantel nicht», sagte ich. «Draußen ist es verdammt kalt. Es schneit.»

Er nahm ihn vom Haken und schlang ihn um sich.

«Guter Tipp, Champ», sagte er. «Danke. Ich bin verdammt durcheinander.»

Als er die Hand in die Tasche steckte, hielt er plötzlich in der Bewegung inne.

«Ach.»

Dann hielt er die Schlüssel hoch.

«Ich könnte schwören, dass ich schon im Mantel nachgeguckt habe», wunderte er sich.

Ich sagte nichts, sondern zuckte einfach nur mit den Schultern.

«Na gut», sagte er. «Dann war es auf jeden Fall nicht Satan. Gut zu wissen.»

23

An jenem Morgen hätte ich von Blut, Uhren und dem Haus in Bellevue träumen sollen, aber stattdessen träumte ich vom Schulhof der Grundschule, von Wasser, Kies und Einsamkeit.

Als ich aufwachte, war ich verschwitzt und zitterte, meine Gedanken drehten sich im Kreis. Das Einzige, was mich beruhigen konnte, war ein kleiner Sprühstoß vom Nasenspray. Nur einer, nicht zu viel. Nur um der Sache die Spitze zu nehmen.

Ich kam erst abends aus dem Bett, und auch dann nur, um eine Nudelsuppe zu essen. Ich hatte mich nicht getraut, auf mein Handy zu schauen, war zu erschüttert, um etwas über die Ereignisse in der Villa lesen zu können. Zu verängstigt, um vielleicht zu erfahren, dass Joyce in den Morgenstunden gestorben war. Zu gelähmt von der Angst davor, dass mein Gesicht die Titelseiten schmücken würde.

Das Wasser dampfte beim Eingießen, und ich zerrte mit zitternden Händen an der kleinen Verpackung mit dem Gewürzpulver, um es schließlich in die Schüssel zu schütten. Ich hatte eigentlich keinen Hunger, aber ich hatte auch seit zwei Tagen nichts anderes als die belegten Brote gegessen. Ich musste einfach etwas runterkriegen.

Ich nahm die Schüssel, schaffte es aber nicht aus der Küche heraus, bevor die Wohnungstür geöffnet wurde. Verdammt. Ich wollte mich einfach nur in die Sicherheit meines Zimmers zurückziehen. Ein weiterer Sprühstoß vom Nasenspray, um den Gedanken zu entkommen. Weitere zwölf Stunden schlafen.

«Weißt du, wer Victor Serge ist?», fragte Ludvig.

Er streifte sich im Flur die Schuhe ab und sah mit einem müden, leeren Blick zu mir hoch, und unter diesem Blick krümmte sich die Angst in mir. Sein Haar und sein Mantel waren feucht. Der nächtliche Schnee war bereits am Morgen in schonischen Regen übergegangen, und Ludvig sah plötzlich so klein und menschlich aus.

«Victor Serge?», antwortete ich. «Warum fragst du?»

Ich machte Anstalten, mich auf mein Zimmer zuzubewegen, aber die Frage saugte mich ein und hielt mich fest.

«Die Einbrecher haben es bei meinen Eltern auf die Garagentore geschrieben. *Victor Serge Capital Management*. Ich hab es gegoogelt, und anscheinend ist das irgendein alter Kommunist. Du kennst dich doch mit so was aus. Also nicht, dass du Kommunist bist. Aber mit Geschichte.»

Es war das, was einem aufrichtig gemeinten, wertschätzenden Kommentar über mich am nächsten kam.

«Ein alter Anarchist», erklärte ich. «Wenn ich mich richtig erinnere. Ich glaube, er wurde dann Kommunist. Aber er fing als Anarchist an.»

Mein rechtes Bein zitterte, und ich konnte nichts dagegen tun. Was tat ich hier? Ich hätte die Klappe halten und einfach sagen sollen, dass ich keine Ahnung hatte. Wer kannte schon Victor Serge? Noch bis vor ein paar Wochen hatte ich es auch nicht getan.

Die Kiste in meinem Kopf stand einen Spaltbreit offen, ich musste sie schließen. Aber ich konnte nicht anders. Trotz meiner Angst wollte ich erklären, was in der Nacht zuvor eigentlich passiert war. Die Beweggründe. Ich wollte ihm erklären, warum es legitim war, ihn und seine Familie auszurauben.

«In Paris, Anfang des 20. Jahrhunderts. Ich glaub, er hat für irgendeine Zeitung geschrieben. *Ich gehöre zu den Banditen* war wohl eine Zeit lang sein Motto. Er glaubte an Rebellion und daran, diejenigen anzugreifen, die seiner Meinung nach ihren Besitz nicht verdient hatten. Individuelle Revolte. Aber es endete damit, dass er in die Sowjetunion ging.»

Nach dem Abend in der Bibliothek hatte ich ein wenig über Serge und die anderen gelesen, von denen Charles gesprochen hatte, und leierte jetzt wie ein Idiot Fakten herunter. Ich merkte, wie ich schwitzte.

«Aber was hat das mit meinen Eltern zu tun?»

Ludvig schüttelte den Kopf und sah verwirrt aus.

«Ist dein Vater nicht einer der reichsten Männer Malmös? Kommst du nicht aus einer Art Adelsfamilie?»

Die Wörter fielen mir einfach aus dem Mund.

«Also, ich bin nicht dumm», erwiderte er und sah mich an. «Ich kapier schon, warum ein Kommunist uns ins Visier nehmen würde.»

«Anarchist.»

«Whatever, aber warum ausgerechnet meine Eltern? Es ist nicht so, als würden wir irgendwie die Aufmerksamkeit auf uns ziehen. Ganz im Gegenteil.»

Ich dachte an das Haus, den Porsche, die Kleidung und die Boys. Vielleicht bedeutete das in seiner Welt ja, zurückhaltend zu leben. Vielleicht meinte er auch nur, dass sie nicht direkt in der Öffentlichkeit standen, wie Maria Conti und andere Prominente, mit denen er vielleicht Umgang hatte.

«Wie geht es Joyce?»

Auch das wollte ich nicht fragen. Ich wollte es in die Kiste in meinem Kopf hineindenken, aber mein Mund wollte offensichtlich etwas anderes.

«War das ihr Name?», fügte ich hinzu. «Die, die angeschossen wurde.»

Er nickte. Mein Bein zappelte ununterbrochen.

«Sie glauben, dass sie überlebt», sagte er. «Gott sei Dank. Aber sie hielten sie noch im künstlichen Koma, als wir bei ihr im Krankenhaus waren. Meine Mutter ist immer noch da.»

Mir fiel ein großer Stein vom Herzen, und ich musste mich zurückhalten, ihn nicht zu umarmen.

«Ihre Kinder kommen nächste Woche her. Mein Vater hat ihnen so schnell wie möglich Tickets gebucht. Sie wären sowieso an Weihnachten gekommen, das machen sie immer.»

«Wo kommt sie her?»

«Von den Philippinen. Sie arbeitet seit über fünf Jahren für uns und gehört zur Familie. Mit dem, was sie hier verdient, kann sie ihre Kinder in Manila auf eine Privatschule schicken. Natürlich sorgen wir dafür, dass sie jetzt bei ihrer Mutter sein können.»

Schon wieder sprach er von seiner Familie als «wir», so als wäre sie etwas Größeres, als würde sie mehr als diese Gruppe enger Verwandter umfassen, als würden sie gemeinsam eine Kultur bilden, eine Zivilisation. Trotz allem spürte ich ein Brennen im Bauch, von einer Art Stolz, einer Art Rache. Diese Zivilisation war nicht sicher. Nicht mehr.

Er ging an mir vorbei in die Küche und holte sich ein Peroni. Ich stand immer noch im Wohnzimmer und sah ihm nach. Sie schienen eine enge Beziehung zu Joyce zu haben, anscheinend nutzen sie sie nicht nur aus. Vielleicht war das Thema der globalen Ungerechtigkeit doch komplexer, als ich gedacht hatte. Ich folgte ihm in die Küche.

«Was denkt die Polizei?», fragte ich. «Haben sie irgendwelche Spuren?»

«Sie sagen nichts», antwortete er. «Nur das, was du gesagt hast. Irgendwelche Terroristen. Etwas ist schiefgelaufen. Sie glauben nicht, dass sie die Absicht hatten, Joyce anzuschießen.»

«Scheint nicht so», sagte ich.

Er zuckte mit den Schultern.

«Irgendwelche verdammten Kommunisten. Oder Anarchisten. Das glaubt die Polizei.»

Er machte die Flasche auf und nahm einen kräftigen Schluck.

«Oder jemand, der vortäuschen will, dass es eine dieser Gruppierungen war.»

Der Kurs am Montag summte vor Tratsch und Spekulationen wie ein Bienenstock, als ich das Wochenende erneut in seine Kiste in meinem Kopf zwang und eine Vorlesung über Vertragsrecht besuchte. Es fühlte sich vollkommen bizarr an, aber ich hatte Max versprochen, normal weiterzuleben. Als wäre nichts passiert. Jeder hatte von dem Einbruch und der Schießerei im Haus von Ludvigs Eltern gehört, er war sehr bekannt unter denjenigen, die sich im Fachschaftsrat engagierten. Und auch für die Mehrheit der anderen war es unfassbar spannend, dass ein Jurastudent aus Lund auf eine gewisse Art in etwas so Spektakuläres wie einen politisch motivierten Einbruch verwickelt war. Einen Einbruch, über den alle Kanäle, sogar die internationalen Medien, berichtet hatten. Dass ich bei ihm wohnte, machte mich unverzüglich ebenfalls zu einer Berühmtheit, was ungewohnt war und was ich unter anderen Umständen mit offenen Armen begrüßt hätte. Jetzt versetzte es mich in Panik, diese verstohlenen Blicke und das Getuschel im Café des Juridicums.

Fredde und Alice quetschten so viel Informationen wie möglich aus mir heraus. Ich berichtete, was ich über Joyce und ihre Kinder wusste, die eingeflogen werden sollten.

«Aber was haben sie gestohlen?», fragte Alice.

Ich konnte mich nicht erinnern, dass Ludvig es mir erzählt oder dass es in den Zeitungen gestanden hatte, also sagte ich einfach, ich wüsste es nicht. Sich selbst zu belügen, war einfacher als gedacht.

«Angeblich vermuten sie, dass es Terroristen waren», sagte Fredde. «Irgendeine Art Rote Armee Fraktion oder so etwas. Es wird gemunkelt, dass die gleiche Schmiererei auf einer Demo letzten Sommer gesehen wurde. Und anscheinend auch bei einem Einbruch im Frühling.»

«Es gibt viele Gerüchte», sagte Alice. «Das waren garantiert nur ein paar Kinder aus einem Vorort, die Panik bekommen haben.»

Sie blieb wie gewöhnlich auf dem Boden der Tatsachen und hatte kein Interesse an wilden Spekulationen. Ausnahmsweise einmal irrt sie sich, dachte ich.

«*Sie besitzen Mauern*», sagte Fredde. «*Wir Seile*. Anscheinend finden in den sozialen Medien viele, dass es cool klingt. Es wird zurzeit viel darüber geredet.»

Alice hielt ihr Handy für uns hoch.

«Es ist so geschmacklos, aber die Leute haben schon angefangen, T-Shirts damit zu bedrucken. Und Stoffbeutel.»

Fredde runzelte die Stirn und sah mit zusammengekniffenen Augen auf den Bildschirm.

«Victor Serge Capital Management», las er vor. «Vielleicht sollte man sich einen kaufen? Glaubst du, dass es hier im Juridicum gut ankommt?»

Alice seufzte und wandte sich an mich.

«Wir haben nicht einmal gefragt, wie die Prüfung bei dir gelaufen ist?», sagte sie. «Du bist ja einfach komplett verschwunden.»

Fredde starrte mich an.

«Oder vielleicht sind wir einfach verschwunden», sagte er und zwinkerte Alice zu.

Sie boxte ihm auf den Arm und errötete ein wenig. Mir dämmerte, dass nicht nur ich ein ereignisreiches Wochenende gehabt hatte. Sie hatten endlich miteinander geschlafen, daran bestand kein Zweifel.

«Er hat ein AB bekommen», sagte Fredde. «Ich sehe es ihm an.»

Er lehnte sich auf dem Stuhl zurück, blinzelte mehrmals kurz und drehte den Kopf, das war ein Tick, den er manchmal hatte, wenn er besonders interessiert an etwas war. Ich sagte nichts, sondern zuckte mit den Schultern. Es fühlte sich an, als würde die Prüfung zu einem anderen Universum gehören. Ich konnte mich kaum an sie erinnern. Vor allem bedeutete sie mir nichts mehr.

«Entschuldige», sagte Alice. «Ich hätte es nicht ansprechen sollen, ich vergesse immer, wie versessen Fredde ist. Du musst nicht erzählen, was du bekommen hast. Alle machen ein großes Aufhebens darum. Es ist komplett lächerlich.»

«Du hast leicht reden, du hast ein AB bekommen», warf Fredde ein.

«Hör auf!», sagte sie.

Er sah sie verstohlen an, und sie erwiderte seinen Blick streng, aber auch amüsiert und charmant.

«Du doch auch», fuhr sie fort. «Hör auf rumzualbern.»

«Ich hab ein B», sagte ich und lehnte mich zurück. «Nicht mehr, nicht weniger.»

Ihr Lächeln erstarrte, und sie warfen sich einen verstohlenen Blick zu.

«Was?», fragte Fredde.

Er ging anscheinend davon aus, dass er sich verhört hatte.

«B», bestätigte ich. «Ich hab ein B. Ich kann also genauso gut sofort abbrechen, damit wir uns alle nicht schämen müssen.»

Alice legte mir eine Hand auf die Schulter und blickte mich an.

«Hör auf!», sagte sie. «Diese Hetzjagd hier im Kurs macht mich komplett verrückt. Natürlich spielt es keine Rolle, was für eine Note man in seiner ersten Prüfung bekommt. Es sagt überhaupt nichts aus!»

Ich stand auf und trank den Rest des Kaffees, dann hängte ich mir meinen Rucksack um. Die Gesetzessammlung fühlte sich leichter an als gewöhnlich.

«Trotzdem redet ihr über nichts anderes?», fragte ich. «Seit ich euch kennengelernt habe. Noten, Karriere, wie wichtig das eine für das andere ist und was für ein glückliches Leben man führen wird. Wie sehr ihr gut abschneiden wollt, damit ihr einen anständigen Job bekommt. Dass alles keine Rolle spielt, solange ihr nur verdammt viel arbeiten könnt.»

Sie sahen mich mit halb geöffneten Mündern an, und ich bereute meine Worte, weil es natürlich nicht ihre Schuld war. Sie hatten dieses System nicht erschaffen, sondern versuchten nur, es zu beherrschen oder wenigstens so gut wie möglich in ihm zurechtzukommen. Im Grunde war ich neidisch.

«Sorry», sagte ich. «Ich wollte kein Arschloch sein, aber ich ertrage es nicht, die ganze Zeit drüber zu reden.»

«Wir sollten uns entschuldigen», erwiderte Alice.

Sie sah verstohlen zu Fredde und stand auf, um mich zu umarmen.

«Du hast so hart gearbeitet», sagte sie. «Natürlich bist du enttäuscht. Aber es spielt keine Rolle, es bedeutet überhaupt nichts.»

Aber ich war nicht enttäuscht. Ich war fertig.

Vertragsrecht, Adlercreutz, Wegfall der Geschäftsgrundlage. Es gelang mir, mich den ganzen Nachmittag und einen Großteil des Dienstags in den Büchern zu vergraben. Solange ich für mich blieb, war es kein Problem. Wenn ich den Tratsch des Juridicums hinter mir ließ, nach Hause eilte und mich versteckt hielt. In der Wohnung ging ich langwierigen Gesprächen mit Ludvig aus dem Weg, versuchte unsere Gespräche aber informativ genug zu halten, um auf dem Laufenden zu sein. Und so erfuhr ich, dass sich Joyce' Zustand verbessert hatte und ihre Kinder am Abend ankommen würden.

«Sie ist immer noch im künstlichen Koma, aber sie gehen davon aus, dass sie sie jederzeit aufwecken können.»

«Wie schön», antwortete ich, vollkommen neutral. «Es muss für euch alle sehr belastend sein.»

Ich schleppte mich wie ein Zombie durch den Montag und ging abends früh ins Bett. Mithilfe das Nasensprays konnte ich eine wunderbare Gelassenheit aufrechterhalten. Tagsüber schloss ich meine Zimmertür und versuchte zu lernen, damit ich beschäftigt war, um mich auf irgendeine Weise an die Normalität zu ketten.

Auch der Dienstag lief ganz gut. Ich bemerkte kaum, wie die Meldungen über den Raub von den Websites der Zeitungen verschwanden und Berichten über Tarifverhandlungen, das Klima und politische Stellungnahmen wichen. Die Kiste war verschlossen und verriegelt. Das Haus in Bellevue und die Abende im Professorenviertel schienen in immer weitere Ferne zu rücken, so als hätte mir lediglich jemand davon erzählt, so als hätte ich es nicht selbst erlebt.

Aber ich träumte immer noch von Max. Und wenn es mir tagsüber gelang, auch Max mithilfe des Nasensprays in der Kiste zu halten, drängte sie sich in meinen Träumen in den Vordergrund.

Wenn ich aufwachte, befand sie sich häufig noch am Rande meines Bewusstseins, war ein Umriss von etwas, das mich durchquert hatte, verschwommen und undeutlich.

Am Mittwoch fuhr ich aus dem Schlaf auf, war verschwitzt, konnte mich aber noch klar und deutlich an meinen Traum erinnern, es war unmöglich, mich dagegen zu wehren:

Wir saßen auf Max' ungemachtem Bett, das Zimmer um uns herum war grau und kühl. Ihre Augen waren warm und unergründlich, zeigten kein Anzeichen von Ironie oder Kälte. Irgendwie konnte ich spüren, dass sich noch andere Leute im Haus befanden und es nur eine Frage der Zeit war, bis dieser Moment endete. Doch gleichzeitig wusste ich, dass er ewig dauern würde. Max sagte etwas, aber ihre Stimme war so schwach, dass ich sie nicht verstand, und bevor ich sie bitten konnte, es zu wiederholen, wachte ich auf.

Anschließend lag ich mit dem Nasenspray in der Hand auf dem Bett, zittrig und unglücklich. Ich war verliebt in Max. Ich konnte mich dieser Erkenntnis nicht länger verschließen, sosehr ich es auch versuchte. Aber es war mehr als das. Der Traum hatte meine mentale Verteidigung durchbrochen.

Ich fühlte mich plötzlich von ihr besessen. Verzaubert. Alles, was ich erlebt hatte, hatte mit ihr begonnen. Der Samen war bereits gesät worden, als ich sie damals vor der Treppe des Juridicums gesehen hatte, bereits beim ersten Mal, als sie zu mir gekommen war. Damals hatte ich es noch nicht verstanden, aber in den Wochen, die ich mit ihr verbracht hatte, war das Gefühl in mich hineingekrochen. Und im Schlaf, wenn ich weniger Kontrolle hatte, explodierte es. Ich konnte nur noch hier liegen, träumen und leiden.

Ich merkte, dass es anders war als mit Lydia in meiner Schulzeit, sosehr ich mir auch einreden wollte, dass ich in sie verliebt gewesen war. Meine Gefühle jetzt entsprachen denjenigen, über die ich gelesen und nach denen ich mich gesehnt hatte. Sie waren größer als normale Gefühle, und sie lähmten und verzerrten meine Sicht auf die Welt. Ich war so naiv gewesen, dass ich mein ganzes Leben lang gedacht hatte, Liebe wäre eine Art Glück, keine Krankheit. Jetzt, wo mir ihr wahres Wesen bewusst wurde, wollte ich nur noch geheilt werden.

Ich nahm das Spray aus der Tasche und sprühte es in die Nase. Es linderte die Krankheitssymptome und senkte das brennende Fieber in mir. Nur ein schneller Sprühstoß. Nur noch einmal. Nur bis sie sich, wie versprochen, wieder bei mir meldete. Nur bis ich sie wieder treffen konnte.

Mittwochs hatte ich keine Vorlesungen oder Gruppenübungen und lag den ganzen Tag in einem sanften und nebulösen Fentanylrausch halb schlafend auf dem Bett, während ich alle fünf Minuten mein Handy kontrollierte und betete, dass sie sich melden würde. Als der Rausch gegen Abend verflog, schlug ich die Augen schließlich ganz auf und sah durch das Dachfenster den Vollmond über mir, groß, gelb und rund. Mein Kopf pochte leicht, aber nicht unangenehm. Ich konnte einfach hier liegen bleiben. Der Tag war sowieso bald vorbei. Und dann? Ein weiterer Tag. Und noch einer. Und dann?

Im Mondschein hielt ich das Nasenspray vor mir hoch und schüttelte es leicht. Es war noch genug, um überhaupt nichts fühlen zu müssen, zumindest diese Woche. Jetzt noch ein kleiner Sprühstoß. Noch ein paar Tage Windstille.

Ich setzte das Spray an die Nase und schloss die Augen. Aber bevor ich zudrückte, öffnete ich sie wieder. Der Mond war so schön dort oben in der Dunkelheit. So rund und beinahe voll. Ich nahm das Spray herunter, ohne den Blick vom Mond abzuwenden, und richtete mich auf die Ellenbogen gestützt halb auf.

Du bist nicht der Erste.

Ich war betrunken gewesen, als Charles das gesagt hatte, aber ich erinnerte mich an den Mond über dem Gewächshaus. Nach all den Ereignissen hatte ich nicht mehr darüber nachgedacht.

Du kannst mir glauben, sie werden es sich nehmen und dich zurücklassen.

Warum fiel es mir gerade jetzt wieder ein? Charles war einfach so. Er hatte sicher nur ein wenig Streit und Drama gesucht. Aber ich konnte nichts gegen meine wachsende Sorge tun. Vielleicht meldete sich Max deswegen nicht. Hatte sie sich genommen, was sie von mir wollte? Aber was sollte das sein? Sie hatten mich bereits oft belogen. So viele Geheimnisse. Warum sollte es dieses Mal anders sein?

Ich sah mich in dem dunklen Zimmer um und spürte einen plötzlichen, stechenden Selbsthass. Einige halb aufgegessene Brötchen lagen auf einem Teller. Beim Anblick eines Glases mit den Resten saurer Filmjölk musste ich mich fast übergeben. Kleidung und Bücher lagen auf dem Boden verstreut. Was war los mit mir? Nach all dem, was ich erlebt hatte, lag ich trotzdem hier in der Dunkelheit, überschwemmt von Selbstmitleid und kindischer Verliebtheit. Es war ekelhaft.

Die Angst, die meine eigene Passivität in mir auslöste, gab mir die Kraft, aus dem Bett zu kommen. Das hier hatte ich aufgegeben, als ich Max getroffen hatte. Ich hatte mich entschieden, das Motorrad selbst zu fahren, geradeaus in die Wüste hinein, koste es, was es wolle. Aber jetzt lag ich hier wieder wie ein Wrack, völlig den Entscheidungen anderer ausgeliefert. Es ekelte mich an.

Bevor mich die unerwartete Energie verließ, nahm ich die Sprühflasche und ging schnell ins Badezimmer. Ich sah mich selbst im Spiegel über dem Waschbecken. Augenringe und fettiges Haar. Es war so armselig. Seit dem Einbruch hatte ich mich versteckt. Mich verkrochen und gewartet, dass Max mich rief. Aber das tat sie nicht.

Ich holte tief Luft und traf eine Entscheidung.

Erst nach zwei harten Schlägen gegen den Rand des Waschbeckens platzte die Flasche auf, und die Flüssigkeit lief in den Abfluss. Ich bereute es bereits, während ich die kaputte Flasche vollständig ausspülte. Aber als ich sie in den Mülleimer warf, breitete sich Erleichterung in mir aus. Ich hatte es getan. Ich hatte eine eigene Entscheidung getroffen. Es war erleichternd. Und ich wusste, was noch zu tun war.

* * *

Das Haus im Professorenviertel war dunkel und still, als ich das quietschende Tor öffnete und den Kiesweg entlangging. Normalerweise fiel ein warmes, flackerndes Licht durch die Wohnzimmerfenster auf den schattigen Rasen, als hätte das Haus tief in seinem Inneren ein großes, schwach pulsierendes Herz. Meist drangen Stimmen, Musik und Gelächter bereits beim Öffnen des Tores bis auf den Kiesweg hinaus. Jetzt waren die Fenster dunkel, und der Garten lag im schwachen Licht der Straße grau vor mir. Der Rasen war nicht gemäht und verwildert, die Rabatten ungepflegt. Ich hatte die fehlenden Dachziegel und die gesprungenen Fenster neben der Tür romantisch und altertümlich gefunden. Aber jetzt erkannte ich, wie das Haus in Wirklichkeit aussah. Müll lag neben den Tonnen, die Farbe blätterte ab, und der Zaun verrottete. Es war vernachlässigt worden, schon fast eine Ruine.

Man hörte nur den Wind, der irgendwo oben eine vergessene und verrostete alte Fernsehantenne gegen die Ziegel des Schornsteins schlug. Das Haus war nicht mehr pittoresk, es war einfach nur baufällig und traurig. Ich betrachtete es eine Weile vom Bürgersteig aus.

Ich öffnete die Kiste in meinem Inneren und dachte an Joyce und die Uhren in Kopenhagen, an die Filme und die Bilder. Ich zögerte einen Moment. Max hatte mich gewarnt, dass Robin alles an die Polizei schicken würde, wenn ich mich dem Haus näherte. Aber ich konnte nicht länger passiv bleiben. Ich konnte nicht einfach alles um mich herum geschehen lassen. Ich musste etwas tun. Koste es, was es wolle.

Langsam ging ich den Kiesweg hoch und klingelte. Aus dem Flur drang ein tiefes, gedämpftes Läuten.

Ich stand reglos in der kalten Dunkelheit des Nachmittags und hörte, wie über mir die Antenne in der Brise gegen das Dach schlug. Irgendwo im Inneren glaubte ich Schritte wahrzunehmen und lehnte mich zur Seite, um durch das Fenster in den Flur sehen zu können.

Das Geräusch dort drinnen verstummte. Durch die schmutzige, gesprungene Scheibe sah ich Charles' Silhouette. Er stand halb in der Dunkelheit, in der einen Hand ein Glas Rotwein und in der anderen eine Flasche. Als er mich sah, kam er einen Schritt aus dem Schatten, ging zur Tür und öffnete sie. Er war hohläugig, unrasiert und trug ein fleckiges, schlabbriges weißes T-Shirt, das er anscheinend seit einigen Tagen nicht gewechselt hatte.

«Sie sind nicht hier», lallte er. «Und du solltest es auch nicht sein.»

Er wollte die Tür schließen, aber ich stemmte mich dagegen.

«Wo sind sie?», fragte ich. «Wann kommen sie zurück?»

Er zuckte mit den Schultern.

«Sie sind wild», sagte er. «Sie machen, was sie wollen. Nehmen sich, was sie wollen.»

Vielleicht war es verbittert oder ironisch gemeint, aber es klang vor allem bewundernd.

«Ich habe sie zu gut erzogen.»

Wir sahen einander an.

«Wer sind sie?», fragte ich. «In Wirklichkeit?»

Er schüttete sich den restlichen Wein ein und nahm einen kräftigen Schluck.

«Wer Max ist, meinst du wohl?»

Er sah mir in die Augen, und eine Mischung aus Mitleid und Enttäuschung schien durch den Rausch zu sickern.

«Du bist doch wegen Max hier?»

Wir standen uns reglos gegenüber.

«Als wir uns getroffen haben, hast du gesagt, ich wäre nicht der Erste», sagte ich. «Was hast du damit gemeint?»

Er betrachtete mich und trank von seinem Wein. Seine Augen waren strahlend blau, obwohl er betrunken war.

«Du solltest gehen.»

Er griff an die Tür, aber ich hielt sie auf. Und dann erkannte ich, dass er nicht wusste, auf welcher Seite ich stand.

«Ich bin kein Raubtier», erklärte ich.

«Nicht?», erwiderte er und lächelte bösartig. «Woher willst du das wissen?»

«Ich bin nicht dein Feind», sagte ich. «Du wolltest mich vor irgendetwas warnen. Oder? Aber wovor? Und warum?»

Er stellte die Flasche behutsam neben sich auf den Boden. Als er sich wieder aufrichtete, streckte er seine Hand aus und streichelte mir über die Wange. Die Geste war überraschend zärtlich.

«Weil ich dachte, du wärst naiv und weich», erklärte er. «Ich sah in dir nur ein weiteres Lamm, das sie einfach zerfleischen würden, ohne dass es Widerstand leistet.»

Er stieß leicht auf.

«Du hast meinen Vaterinstinkt geweckt.»

«So nennst du das?»

Er lachte kurz und trank einen großen Schluck von seinem Wein.

«Du hättest hier reingepasst», sagte er. «Wenn die Dinge anders gelaufen wären. Vielleicht sogar besser als die anderen. Ich hätte mir gerne deine Gedanken angehört.»

Er sah mich an und strich mir noch einmal über die Wange.

«Aber ich hab mich in dir geirrt», sagte er. «Du bist nicht weich. Du bist einfach nur eine andere Art von Raubtier als sie. Du hast einen Appetit auf Risiko. Aber im Gegensatz zu ihnen hast du den Instinkt, dich selbst zu schützen. Und du lernst gerade, diese beiden Elemente auszubalancieren.»

Er verstummte und schien über etwas nachzudenken. Dann drehte er sich um und ging zurück in den Flur, zu einem Beistelltisch, auf dem eine einzelne, getrocknete blaue Hortensie stand. Er beugte sich nach unten und schrieb etwas auf einen Block, riss die Seite ab und faltete sie zusammen. Auf dem Rückweg stolperte er.

«Geh jetzt», sagte er. «Ich habe dir nichts weiter zu sagen.»

Er streckte die Hand aus und ergriff meine, wie zur Begrüßung, während er mich nach hinten auf die Treppe drückte und die Tür mit einem dumpfen Geräusch schloss.

Ich stand dort und betrachtete die Tür. Dann öffnete ich die Hand, die er festgehalten hatte. In ihr lag ein Zettel, den ich vorsichtig auseinanderfaltete. Ich blickte auf eine Telefonnummer.

Auf dem Weg in den Botanischen Garten tippte ich die Nummer ein. Wer würde das Gespräch entgegennehmen? Was wollte ich sagen? Warum hatte ich die Nummer überhaupt bekommen?

Eine Sekunde lang überlegte ich aufzulegen, und mit einer Mischung aus Enttäuschung und Erleichterung hörte ich, dass das Gespräch direkt mit einem anonymen Anrufbeantworter verbunden wurde.

Ich legte auf und versuchte es erneut. Und noch einmal. Dasselbe Ergebnis.

Das Telefon war ausgeschaltet. Mit einem Seufzer setzte ich mich auf eine Bank. Der Rasen war dunkel und der Park beinahe leer, bis auf ein älteres Paar und einige Jogger. Die Gewächshäuser waren sanft beleuchtet. Ich kopierte die Telefonnummer und fügte sie in die Suchmaschine Eniro ein.

Die Nummer gehörte Henrik Jonsson, wohnhaft im Magistratsvägen 55L, Zimmer 1010, 22644 Lund.

Die Karte verriet, dass der Magistratsvägen in der Wohnanlage für Studierende Delphi im Stadtteil Norra Fäladen lag. Ich sackte auf der Bank in mich zusammen. Es war zu spät, um ihn heute Abend noch aufzusuchen. Ich war fix und fertig und musste mich wieder sammeln. Einmal ohne Fentanyl schlafen, dann war ich bereit.

24

Um kurz vor acht verließ ich die Wohnung, und mir wurde bewusst, dass ich bisher nur in der Nähe von Delphi gewesen war, als ich etwas bei McDonald's und einmal zusammen mit Fredde bei Chop Chop Asian Express gegessen hatte. Ich hatte nicht die Kraft herauszufinden, welche Busse dorthin fuhren, und zu Fuß waren es nicht mehr als zwanzig Minuten, wenn man durch das Krankenhausgelände und an der Sporthalle vorbeiging, in der wir vor einigen Wochen die Prüfung geschrieben hatten.

Es tat gut, sich zu bewegen, ich hatte mich in letzter Zeit wie gelähmt gefühlt, war in den Vorlesungen und Seminaren immer nur halb anwesend. Wenn ich vor neun im Magistratsvägen war, würde ich Henrik Jonsson vielleicht noch vor Vorlesungsbeginn abfangen können.

Ich ging schnell, und mein Gesicht brannte im kalten Herbstmorgen.

Delphi sah genau so aus, wie man sich eine Wohnanlage für Studierende in den Randbezirken von Universitätsstädten vorstellt. Reihenhäuser aus rotem Backstein mit weißen Paneelen, die einfach auf irgendein Feld gesetzt worden waren, der Rasen war vergilbt und die neu gepflanzten Bäume noch kahl. Es hatte keinerlei Charme, war ein Ort, an dem man wohnte, sonst nichts.

Mir kam der Gedanke, dass alles anders gewesen wäre, wenn ich hier ein Zimmer bekommen hätte.

Es war nicht schwer, den Eingang L zu finden, die Buchstaben auf der Fassade waren so groß, dass man sie auch vom Weltraum aus hätte sehen können. Vielleicht war es notwendig, um betrunkene Studierende der Technischen Fakultät freitagabends zum richtigen Korridor zu lotsen. Laut der hilfreichen Homepage der Wohnungsverwaltung AF Bostäder, die ich auf meinem Handy aufrief, lag das Zimmer 1010 im Erdgeschosskorridor des L-Eingangs, sofort rechts.

Ich wartete, bis ein Student herauskam und fing die Tür auf, bevor sie wieder zuschlug. Das Treppenhaus war kahl, funktional und roch schwach nach Erbrochenem und Desinfektionsmittel. Die Tür zum Korridor selbst war verschlossen, aber daneben war eine Klingel, die ich drückte.

Nach einer Ewigkeit hörte ich, wie sich auf der anderen Seite der Tür langsam Schritte näherten. Ich erinnerte mich, auf dem Plan gesehen zu haben, dass sich die Küche ganz am Ende des Korridors befand. Endlich rasselte das Schloss, und die Tür wurde von einem großen, verschlafenen Typen mit dunklem, kurzem Haar und einem ausgewaschenen T-Shirt geöffnet.

«Ja?», fragte er und gähnte.

«Ich suche Henrik», erklärte ich. «Henrik Jonsson.»

«Hast du versucht, ihn anzurufen?», wollte er wissen.

«Er geht nicht ran. Aber er wohnt hier, oder?»

Der Typ zuckte mit den Schultern.

«Keine Ahnung, frag jemanden in der Küche.»

Er drehte mir den Rücken zu und schlenderte langsam den langen Korridor wieder hinunter. Ich folgte ihm und blieb vor der Tür mit der Nummer 1010 stehen, wie auf einem kleinen Metallschild in der oberen rechten Ecke zu lesen war.

«Das ist sein Zimmer, oder?», fragte ich.

Der kurz geschorene Typ drehte sich nicht einmal um, sondern zuckte nur kaum merklich mit den Schultern und verschwand in dem Raum, der vermutlich die Küche war.

Ich überprüfte die Adresse noch einmal auf meinem Handy und klopfte dann an, erst vorsichtig, und dann immer lauter. Aber niemand öffnete. Ich seufzte. Vielleicht hatte er eine frühe Vorlesung gehabt.

In der Küche stand der Typ, der mich hereingelassen hatte, er briet Eier und starrte dabei auf den Bildschirm seines Handys. Am Tisch saßen zwei Mitbewohnerinnen und aßen Müsli mit Joghurt.

«Hey», begrüßte mich eine von ihnen. «Suchst du jemanden?»

«Henrik?», antwortete ich. «Henrik Jonsson. Wisst ihr, wo er ist?»

Die zwei sahen sich verstohlen an, dann stand eine von ihnen auf und kam zögerlich einen Schritt auf mich zu.

«Bist du ein Freund von Henrik?», fragte sie.

Der Typ am Herd drehte sich mit einem ganz neuen Interesse im Blick um.

«Ah, der Henrik», sagte er.

Ich sah immer noch seine Mitbewohnerin an. Sie wirkte besorgt und fuhr sich mit einer Hand durch das lange, blonde Haar.

«Nicht direkt ein Freund», sagte ich. «Mehr ein Bekannter. Wisst ihr, ob er wach ist, oder ist er unterwegs?»

Die drei in der Küche sahen sich noch einmal verstohlen an. Sie schienen ein Geheimnis zu teilen, aber niemand hier schien sich zu trauen, es preiszugeben. Letzten Endes blinzelte die blonde Mitbewohnerin ein paarmal und schien dann den nötigen Mut aufzubringen.

«Henrik ist vor einigen Monaten verschwunden», sagte sie.

Die Eier hinter dem kurz geschorenen Typen zischten, und er drehte sich um und nahm die Pfanne vom Herd.

«Verschwunden?», fragte ich. «Ich versteh nicht.»

«Es ging ihm nicht gut», erklärte sie. «Er hat sein Studium abgebrochen. Ich weiß nicht, wie viel du über ihn weißt? Bist du ein Studienkollege?»

Ich räusperte mich.

«Sozusagen», antwortete ich.

«Er ist seit ein paar Monaten nicht hier gewesen», sagte sie. «Nach dem Sommer ist er zurückgekommen und war anfangs meistens in seinem Zimmer. Aber dann ist er im September einfach verschwunden.»

«Er ist einfach verschwunden?», fragte ich. «Er hat es niemandem gesagt?»

Beide schüttelten den Kopf.

«Er war nicht so gesprächig», sagte die Blonde. «Auf jeden Fall nicht mehr, als er nach dem Sommer wiedergekommen ist.»

«Ich wusste nicht einmal, wer er war», sagte der Typ am Herd. «Bevor alle darüber geredet haben, dass er verschwunden ist.»

Seine Mitbewohnerinnen sahen ihn genervt an. Die dunkelhaarige von ihnen verdrehte die Augen.

«Wo kommt er her?», fragte ich. «Gibt es jemanden, den man kontaktieren kann? Habt ihr es versucht?»

«Haha, was? Du hörst dich an wie ein Bulle!»

Der Typ lachte und schaufelte die Eier auf einen Teller.

«Bist du ein Bulle?»

«Ich bin ein Bekannter», sagte ich. «Wir haben uns in einem Kurs kennengelernt. Und ich hab ihn nicht erreicht, das ist alles.»

«Du hast ziemlich lange gewartet?», bemerkte der Typ. «Er ist seit über einem Monat weg.»

«Ich find's gut, dass du hergekommen bist und nach ihm suchst», sagte die Dunkelhaarige und warf dem Typen einen bösen Blick zu. «Nicht jeder kümmert sich um die anderen aus dem Studium oder seine Korridornachbarn.»

«Er ist nach Hause zu seinen Eltern gefahren», fuhr sie fort. «Nach Varberg. Das hat er mir auf jeden Fall gesagt. Ich dachte, er würde übers Wochenende meinen, aber er ist nie wiedergekommen.»

«Wir haben versucht, ihn zu erreichen», sagte die Blondhaarige. «Aber er scheint seine Konten auf Facebook und Snapchat gelöscht zu haben.»

«Wenn ich ihn finde, sage ich ihm, dass er sich melden soll. Er ist bestimmt zu Hause bei seinen Eltern.»

«Er hat gerne gesurft», sagte die andere. «Offenbar kann man das in Varberg?»

Ich schluckte.

«Ja», sagte ich. «Das hab ich auch gehört.»

Ich war schon beinahe an der Tür zum Treppenhaus angekommen, als ich hinter mir Schritte hörte und einen Blick über die Schulter warf. Es war die dunkelhaarige Mitbewohnerin, die schnell hinter mir herkam.

«Warte!», rief sie.

Ich drehte mich ganz um.

«Kennst du Charles?»

Ich zuckte vor Überraschung zusammen.

«Warum fragst du das?»

Sie schaute über ihre Schulter, als wollte sie sich vergewissern, dass niemand von den anderen ihr gefolgt war.

«Viele auf dem Korridor fanden Henrik ein wenig seltsam», erklärte sie. «Aber sie sind neu hier und sahen nur den zurückgezogenen und nervösen Henrik, der er am Herbstanfang war. Letzten Frühling war es ganz anders. Da war er offen und fröhlich. Ich mochte ihn. Aber im Sommer hat er eine Frau kennengelernt, nach der er ganz verrückt war, und hat sich verändert. Es hat sich herausgestellt, dass sie auch hier in Lund wohnt, in einem Haus im Professorenviertel. Er wollte zu ihr ziehen. Aber es ist im Sande verlaufen. Danach schien er ein anderer Mensch zu sein und hat sich zurückgezogen. Ich glaube, dass sie ihn runtergezogen hat, also diese Frau.»

Das alles kam mir so bekannt vor, dass ich nach Atem rang.

«Wie hieß sie?»

Die Dunkelhaarige schüttelte den Kopf.

«Das hat er nie gesagt, es war, als wäre es sein eigenes kleines Geheimnis gewesen.»

«Und warum fragst du nach Charles?»

Meine Stimme klang trocken und ausdruckslos.

«Direkt vor seinem Verschwinden», sagte sie, «hat Henrik bei mir geklopft und gesagt, wenn jemand kommt und nach ihm sucht, soll ich fragen, ob diese Person Charles kennt.»

Ich zögerte eine Sekunde.

«Ich kenne Charles», sagte ich.

In der Hand hielt sie eine gefaltete DIN-A4-Seite, die sie mir gab. Ich faltete sie auseinander, und es sah aus wie der Ausdruck aus einer Bibliotheksdatenbank, mit den Informationen zum Standort eines Buches: *Erinnerungen eines Revolutionärs* von Victor Serge. Als ich den Autorennamen sah, musste ich schlucken. Hatten die Zeitungen berichtet, was Max auf die Garage von Ludvigs Eltern geschmiert hatte? Hatte Henriks Mitbewohnerin hier auf den Zettel geschaut und eins und eins zusammengezählt?

Aber als ich sie anblickte, sah sie einfach nur verwirrt aus.

«Henrik hat gesagt, dass du nach diesem Buch suchst», erzählte sie. «Und falls er es dir nicht selber sagen kann, sollte ich dir diesen Zettel geben, damit du es in der Stadtbibliothek bestellen kannst.»

Sie lächelte ein wenig verunsichert.

«Sorry», sagte sie. «Wie gesagt, Henrik war zum Schluss ein bisschen strange.»

«Vielleicht», sagte ich. «Aber bei Büchern ist er normalerweise sehr sorgfältig. Ich sehe es mir an.»

Der Empfang der Stadtbibliothek war ruhig, an den Bücherregalen mit den neu eingetroffenen Büchern hingen nur einige Rentner und Gymnasiasten mit kulturellen Ambitionen rum, so wie ich es selbst in der Stadtbibliothek in Norrköping getan hatte, in der Zeit, die mir jetzt wie ein völlig anderes Leben erschien. Ich gab den Zettel einer distanziert wirkenden Bibliothekarin mit grauem Pagenschnitt und einer runden Brille mit dünnem Rand.

«Kellermagazin», seufzte sie.

Sie klang, als hätte ich sie gebeten, sich auf eine sehr lange und mühsame Reise mit ungewissem Ausgang zu begeben.

«Warten Sie bitte hier, dann hole ich es.»

Die Bibliothekarin sah – sofern das überhaupt möglich war – noch resignierter aus, als sie nach fünf Minuten zurückkam und das Buch auf den Tresen warf.

«Das ist beliebt», stellte sie fest. «Wir sollten es vielleicht in die offene Sammlung stellen, damit wir nicht ständig laufen müssen.»

«Beliebt?», fragte ich.

«Vielleicht ist es im Moment Teil von irgendeinem Kurs?», vermutete sie. «Das hier ist schon das zweite Mal im vergangenen Monat oder so, dass mich jemand gebeten hat, es zu holen.»

Sie hob den Blick und sah mich mit der gleichen Müdigkeit im Blick an wie vorhin.

«Vielleicht können Sie Ihrem Dozenten sagen, dass es gut wäre, uns Bescheid zu geben, dass es Teil der Kursliteratur ist, damit wir nicht die ganze Zeit hin- und herlaufen.»

«Ich werde es ihm gegenüber erwähnen», sagte ich.

Das Cover war weiß, darauf der Titel in schwarzen Lettern und ein Schwarz-Weiß-Foto von – wie ich vermutete – Victor Serge und seiner Familie.

Ich fand einen leeren Tisch ganz hinten an den Fenstern, die zum kleinen Park hinter der Bibliothek hinausgingen. Der Stuhl scharrte ein wenig über den Boden, als ich ihn herauszog, um mich zu setzen. Ich schlug das Buch auf gut Glück in der Mitte auf, die Seiten waren rau und steif. Das Buch war über vierzig Jahre alt, aber offensichtlich nicht allzu oft oder gründlich gelesen worden.

Ich blätterte zurück zur Titelseite. Oben rechts stand in kleinen, sorgfältig mit Bleistift geschriebenen Ziffern eine Seitenangabe:

S. 87.

Mein Herz schlug schneller, und ich atmete tief ein. Ich fühlte mich wie ein Mönch in einem mittelalterlichen Mysterium, wie jemand in einem Buch von Dan Brown oder Umberto Eco, der im Begriff war, ein großes Geheimnis zu lösen. Vorsichtig blätterte ich das Buch durch. Aber als ich nach Seite fünfundachtzig umblätterte, landete ich direkt auf Seite achtundachtzig. Ich runzelte die Stirn und blätterte zurück. Seite sechsundachtzig und siebenundachtzig klebten aneinander, und ich konnte etwas Flaches zwischen ihnen ertasten. Ich versuchte, sie zu trennen, schaffte es aber nicht.

Ich hob den Blick und sah mich um. Die Bibliothek war genauso leer wie zuvor, ich war in diesem Bereich vollkommen allein. Vorsichtig zog ich meine Schlüssel aus der Tasche meines Parkas. Der Wohnungsschlüssel schien am spitzesten und schärfsten zu sein, und ich konnte ihn in der unteren linken Ecke direkt an der Bindung zwischen die Seiten schieben. Mit einem schnellen Ruck löste ich den unteren Rand, aber die Seiten klebten oben und an der Seite noch zusammen. Ich erkannte, dass es kein Zufall war, jemand hatte sie sorgfältig zusammengeklebt und so eine Art Umschlag aus den Seiten geformt. Ich schnitt mit dem Schlüssel die Seite entlang.

«Entschuldigung, aber was machen Sie da?»

Ich zuckte zusammen und sah hoch, der Schlüssel steckte immer noch zwischen den Seiten. Die Bibliothekarin stand direkt vor mir und blickte mich streng an.

«Die Seiten kleben zusammen», erklärte ich. «Ich versuche nur, das Buch zu lesen.»

«So etwas sollten Sie uns melden», sagte sie.

Sie streckte die Hand aus, damit ich ihr das Buch gab.

«Sie machen es kaputt.»

Ich sah sie mit auflodernder Verärgerung und Frustration an. Ohne sie aus den Augen zu lassen, zog ich den Schlüssel die Seite entlang, bis sie sich löste.

«Nein, ich habe es nicht kaputtgemacht», sagte ich. «Ich habe nur die Seiten voneinander getrennt.»

Sie sah aus, als hätte ich ein unbeschreibliches Unrecht begangen. Doch dann drehte sie sich auf dem Absatz um und ging weg. Ihre Schritte klapperten und hallten durch den Saal. Ich wartete, bis sie hinter den Regalen verschwunden war, bevor ich die Seiten auseinanderklappte. Zwischen den Seiten sechsundachtzig und siebenundachtzig lag eine sorgfältig zusammengefaltete DIN-A4-Seite. Gerade als ich sie herausziehen wollte, klingelte mein Handy. Es war eine anonyme Nummer.

Ich schaffte es kaum, etwas zu sagen, bevor ich Max hörte, und ich dachte, mein ganzer Brustkorb würde explodieren.

«Ich hab es gemacht», sagte sie. «Ich hab sie verlassen.»

Sie klang gestresst und weit entfernt. Mein Hals war wie zugeschwollen.

«Kommst du?», fragte sie.

«Wohin?», war alles, was ich sagen konnte. «Wo soll ich hinkommen?»

«Stockholm», erwiderte sie. «Ich hab ein Hotelzimmer und für morgen früh ein Zugticket für dich gebucht. Ich brauche dich, Baby. Ich schaffe es nicht ohne dich.»

«Ich dachte, du wärst verschwunden», sagte ich. «Ich dachte, ich wäre alleine.»

«Hör auf», flüsterte sie. «Ich hab doch gesagt, dass ich mich so schnell wie möglich melde. Du weißt, dass ich dich nicht verlasse.»

Ich schloss die Augen und ließ es sacken. Alles andere spielte keine Rolle. Ich hatte so viele Fragen, aber wenn ich sie einfach nur treffen könnte, würden wir es zusammen lösen. Nur sie und ich. Ohne die anderen.

«Was ist passiert?», fragte ich.

«Ich werde dir alles erzählen, sag einfach nur, dass du kommst.»

Ich seufzte und schluckte.

«Ich komme. Du weißt, dass ich es tue.»

Sie schien auszuatmen.

«Das Zimmer befindet sich in einem Hotel namens Ett Hem», sagte sie. «Alles ist bezahlt. Ich werde nach sieben Uhr dort sein. Kannst du einchecken und auf dem Zimmer auf mich warten?»

«Natürlich, wie du willst.»

«Bonnot», sagte sie. «Das Zimmer ist auf den Namen Bonnot gebucht. Wie der Anarchist.»

Ich konnte mir ein Lächeln nicht verkneifen.

«Natürlich.»

«Ett Hem», wiederholte sie.

«Verstanden», sagte ich.

«Ich schicke dir das Zugticket.»

«Morgen», sagte ich. «Wir sehen uns morgen.»

Kurz war es still in der Leitung.

«Ich sehne mich nach dir», sagte sie schließlich.

Ich spürte, wie mein Herz klopfte, und atmete tief ein.

«Und ich mich nach dir», flüsterte ich.

Langsam atmete ich aus. Vor mir auf dem Tisch lag der Zettel.

«Wer ist Henrik?», fragte ich dann.

Aber sie hatte bereits aufgelegt.

Dritter Teil

Dritter Teil

25

Kurz nach zehn Uhr abends stolperte ich aus dem Zug auf den Bahnsteig in Norrköping. Es war hier kälter als in Lund, viel kälter. Ich sah den weißen, harten Rauch der Schornsteine unter dem funkelnden, sternenklaren Nachthimmel. Max hatte mir eine Buchungsnummer für den Zug nach Stockholm geschickt, aber ich hatte die Reise auf heute Abend und nach Norrköping umgebucht. Die besondere Mischung aus Sorge und Vorfreude, die durch meinen Körper pumpte, machte mich rastlos, und ich konnte nicht länger als ein paar Sekunden am Stück still sitzen. Der Gedanke, noch einen Tag länger in Lund zu bleiben, war unerträglich gewesen.

Ein einzelnes Taxi kam unter den Bäumen der Norra Promenaden herangefahren und hielt sofort an, als ich es zu mir winkte.

«Zeit, nach Hause zu fahren?», fragte der ungewöhnlich muntere Fahrer, ohne sich umzudrehen. «Einen langen Abend gehabt? Bist du mit dem Zug gekommen?»

Sein östergötländischer Dialekt war beinahe lächerlich breit, und die plötzliche Nostalgie schnürte mir die Kehle zu. Ich nickte.

«Kann man so sagen», antwortete ich. «Es ist ein langer Abend gewesen. Eine lange Woche.»

Ich lehnte mich zurück, das schwarze Leder des Rücksitzes

fühlte sich kühl und künstlich an. Ich wollte die Augen schließen, konnte es aber nicht.

«Und wo ist zu Hause, Kumpel?»

Das Taxi fuhr bereits los, am Hauptbahnhof vorbei, hinauf zur Polizeistation und zum Stockholmsvägen.

«Söderköping», sagte ich. «Ich muss nach Söderköping.»

Er drehte im Kreisverkehr um, fuhr wieder am Hauptbahnhof vorbei und nach rechts die Östra Promenaden hoch, über den Strömmen und weiter am Schwimmbad vorbei. Und dann fuhren wir auf der E22, hatten den Stadtteil Navestad hinter uns gelassen und waren auf dem Weg nach Süden.

Ich blickte hinaus in die Dunkelheit vor dem Fenster. Acker und Bäume, die ich nicht sehen konnte, nicht einmal den Mond. Die unfassbar hohen Straßenlaternen an der Kreuzung am Tingstadkorset und ihr gelbes Licht. Das Taxi fuhr über die Brücke am Göta Kanal und hinein nach Söderköping. Die Ampeln sprangen wie von selbst von Rot auf Grün. Die weiße Drothemskirche war sanft beleuchtet. Die Bibliothek und das Autohaus Rejmes, mitten durch die Stadt, bis wir an der OKQ8-Tankstelle links abbogen. Die Länsmansgatan und der Älgstigen, hinein in den Renstigen, der in einer Sackgasse endete. Als das Taxi schließlich anhielt, bezahlte ich und öffnete die Tür.

«Ruh dich aus, Kumpel», sagte der Fahrer. «Morgen ist auch noch ein Tag.»

Ich blieb auf der Straße stehen, als er wegfuhr, zurück nach Norrköping. Die Hecken waren kahl und herbststruppig. Bei den Svenssons waren zusammengeharkte Laubhaufen zu erahnen, meine gesamte Kindheit hindurch waren sie meine Nachbarn gewesen. Mit ihrer Tochter Frida war ich die ganze Grundschulzeit in eine Klasse gegangen, und sie war das erste Mädchen, in das ich mich wirklich verliebt hatte. Wir fuhren zusammen zur Schule und zurück, bis sie in der siebten Klasse so hübsch wurde, dass sie mit einem Typen in der Neunten zusammenkam, während ich mich immer noch für Star Wars und Harry Potter interessierte.

In dieser Straße hatte ich Fahrradfahren gelernt. Ich hatte Feldhockey gespielt und mit Elias und John Pokémons gejagt, bevor wir uns auseinandergelebt und kaum noch gegrüßt hatten. Braune, rote, gelbe Ziegel und Holzfassaden. Schwarze Dächer, Trampoline, Erdwärme und freitagabends die Fernsehshow Idol. All die Tristesse. Ich hatte mich so weit wie möglich hiervon entfernt, damit ich zurückkehren konnte, ohne dass es mich wie ein schwarzes Loch einzusaugen drohte. Und jetzt war ich zurück.

Das Haus meiner Eltern lag am Ende der Straße, und ich seufzte tief auf dem Weg dorthin. Vor der Garagenauffahrt blieb ich stehen. Sie war leer. Der Kia parkte nicht dort, so wie ich es gewohnt war, man konnte nur leichte Reifenabdrücke im Kies erahnen. Ich zögerte. Was machte ich überhaupt hier? Ein drastisches Gefühl der Unwirklichkeit hing wie ein Tuch über mir, und ich musste mich mit der Hand am Torpfosten festhalten, als ein plötzlicher Schwindel meinen Gleichgewichtssinn kurzschloss. Es war so, als würde mein Ich, das hier gewohnt hatte, physisch mit demjenigen kollidieren, das sich nach meinem ersten Semester in Lund entwickelt hatte. Deshalb drehte sich alles.

Ich stolperte über den Kies auf die Tür zu. Einen Augenblick Geklapper, bis ich den Schlüssel aus der Tasche gefischt hatte. Die gewohnte Bewegung, damit das schwerfällige Schloss reagierte. Die lautlose Art, mit der sie aufschwang, der Geruch von Schmierseife, Essen und Kindheit. Ich musste mich zusammenreißen, um nicht von alldem überschwemmt zu werden. Die Schuhe und Stiefel, die meine Eltern im Garten trugen, standen wie immer in einer Reihe. Die Jacken hingen ordentlich auf ihren Bügeln.

Ich ging in den Flur und weiter in die Küche. Der Kiefernholztisch war abgewischt, die Spüle strahlend sauber, die Blumen gegossen. Es war, als würde ich mich selbst betreten, vollständig, bis hinunter auf den Grund. Und dieses Gefühl war so intensiv, dass ich mich gegen die Arbeitsplatte lehnen musste, damit ich nicht umfiel.

«Was zur Hölle machst du hier?»

Ich drehte mich um. Meine Schwester Emma stand in der Tür. Sie trug ein langes Adidas-T-Shirt. Ich erinnerte mich, dass sie immer schon darin geschlafen hatte. Ihr Haar war zerzaust, ihre Augen verquollen vom Schlaf.

«Hab ich dich geweckt?», fragte ich.

Ich schaute auf mein Handy. 22:13 Uhr. Sie war wie immer früh ins Bett gegangen.

«Wie zum Teufel siehst du denn aus?», erwiderte sie.

Ich sah, dass sie einen Brennballschläger in der Hand hielt.

«Willst du mich damit vermöbeln?», fragte ich und zeigte auf den Schläger.

Sie sah mich einfach nur an.

«Du hast mich erschreckt», sagte sie. «Ich dachte, du wärst ein Einbrecher oder so. Was machst du hier?»

«Brennball schüchtert Gauner immer ein», sagte ich. «Das weiß man ja.»

Sie sah mich einfach nur an, als wäre ich ein Gespenst. Vielleicht war ich das.

«What the fuck?»

«Bist du alleine?», fragte ich und versuchte zu lächeln. «Wo sind Mama und Papa?»

«Auf dem Land», antwortete sie.

Sie sah vollkommen verwirrt aus.

«Wussten sie, dass du kommst? Warum sind sie dann weggefahren? Warum haben sie mir nichts gesagt?»

Ich schüttelte den Kopf.

«Sie wussten nichts», sagte ich. «Ich bin einfach so gekommen.»

«Du bist einfach so gekommen?», sagte sie. «Mitten in der fucking Nacht? Wir hören einen Monat lang nichts von dir, und dann stehst du plötzlich hier in der Küche? Du weißt, dass Mama versucht hat, dich anzurufen? Du antwortest ja sogar kaum auf SMS.»

Sie kam einen Schritt auf mich zu, legte den Kopf schief und schien mich zu inspizieren.

«Du siehst echt scheiße aus», sagte sie. «Was hast du gemacht?»

Ich schüttelte den Kopf und spürte, wie alles nach oben kam. Die Kostümparty und das Haus, die Diebstähle und der Einbruch. Jura, das Leben und der Wahnsinn. Max. Vor allem Max.

«Ich weiß es nicht», murmelte ich. «Ich weiß nicht, was ich gemacht habe. Ich war in Lund.»

«Ja», sagte sie.

Ich hörte, wie Emma den Brennballschläger mit einem leisen Plumps auf den Fliesenboden fallen ließ, und dann spürte ich ihre Arme. Sie roch nach Shampoo und Schlaf, und ich ließ zu, dass sie mich umarmte, bis ich wieder atmen konnte.

«Du hast auf jeden Fall nicht nur drinnen gesessen und gelesen», sagte sie. «Das ist ziemlich offensichtlich.»

Ich schüttelte den Kopf.

«Nicht nur.»

«Gut», sagte sie. «Immerhin etwas.»

* * *

Als ich am folgenden Morgen in meinem alten Zimmer aufwachte, war es gerade hell geworden. Die Wände waren leer, nur noch die umgekehrten Schatten meiner Kindheit waren zu sehen, helle Vierecke auf der Tapete, wo zuerst Poster von Fußballspielern, dann von The Clash oder Wu-Tang gehangen hatten, bevor ich sie in einem plötzliche Wunsch nach einer minimalistischen Einrichtung ganz von der Wand gerissen hatte. Während ich mich anzog, stand ich in dem schwachen, gestreiften Licht, das durch die vergilbten Jalousien hereinströmte. Mein Herz schlug unregelmäßig. Die unterschiedlichen Versionen von dem, der ich war, schienen keinen Platz in mir zu haben. Es wäre so einfach, die Hand in die Tasche meines Parkas zu stecken und das Nasenspray zu nehmen. Nur ein kurzer Sprühstoß, vielleicht zwei. Nur eine Nacht der Ruhe. Es war gut, dass ich es weggeworfen hatte. Ich war mir nicht sicher gewesen, dass ich es schaffen würde, darauf zu verzichten, bevor ich Max in Stockholm traf.

Ich knöpfte mein Hemd zu und zog die Jalousien ganz nach oben. Meine Finger schienen sich von selbst zu bewegen, als ich die dünne Schnur befestigte, um sie oben zu halten. Ich hatte die Bewegung so oft gemacht, dass sie genau wie alles hier um mich herum ein Teil meines Quellcodes geworden war. Der Garten lag grau und trostlos im Morgenlicht. Eine dünne Frostschicht bedeckte den frisch gemähten Rasen, und die letzten, gefrorenen Äpfel verrotteten in einem Plastikkorb an der hinteren Hecke. Die Harken standen wieder im Schuppen. Der Rasenmäher hatte zweifellos Benzin im Tank, bereit für den nächsten Frühling. Ordnung war das halbe Leben. Die Sicherheit, die das alles ausstrahlte, machte mich wehmütig.

Ich setzte mich an meinen alten Schreibtisch und kramte in den Schubladen, bis ich die richtige fand, in der meine alten Notizbücher lagen, halb voll mit handgeschriebenen Entwürfen wertloser Manuskripte, aus denen nie etwas werden würde. Ich nahm das erste, riss alle beschriebenen Seiten heraus, warf sie in den Papierkorb und nahm einen Kugelschreiber, der wider Erwarten noch schrieb.

Ich notierte alles, was ich erlebt hatte. Ich schrieb über Ludvig und Victor, über die Demonstration und über Max. Das Haus im Professorenviertel, Charles, Robin, Gustaf und Dinah. Ich schrieb über den Diebstahl in Kopenhagen und den Einbruch in Bellevue. Über die Pistole, den Schuss und Robins Drohung. Ich notierte alles so genau wie möglich. So ehrlich wie möglich. Wenn alles wieder außer Kontrolle geraten würde, wenn ich den Halt verlor, dann sollte wenigstens etwas übrig bleiben.

Schließlich nahm ich die DIN-A4-Seite, die der mysteriöse Henrik in dem Buch aus der Bibliothek versteckt hatte. Langsam faltete ich sie auseinander. Vier Zeilen. Vier Namen in ordentlicher Handschrift. Jeder einzelne gefolgt von einer ebenso sauber geschriebenen Personennummer.

Es sah so konkret aus. So basic und unromantisch. Nur Max', Dinahs, Robins und Gustafs richtige Namen. Auf der weißen Seite sahen sie nackt und ungefährlich aus. Einen kurzen Augenblick lang starrte ich sie einfach nur an.

Dann nahm ich mein Handy und fotografierte den Zettel, faltete ihn zusammen und steckte ihn in das Notizbuch. Vorsichtig schob ich es in mein altes Bücherregal, zwischen *Schall und Wahn* und *Ulysses*. Es fühlte sich richtig an. Was hatte Charles gesagt? Dass ich lernte, mich selbst zu schützen? Vielleicht hatte er recht.

Etwas war zumindest in mir erwacht. Es war das Gefühl, dass ich zum ersten Mal, seit all das hier angefangen hatte, aktiv meine Richtung bestimmte. Ich wusste vielleicht nicht, was mein Ziel war, geschweige denn, in welche Richtung ich unterwegs war. Aber ich ließ mich nicht länger einfach nur treiben.

Als ich eine Stunde später die Tür öffnete und in den Flur trat, roch ich Kaffee und hörte leise Musik aus dem Küchenradio. Ich zögerte einen Augenblick. Emma schlief morgens normalerweise länger. Ich hatte gehofft, einfach verschwinden zu können, ohne mich erklären zu müssen. Eine SMS mit den Informationen zu den Dingen, bei denen ich ihre Hilfe brauchte. Mit einem Seufzer ging ich die wenigen Schritte durch den Flur und schaute durch die Tür.

Es dauerte eine Sekunde, bis Emma mich von ihrem Stammplatz am Fenster aus sah, mit einer Tasse Kaffee und dem Sportteil der Norrköpings Tidningar vor sich.

«Seit wann trinkst du Kaffee?», fragte ich.

Sie sah mich mit dem gleichgültigen Blick an, den sie oft für mich reserviert hatte.

«Seit wann kommst du mitten in der Nacht high nach Hause?», erwiderte sie.

Ich ging zur Kaffeemaschine und goss mir eine Tasse ein.

«Ich war nicht high», sagte ich. «Wovon redest du?»

«Ich bin nicht mehr zehn», sagte sie. «Du warst messed up. Wo bist du überhaupt gewesen?»

Ich trank vom Kaffee. Die Kopfschmerzen waren jetzt schwächer, aber immer noch da.

«Wir haben unsere erste Prüfung geschrieben», sagte ich. «Es ist scheiße gelaufen. Ich hab ein bisschen die Nerven verloren.»

«Die Nerven verloren? Du hast Drogen genommen und bist hierhergekommen.»

«*Drogen genommen*», ahmte ich sie nach. «Alles klar, Dummkopf.»

«Ich bin hier nicht das Wrack, Brüderchen.»

Sie sah von der Zeitung hoch.

«Muss ich mir Sorgen machen?», fragte sie.

Ich zuckte mit den Schultern.

«Du machst dir doch immer wegen irgendwas Sorgen?»

Sie sah mich an.

«Papa hat Depressionen», sagte sie. «Er kommt kaum aus dem

Bett. Sucht sich keinen Job, nichts. Ich habe sie darüber reden hören, dass sie sich das Haus vielleicht nicht mehr leisten können. Mama wird Vollzeit arbeiten müssen.»

«Wow», sagte ich. «Es muss schwer für Mama sein.»

Mein Herz zog sich bei dem Gedanken zusammen.

«Hör auf, du weißt, was ich meine. Sie sind stolz auf dich. Ich weiß nicht, was passieren würde, wenn du komplett die Nerven verlierst.»

«Ich hab die Nerven nicht verloren», sagte ich. «Nicht komplett. Vielleicht im Gegenteil.»

Ich setzte mich ans andere Ende des Tisches und pustete auf meinen heißen Kaffee.

«Ich weiß nur nicht, ob ich es aushalte, derjenige zu sein, der ich meiner Meinung nach war.»

Sie legte die Zeitung zusammen und stand auf.

«Nimm einfach nur keine Drogen», sagte sie. «Das ist alles. Sei, wer du sein willst, aber nimm keine Drogen.»

Sie schaute auf ihr Handy.

«Ich hab ein Spiel. Wie lange bleibst du?»

«Ich fahre bald», sagte ich. «Ich muss etwas erledigen.»

«Jetzt?», sagte sie.

Sie stellte ihre Tasse in den Geschirrspüler.

«Du kommst mitten in der Nacht den ganzen Weg hierhin und fährst am Vormittag direkt wieder? Und du behauptest, du hättest nicht die Kontrolle verloren.»

Sie richtete sich auf und drehte sich zu mir um. Sie wirkte so sanft, vernünftig und unverdorben, dass ich sie kaum ansehen konnte. Warum war ich nicht so?

«Also, mach dich jetzt nicht darüber lustig, aber ich möchte dich um etwas bitten», sagte ich und sah sie verstohlen an.

«Du wirst wie immer glauben, dass ich übertreibe, aber kannst du bitte nicht herumalbern, wenn ich dich darum bitte?»

Sie öffnete den Mund, um etwas Vernichtendes oder Ironisches zu sagen, ihre Augen funkelten. Sie hielt sich aber zurück, als sie meinen Blick sah. Stattdessen gab sie sich damit zufrieden, zu seufzen und die Augen zu verdrehen.

«Sure, Dramaqueen.»

«Ach, scheiß drauf», sagte ich und stand auf.

Es war vergeudete Zeit, ich hätte es wissen müssen. Aber ich hörte, dass sie ebenfalls aufstand, und spürte ihre Hand auf meinem Arm.

«Tut mir leid», sagte sie. «Ich hör zu und mache, was du willst, aber es ist zu weird, wenn ich keine Witze machen darf. Besonders wenn es peinlich ist.»

«Ich hab im Herbst eine Menge mitgemacht», erklärte ich, und wir setzten uns wieder an den Tisch. «Du würdest mir nicht mal alles glauben, wenn ich es dir erzähle.»

Sie sah mich ungewohnt liebevoll und aufrichtig an.

«Das sehe ich dir an», sagte sie.

«Irgendwann erzähle ich alles. Wirklich. Aber es ist noch nicht vorbei. Und ich muss es zu Ende bringen. Verstehst du?»

«Nee», sagte sie. «Aber das spielt keine Rolle. Erzähl weiter.»

«Wenn etwas aus irgendeinem Grund komplett komisch läuft. Wenn du nichts mehr von mir hörst oder ich von der Polizei festgenommen werde oder sonst irgendwas ...»

Sie schüttelte den Kopf und erstickte ein Kichern.

«Sorry, Brüderchen», sagte sie. «Aber so hab ich dich gar nicht in Erinnerung.»

«Scheißegal», sagte ich. «Weißt du noch, wie ich auf dem Gymnasium mit Joyce und Faulkner gerungen habe? Wie sehr ich sie mögen wollte?»

Emma schüttelte den Kopf.

«Bist du sicher, dass du gleich nicht in die Psychiatrie fährst? Du wirkst sehr mitgenommen.»

«Wenn etwas passieren sollte, will ich, dass du dir genau diese Bücher aus meinem Zimmer holst.»

Sie verdrehte die Augen.

«Ernsthaft? Worum geht's hier?»

«Sag einfach Ja», antwortete ich.

Sie nickte und tätschelte mir die Wange.

«Versprich mir, dass du es nicht vergisst.»

«Wie du willst, Freak. Joyce und Faulkner. Du bist mein Bruder, Brüderchen.»

Ich lächelte und spürte, wie mein Gesicht heiß wurde, weil sie das immer gesagt hatte, als wir klein gewesen waren. Sie drehte sich um und ging zur Tür.

«Bin schon spät dran», sagte sie. «Ruf Mama an, okay? Sie wird sonst noch verrückt, und ich bin dann die Leidtragende.»

«Kannst du mir noch einen Gefallen tun?», fragte ich.

Sie drehte sich mit einem ungeduldigen Blick um.

«Ich hab dich gestern nicht mit dem Brennballschläger erschlagen», sagte sie. «Und jetzt bin ich co-abhängig in dieser Psychose? Was willst du sonst noch von mir?»

«Sag Mama und Papa nicht, dass ich hier war.»

26

Um kurz vor drei Uhr nachmittags fuhr der Zug nach Stockholm hinein, überquerte Brücken und Inseln. Ich richtete den Blick auf Södermalm und den Riddarfjärden, wo der Wind kleine graue Wellen strammstehen ließ. Ich interessierte mich nicht besonders für das Schöne. Normalerweise. Nicht für Kunst und eigentlich auch kaum für Musik oder Filme. Bevor ich nach Lund kam, berührten mich in meinem Leben aus Träumen und freiwilliger Isolation eigentlich nur Worte. Vielleicht war es immer noch so, ich war mir nicht sicher. Aber bei dieser Aussicht wollte ich verweilen. Sie erinnerte mich an den Schulausflug in der zweiten Klasse, als wir im Herbst das Parlamentsgebäude und eine Ausstellung über die Schoah besucht und ich diese neongelbe Pussy-Riot-Sturmhaube gekauft hatte, die ich ein Jahr später beim Kennenlernen mit Lydia getragen hatte. Jetzt fühlte es sich kindisch und naiv an. Ich hatte mich sehr gelangweilt und vor der Fahrt nach Stockholm natürlich so getan, als würde ich über den Dingen stehen. Aber innerlich hatte ich gezittert.

Als wir am Nachmittag vor zwei Jahren in die umgekehrte Richtung gefahren waren, hatte es sich angefühlt, als würde ich zu meiner eigenen Beerdigung fahren. Aber jetzt vermisste ich auf unerwartete Weise das, was gewesen war. Ich vermisste es zwar nicht, gelangweilt und einsam zu sein, denn das war nichts anderes als ein langsamer, kaum spürbarer Tod gewesen. Aber ich vermisste diesen geradlinigen Glauben, den ich gehabt hatte. Die Überzeugung, dass man das Leben wie Lego aufbaute, Stein für Stein, und dass man es abarbeitete und aufstieg. Zuerst die Kindheit, dann Studium und Karriere, langsam aufwärts. Langsam besser. Vielleicht langsam glücklicher. Für mich war das Motiv dieses Puzzles nicht bis ins Detail zu erkennen gewesen, aber die Stücke waren bereits sorgfältig nach Form und Farbe sortiert gewesen. In der Person, die ich gewesen war, als ich beim letzten Mal über diese Brücken und Inseln gefahren war, gab es keine Vorstellung von Zirkularität oder Ungleichheit. Ich hatte nicht daran gedacht, dass jemand wie Max kommen und alle Legokisten umstoßen würde. Hatte keine Vorstellung gehabt von einem gescheiterten Studium, gestohlenen Uhren oder Menschen, die angeschossen vor mir auf dem Boden lagen.

Nachdem ich den Hauptbahnhof verlassen hatte, ging ich planlos hinunter ans Wasser. Unten am Tegelbacken blieb ich im Wind stehen und betrachtete die strenge, schöne Fassade des Rathauses auf Kungsholmen. Ich war so ein Landei. Wie oft war ich überhaupt in Stockholm gewesen? Beim Schulausflug. Irgendwann als ich jünger gewesen war mit meinen Eltern im Vergnügungspark Gröna Lund. Ich wusste noch, dass wir in einer Herberge übernachtet und meine Hände von der Zuckerwatte geklebt hatten. Und dann noch einmal irgendwann.

Ich sah hinaus aufs Wasser und kniff die Augen zusammen, um sie vor Wind und Licht zu schützen. Das Parlamentsgebäude und das Schloss. Gamla stan. Ich war kaum jemals irgendwo gewesen, und ich wollte dieses Gefühl in mir aufnehmen, sogar jetzt, obwohl ich überhaupt nicht wusste, was ich hier tat.

Vielleicht waren sie Raubtiere, wie Charles gesagt hatte. Vielleicht war es unbegreiflich, dass ich nach alldem überhaupt hier war. Es spielte keine Rolle. Ich würde Max treffen.

Ich holte mein Handy heraus und fand auf der Karte das Hotel mit dem Namen Ett Hem, «Ein Zuhause». Auf der anderen Seite vom Stureplan und dem Kungsträdgården, Orte, zu denen ich keine persönliche Beziehung hatte, die sich aber durch eine Art kultureller Osmose trotzdem wie ein Teil von mir anfühlten. Ich überlegte, die U-Bahn zu nehmen, entschied dann aber, dass ich genauso gut zu Fuß gehen konnte. Ich würde mir Stockholm ansehen. Und mir blieb noch der ganze Nachmittag, bis ich dort sein musste.

Ein kalter Wind wehte, und ich zog auf meinem Weg durch die Stadt den Kopf ein. Ich ging so lange wie möglich am Wasser entlang, vorbei an Rosenbad, dem Sagerschen Haus und der Oper. Am Grand Hôtel bog ich zum Nybrokajen und Berzelli Park ab. Ich nahm die Birger Jarlsgatan, warf einen Blick auf das Dramaten und kaufte in einem Kiosk neben dem Restaurant Riche eine Cola Zero. Dann ging ich hoch zum Stureplan und kaufte mir in einem kleinen italienischen Café einen Kaffee. Wärmte meine Hände am Pappbecher, während ich am Nachtclub Sturecompagniet und dem Restaurant Brillo vorbeiging, und hoch durch den Humlegården, wo mir Laub um die Füße wehte und die Bäume im Herbstwind rauschten. Es war schön, dachte ich. Stockholm war kalt und schön.

Das Haus, in dem die rote Google-Maps-Nadel steckte, entpuppte sich als ein Palast aus braunem Backstein vom Anfang des letzten Jahrhunderts. Er stand an der Kreuzung von zwei ruhigen Straßen und grenzte an einer Seite an einen kleinen Park. Mit seinen Erkern, gusseisernen Balkonen und den Elementen aus grünem Kupfer hatte es etwas Gotisches, wirkte wie der Familienwohnsitz eines deutschen Fürsten, der in irgendeinem kunstvollen Indie-Film zu einer Botschaft wurde. Ich hatte so ein Hotel noch nie gesehen.

Ich sah mich nach einem Schild um, um sicher zu sein, dass ich hier richtig war, konnte aber nichts in der Art entdecken. Ich fand nicht einmal eine Tür, die zur Straße hinausging. Durch ein Rundbogentor in einer Mauer gelangte man anscheinend zu einem Innenhof. Es hätte der Eingang sein können. Aber auch dort befand sich kein Schild. Nur die Hausnummer über dem Tor und eine kleine Messingklingel, das war alles.

Dieses Hotel existierte scheinbar auf einer anderen und bedeutend goldschimmernderen Ebene des Lebens, als ich es gewohnt war. Ich überlegte, wie ich die Sache in Angriff nehmen sollte. Wie konnte sich Max eine Übernachtung hier leisten? Sie hatte gesagt, ein Kumpel könnte ihr hier ein Zimmer organisieren. Als ich das Hotel googelte, sah ich, dass man hier für ein Zimmer viertausend Kronen aufwärts pro Nacht bezahlte. Es war schwindelerregend, fast so viel wie meine Monatsmiete. Max schien wirklich gute Freunde zu haben.

Und jetzt, da ich es genauer betrachtete, kam es mir irgendwie bekannt vor. Die verwinkelten Backsteinstrukturen ähnelten ein wenig einer luxuriöseren Version von Charles' Haus.

Ich hatte mich gerade dazu entschieden, die Straße zu überqueren, als ein großer, rabenschwarzer SUV um die Ecke bog und vor dem Tor in der Mauer anhielt. Zögernd blieb ich auf meiner Straßenseite.

Eine der hinteren Türen des SUV wurde geöffnet, und ich erschauderte, als eine Frau aus dem Tor trat, um den Wagen herumging und sich auf den Rücksitz setzte. Sie trug eine beige Jogginghose, kreideweiße Nikes und einen großen, dunklen Mantel. Ihr langes, kastanienbraunes Haar war zu einem beeindruckend hohen Pferdeschwanz zusammengebunden. Ich sah ihr

Gesicht nicht, aber die gesamte Szene war eine einzige Zurschau-stellung von Privilegien. Der lässige Kleidungsstil, der Mantel, das Haar. Der schwarze Wagen und das Hotel. Ich fühlte mich wie ein Paparazzo, der eine große Chance verpasst hatte, weil er nicht erkannt hatte, wer sie war.

Im Hof hinter dem Tor befand sich ein skandinavischer Traum aus einem Kiesweg, perfekt geschnittenen Hecken und grünen Kübelpflanzen in einem kalten, aber versöhnlichen Nachmittags-licht. Es war, als hätte die gesamte Stadt dort draußen aufge-hört zu existieren und als wäre ich in einem üppigen, ländlichen Traum gelandet, vielleicht in Österlen oder auf Gotland. Vor mir lag ein großes beheiztes Gewächshaus oder eine Orangerie, in der anscheinend ein langer Esstisch stand. Ich hielt inne, um die Szenerie in mich aufzunehmen. Eine kleine Treppe führte zur Eingangstür des braunen Backsteinhauses. Ein wenig zögerlich ging ich hinauf.

Die Tür war nicht verschlossen, und als ich sie aufzog, blieb ich kurz stehen, wollte schon wieder rückwärts hinausgehen. War ich hier wirklich richtig? Konnte mich Max zu diesem Ort geschickt haben?

Ich sah mich um. Es wirkte nicht wie eine Hotellobby, son-dern eher wie ein teures, geschmackvolles Wohnzimmer. Lange, tiefe Sofas waren mit unterschiedlichen Sesseln zu kleinen Inseln arrangiert. An den Wänden Bücherregale und dezente Kunst. In einem Erker stand ein kleiner Flügel. Der Raum war zweckmäßig eingerichtet und gerade unpersönlich genug, dass es sich nicht um das Zuhause einer Privatperson handeln konnte.

«Hallo!», sagte ein Typ in den Dreißigern. Er trug ein weißes Hemd, hatte leicht zerzaustes Haar und eine runde Schildpatt-brille. «Wie kann ich Ihnen behilflich sein?»

Sie könnten ein Haus für mich entwerfen?, wollte ich sagen,

weil er tatsächlich so aussah, wie ich mir einen Architekten vorstellte, aber ich hielt mich zurück.

«Ist das hier ein Hotel?», fragte ich.

Ich errötete, weil es so dumm klang. Was war das für eine Frage? Ich wusste doch, dass es so war. Ich sah, wie er lächelte und dann den Mund öffnete, aber ich kam ihm zuvor.

«Entschuldigung, das hier ist doch Ett Hem?», schob ich nach. «Ich bin noch nie hier gewesen, und es gibt kein Schild am Eingang.»

«Es ist verwirrend, ich weiß», antwortete er. «Sie sind nicht der Erste, der diese Frage stellt. Aber was wären wir für ein Zuhause, wenn ein Hotel-Schild an der Tür hängen würde?»

«Eines, das man finden kann?», schlug ich vor.

Er lachte, erst dachte ich, aus Höflichkeit, aber er schien mich tatsächlich für witzig zu halten. Vielleicht weil er sonst nur mit hochnäsigen Filmstars und ekelhaften Russen zu tun hatte, die in Sachen «Bisnis» herkamen.

«Haben Sie eine Reservierung?», fragte er.

«Bonnot», antwortete ich.

Ich ging davon aus, dass er mir einfach die Tür weisen und mich wegschicken würde. Und das wäre für mich auch irgendwie in Ordnung gewesen, denn ich war offensichtlich weit von meinem natürlichen Umfeld entfernt unterwegs, das konnte ganz sicher niemandem entgehen.

Aber er drehte sich einfach nur um und nahm ein iPad von einem schönen Schreibtisch aus Räuchereiche. Er tippte darauf herum und schaute mit einem freundlichen Lächeln zu mir hoch. Es gab mir das Gefühl, mit ihm befreundet zu sein oder zumindest das neue Mitglied eines exklusiven Clubs, für den er verantwortlich war.

«Natürlich», sagte er. «Zimmer 12. Sehr schön. Und alles ist im Voraus bezahlt, also brauche ich nichts weiter von Ihnen.»

Er tippte noch ein paarmal auf das iPad, öffnete ein Schränkchen und holte einen Schlüssel heraus, der an einem schweren Anhänger aus Metall befestigt war.

«Erste Etage, mit Balkon zur Straße», sagte er. «Eines meiner Lieblingszimmer, wenn ich ehrlich sein darf. Kommen Sie, ich zeige Ihnen das Haus, Sie können die Tasche so lange hier stehen lassen.»

Er verließ das Wohnzimmer, und ich folgte ihm.

«Hier ist unsere Küche», erklärte er.

Zwei Köche in grauen Schürzen standen in einem Raum, der aussah wie eine moderne Küche aus einer Einrichtungszeitschrift. Sie sahen hoch und grüßten mich lächelnd.

«Heute Abend servieren wir Kalbstatar und Dorschrücken mit Meerrettich», sagte einer von ihnen. «Sagen Sie einfach Bescheid, ob und wann Sie hier essen möchten. Wenn Sie etwas anderes wünschen, müssen Sie es nur sagen. Wir kriegen fast alles hin. Geben Sie Bescheid, wenn Sie es mit hochnehmen und auf dem Zimmer essen möchten, dann organisieren wir auch das.»

«Melden Sie sich einfach bei mir», sagte der Typ mit der Brille, der Rezeptionist oder was immer er war. «Und wenn Sie Hunger haben und niemand hier ist, können Sie sich einfach am Kühlschrank bedienen. Wir haben kaum traditionellen Zimmerservice, machen Sie sich einfach einen Mitternachtssnack oder was Sie möchten.»

«Wir haben normalerweise keinen traditionellen Zimmerservice», brummte einer der Köche.

Der Rezeptionist lächelte entschuldigend.

«Ja», sagte er. «In letzter Zeit sind die Dinge ein wenig ... anders gewesen als gewöhnlich. Sorry dafür.»

Er wandte sich wieder an mich.

«Folgen Sie mir, dann zeige ich Ihnen Ihr Zimmer.»

Wir gingen eine schöne Treppe aus massivem Holz hoch, die

keinerlei Geräusche machte. Nichts knarrte, jede Treppenstufe schien perfekt kalibriert und für die Ewigkeit gebaut zu sein. Der Rezeptionist ging voraus und schloss die Tür zu Zimmer Nummer 12 auf.

«Es ist eher eine kleine Suite», sagte er. «Eines der beiden Zimmer mit Balkon. Wenn ich es richtig verstanden habe, war Ihnen das wichtig?»

«War es das?», fragte ich.

Ich trat vor ihm über die Schwelle und ließ den Blick durch das Zimmer schweifen.

«Ihr Sekretär oder Manager, der die Reservierung vorgenommen hat, schien das auf jeden Fall zu denken», erwiderte er.

Er lächelte, und ich musste mich zurückhalten, um nicht vor Überraschung aufzulachen. Sah ich wirklich aus wie jemand, der einen Sekretär oder Manager hatte?

Das Zimmer war riesig und hatte tatsächlich Türen, die zu einem Balkon hinausgingen, sie waren halb hinter naturfarbenen, dicken Gardinen verborgen. An der Wand hing ein großes Gemälde in Acrylfarbe, und seine neonfarbenen Pinselstriche schienen den ganzen Raum in ein helles Licht zu tauchen. Ich musste mich zurückhalten, um mich nicht auf die kalkweißen Kissen und Laken zu werfen.

«Es ist sehr schön», sagte ich und drehte mich zu ihm um.

Er blieb noch eine Weile stehen, und in mir stieg Panik auf. Sollte ich ihm Trinkgeld geben? Machte man das so? Aber ich hatte kein Bargeld. Außerdem war er zehn Jahre älter als ich und sicher erheblich bessergestellt. Spielte es eine Rolle? Ich wusste nicht einmal, was zu diesem exotischen Teil der Dienstleistungswirtschaft gehörte oder was erwartet wurde.

«Sagen Sie einfach Bescheid, wenn Sie etwas brauchen», sagte er. «Unten im Wohnzimmer gibt es eine Bar, und wir machen einen ziemlich bahnbrechenden Negroni.»

Damit drehte er sich um und verschwand zu meiner Erleichterung aus dem Zimmer. Die Tür war kaum hinter ihm zugegangen, als ich mich einfach nach hinten fallen ließ, auf das kühle, weiche Bettlaken.

Ich weiß nicht, wie lange ich dort auf dem Rücken lag und die hohe Decke anstarrte. Schließlich drehte ich mich auf den Bauch und holte mein Handy heraus. Ich entdeckte das Zimmer auf der Website des Hotels und fand heraus, dass ich mich in der Juniorsuite befand. Kosten: achttausendfünfhundert Kronen pro Nacht. Mir wurde wieder schwindelig. Max hatte dieses Zimmer für uns gebucht. Ich verstand gar nichts mehr. Das Ganze war einfach nur ein seltsamer Traum.

Als ich mich zur Balkontür umdrehte, sah ich die Bäume in dem kleinen Park. Ihre vergilbten Kronen duckten sich vor dem Wind. Einen Augenblick konnte ich all das Ungewisse und Seltsame, zu dem jetzt auch ich gehörte, einfach aussperren und so tun, als ob das hier meins wäre. Dass ich ein Star oder Gangster war. Ein Oligarch oder international anerkannter Bestsellerautor auf dem Weg zur Verleihung eines prestigeträchtigen Preises. Einen Augenblick lang konnte ich so tun, als wäre ich privilegiert, als müsste ich mich nicht ins Zeug legen oder mich um etwas scheren, als gehörte ich zum obersten Prozent der Gesellschaft.

27

Ich schlief eine Weile auf dem weichen Laken, und als ich aufwachte, war es später Nachmittag, und das Licht fiel in einem anderen Winkel durch die Balkontür.

Ich stand auf, ging hinüber und öffnete die Tür. Eine schwere Brise wehte, und ich musste die Tür festhalten, damit sie mir nicht aus der Hand glitt. Die Straße lag verlassen unter mir, nur ein paar parkende Autos. Man konnte sich nur schwer vorstellen, dass man mitten auf Östermalm war, mitten in einer Großstadt. Ich schauderte in der Herbstkälte und schloss die Tür.

Es war beinahe sechs Uhr, als ich mich im Wohnzimmer, das Bar und Rezeption zugleich war, in einen niedrigen, weichen Sessel setzte. Ich hatte mir eine Chino und ein hellblaues Button-down-Hemd von Ralph Lauren angezogen. Da Ludvig ein ähnliches hatte, trug ich es in Lund nur selten. Aber ich hatte es vermisst, ich fühlte mich in ihm immer noch gut aussehend und weltgewandt.

Eines meiner Beine zuckte leicht. Ich hatte immer davon geträumt, allein in einer Hotelbar zu sitzen, doch gemacht hatte ich es nie. Aber inzwischen hatte ich meine frühere Vorstellung von mir losgelassen. Wenn Max Champagner im Grand Hotel oder der Bar im Illum bestellen konnte, dann konnte ich mich auch in die Bar dieses Hotels setzen, das sie gebucht hatte.

«Was kann ich Ihnen bringen?»

Der Rezeptionist lehnte sich erschöpft neben mir an die Wand. Im Wohnzimmer befanden sich nur zwei andere Gäste, bärtige Männer in Jeans, die sich neben der Tür über ein MacBook gebeugt hatten.

«Wie gesagt, wir machen einen unglaublichen Negroni», fuhr er fort. «Wenn Sie sich nicht sicher sind, würde ich den nehmen, auch wenn der Sommer vorbei ist.»

Ich wusste, dass es ein Cocktail war, mehr aber nicht.

«Klingt gut», sagte ich. «In Ordnung.»

«Noch etwas anderes?»

Was bestellte man überhaupt in einer Bar?

«Ein paar Nüsse?»

Er nickte.

«Selbstverständlich.»

Der Drink war stark und süß, und ich fühlte mich beinahe, als wäre ich hier zu Hause. Er ähnelte dem Getränk, das Charles vor einer gefühlten Ewigkeit in der Bibliothek gemixt hatte. Genauso süß und stark. Mir fuhr ein Schaudern über den Rücken.

Allmählich tauchten immer mehr Leute im Wohnzimmer auf, manche für einen Aperitif, andere auf dem Weg nach draußen. Alle sahen sehr wohlhabend aus, vollkommen unbeeindruckt von Geld oder dem Mangel daran.

Ich dachte an die Statoil-Tankstelle und die E22 durch Söderköping. An die geschlossenen Restaurants rund um den winterlich verlassenen Göta Kanal. An die trübsinnigen, altmodischen Läden. An die ungepflegten, umgebauten Autos auf dem Rådhustorget. An alle Eltern und ihre ganz normalen Leben. An all die Öre, die zweimal umgedreht werden mussten und wegen denen man sich stresste. Nichts davon war hier von Bedeutung. Hier gab es Leute wie Ludvig und Victor und ihre Freunde. Die sich so weit oben in der Pyramide befanden, dass sie die Bewegungen am Boden gar nicht wahrnahmen. Wenn das Erdbeben schließlich kam, bemerkten sie es nicht, sie saßen dann bereits im Helikopter. Es fühlte sich sicher an, bei ihnen zu sein. Heute Abend war ich scheinbar ein Teil davon, über Ökonomie, Klasse und Geschichte erhoben.

Gegen halb sieben vibrierte mein Handy auf dem Tisch, und ich griff danach. Eine unbekannte Nummer.

Nach 21:00 Uhr da, wir sehen uns auf dem Zimmer. Sorry. Ich sehne mich nach dir.

Die Verspätung versetzte mir einen Stich der Enttäuschung. Aber sie war auf dem Weg, und sie sehnte sich nach mir.

Ich dachte an Charles, Henrik und den Zettel. Ich hatte Fragen und Zweifel und sollte vermutlich besorgt sein. Aber vielleicht war es mir letzten Endes gelungen, das zu tun, worum Max mich von Anfang an gebeten hatte. Vielleicht dachte ich nicht mehr in tausend verschiedene Richtungen und plante meinen Alltag durch.

Aber ich wusste, dass es nicht stimmte. Es war genau andersherum. Ich war ruhig, weil ich auf alles vorbereitet war. Alles könnte wunderbar werden. Alles könnte schiefgehen. Es war, was es war. Ich dachte immer noch an Konsequenzen und Risiken. Aber ich mied sie nicht mehr. Ich schmiedete Pläne.

Als der Rezeptionist an meinem Platz vorbeikam, bestellte ich noch einen Negroni, obwohl ich vom ersten schon leicht betrunken war. Ich war nervös, aber ich musste mir über den Preis keine Sorgen machen, alles war schon bezahlt.

Durch den Alkohol summte es leicht hinter meiner Stirn. Aus den unsichtbaren Lautsprechern des Zimmers strömte dunkler, scheppernder Jazz, mit vielen Trommeln und etwas, das wie eine Tuba klang. Auf der anderen Seite des Raumes öffnete sich die Eingangstür, und ein paar Leute kamen herein. Mein Herz machte einen Satz, als ich die Frau erkannte. Es war diejenige mit dem kastanienbraunen Haar, der beigen Jogginghose und dem großen, dunklen Mantel, die ich zuvor schon auf der Straße vor dem Hotel gesehen hatte. Als sie jetzt direkt vor mir stand, erkannte ich, dass es Maria Conti war.

Direkt hinter ihr betrat ihr zukünftiger Ehemann, ein IT-Investor, zusammen mit einem ziemlich verbissen dreinschauenden Typen den Raum. Vielleicht war er ihr Bodyguard. Ich erinnerte mich, dass Ludvig gesagt hatte, sie würde in einem Hotel in Stockholm wohnen, weil ihr Freund hier eine App entwickeln wollte. Sie wohnen also hier, im gleichen Hotel wie ich.

Der Typ an der Rezeption gab ihnen den Zimmerschlüssel heraus, und Maria nahm ihn mit einem Lächeln entgegen.

«Danke, Calle», sagte sie.

Sie entblößte ihre vollkommen geraden Zähne mit einem kurzen Lächeln, das mehr wert war als alles Trinkgeld der Welt. Als sie weiter zur Treppe gingen, kamen sie genau an mir vorbei, der Duft, der sie umgab, war reich an Vanille und dunklen Holznoten. Sie rochen nach Träumen und hohen Umsätzen. Ich musste mich bewusst zurückhalten, nicht die Hand auszustrecken und sie oder ihren Mann zu berühren. Der Impuls war natürlich absurd, aber es erschien mir als die einzige Möglichkeit zu erfassen, dass sie echt waren, als würde die von ihnen ausgehende Exklusivität nur existieren, wenn sie von einem Bildschirm oder meiner Hand festgehalten wurde.

Meine Schläfen pochten leicht vom Glanz dieser Stars, als sie die Treppe hinauf verschwanden und ich erkannte, dass mein Drink leer war. Ich war erschüttert. Der Rezeptionist, der offenbar Calle hieß, näherte sich.

«Noch einen?», fragte er und lächelte.

Ich sah auf meine Armbanduhr, es war Viertel vor neun.

«Schöne Uhr», sagte er.

«Die hier?», erwiderte ich.

Ich hielt die Certina hoch und zuckte mit den Schultern.

«Unprätentiös», meinte er. «Das gefällt mir.»

«Gewöhnt man sich daran?», fragte ich und zeigte zur Treppe. «An die Stars? Dass sie hier längere Zeit wohnen?»

Vielleicht klang ich albern, aber es schien alberner zu sein, es völlig zu ignorieren, außerdem war ich leicht betrunken, und das alles spielte sowieso keine Rolle.

Calle zuckte mit den Schultern.

«Man gewöhnt sich schon daran», sagte er. «Wir haben hier viele Stars. Es gehört einfach zum Job.»

«Und sie sind wahrscheinlich wie die meisten Menschen», sagte ich.

Er lächelte, sagte aber nichts.

«Oder nicht?», hakte ich nach.

Er richtete sich auf.

«Niemand, der sich hier ein Zimmer leisten kann, ist wie die meisten Menschen», sagte er.

Ich bestellte ein Bier und nahm es mit aufs Zimmer. Ich drehte einen der Sessel zum großen Fernseher an der Wand, trank einen Schluck und ließ mich hineinsinken. Max sollte jeden Moment hier sein, und mein Herz hämmerte beim Gedanken daran.

Als ich den Fernseher einschaltete, öffnete sich zuerst eine Startseite, die mich willkommen hieß. Der gesamte Bildschirm wurde von einem Foto des Hotels eingenommen, das von schräg oben aufgenommen worden war. Die straffen Linien und das grüne Dach. Die Balkone und der Garten. Und genau in diesem Moment fielen ganz plötzlich alle Puzzlestücke an den richtigen Ort, und mir dämmerte, wo ich das Hotel zuvor schon gesehen hatte.

Es war komplett verrückt.

Ich musste aufstehen um die Unruhe abzuschütteln, die mich plötzlich überfiel.

Die Bilder in der Mappe. In Max' Zimmer im Professorenviertel.

Mein Herz schlug noch schneller, als ich versuchte, das alles zu verstehen, und ich zuckte zusammen, als ich etwas hörte, das wie ein Klopfen an der Fensterscheibe klang, drängend und gleichzeitig diskret.

Erst dachte ich, der Wind würde etwas gegen die Balkontür wehen. Ich drehte mich um, aber das Zimmerlicht spiegelte sich im Glas, und ich konnte nicht hinaussehen. Als das Geräusch verstummte, drehte ich mich wieder zum Fernseher.

Es war wirklich dasselbe Hotel wie jenes in Max' Mappe. Ich erinnerte mich, dass eines der Bilder eine Außenansicht gewesen war, auf der jemand einen Balkon eingekreist hatte.

Wenn ich es richtig verstanden habe, war Ihnen das wichtig, hatte der Rezeptionist gesagt.

Dann kehrte das klopfende Geräusch zurück. Jetzt kräftiger und länger. Ich drehte mich zur Balkontür und hätte schwören können, dass ich durch das spiegelnde Licht Bewegungen in der Dunkelheit erkennen konnte. Ich stand auf und bewegte mich vorsichtig zur Tür. In der Dunkelheit erahnte ich jetzt eine Faust, die gegen das Glas klopfte. Ich ging noch einen Schritt weiter und hielt dann inne, verwirrt und unruhig. Draußen erkannte ich weitere Bewegungen und dann ein Gesicht.

Max.

Sie drückte sich beinahe gegen die Scheibe und bedeutete mir, die Tür zu öffnen. Ich ging die letzten zwei Schritte und hatte kaum die Klinke heruntergedrückt, als sie die Tür nach innen aufdrückte.

«Was ist los?», fragte ich. «Wie zur Hölle bist du auf den Balkon gekommen?»

Sie schob mich mit entschlossener Miene nach hinten und zeigte aufs Bett.

«Setz dich», sagte sie.

Ich zögerte und breitete die Arme aus.

«Was ist ...»

Sie machte einen Schritt auf mich zu und stieß mich vorsichtig, aber entschieden, sodass ich mich auf das Bett setzte, während sie sich vor mich hinhockte. Ihre Augen glühten im dumpfen Licht.

«Wir haben keine Zeit», erklärte sie. «In zehn Sekunden lasse ich Robin und Gustaf über den Balkon rein. In zehn Minuten verlassen wir das Hotel wieder über deinen Balkon.»

Ihre Stimme war gedämpfter und energischer als sonst. Sie sprach jedes Wort sorgfältig aus, als wollte sie wirklich sicher sein, dass ich alles verstand und nicht der geringste Raum für Missverständnisse blieb.

«Was?», war alles, was ich hervorbringen konnte, denn sie hielt mir ihre behandschuhte Hand auf den Mund. Der Gore-Tex-Stoff fühlte sich kalt und rau auf meinen Lippen an.

«Du wirst hier auf dem Zimmer bleiben müssen, während wir machen, weswegen wir hier sind. Danach verschwinden wir. Du wirst uns nie wieder sehen. Dein Leben wird weitergehen, als wäre nichts passiert. Davon wirst du deinen Jurakumpels den Rest deines Lebens beim Abendessen erzählen.»

Ich sah sie einfach nur an. Alles schien auf dem Kopf zu stehen. Ich hatte das Gefühl, keine Luft mehr zu bekommen. Ich schüttelte den Kopf und versuchte, es zusammenzufügen. Das hier war das, wovor Charles mich hatte warnen wollen.

«Was zur Hölle werdet ihr machen? Maria Conti entführen?»

Meine Stimme war höher als beabsichtigt. Verzweifelt. Max legte mir wieder die Hand auf den Mund, um mich zum Schweigen zu bringen.

Die Uhren und der Einbruch in Malmö. Es war so einfach. Es war darum gegangen, Geld hierfür zu beschaffen, damit ich diese Balkontür öffnen konnte.

«Wir werden niemanden entführen», sagte sie. «Wir nehmen uns, was wir brauchen. Verbreiten die Botschaft, wegen der wir hier sind.»

«Was?»

Sie sah mich einfach nur an, ihre Augen waren auf eine Weise fokussiert, wie ich es noch nie zuvor gesehen hatte. Sie war ein anderer Mensch. Oder vielleicht war sie auch sie selbst.

«Der Ring», stellte ich fest, jetzt ruhiger, da sich alles zusammenfügte. «Contis Ring und der Schmuck.»

Max nickte.

«Es ist zu perfekt», erklärte sie. «Das verstehst du doch.»

«Das hier war der Plan», sagte ich. «Von Anfang an.»

Alles brach über mich herein. Seit sie verschwunden waren, hatte ich mich darauf vorbereitet, wieder enttäuscht zu werden. Von Robin, Gustaf und sogar von Dinah. Ich bedeutete ihnen gar nichts. Aber obwohl ich es eigentlich wusste, hatte ich nicht gedacht, dass es auch für Max galt. Ich hatte es nicht glauben wollen.

«Das hier war die ganze Zeit euer Ziel», sagte ich. «Zuerst hast du letzten Sommer Henrik gefunden, aber es hat nicht funktioniert. Und dann hast du mich gefunden.»

Sie sah mich an.

«Woher weißt du, wer Henrik ist?»

Ich schüttelte nur den Kopf, und Max sah über ihre Schulter.

«Wir haben keine Zeit», sagte sie. «Aber wenn du das Opfer spielen willst, dann ja. Klar. Das war die ganze Zeit der Plan.»

Aber dann schien in ihren Augen kurz die andere Max aufzublitzen. Sie berührte mich mit dem Handschuh an der Wange.

«Ich wünschte, dass es anders gewesen wäre», sagte sie.

Durch die Tür hinter ihr näherten sich zwei gebückte, schwarz gekleidete Gestalten. Sie trugen bereits die Räubersturmhauben.

«Schön, dich zu sehen», sagte Gustaf und sah mich kurz an.

Robin nickte nur.

«Ich dachte, dass wir zusammen wären», sagte ich. «Das hab ich wirklich gedacht.»

Das Nachbeben des Schocks erschütterte mein Bewusstsein immer noch. Aber auch andere Gefühle wuchsen in mir. Enttäuschung und Erniedrigung. Aber nicht nur. Auch etwas Größeres und Wilderes.

«Deswegen bin ich hierhingekommen, zu diesem verdammten Hotel», sagte ich.

Max sah mich nur an, ihre Augen waren wieder kühl.

«Tut mir leid», erwiderte sie. «Ich habe dich reingelegt.»

«Tough luck», warf Robin ein.

«Und ihr habt Charles reingelegt», sagte ich. «Er wusste auch nichts hiervon, oder? Und jetzt gebt ihr ihn einfach auf.»

«Charles kommt zurecht», sagte sie. «Mach dir keine Sorgen. Er hat sein Geld bekommen.»

Ich schüttelte den Kopf.

«Du wirst auch zurechtkommen», fuhr sie fort.

«Es ging Charles wohl kaum um das Geld», sagte ich.

«Uns auch nicht», antwortete sie. «Nicht nur.»

«Ich dachte, das Ziel wäre es, ehrlich zu leben», fuhr ich fort. «Aber das hier?»

«Wir haben keine Zeit, Max», sagte Gustaf hinter ihr.

Sie ging noch einmal vor mir in die Hocke.

«Ist es ehrlich, so wie du zu leben?», fragte sie. «Oder wie die anderen in deinem Studium? Ist es ehrlich, sich an Erwartungen und Konventionen zu halten? Ist es ehrlich, am Rand zu stehen und so zu tun, als wäre nichts, während Leute wie Maria Conti dich aussaugen? Ist das deiner Meinung nach moralischer?»

Das Gefühl wurde stärker, und ich stand auf. Einen Augenblick lang war es so, als würde ich wie ein Turm über ihr aufragen.

«Du bist nur eine Diebin», sagte ich und schüttelte den Kopf. «Du bist nicht ehrlich oder frei. Das ist alles nur Bullshit.»

«Halt einfach die Klappe», warf Robin ungeduldig ein.

Max sah mich an. Ihr Blick war jetzt kalt und überheblich, vielleicht sprach sogar Verachtung daraus.

«Du weißt nichts darüber, ehrlich zu dir selbst zu sein», sagte sie. «Du hast keine Ahnung, wer du bist. Nach alldem glaubst du immer noch, dass ein anderer entscheidet, was richtig ist. Was wahr ist. Was ehrlich ist. Dann geht es halt so zu Ende. Dann verdienst du es nicht anders.»

«Die Tasche», forderte Gustaf sie auf.

Max stand auf und nahm ihren Rucksack ab.

«Wie seid ihr auf den Balkon gekommen?», fragte ich.

«Leiter», sagte Max. «Dinah kümmert sich unten darum. Sie besitzen Balkone. Wir Seile. Du weißt schon.»

«Klar. Mein Balkon. Eure Seile.»

Sie öffnete den Rucksack, und Gustaf kniete sich neben ihn und steckte die Hände hinein. Ich wich zurück, als ich sah, dass er eine große, mattschwarze Waffe herauszog. Ohne zu zögern, richtete er sie auf die Wand und zog den Schlitten einmal zurück, bevor er sie Robin zuwarf. Max nahm eine identische Pistole aus dem Rucksack und machte es genauso, bevor sie ein Magazin hervorholte, das sie mit einer routinierten Bewegung in den Schaft drückte.

«Was wollt ihr tun?», fragte ich.

Auch Max hatte sich jetzt eine Sturmhaube aufgezogen. Sie sah aus wie beim ersten Mal, als ich sie gesehen hatte. Der Schock hätte mich lähmen sollen, aber ich war unerklärlicherweise völlig ruhig.

«Dein Handy», sagte Max und streckte die Hand aus. «Ich

will nicht, dass du hier drinnen Panik bekommst und jemanden anrufst, den du nicht anrufen solltest.»

Im Augenwinkel sah ich, dass Gustaf die Schnur des Hoteltelefons durchschnitt und sie hochhielt.

«Wenn du ruhig bist und hierbleibst, bist du uns bald wieder los.»

«Soll ich hierfür etwa auch noch die Schuld übernehmen?»

«Wenn du machst, was ich sage, bist du nur ein Opfer und kommst unversehrt aus dem Ganzen raus», sagte Max. «Gib mir jetzt dein Handy.»

Ich zog es aus der Tasche und zögerte eine Sekunde, bevor ich es ihr zuwarf. Aus dem Augenwinkel sah ich, wie Gustaf eine Eieruhr hochhielt.

«Vier Minuten», sagte er. «Keine Sekunde länger.»

Er blickte Max an.

«Keine Alleingänge.»

Sie nickte und zog eine rote Sprühdose aus dem Rucksack.

«Vor allem nicht das», sagte er. «Keinen Blödsinn, verdammt noch mal. Einfach nur rein und raus.»

Max hob den Blick und sah ihn an.

«Das ist der einzige Grund, warum wir das hier machen», erwiderte sie. «Das weißt du doch.»

Sie steckte die Sprühdose in eine Tasche am Bein ihrer schwarzen Cargohose.

«Wir sind nicht einfach nur Diebe», sagte sie und warf mir einen wütenden Blick zu.

«Los jetzt», forderte Robin sie auf.

«Vier Minuten», wiederholte Gustaf. «Keine Sekunde länger.»

Max sah mich kurz an.

«Wir sind gleich zurück», sagte sie.

Dann nickte sie den anderen zu, atmete tief ein und öffnete die Zimmertür.

28

Max, Robin und Gustaf verschwanden in den Flur, einer von ihnen schloss die Tür beinahe geräuschlos hinter sich. Ich konnte draußen auf dem Holzboden ihre leisen, gedämpften Schritte hören.

Ich stand vom Bett auf und lauschte an der Tür. Zuerst hörte ich nichts und dachte, dass sie vielleicht die Treppe hoch- oder heruntergegangen wären.

Alles war still. Dann hörte ich weiter unten im Flur ein energisches Klopfen. Hart und deutlich. Erst dreimal. Dann noch dreimal.

«Zimmerservice.»

Es war Gustaf, seine Stimme klang verändert hinter der Tür. Beinahe komisch vorzugeben, man wäre der Zimmerservice, der älteste Archetyp aller Hotelräuber, und dann noch in einem Hotel, wo es keinen Zimmerservice gab. Aber es schien zu funktionieren. Innerhalb einer Sekunde veränderte sich alles. Ich erahnte eher, als dass ich es hörte, wie sich weiter unten im Flur eine Tür öffnete. Aber der Krach, als sie dann mit Gewalt aufgetreten wurde, war unverkennbar. Gustaf sprach laut und eindringlich, jetzt auf Englisch.

«Ins Badezimmer! Sofort! Hände hinter den Kopf!»

«Bewegt euch!», war Max' Stimme zu hören. «Ins Badezimmer! Hört ihr schlecht!»

Eine Frau schrie auf. Ein Mann fluchte überrascht und entrüstet auf Englisch. Ich wusste natürlich, zu wem die Stimmen gehörten, es waren Maria Conti und ihr Mann.

Vorsichtig drückte ich die Türklinke herunter und öffnete sie einen Spaltbreit.

«Dableiben! Keinen Schritt weiter!»

Ich zuckte zusammen, als ich Robins Stimme hörte. Er zielte mit seiner Pistole in das Zimmer, in dem – wie ich vermutete – Max und Gustaf verschwunden waren.

«Wirf das Handy hierhin», fuhr Robin auf Englisch fort. «Sofort! Ich verpasse dir sonst eine Kugel, ich schwöre es.»

Seine Stimme war laut, aber kontrolliert, es bestand kein Zweifel daran, dass er es ernst meinte. Klappernd landete ein Handy vor seinen Füßen. Vielleicht war es das Zimmer des Bodyguards oder des Managers, der früher am Abend bei Maria und ihrem Mann gewesen war.

«Leg dich auf den Bauch!»

Robin ließ die Pistole sinken, drehte den Kopf und sah mich plötzlich. Ich stand wie festgefroren dort, aber er reagierte nicht. Aus dem anderen Zimmer hörte ich Gustaf in seinem merkwürdigen englischen Dialekt schreien.

«In die Badewanne! Beide. Der Ring! Wo ist er?»

«Im Tresor. Bitte, bitte ...»

Es war Maria Conti, aber ihre Stimme war vollkommen verzerrt vom Schock. Alles wurde still, und eine Sekunde lang bildete ich mir ein, die Eieruhr ticken zu hören.

«Den Code!», schrie Gustaf.

Dann hörte ich Schritte die Treppe hochkommen. Robin bedeutete mir mit einem Winken, dass ich zurückgehen sollte, und ich zog die Tür bis auf einen kleinen Spalt wieder zu, durch den ich jedoch noch mit einem Auge hinausspähen konnte.

Durch den Spalt sah ich Calle, den Rezeptionisten, die Treppe hochkommen. Er wandte sich Robin zu. Vielleicht hatte er den Lärm und die lauten Stimmen bis nach unten gehört. Vielleicht kam er aber auch nur zufällig gerade vorbei.

«Komm hierhin und leg dich auf den Bauch», sagte Robin.

Aber Robins Stimme war nicht mehr ruhig, sondern hoch und voller Verzweiflung, auch der Rezeptionist wirkte geschockt und panisch. Anstatt zu tun, was ihm gesagt wurde, ging er ein paar Schritte rückwärts, er hatte die Hände auf Achselhöhe erhoben. Aus dem anderen Zimmer war jetzt Maria Contis gedämpfte Stimme zu hören.

«Bitte», schluchzte sie. «Bitte, töten Sie uns nicht. Nehmen Sie sich, was Sie wollen, lassen Sie uns einfach in Frieden.»

«In die Badewanne», hörte ich Max noch einmal auf Englisch sagen. «Den Code!»

Sie klang unerbittlich und gefühlskalt. Ich konnte es nicht mit der Person in Einklang bringen, die sie sonst war.

«Leg dich hin!», sagte Robin, direkt vor mir, zum Rezeptionisten, lauter und absolut kontrolliert. «Ich schwöre, ich erschieß dich, wenn du nicht machst, was ich dir sage.»

Aber der Typ stand unter Schock, vielleicht hörte er Robin nicht einmal, und ich sah, wie er weiter rückwärtsging, mit halb erhobenen Händen.

Irgendwo tickte die Eieruhr.

Robin sah über seine Schulter und umfasste die Pistole noch fester. Ich musste daran denken, wie er im Haus in Bellevue und hinten im Minibus gewesen war. Er hatte verdammt noch mal keine Selbstbeherrschung, wenn er Panik bekam.

«Nein!», hörte ich mich selbst schreien, während ich die Tür sperrangelweit öffnete. «Nicht schießen!»

Aber ich schaffte es kaum über die Schwelle, bevor der erste Schuss fiel. In dem ziemlich engen Flur klang er tief und gedämpft. Dann fiel ein weiterer Schuss. Der erste Schuss hatte den Rezeptionisten nach hinten geschleudert, jetzt machte er eine halbe Drehung, als er noch einmal getroffen wurde, bevor er zu Boden fiel.

Ich lag auf dem Bauch, hinter meinen Augen klingelte es, mein Kopf hämmerte. Robin ging einen Schritt auf den Mann zu, den er gerade angeschossen hatte, und richtete die Pistole auf seinen Kopf. Ich schrie los.

«Nein! Verdammt noch mal, nicht schießen!»

Aber er schoss ein weiteres Mal. Dann wurde alles still. Robin blickte mich hinter der Sturmhaube an und zielte mit der Pistole auf mich. Seine Augen wirkten leer, vollkommen gefühllos, als wäre er jemand anderes. Ich hielt die Hände über den Kopf und schluchzte.

Der Rezeptionist lag völlig regungslos zwischen uns auf dem Boden. Das Blut bildete einen Heiligenschein um seinen Kopf und lief über den schönen Parkettboden. Robin richtete immer noch die Pistole auf mich.

«Den Code!», hörte ich plötzlich Gustaf aus dem Zimmer. «Gib uns den verdammten Code!»

«Nimm die Pistole runter», murmelte ich zu Robin. «Um Himmels willen. Nimm einfach die Pistole runter. Ich bin keine Bedrohung.»

Aber Robin stand immer noch aufrecht und gleichgültig dort und richtete weiterhin die Pistole auf mich. Sein Kiefer mahlte vor Stress, vielleicht dämmerte ihm, was er getan hatte. Er warf einen Blick nach links, zum Bodyguard im anderen Zimmer.

«Bleib ruhig, sonst erschieße ich dich auch», schrie er.

Aus dem Zimmer hörte ich Maria Contis Mann etwas murmeln, das nach Zahlen klang, und dann einen Schlag. Einen Aufprall und ein Jammern. Maria schrie panisch. Ich hörte Schritte im Zimmer und einen Schrank, der geöffnet wurde, das Geräusch von Tasten, die jemand drückte.

«Habt ihr ihn?», rief Robin über seine Schulter hinweg.

Die Uhr tickte. Robins Kiefer mahlten. Das Blut rann über den Boden. Dann hörte man das Geräusch von etwas Elektronischem, das in Maria Contis Zimmer aktiviert wurde, und eine sich öffnende Metalltür. Es verging eine Sekunde.

«Hab ihn!», schrie Gustaf. «Zeit zu verschwinden!»

Ich hörte das metallische Geräusch einer Sprühflasche, die geschüttelt wurde, diese kleine Kugel oder was sich im Behälter befand, die vor- und zurücksprang, gefolgt vom Geräusch von etwas, das im Zimmer von Maria und ihrem Mann versprüht wurde. Dann klingelte die Eieruhr kurz, bevor jemand sie anscheinend ausstellte.

«Zeit zu verschwinden!», wiederholte Gustaf. «Jetzt!»

In seiner Stimme lag beinahe etwas Verzweifeltes, als ahnte er schon, dass auf dem Boden im Flur ein Mensch lag, den Robin gerade erschossen hatte.

Es verging noch eine weitere Ewigkeit.

«Vier Minuten!», schrie er. «Die Zeit ist vorbei, verdammt! Let's go!»

«Wo ist dein Handy?»

Max' Stimme drang leise aus dem Zimmer, merkwürdig ruhig. Ich hörte etwas, das vielleicht noch ein Schlag war. Ein Schrei. Jammern.

«Scheiß drauf!», rief Robin über die Schulter. «Die Zeit ist vorbei!»

«Am Bett!», schrie Maria Conti. «Es lädt am Bett. Tun Sie uns nichts.»

«Eine Sekunde nur», sagte Max.

Schritte auf dem Fußboden, hin und wieder zurück. Die Zeit schien stillzustehen.

«Fertig!», rief Max schließlich.

Ein weiterer endloser Augenblick verging, dann rannten Max und Gustaf aus dem Zimmer und die kurze Strecke durch den Flur. Sie mussten über den erschossenen Rezeptionisten steigen.

«Was zur Hölle?», schrie Max.

Sie klang entsetzt. Sie zog mich auf die Füße und durch die Tür ins Hotelzimmer.

«Was zum Teufel ist passiert?», schrie Gustaf.

Er sah Robin oder mich nicht an, sondern durchquerte nur das Zimmer bis zur Balkontür.

«Du hast ihn erschossen, du verdammter Psychopath», schrie ich Robin an.

Ich warf mich auf ihn, aber Max hielt mich zurück. Das Adrenalin blitzte in mir auf, und ich versuchte, mich aus Max' Armen zu befreien.

«Du hast ihn hingerichtet wie ein verdammter Henker. Du bist, was Charles gesagt hat. Ein verdammtes fucking Raubtier.»

«Jetzt beruhig dich verdammt noch mal», sagte Max, als sie mich losließ. «Wir müssen weg.»

Gustaf war bereits auf dem Balkon. Durch die Tür sah ich, dass er über den Rand zur Straße spähte. Etwas klapperte gegen das Geländer, als er sich über den Rand stemmte und verschwand. Ich erahnte draußen in der Dunkelheit eine andere Gestalt. Dinah, sie passte auf und hielt die Leiter fest. Robin drängte sich an mir vorbei, ihm nach auf den Balkon. Er drehte sich ein letztes Mal um.

«Es ist vorbei für dich», sagte er ruhig. «Du bist fucking tot, du verdammtes kleines Weichei.»

Dann verschwand auch er über das Geländer. Max griff noch einmal meine Handgelenke mit ihren sehnigen, starken Händen.

«Du musst mitkommen», sagte sie. «Du hast keine Wahl.»

Ich sah sie an.

«Wenn die Bullen dich hier sehen, werden sie dich mit alldem in Verbindung bringen, und Robin wird seine Bilder und die Videos veröffentlichen. Du wirst geschnappt werden, und das hier ist nicht mehr nur Raub. Es ist jetzt Mord.»

«Wenn er versucht, mir das anzuhängen, geht das für ihn nach hinten los», sagte ich.

«Vielleicht. Aber er ist impulsiv. Wir müssen eine Lösung finden. Ich kann dich nicht hierlassen.»

Ich schüttelte leicht den Kopf.

«Du lügst», sagte ich. «Reiß dich zusammen. Ich bin auf dem Balkon, und du stehst unten mit einem Seil.»

«Ich wollte nie, dass es so weit kommt», sagte sie.

Sie trug immer noch die Sturmhaube und sah mir direkt in die Augen. Die Verachtung, die ich in ihren Augen gesehen hatte, war jetzt fort.

«Trotzdem ist es so gekommen», stellte ich fest.

«Ich wollte dir nie etwas Böses, Baby. So darf es nicht enden.»

«Es wird so nicht enden», sagte ich und drängte mich an ihr vorbei auf den Balkon.

Die anderen waren bereits verschwunden, als Max hinter mir die Leiter herunterstieg. Sie brauchte nur einige Sekunden, um sie herunterzunehmen und auf ein Drittel ihrer Länge zusammenzuklappen.

Dann überquerte sie die Straße, ging hinüber zu dem kleinen Park, den ich bei meiner Ankunft bemerkt hatte. Ich rannte ihr hinterher in die Dunkelheit, einen Kiesweg entlang, bis sie stehen blieb und einen Lappen herausholte. Sie rieb rasch die Leiter ab und schob sie in ein Gebüsch aus stacheligen Sträuchern. Ich schien alles durch den Körper und die Augen eines anderen wahrzunehmen, als wäre ich physisch gar nicht anwesend und daher unfähig, an alldem teilzunehmen. Ich sah nur den blutenden Mann auf dem Boden des Flures.

Ich sagte nichts, sondern folgte ihr, als sie durch den Park zur Östermalmsgatan und einem rostigen Damenfahrrad rannte. Sie schloss es mit einem leisen Klicken auf, zog die Sturmhaube herunter, nahm etwas Rostrotes aus dem Rucksack und stopfte stattdessen die abgestreifte schwarze Bomberjacke hinein.

Das rostrote Kleidungsstück war ein einfacher Mantel, aus dessen Tasche sie eine grüne Strickmütze nahm, die sie sich über ihre kurzen Locken zog. Innerhalb weniger Sekunden hatte sie sich von einer Räuberin in eine beliebige junge Frau aus Stockholm verwandelt, die auf dem Weg ins Kino oder zu einem Abendessen mit Freunden war. Sie wirkte vollkommen ruhig, als sie sich zu mir umdrehte.

«Halt dich bedeckt», sagte sie. «Ich tue alles dafür, dass Robin die Klappe hält. Ich werde dich beschützen.»

Sie sah die Straße hinunter und machte sich bereit loszufahren. Ich griff nach ihrem Arm, um sie aufzuhalten.

«Was hast du auf die Wand geschrieben?», fragte ich.

Sie nahm ihr Handy aus der Tasche und öffnete Instagram, tippte schnell und ungeduldig. Das letzte Bild auf Maria Contis Profil war vor drei Minuten hochgeladen worden. Es war wirklich nur ein Bild, ohne Text. Aber mehr war nicht notwendig, denn auf dem Bild lag Maria in der Badewanne ihres Hotelzimmers. Ihr Gesicht war gespenstisch weiß vom Kamerablitz, Panik stand ihr in die Augen geschrieben, und die mit Kabelbinder gefesselten Hände waren flehend zu der Person erhoben, die das Bild machte. Am anderen Ende der Badewanne lag in einem bizarren Winkel und mit geschlossenen Augen ihr Mann, auch er mit gefesselten Händen, die wie beim Gebet auf der Brust lagen. Auf den Fliesen über ihnen stand Max' Botschaft, auf Englisch und in aufgesprühten, großen, blutroten, zerlaufenden Buchstaben: SIE BESITZEN BALKONE. WIR SEILE UND DOLCHE.

Der Beitrag hatte bereits Tausende Likes. Die Kommentare

waren voller Fragezeichen und Smileys, die Verwunderung oder Schock ausdrückten. Einige Personen glaubten anscheinend, es wäre eine provokante Werbekampagne. Andere hatten diesen Smiley gepostet, dem vor Lachen die Tränen kommen, als ob sie glaubten, dass es sich um einen unglaublich guten Scherz handelte.

«Mein Gott», sagte ich.

Sie nickte.

«Es wäre perfekt gewesen. Wenn Robin nicht geschossen hätte. Schon wieder.»

Es verging eine Sekunde. Irgendwo in der Ferne hörte ich Sirenen.

«Wir müssen weg», sagte sie und zeigte die Straße hoch. «Wir haben keine Zeit.»

Ich bewegte mich nicht, und sie sah mich ungeduldig, beinahe verzweifelt an.

«Sei nicht dumm», ermahnte sie mich. «Was kapierst du nicht? Dein altes Leben ist vorbei, wenn du hierbleibst. Alles, was du mitgemacht hast, wird dir angehängt werden, und zwar nur dir allein. Vielleicht kannst du dich aus einigen Dingen rausreden. Vielleicht war es ja auch schon in dem Moment vorbei, als du mich getroffen hast.»

Sie verstummte und machte ein paar Schritte auf mich zu.

«Deine einzige Chance ist, von hier zu verschwinden», sagte sie. «Und die Daumen zu drücken, dass ich Robin aufhalten kann.»

Die Bilder durchströmten mich. Der Schock. Die Angst.

«Er hat ihn erschossen», sagte ich. «Komplett kaltblütig. Direkt vor meinen Augen.»

Die Sirenen kamen näher.

«Ich weiß», erwiderte sie. «Aber du musst es in die Kiste legen. Du weißt es. Leg es in die Kiste. Es ist ein Detail. Schrecklich, auf jeden Fall, aber nicht so schrecklich, wie am Rand zu stehen und zuzulassen, dass die, die bereits alles haben, noch mehr bekommen.»

Es klang vollkommen hohl, so wie sie es jetzt sagte, und zum ersten Mal, seit ich sie kennengelernt hatte, flackerte ihr Blick. Ich schüttelte den Kopf.

«Es ist deine Entscheidung», fuhr sie fort. «Ich versuche, dich zu beschützen. Aber wenn du nicht beschützt werden willst, dann ...»

Ich sah, dass sie etwas in der Hand hielt, und als sie sich aufrichtete, streckte sie die Hand aus.

«Hier», sagte sie. «Nimm das. Es lag auch im Tresor, und du hast es dir verdient. Das ist das Mindeste, was man sagen kann.»

Reflexartig streckte ich die Hand aus. Es war ein Bündel Fünfhundert-Kronen-Scheine, vielleicht zwanzig oder dreißig Stück. Ich starrte sie an und sah dann zu ihr hoch. Das Geld brannte in meiner Hand, ich konnte es nicht festhalten. Als ich das Bündel auf den Boden fallen ließ, fing der Wind ein paar Scheine und blies sie über den nassen Asphalt. Max beugte sich herunter und sammelte den Rest des Geldes auf.

«Verdammt», sagte sie. «Hast du komplett den Verstand verloren?»

«Mein Handy», forderte ich sie auf.

Ich hielt ihr die Hand hin.

«Du hast es genommen, bevor ihr auf Conti losgegangen seid.»

Sie klopfte schnell die Taschen unter ihrem Mantel ab und holte es heraus.

«Das heißt dann Lebewohl», sagte sie und hielt es mir hin. «Es tut mir leid, dass ich dir das angetan habe.»

Ich legte ihr meine Hand auf die Schulter, um sie daran zu hindern, sich aufs Fahrrad zu setzen.

«Ich weiß, dass du nicht Max heißt», sagte ich. «Dass Dinah

nicht Dinah, Robin nicht Robin und Gustaf nicht Gustaf heißt. Es war alles nur ein Zirkus.»

Sie blickte mich an.

«Was? Was meinst du?»

Ich nannte ihre richtigen Namen, so wie sie auf dem Zettel standen, den Henrik in der Bibliothek versteckt hatte. Einen nach dem anderen. Dann öffnete ich das Bild des Zettels auf dem Handy und las laut ihre Personennummer vor, bevor sie mich stoppte, ihr Gesicht plötzlich geschockt und besorgt.

Aber in mir wuchs die Ruhe. Und noch etwas anderes als Ruhe, etwas Größeres. Es war dieses Gefühl, das erwacht war, als ich Max zum ersten Mal getroffen hatte, und das seitdem immer stärker geworden war, bis es mich, kurz vor dem Raub, im Hotelzimmer vollkommen ausgefüllt hatte. Die Einsicht, dass ich auch Lund oder Jura nicht vertrauen konnte. Das normale Leben endet in geisttötender Leere. Die Revolution endet damit, dass Unschuldige sterbend in Blutlachen liegen. Es gibt niemanden, in dessen Windschatten man laufen kann, keine Gruppe oder Struktur, der man vertrauen oder mit der man verbunden sein kann. Keine Entschuldigungen. Keine Opfer. Nur mich. Nur mein Leben und was ich mit ihm anfange. Diese Erkenntnis hätte erschreckend sein müssen, aber es war eine Erleichterung.

«Was zur Hölle ist das?», flüsterte sie. «Ernsthaft?»

«Das sind eure Namen», sagte ich ruhig. «Oder?»

Ich hörte, wie auf der anderen Seite des Parks die Polizeiwagen anhielten, Türen geöffnet und geschlossen wurden und die Sirenen verstummten. Ich hielt mein Handy hoch und fotografierte ihr Gesicht. Einmal, zweimal, dreimal.

«Und jetzt hab ich ein Bild von dir gemacht, am Ort des Geschehens, ein paar Minuten nach dem Raub.»

Ausnahmsweise einmal schien sie sprachlos zu sein.

«Falls es dich interessiert, ich hab die Information bereits jemandem zugespielt, dem ich vertraue», fuhr ich fort. «Wenn mir etwas zustößt, wird sie veröffentlicht.»

Das Rachegefühl wuchs in mir. Sie hatten mich hierhergebracht und geglaubt, sie könnten mit mir machen, was sie wollten, sie hatten geglaubt, dass ich naiv war.

«Etwas habt ihr mir beigebracht», sagte ich. «Mehr, als du glaubst.»

«Woher hast du die Namen?», fragte sie kühl.

«Henrik hat sie mir gegeben.»

Der Schatten eines traurigen Lächelns huschte über ihre Lippen, während sie den Kopf schüttelte.

«Henrik. Ganz egal, wie sehr man auch versucht, seine Spuren zu verwischen, irgendjemand findet sie.»

Sie sah mich an. In ihrem Blick lag ein neuer Ausdruck, vielleicht war es Bewunderung.

«Und jetzt hast du etwas gegen uns in der Hand», fuhr sie fort. «Jetzt hast du den Vorteil und entscheidest, wie das hier endet. Du bist tougher, als ich gedacht hatte.»

Ich zuckte mit den Schultern.

«Ich war in dich verliebt», sagte ich. «Ich *bin* in dich verliebt. Das glaube ich zumindest. Aber irgendwie wusste ich vielleicht schon von Anfang an, dass es so enden würde. Dass ich allein zurückgelassen werde. Dass ihr mich beschuldigen würdet, wenn etwas schiefgeht.»

Sie sah mich an und versuchte zu lächeln. Auf der anderen Seite des Parks waren wieder laute Stimmen und zuschlagende Autotüren zu hören.

«Also, was bedeutet das jetzt für uns?», sagte sie. «Du entscheidest. Wie willst du es haben?»

«Ich will frei sein», sagte ich. «Das ist alles.»

«Was bedeutet das?»

Das Blaulicht flackerte durch den Park. Ich trat ein paar Schritte zurück.

«Ich weiß es nicht», sagte ich.

«Ich werde Robin davon überzeugen, dass er dich raushält», sagte sie. «Das ist alles, was ich machen kann. Kannst du versprechen, unsere Namen auch rauszuhalten?»

«Wir müssen jetzt hier weg», sagte ich.

Sie sah schnell hoch zum Hotel, bevor sie auf das Fahrrad stieg.

«Also sagen wir uns hier Lebewohl?», fragte sie.

Ich nickte, mein Hals wie zugeschnürt, unfähig, auch nur einen Laut herauszubekommen. Wir sahen einander eine gefühlte Ewigkeit lang an. Schließlich beugte sie sich vor und küsste mich. Ihre Lippen waren kühl und weich, und für einen kurzen Moment dachte ich, dass es nicht hier enden müsste. Dass es weitergehen könnte. Dass es vielleicht gerade erst begonnen hatte.

Dann zog sie sich zurück und drehte sich um. Das Fahrrad quietschte, als sie aufstieg und auf die Straße fuhr. Einen Augenblick lang war sie im Schein einer Straßenlaterne deutlich zu erkennen. Dann war sie nur noch eine Silhouette, nicht einmal das. Ich bewegte mich nicht und sah ihr nach, bis die Schatten sie vollkommen verschluckt hatten. Sie drehte sich nicht um.

Epilog

Anschließend verlassen wir zusammen Kampnagel. Wir reden erst miteinander, als wir uns auf einer Terrasse unten am Kanal gegenübersitzen, der in die Außenalster mündet. Vor mir und der Person, die sich einmal Max genannt hat, stehen zwei Bier.

«Wir sollten eigentlich Champagner trinken.»

Sie lächelt und lehnt sich zu mir herüber.

«Auf die alten Zeiten. Und um dein Buch zu feiern.»

Sie erhebt ihr Glas. Einen Augenblick zögere ich, bevor ich auch meines hochhebe und mit ihr anstoße. Die Terrasse ist beinahe leer. Es ist spät, und ich bin erschöpft, wie immer, wenn ich eine Stunde lang auf einer Bühne gesessen habe.

«Ich dachte, ich würde dich nie wiedersehen», sage ich.

«Du hast zugenommen», merkt sie an.

Sie beugt sich vor und streichelt mir über die Wange.

«Und du hast einen Bart!»

Vorsichtig knüpft sie mein Hemd am Handgelenk auf und zieht den Ärmel hoch. Ich drehe den Arm, und sie streicht mit den Fingern über die Uhr.

«The Hulk», sagt sie. «Hat er sie so genannt? Dieser Typ damals beim Abendessen mit deinen Kumpeln?»

«Sie waren nicht meine Kumpel.»

Sie nimmt mir die Uhr ab, um sie besser betrachten zu können. Das grüne Zifferblatt hat die gleiche Farbe wie ihre Augen.

«Du hast eine ähnliche gekauft.»

Ihr Lächeln hat etwas Herablassendes, und es macht mich so wütend, dass ich erröte, ertappt und nackt in meiner Ambition. Ich nehme die Uhr und lege sie wieder an.

«Ich hab sie vom ersten Vorschuss für das Buch gekauft. Es sollte eine Erinnerung sein, ein ironisches Symbol. Keine Ahnung.»

Sie nickt und trinkt Bier, immer noch mit einem verschmitzten Lächeln.

«Was machst du in Hamburg?», frage ich.

«Deine kleine Tour ist nicht nach Berlin gekommen. Also musste ich hierhin kommen.»

«Du wohnst in Berlin?»

«Alles, um in Nofretetes Nähe zu sein. Dinah und ich wohnen in Kreuzberg. Sie ...»

Sie verstummte.

«Es geht ihr nicht gut?», frage ich.

Die letzten Gäste an einem Tisch neben der Tür stehen auf und gehen. Nur wir beide sind noch auf der Terrasse.

«Zu viele Partys», sagt sie. «Zu viele Partys und die Angst. Wir haben direkt nach Stockholm mit Gustaf und Robin gebrochen, falls es dich interessiert. Dinah und ich waren eine Weile am Strand in Marokko, aber wir waren völlig ruhelos.»

«Das Surferleben war nichts für dich?», sage ich. «Und das Anarchistenleben auch nicht?»

Sie lächelt wieder, jetzt nicht überlegen, nur traurig.

«Nicht für immer. Es hat uns zerrissen. Der Stress und – glaub es oder nicht – die Angst. Dinah wollte etwas in Berlin machen. Einen alten Freund treffen. Es gab Pläne, um reich zu werden. Wir blieben zurück.»

«Das Geld, das ihr für den Ring bekommen habt? Ich hab gelesen, dass er viele Millionen wert war.»

Ich sah verstohlen zum Wasser hinüber, im Licht des Mondes und der Stadt wirkte es silber- und neonfarben.

«Man sollte nicht alles glauben, was man liest», sagt sie. «Das Geld ging zu Ende, wie alles andere.»

Sie zuckt mit den Schultern.

«Robin ist vor ein paar Jahren bei einem Autounfall ums Leben gekommen. Gustaf betreibt eine Pizzeria in Halmstad.»

Sie zündet sich eine Camel an und nimmt einen tiefen Zug. Dann lehnt sie sich zurück und sieht mich an. Wir sitzen eine Weile so herum, vollkommen still.

«Stimmt es?», fragt sie schließlich. «Was du über mich geschrieben hast?»

Blaue Rauchringe steigen zwischen uns auf und treiben zum Kanal. Sie hat sich nicht verändert. Sie ist immer noch die exakt gleiche Mischung aus Aufrichtigkeit und Manipulation.

«Du hast das Buch gelesen», sage ich.

Sie trinkt etwas vom Bier und knibbelt zerstreut an der Zigarettenschachtel herum.

«Es hört einfach auf», erwidert sie. «Nichts davon, wie es weitergegangen ist. Mit dir. Mit uns.»

«Vielleicht ist es nicht so interessant, wie die Dinge enden», sage ich. «Ich scheiße auf Moral. Ihr wolltet frei leben, und andere mussten dafür bezahlen. Es sind Leute gestorben. Ihr seid davongekommen. Wir sind davongekommen. Was gibt es sonst noch zu berichten?»

«*Du* hättest es anders enden lassen können», sagt sie. «Aber du hast nicht erzählt, zu wem wir geworden sind. Vielleicht meinte das dieser Journalist, als er gesagt hat, dass du unmoralisch bist. Dass du uns beschützt. Sollte ich mich bei dir bedanken?»

Ich zucke mit den Schultern und nehme einen Schluck.

«Das war klug von dir», sagt sie. «Skrupellos. Weil wohl eigentlich niemand mehr davonkommt als du selbst?»

Sie lacht und zeigt auf das Buch.

«Du bist gut bezahlt worden.»

Ich antworte nicht, weil es nichts mehr zu sagen gibt. Sie hat recht.

«Aber deine Beschreibung von mir ist fast liebevoll», fährt sie fort. «Am Ende schreibst du, dass du naiv und verliebt warst. Dass du es nach dem Raub zu mir gesagt hast. Daran kann ich mich nicht erinnern.»

Meine Schläfen pochen.

«Warum hätte ich es schreiben sollen», erwidere ich, «wenn es nicht wahr ist?»

Die Zigarette in ihrer Hand glüht.

«Weil du einen Roman geschrieben hast», sagt sie.

Die andere Hand bewegt sich zu meinem Handgelenk. Ich zwinge mich, ihr in die Augen zu sehen, als sie über die grüne Rolex streichelt.

«Weil manche Sachen im Buch wahr sind und andere nicht.»

«Was ich über dich geschrieben habe, ist die Wahrheit», sage ich. «Aber es ist ein Roman, nicht deine Biografie.»

Es klingt kalt, und so meine ich es auch. Sie nickt langsam und drückt die Zigarette aus. Eine Brise weht den Kanal entlang.

«Dich interessiert nur die Wahrheit», sagt sie. «Hast du das nicht heute Abend gesagt? Trotzdem hast du sie nicht erzählt.»

Sie sieht mich ruhig an.

«Du warst nicht Patty Hearst. Wir haben dich keiner Gehirnwäsche unterzogen. Wir haben dich nicht mal reingelegt. Deine Augen waren weit offen.»

«Ich hab mein Bestes gegeben», sage ich. «Ich habe es so ehrlich wie möglich aufgeschrieben. So ehrlich, wie ich es verkraften konnte.»

Sie nickt und lächelt.

«Du hast deine eigene Verantwortung nicht ertragen», sagt sie.

Ich ziehe eine Zigarette aus der Packung.

«Im Buch bist du kein Raucher.»

«Du hast mir eine andere Lebensweise gezeigt», sage ich. «Vielleicht war deine Verführungskraft größer, als du gedacht hast.»

Ich zünde die Zigarette an und nehme einen tiefen Zug.

Ich verstumme und rauche eine Weile. Ich sehe sie jetzt kaum noch.

«Du solltest nicht über Verantwortung reden. Ihr habt andere für euren Aufstand bezahlen lassen. Ihr habt euch selbst vorgemacht, dass ihr nach oben getreten habt. Aber Joyce und Calle dort im Hotel mussten den Preis dafür bezahlen. Eure Taten haben denen am meisten geschadet, die es am wenigsten verdient hatten.»

«*Unsere Taten*», sagt sie. «Du warst auch dort.»

Ich sehe sie an.

«Du kanntest nicht einmal ihre Namen, oder?», frage ich.

«Schöne Worte», sagt sie. «Wenig erstaunlich, du bist Schriftsteller.»

Ich lehne mich zurück und rauche, schaue auf die Terrasse und den Kanal hinaus. Dann drehe ich mich wieder zu ihr um.

«Baby», sage ich. «Das war das Beste, was ich machen konnte.»

«Du hast mich nie Baby genannt», sagt sie. «Ich hab dich so genannt.»

«Vielleicht haben sich die Rollen geändert?»

Eine Weile lang ist es vollkommen still. Nur die Geräusche des Verkehrs und der Stadt. Ein Motorrad beschleunigt irgendwo. Deutschrap hallt aus einem offenen Fenster über das Wasser.

«Warum hast du uns nicht noch bösartiger dargestellt?», fragt sie. «Wenn du die Geschichte so erzählen wolltest? Du musst uns gehasst haben. Warum wolltest du nicht, dass uns alle hassen?»

«Ich habe das Buch nicht geschrieben, weil ich wütend war», sage ich.

«Warum dann?»

«Ich hab es geschrieben, weil ich endlich eine Geschichte hatte.»

Ich drücke die Zigarette aus und sehe ihr direkt in die Augen.

«Und weil ich frei war.»

Das Bier ist beinahe leer, ihr Gesicht im Mondschein blass, der Rauch ihrer Zigarette blau. Sie knibbelt an ihrer Zigarettenschachtel und sieht mich an. Ihre Augen sind jetzt nur leicht grün, so als wäre die Farbe verwässert, als würde sie sich allmählich auflösen.

«Und jetzt sind wir hier», sagt sie. «Durch das Buch besitzt du jetzt die Perlen und Balkone. Geld und die großen Bühnen. Und wir stehen immer noch dort, wo wir waren, mit Seilen und Dolchen. Du hast heute Abend so nett darüber gesprochen, dass die, die wenig haben, von denen nehmen wollen, die alles haben. Alles, was du gesagt hast, war die Wahrheit. Es war schön zu hören, dass sich jemand von der Spitze der Pyramide um uns andere schert. Du hast ein großes Herz.»

«Hör auf», sage ich. «Die Opferrolle steht dir nicht. Tut mir leid, wenn das Buch dich enttäuscht hat.»

Ich sehe, wie der Kellner, der hinter ihr steht, uns ein Zeichen gibt, dass die Bar jetzt schließt. Sie steht mit meinem Buch in den Händen auf, beugt sich herunter und streichelt mir noch einmal über die Wange.

«Vielleicht ist das Buch trotz allem wahr», sagt sie. «Du bist das Raubtier. Und du hast uns mehr ausgenutzt als wir dich. Du hast unsere Geschichte genommen und sie zu deiner gemacht.»

«Es ist meine Geschichte», sage ich. «Du kannst deine eigene erzählen.»

Sie nickt kaum merkbar und lächelt leicht.

«Vielleicht war es nur gerecht», sagt sie. «Wir haben alles füreinander getan, was wir konnten.»

Sie sieht traurig aus, trotz des Lächelns.

«Es war nichts mehr übrig, was man ausnutzen konnte. Für niemanden von uns.»

Sie steht auf und trinkt den Rest ihres Bieres, ist bereit, wieder zu verschwinden.

«Aber es kann immer noch anders enden», sagt sie.

Der Kanal neben uns glitzert.

«Du hast sicher ein schönes Hotelzimmer und eine Minibar. Wir haben uns lange nicht gesehen, und die Nacht ist noch jung. Es muss nicht hier enden. Vielleicht ist das hier ja erst der Anfang?»

Um uns herum die Geräusche einer Stadt, die langsam schließt und einschläft. Auch ich stehe auf, strecke meine Hand aus und streichele ihr über die Wange.

«Nein», sage ich. «Hier endet es.»

Danksagung

Manchmal dauert es vier Jahre, ein Buch zu schreiben. Manchmal löscht man es drei-, viermal. Und fängt von vorne an. Manchmal fragt man sich, ob man verrückt ist, aber niemals, ob es das wert ist.

Moa Berglöf war dabei, als ich am Ersten Mai 2018 eine anarchistische Zeitschrift auf einem Büchertisch im Jesusparken in Malmö fand und etwas darin Ideen in mir wachrief, die ich schon mein ganzes Leben gehabt hatte. Sie war anschließend jeden Tag dabei. Sie hörte zu und erzählte. Sie las alle Versionen, erduldete alle Krisen. Es gibt keine Worte dafür, keine Möglichkeit, Danke zu sagen. Wir wurden Banditen. Wir sind es immer gewesen.

Fredrik Backmann zeigte mir, dass meine Erzählung von mir handelte. Das war ein größerer Durchbruch, als er meiner Meinung nach begreift.

Meine Verlegerin Helene Atterling hat eine unbegreifliche Fähigkeit, Vertrauen in das zu haben, was ich erzählen möchte, auch wenn mein Text oder meine Worte es nicht deutlich machen. Ich bin gerührt und stolz, dass es das vierte Buch ist, das wir zusammen gemacht haben.

Astri von Arbin Ahlander ist all das, was eine Agentin sein muss: scharfsinnig, loyal und ermutigend. Aber sie ist auch eine Freundin und ein *mentsch*.

Mein Redakteur Jacob Swedberg enthüllt schonungslos Schummelei, Nachlässigkeit und Abkürzungen. Seine Lektüre ermöglichte es mir, dem Buch wirklich gerecht zu werden.

Johan Jarnvik ist mein bester Freund und der Göteborger des Jahrtausends. Von ihm stammt *You got male*, und er bekam eine Rolle im Buch.

Mein anderer bester Freund, Tobias Almborg, las eine frühe Version und zeigte mir einige wesentliche Peinlichkeiten auf, war aber ausnahmsweise nicht gemein.

Gustaf Björkman munterte mich im Café Love Coffee und während unserer Tennisstunden auf.

Mehrere Vertreter des Fachschaftsrats in Lund waren sehr freundlich und aufgeschlossen, als ich überprüfen musste, ob meine Erinnerungen an das Jura-Studium veraltet waren. Das Gleiche gilt für die Östgöta station in Lund. Die Universität und die Studierenden dort sind das Beste, was wir haben.

Das Schreiben ist eine einsame Arbeit. Das Geschriebene zu einem Buch zu formen, erfordert viele Augen und Herzen. Ich kann mich glücklich schätzen, so gute Augen und Herzen in meinem Leben zu haben.

Milla und Lukas, Liv und Sam, jeden Tag, immer.

Weitere Titel

Klara Walldéen

Der Schwimmer

Der Bruder

Der Freund

Joakim Zander
Der Schwimmer

<u>Damaskus:</u> Das Kind in seinen Armen
hat hohes Fieber, atmet kaum noch.
Im nächsten Moment explodiert eine
<u>Bombe:</u> Die Frau, die er liebt, stirbt.
Doch der Anschlag galt ihm. Dem
ame-rikanischen Agenten.
<u>Brüssel:</u> Im Haifischbecken der Politi-
ker und Lobbyisten bewegt sich EU-
Referentin Klara Walldéen mühelos.
Doch dann begegnet die junge Schwedin Mahmoud wieder, einem erfolgreichen Politologen, ihrer großen Liebe.

464 Seiten

Er besitzt Informationen, die seinen Tod bedeuten können.
Und auch Klaras.
<u>Arkösund & Schären:</u> Ihr Fluchtpunkt. Hier ist Klara aufgewachsen.
Hier gibt es Menschen, so rau wie die Natur. Auf die Verlass ist.
Ganz gleich, wie hoch die Wellen schlagen.
<u>Langley:</u> Der amerikanische Agent ist der Einzige, der Klara retten
kann. Ein Mann, der bei seinen Einsätzen alles vergessen wollte:
Die Vergangenheit. Die Schuld. Sein Kind, das er nie wieder gesehen
hat. Und der nur an einem Ort Ruhe findet. Im Wasser. Während er
seine Bahnen schwimmt. Zug um Zug.

«Ein Polit-Thriller der Extraklasse.» Brigitte
Weitere Informationen finden Sie unter **rowohlt.de**